江苏省社会科学基金重大委托项目
“江苏文化精髓与精神标识研究”（24ZDW002）成果

江苏省社会科学基金重大委托项目
“江苏文脉工程精华编研究”（16WTD001）成果

江苏省“十四五”时期重点出版物出版专项规划项目

本卷编写人员

主　编：赵　益　徐　昕

评　注：尹菲阳　王修齐　邓　亚
李　卉　陈天澍　陈哲群
罗锦雯

江蘇歷代文選

主编 徐兴无 曾学文

序跋卷

分卷主编 赵益 徐昕

广陵书社

图书在版编目（CIP）数据
江苏历代文选. 序跋卷 / 徐兴无, 曾学文主编 ; 赵益, 徐昕分卷主编 ; 尹菲阳等评注. -- 扬州 : 广陵书社, 2025. 6. -- ISBN 978-7-5554-2220-4
Ⅰ. I218.53
中国国家版本馆CIP数据核字第2025T9J080号

书　　名	江苏历代文选：序跋卷
主　　编	徐兴无　曾学文
分卷主编	赵　益　徐　昕
评　　注	尹菲阳　王修齐　邓　亚　李　卉 陈天澍　陈哲群　罗锦雯
责任编辑	李　佩
助理编辑	刘博文
出 版 人	刘　栋
出版发行	广陵书社 扬州市四望亭路 2-4 号　　邮编　225001 （0514）85228081（总编办）　　85228088（发行部） http://www.yzglpub.com　　E-mail:yzglss@163.com
印　　刷	江苏凤凰扬州鑫华印刷有限公司
开　　本	720 毫米 × 1020 毫米　1/16
印　　张	20.25
字　　数	350 千字
版　　次	2025 年 6 月第 1 版
印　　次	2025 年 6 月第 1 次印刷
标准书号	ISBN 978-7-5554-2220-4
定　　价	85.00 元

总　序

江苏有着悠久的历史和卓越的文化。江河湖海，皆是鱼米之乡；锦绣江南，誉为人间天堂。中国大运河发祥于此，沟通南北，连接中外，遂成华夏首出之地，递为东南都会中心。于是山川焕绮，性灵所钟。骚人咏歌，蔚为诗国。文章经世，俨然大邦。

江苏文脉开启于春秋时期。吴公子季札聘鲁观乐，叹为观止；言偃在孔子之侧，闻知大道。而江苏文学之兴则肇始于战国。《汉书·地理志》称吴、楚之地"文辞并发，故世传楚辞"。西汉吴、楚、淮南诸国，招纳词客；武、宣二帝，喜好文学，枚乘、枚皋、严忌、朱买臣、刘安、刘向等吴、楚之士皆长于辞赋，雅善议论。三国魏晋，吴有陆机、陆云兄弟，少有异才，文章冠世。东晋南朝，山水、玄言、声律之诗相继兴起；《文选》《诗品》《文心雕龙》等总集、论著并世而出；《抱朴子》《世说新语》《后汉书》等诸子、史传别开生面；文学与儒学、史学、玄学并列于国学，形成了江苏历史上第一个文学高峰时代。隋唐统一，扬州和江南成为诗家留连之地。孟浩然、李白、高适、杜甫、白居易、刘禹锡、杜牧、李商隐等大诗人于此或游或宦，留下千古佳句；而扬州诗人张若虚的《春江花月夜》，孤篇横绝，竟为大家。南唐君臣沉浸小令，吟风咏月，却感慨深沉。宋代文坛领袖欧阳修、王安石、苏轼、辛弃疾、陆游等在江苏皆有佳作，平山堂、半山园、放鹤亭、北固楼、瓜洲渡，风流宛在，脍炙人口。宋词境界开阔，范仲淹、秦观、叶梦得、范成大等江苏名家代不乏人，各领风骚。宋诗始开宗派，彭城陈师道被尊为江西诗派"三宗"之一；无锡尤袤、吴中范成大名列"中兴诗人"。明清两代，江苏经济发达，文教昌盛，城市文化与家族文化得到进一步发展，文学进入了第二个高峰时代。明代文坛如“前后七子”“唐宋派”，有徐祯卿、王世贞、唐顺之、归有光等江苏士人；明清易代，有顾炎武、归庄、吴嘉纪、吴伟业等抒发遗民情思；钱谦益、沈德潜、黄景仁、赵翼等诗作和诗论，均在清代诗坛独树一帜。阳羡词派、常州词派为清词大宗，或雄浑悲慨，或兴寄深闳。清代江苏骈文成就斐然，袁枚、汪中、洪亮吉等皆是大家；阳湖文派骈散结合，与安徽桐城古文分庭抗礼。江苏也是明清通俗小说、戏曲、说唱文学的沃土，冯梦龙《三言》、施耐庵《水浒传》、吴承恩《西游记》、梁辰鱼《浣纱记》、李玉《清忠谱》等，经典名著，层出不穷。江苏的女性作家众多，中国古代有著作可考的女作家中，江苏超过三分之一，尤以明清时期为盛，她们的创作为江苏古代文学增添了靓丽的风景。江苏的园林楼台，甲冠天下，吸引了历代名家争相书联题额，撰记作文，为江山增色，形成了情景交融的文学景观。

编纂地方文学文献，是江苏古代优秀学术传统。西汉目录学家、汉室宗亲、沛人刘向编纂的《楚辞》，上承《诗经》风雅篇什之意，下启中国地域文学编纂之绪。唐代丹阳人殷璠编选其当代诗集《荆扬挺秀集》和《丹阳集》，虽仅存书目或残篇，却是唐人编选唐代地方诗歌的开端。其中《丹阳集》选录开元天宝时代润州籍十八位诗人的作品，推崇建安风骨，展示了“时迁推变，俗异风革，信乎人文化成天下”的盛唐气象。宋代以后继有编纂，有北宋曾旼《润州类集》、马希孟《扬州集》，南宋郑虎臣《吴都文粹》等编。秦观曾经为《扬州集》作序，“推表废兴迁徙之迹”。明清两代是中国地方文学文献编纂的鼎盛时期，据《历代地方诗文总集汇编·前言》（国家图书馆出版社2016年版）统计，存世超过千种。在数量众多的江苏文学文献中，丹徒文士王豫编纂的《江苏诗征》一百八十三卷，收录清初至嘉庆间五千多位诗人的诗作，堪称中国古代部帙最大的以行政省命名的地方断代诗歌总集，表现出“江苏文教甲天下”的文化自信。这部巨帙的赞助者和审定者，清代大学者、仪征阮元又编有江苏扬州与南通州诗集《淮海英灵集》，又命阮亨与王豫编纂《续集》，皆是江苏地方文学文献的经典。

公元六世纪初，刘勰在南齐的都城建康完成了中国历史上第一部文学批评巨著《文心雕龙》。他在其中指出，文学的情思往往来自于自然和文化空间的启发，所谓“能洞监风骚之情者，抑亦江山之助乎”；而文学的变革兴衰往往受制于世道和时代的演进，所谓“文变染乎世情，兴废系乎时序”。唯有在更为广阔悠久的文化空间和历史长河之中，文学作品才能超越个人的情感与生命，突破具体的语境，并在后世不断的阐释之中，获得愈加丰赡的意义。古代学人对地方文学文献的编纂，正是这种文化意识的体现。他们通过收集整理乡邦文献，传承文化记忆，梳理文化脉络，考察历史变迁，为我们留下了宝贵的文化遗产。

正是本着对江苏古代文学成就及其学术传统的敬意，进而对江苏古代文学和文化做出我们的当代诠释，我们编纂了这套《江苏历代文选》。从经、史、子、集、方志以及名人信札、家族文献、文物碑刻等文献资料中遴选历代反映江苏历史、书写江苏社会、描绘江苏风光、刻画江苏人物、体现江苏智慧的韵文和散文，其中既有江苏人的作品，又有关涉江苏的篇章，按照文体或内容编为十五卷，每卷一册，包括诗歌、词曲、辞赋骈文、戏曲、楹联、论说文、书信、史传、碑志、序跋、杂记小品、楼台园记、家训嘉言、笔记小说、女性诗文等。当然，本书并不是江苏历代文学的文献总集，而是一部面向大众的普及读物，对所选作品略作解题，简明注释，点评作品的内容与价值，以期通过江苏历代文学的选本，为读者提供一条浏览江苏文脉、了解中华文化的方便途径。

2016 年，江苏省启动了“江苏文脉整理研究与传播工程”，编纂包括书目、文献、精华、方志、史料、研究六编的《江苏文库》，系统梳理江苏文脉，彰显江苏对中国文化的历史贡献，总结江苏文化的发展规律，为江苏的文化创新提供学术资源，是江苏历史上规模最大的典籍整理与文化研究工程。南京大学文学院的古代文学和古典文献专业承担着《江苏文库》“文献编”与“精华编”的整理与研究工作，也是与广陵书社合作编纂这套书的主要团队。编纂工作得到江苏省社会科学基金重大委托项目“江苏文脉工程精华编研究”和“江苏文化精髓与精神标识研究”的支持。这套书的编纂，尝试以“文选”响应“文库”，为传播江苏文化，讲好江苏故事，增强文化自信做一点文化普及工作。

由于江苏文学源远流长，名家辈出，佳作如林，典籍浩繁，且文体众多，地域不均，各卷的选编标准和文字表达难以整齐划一，尽管我们努力精选，但一定会有遗珠之憾，学术错误亦在所难免，希望读者们批评指正，帮助我们修订完善。

徐兴无　曾学文

2025年3月

前　言

序、跋，即序文、跋文，是中国古代文章中常见的一类文体，因两者都是对某一著作、诗文、书画等进行说明的文字，性质相近，故姚鼐《古文辞类纂》、曾国藩《经史百家杂钞》等书中将此类文字列为一类，称“序跋类”。

序，亦作“叙”。《尔雅》云：“叙，绪也。”绪，本义指丝线的线头。序或叙，用作文体之名，有“言其善叙事理，次第有序，若丝之绪也”（徐师曾《文体明辨序说》）之意，即序或叙如丝线之端，读者可循此端，条理清晰地了解所要说明的对象。今一般统称为“序”。序之起源，古人一般追溯至《诗大序》或《易传》，今人多认为“序”“叙”以“序文”含义正式出现当在汉代，如司马迁《史记·太史公自序》、班固《汉书·叙传》等。我国现存最早的诗文总集，成书于南朝的《文选》，已将序视为一种独立的文体。大略如序而稍简短者被称为“引”，如赵翼《廿二史札记小引》。早期著作的序文多置于全书末尾，到唐、宋时期出现了跋之后，序调整到卷首，跋居于后。少数仍放在卷末但保留序的性质的文章被称为“后序（叙）”，如韩愈《张中丞传后叙》、李清照《金石录后序》。

序体在发展过程中，其形式与内容的要求逐渐固定，形成了鲜明的文体特征。先从形式、类型上看，序分自序、他序，自序由作者本人撰写，如司马迁《史记·太史公自序》，他序由作者亲友、弟子、后世读者等他人为之，如王逸《楚辞章句序》。序的使用范围很广，既有钟嵘《诗品序》、萧统《文选序》等为整部著作而写之序，又有庾信《哀江南赋序》、杜甫《观公孙大娘弟子舞剑器行序》等为单篇文学作品所作之序，有学者仿

《诗经》之例，称前者为“大序”，后者为“小序”。还有文人雅集所写作品之总序（王羲之《兰亭集序》、李白《春夜宴诸从弟桃李园序》等）和书画作品之序（白居易《荔枝图序》）等。再从内容、写作上来看，序的基本内容大致有两类，一是叙家世经历、著书过程之“序传”，二是明著书宗旨、全书体例之“序例”，作者可择其一端，亦可兼而言之。此外，优秀的序文往往有所发明。作者可以在其中提出自己对于学术、文艺、人生和社会的独特见解，如陈子昂《与东方左史虬修竹篇序》指出晋宋以来文坛的弊病，强调“风骨”，可以视作其诗歌理论的纲领；欧阳修《五代史伶官传序》从后唐庄宗李存勖一生成败的事例中，总结出盛衰之理在于人事的道理。因内容的需要，序的写作有“其为体有二：一曰议论，二曰叙事”（徐师曾《文体明辨序说》）的说法，但二者并非泾渭分明，大多数序文往往叙议相间，能做到清晰严谨地叙述缘起、介绍体例、表述观点、评议得失。

跋的出现较晚，其起源、性质皆与序相关。明代徐师曾《文体明辨序说》云：“按题跋者，简编之后语也。凡经传子史、诗文图书之类，前有序引，后有后序，可谓尽矣。其后览者，或因人之请求，或因感而有得，则复撰词以缀于末简，而总谓之题跋。”可见，跋的作用与序类似，但重在记录作者阅览后的感悟，因此其位置通常在其所写对象之后。汉晋时代未见跋文，唐代开始出现以“题”“读”为名的跋文，如李翱《题燕太子丹传后》、韩愈《读荀子》，宋代又有以“跋”“书”为题者，如李格非《书洛阳名园记后》、陆游《跋花间集》。跋的应用范围也非常广泛，除了整部著作、单篇作品的题跋之外，历代书画题跋的数量也非常可观，苏轼《书吴道子画后》、黄庭坚《题东坡字后》都是此类佳作。跋文在内容上不拘一格，既可抒写志趣、阐发观点，也能考古证今、释疑订谬，充分彰显作者个性。写作时最重要的要求是“明白简严”，即吴讷《文章辨体序说》所谓“跋语不可太多，多则冗；尾语宜峭拔，使不可加”。

唐代开始出现了一种“赠序”，即在离别时送行者专门赠予行人的文章。这类文章往往单独写作，非饯别宴会或送别诗之序，与前述序跋文字的性质差异较大，故姚鼐《古文辞类纂》单列为“赠序类”。本书采用此观点，不收录赠序类文章。

本卷共选序跋类文章九十篇，均由江苏籍或长期寓居江苏的文人（含南朝侨居者）所撰写，起自魏晋，讫于清代，基本按照作者所处时代先后排列。选文以短篇为主，以思想性、文学性并重的作品为主。

本卷选文，可以全面展示江苏历代序跋的文体特征。选文的形式、类型多样：既有葛洪《神仙传序》、郑燮《词钞自序》等自序，也有萧统《陶渊明集序》、钱谦益《邵幼青诗草序》等为他人著作所写之序。序文通常以散文写作，骈文较少，书中所选徐陵《玉台新咏序》、陈维崧《余鸿客金陵览古诗序》等骈体序文，韵律和谐，辞藻华丽，用典贴切。所选序文介绍说明的对象各不相同：有单篇诗文作品之序，如陆龟蒙《白鸥诗序》、汪中《经旧苑吊马守贞文序》；有画序，如唐寅《中州览胜序》；有类书、丛书之序，如秦观《精骑集序》、缪荃孙《聚学轩丛书序》；有为经学、史学、算学、时政等专著所作之序，如刘逢禄《公羊何氏释例序》、赵翼《廿二史札记小引》、阮元《里堂学算记序》和徐鼒《务本论自叙》。文学著作序文数量最多，涉及诗、词、文、小说等各种体裁，如尤袤《朱逢年诗集序》、张惠言《词选序》、段玉裁《潜研堂文集序》和王韬《淞隐漫录自序》。题跋部分则有单篇作品题跋如陆龟蒙《书李贺小传后》。同时也兼顾其他类型的题跋。书画题跋如秦观《书晋贤图后》、祝允明《跋东坡草书千文》，前者主要根据画面内容考订作品名称，后者以军阵喻书法表达观帖感受。王世贞《前后汉书后》是一篇较为特别的跋文，此文是王氏以一座庄园的价格购得宋本前后《汉书》后所作，介绍了该书的纸张、字体、墨色、刊刻时间及其在明代的递藏情况，强调其收藏属性，视其为个人藏书之冠。选文在内容、写作上也较有代表性：如叶梦得《程致道集序》偏重于“序传”,先叙叶梦得与程致道的交游过程,再写程致道的仕宦经历,最后记为程致道文集作序之事。张溥《汉魏六朝百名家集叙》堪称《汉魏六朝百三名家集》之“序例”,对理解张溥的编纂意图、把握全书的编纂体例具有重要价值。范仲淹《尹师鲁河南集序》先在论述唐宋古文运动的沿革嬗变历程的基础上宣扬本人的文学主张,再概述尹师鲁生平事迹,最后点明该书编撰缘由,则兼有“序传”“序例”和作者本人对文学的看法等多方面的内容。序文的写作,或重叙述,或重议论。重叙述者,如焦循《石湖遗书序》详细记述了其访求范荃遗稿的过程;王引之《经义述闻序》讲述了自己的求学和从父学声音、训诂之学的经历。重议论者,如陈师道《王平甫文集后序》先正反两方面论证了欧阳修提出的“诗穷而后工”的诗学命题,再进一步提出自己“士之行世,穷达不足论,论其所传而已”的看法;陈维崧《词选序》先从确定词体的地位,再从思、气、变、通四个方面阐明词的创作要求,表达出“推尊词体”的词论主张。这些序文既有侧重,又能打破叙述与议论的界限,风格多样,文采斐然。跋文内容多样,行文尚简。俞琰《齐月宇手卷跋》围绕齐道存的号“月宇”展开,认为此号足以体现齐道存襟怀与诗思。焦循《书徐文长集后》为其阅读中的偶记随感,从徐渭文集中《感梦祭嫡母文》一篇联想到自己的母亲。内容因人而异,但均篇幅短小,简洁明了。

本卷选文,亦颇能凸显江苏的地域文化特征。第一,描绘江苏美景。陆龟蒙《书李贺小传后》形容溧阳古邑境内的平陵故城“幽邃岑寂,气候古澹可嘉”。王世贞《莫愁湖园诗册后》写莫愁湖园“枕湖带山”,即便水灾后“芜废不治”,也有“乔木修筠,与斜阳远浦、菰蒲苹芡相映带”之趣。梅曾亮《阮小咸诗集序》以“江宁郡城,其西北包十余山,林壑深远,而秦淮、清溪之水萦带其下”之景开篇,由“清淑之气犹足以沾溉人物”引入对阮氏诗歌的介绍,暗含人杰地灵之意。第二,凸显江苏文脉。吴伟业《太仓十子诗序》、阮元《江苏诗征序》、刘文淇《海陵文征后序》分别为三部江苏地方性文学总集之序，三书分别收录明末清初娄东诗派成员作品、清顺治至嘉庆初江苏诗人诗作和自唐至清海陵（今江苏泰州）人之文，足见编者对于地域文学的重视。明末江南士大夫的结社活动也是江苏地域文学中不可忽略的一笔。这些文学团体活跃在今江苏、上海等地，众多江苏文人参与其中。张溥《云间几社诗文选序》、梅曾亮《复社人姓氏书后》都保留了珍贵史料，前者详细介绍了云间几社诗文选的编选背景及经过，揭示了其崇尚复古的创作倾向，后者所述之书今已不传，赖该文可知书中所录复社成员人数。第三，体现江苏智慧。清代扬州学派被视为乾嘉汉学的集大成者，也是乾嘉汉学三大学术流派之一，在经学、小学、校勘学等方面都取得了突出成就。本书所选清代序跋不少出自扬州学派学人之手，如汪中、王念孙、焦循、阮元、王引之、刘文淇等。选文中王念孙《汪容甫述学叙》、阮元《里堂学算记序》和《国朝汉学师承记序》、王引之《经义述闻序》等也是扬州学派学术代表作的序文，文中梳理学科源流、总结治学方法，有助于读者了解该学派的治学路径和学术成果。从学者们互相作序的现象中，也能看出该学派学者之间交往密切。晚清以来，随着开埠通商，江苏成为西方政治经济文化渗透的前沿地带，在古与今、中与西的文化碰撞之中，江苏文人的思想观念发生了明显的变化，由华夏中心论的封闭意识转变为“睁眼看世界”的开放意识，从传统的经世观转向“中体西用”的经世观。王韬《地球图跋》写于观看欧洲人绘制的双半球式地球全图后，明确指出“览者乃知中国九州之外，尚有九州”，各国虽盛衰大小不一，但发展的情理却大致相同，寄托了“而地球之人遂可为一家”的美好愿景。王韬《日本杂事诗序》、薛福成《日本国志序》为黄遵宪《日本杂事诗》《日本国志》两书序言，《日本杂事诗》收录黄氏任驻日本使馆参赞期间的诗作，《日本国志》为黄氏所撰典志体日本国史。两位序文作者都认识到当时中国缺乏有关日本的全面、深入的著作的事实，称赞黄遵宪之书有补阙之功。《校邠庐抗议自序》即冯桂芬为《校邠庐抗议》一书所作自序，此书是一部带有改良主义色彩的近代政论集，作者在序文中已提出对于“三代圣人之法”应当在实践中“去其不当复者，用其当复者”的观点。

江苏文化昌盛，才人辈出，各体著述浩如渊海，序跋之文亦不例外。本卷所选，不过滴水之于沧海，稊米之于太仓而已。阅读序跋，功用尤巨，因为由序跋可以索其所序之书，遂可以进读其书，以知其人，复论其世，所得所获，岂有止限！

赵 益　徐 昕

2025 年 3 月

目　录

葛 洪

葛洪(283—363),字稚川,自号抱朴子,晋丹阳句容(今江苏句容)人。性寡欲,究览典籍,尤好神仙方术。晋惠帝太安二年(303)平石冰有功,不受,径至洛阳搜求异书。怀帝永嘉末(313)返乡里。愍帝时入琅琊王司马睿府为丞相掾,赐爵关内侯。明帝咸和初(326),召补州主簿,转司徒掾,迁谘议参军。干宝荐洪为散骑常侍、领大著作,屡征不就。闻交趾出丹,求为勾漏令。携子侄过广州,刺史邓岳留之,遂止罗浮山炼丹。著有《抱朴子》内外篇、《金匮药方》、《肘后备急方》等。

神仙传序〔1〕

洪著《内篇》论神仙之事凡二十卷〔2〕,弟子滕升问曰:"先生曰神仙可得不死,可学,古之得仙者,岂有其人乎?"答曰:"昔秦大夫阮仓所记有数百人〔3〕,刘向所撰又七十一人〔4〕。盖神仙幽隐,与世异流,世之所闻者,犹千不及一者也。故宁子入火而凌烟〔5〕,马皇见迎以获龙〔6〕。方回咀嚼以云母〔7〕,赤将茹葩以随风〔8〕。涓子饵术以著经〔9〕,啸父烈火以无穷〔10〕。务光游渊以脯薤〔11〕,仇生却老以食松〔12〕。卬疏服石以炼形〔13〕,琴高乘鲤于砀中〔14〕。桂父改色以龟脑〔15〕,女丸七十以增容〔16〕。陵阳吞五脂以登高〔17〕,商丘咀菖蒲以不终〔18〕。雨师炼五色以厉天〔19〕,子光辔虬雷于玄途〔20〕。周晋跨素禽于缑氏〔21〕,轩辕控飞龙于鼎湖〔22〕。葛由策木羊于绥山〔23〕,陆通匝遐纪于黄卢〔24〕。萧史乘凤而轻举〔25〕,东方飘衣于京都〔26〕。犊子灵化以沦神〔27〕,主柱飞行于丹砂〔28〕。阮丘长存于睢岭〔29〕,英氏乘鱼以登遐〔30〕。修羊陷石于西岳〔31〕,马丹回风以电徂[32]。鹿翁陟险而流泉[33]，园客蝉蜕于五华[34]。余今复抄集古之仙者，见于仙经、服食方及百家之书，先师所说，耆儒所论，以为十卷，以传知真识远之士。其系俗之徒[35]，思不经微者，亦不强以示之矣。则知刘向所述殊甚简要，美事不举。此传虽深妙奇异，不可尽载，犹存大体，窃谓有愈于向多所遗弃也[36]。"葛洪撰。

【注释】

〔1〕选自晋葛洪《神仙传》。

〔2〕《内篇》：《抱朴子内篇》。

〔3〕秦大夫阮仓所记有数百人：阮仓曾写作《列仙图》，据刘向《列仙传》云："自六代迄今有七百余人。"

〔4〕刘向所撰又七十一人：指刘向撰《列仙传》。据后人考订，当为托名刘向之作。

〔5〕宁子入火而凌烟：《列仙传》："宁封子者，黄帝时人也。世传为黄帝陶正。有人过之，为其掌火，能出五色烟。久则以教封子，封子积火自烧，而随烟气上下。"

〔6〕马皇见迎以获龙：马皇，即马师皇，黄帝时马医。《列仙传》："有疾龙出其波，告而求治之。一旦，龙负皇而去。"

〔7〕方回咀嚼以云母：《列仙传》："方回者，尧时隐人也。尧聘以为闾士，炼食云母。"

〔8〕赤将茹葩以随风：赤将，即赤将子舆。《列仙传》："赤将子舆者，黄帝时人。……能随风雨上下。"赞云："餐葩饮露，托身风雨。"

〔9〕涓子饵术（zhú）以著经：《列仙传》："涓子者，齐人也。好饵术，接食其精。……著《天地人经》四十八篇。"

〔10〕啸父烈火以无穷：《列仙传》："啸父者，冀州人也。少在西周市上补履，数十年人不知也。后奇其不老，好事者造求其术，不能得也，唯梁母得其作火法。"

〔11〕务光游渊以脯薤（xiè）：薤，多年生鳞茎草本植物，可作蔬菜。战国时已有传说，务光不愿接受杀其君的商汤的禅让，抱石自投于深渊而死。《列仙传》："务光者，夏时人也。耳长七寸，好琴，服蒲韭根。"

〔12〕仇生却老以食松：《列仙传》："仇生……当殷汤时，为木正三十余年。……

常食松脂，在尸乡北山上，自作石室。”

〔13〕邛（qióng）疏服石以炼形：《列仙传》：“邛疏者，周封史也。能行气炼形，煮石髓而服之，谓之石钟乳。”

〔14〕琴高乘鲤于砀（dàng）中：《列仙传》：“琴高者，赵人也。……浮游冀州涿郡之间二百余年。”参阅《水经注》卷二十三“获水”条：“浮游砀郡间二百余年，后入砀水中取龙子。”《抱朴子内篇·对俗》：“琴高乘朱鲤于深渊。”

〔15〕桂父改色以龟脑：《列仙传》：“桂父者，象林人也。色黑而时白、时黄、时赤。南海人见而尊事之。常服桂及葵，以龟脑和之。”

〔16〕女丸七十以增容：《列仙传》：“女丸者，陈市上沽酒妇人也。作酒常美，遇仙人过其家饮酒，以素书五卷为质。丸开视其书，乃养性交接之术。丸私写其文要，更设房室，纳诸年少，饮美酒，与止宿，行文书之法。如此三十年，颜色更如二十时。”

〔17〕陵阳吞五脂以登高：陵阳，即陵阳子明。《列仙传》：“陵阳子明者，铚乡人也。……上黄山，采五石脂，沸水而服之。”

〔18〕商丘咀菖蒲以不终：商丘，即商丘子胥。《列仙传》：“商丘子胥者，高邑人也。……食术菖蒲根，饮水，不饥不老如此。”终，寿命终结，死。

〔19〕雨师炼五色以厉天：雨师，赤松子，见《列仙传》。然未云其“炼五色以厉天”事，待考。

〔20〕子光辔虬雷于玄途：子光，一本作子先；虬雷，一本作两虬，皆是。虬，古代传说中有角的小龙。玄途，通往幽玄的道路。《列仙传》：“呼子先者，汉中关下卜师也。老寿百余岁。……夜有仙人持二茅狗来至，呼子先，子先持一与酒家妪，得而骑之，乃龙也。”

〔21〕周晋跨素禽于缑（gōu）氏：周晋，即王子乔，因其为周灵王太子，名晋，故称。素禽，指白鹤。缑氏，缑氏山，在今洛阳市偃师区东南。《列仙传》：“游伊、洛之间，道士浮丘公接以上嵩高山。三十余年后，求之于山上，见桓良曰：‘告我家，七月七日待我于缑氏山巅。’至时，果乘白鹤驻山头。”

〔22〕轩辕控飞龙于鼎湖：轩辕，黄帝之号。《史记·封禅书》：“黄帝采首山铜，铸鼎于荆山下。鼎既成，有龙垂胡髯下迎黄帝。黄帝上骑，群臣后宫从上者七十余人，龙乃上去。……后世因名其处曰鼎湖。”《列仙传》亦载此事。

〔23〕葛由策木羊于绥山：《列仙传》：“葛由者，羌人也。周成王时，好刻木羊卖之。一旦，骑羊而入西蜀，蜀中王侯贵人追之，上绥山。……随之者不复还，皆得

仙道。”

〔24〕陆通匝遐纪于黄卢：遐纪，高龄，高寿。黄卢，一本作橐卢，是。《列仙传》：“陆通者，云楚狂接舆也。好养生，食橐卢木实及芜菁子。游诸名山，在蜀峨嵋山上，世世见之，历数百年去。”

〔25〕萧史乘凤而轻举：《列仙传》：“萧史者，秦穆公时人也。善吹箫，能致孔雀、白鹤于庭。穆公有女，字弄玉，好之，公遂以女妻焉。日教弄玉作凤鸣。居数年，吹似凤声，凤凰来止其屋。公为作凤台，夫妇止其上，不下数年。一旦，皆随凤凰飞去。”

〔26〕东方飘衣于京都：东方，东方朔。《列仙传》：“至宣帝初，弃郎以避乱世，置帻官舍，风飘之而去。”

〔27〕犊子灵化以沦神：沦神，沦入神域。《列仙传》：“犊子牵一黄犊来过，都女悦之，遂留相奉侍。都女随犊子出取桃李，一宿而返，皆连兜甘美。邑中随伺逐之，出门共牵犊耳而走，人不能追也。且还，复在市中，数十年乃去。”

〔28〕主柱飞行于丹砂：《列仙传》：“主柱……与道士俱上宕山，言此有丹砂，可得数万斤。宕山长吏知而上山封之。砂流出，飞如火，乃听柱取。为邑令章君明饵砂，三年得神砂飞雪服之，五年能飞行，遂与柱俱去云。”

〔29〕阮丘长存于睢岭：阮丘，黄阮丘。《列仙传》：“黄阮丘者，睢山上道士也。……于山上种葱薤百余年，人不知也。”

〔30〕英氏乘鱼以登遐：英氏，子英。《列仙传》：“子英者，舒乡人也。善入水捕鱼，得赤鲤，爱其色好，持归著池中，数以米谷食之。一年长丈余，遂生角，有翅翼。子英怪异，拜谢之。鱼言：‘我来迎汝，汝上背，与汝俱升天。’即大雨。子英上其鱼背，腾升而去。”

〔31〕修羊陷石于西岳：《列仙传》：“修羊公者，魏人也。在华阴山上石室中，有悬石榻，卧其上，石尽穿陷，略不食，时取黄精食之。后以道干景帝，帝礼之，使止王邸中。数岁，道不可得，有诏问修羊公：‘能何日发？’语未讫，床上化为白羊。”

〔32〕马丹回风以电徂：《列仙传》：“马丹者，晋耿之人也，……灵公欲仕之，逼不以礼。有迅风发屋，丹入回风中而去。”

〔33〕鹿翁陟险而流泉：鹿翁，鹿皮公。岑山上有神泉，人迹罕至。鹿皮公为府小吏，请木工斤斧三十人作转轮悬阁，数十天后作成梯道四间，从而登顶作祠舍。后淄水泛滥，鹿皮公三次下山呼宗族家室六十余人上山，水尽漂一郡，没者万计。

见《列仙传》。

〔34〕园客蝉蜕于五华：五华，五色仙花。《列仙传》："园客者，济阴人也。……常种五色香草，积数十年，食其实。一旦，有五色蛾，止其香树末，客收而荐之以布，生桑蚕焉。至蚕时，有好女夜至，自称客妻，道蚕状，客与俱收蚕，得百二十头，茧皆如瓮大。缫一茧，六十日始尽。讫则俱去，莫知所在。"

〔35〕系俗：为俗所系，为俗物所羁绊。

〔36〕愈于：胜过。

【评析】

《神仙传》是神仙类图书经典之作，采集仙经、道书、百家之说以及神仙故事而成，有大量的服食、炼丹、隐遁、成仙等内容，是道教研究的重要资料。原书已散佚，今本系后人辑佚旧文成篇。"神仙"在中上古时期是特别且重要的文化现象，《汉书·艺文志》将"神仙"列为方技之一，该类小序云："神仙者，所以保性命之真，而游求于其外者也。聊以荡意平心，同死生之域，而无怵惕于胸中。然而或者专以为务，则诞欺怪迂之文弥以益多，非圣王之所以教也。孔子曰：'索隐行怪，后世有述焉，吾不为之矣。'"既从正面肯定神仙家对于修炼身心的积极意义，同时又对由此衍生的荒诞无稽之事予以批评。然而正是孔子所不为的"索隐行怪"之述作，后世却屡有撰作。葛洪的《神仙传》正是这样一本书，在序言中他追述了此前阮仓、刘向的著作，表明此书正是接续这一传统。序中所举传说人物事例，大多来源于《列仙传》，可见这一渊源关系。这些故事在今天看来不免令人费解，但它们确实丰富了中国文学的宝库，仍能引发我们阅读与欣赏的兴味。

萧 统

萧统(501—531),字德施,小字维摩,南朝南兰陵(今江苏武进)人。梁武帝萧衍长子。天监元年(502)立为皇太子,未即位而卒。谥昭明,故世称"昭明太子"。《梁书》本传载其所著文集二十卷,另编撰《正序》十卷、《文章英华》二十卷、《文选》三十卷。《文选》今存,为现存最早的诗文总集。

陶渊明集序[1]

夫自衒自媒者,士女之丑行[2];不忮不求者[3],明达之用心。是以圣人韬光[4],贤人遁世。其故何也?含德之至[5],莫逾于道;亲己之切,无重于身。故道存而身安,道亡而身害。处百龄之内,居一世之中,倏忽比之白驹,寄寓谓之逆旅[6]。宜乎与大块而盈虚[7],随中和而任放[8],岂能戚戚劳于忧畏[9],汲汲役于人间[10]。

齐讴赵女之娱[11],八珍九鼎之食[12],结驷连骑之荣[13],侈袂执圭之贵[14]。乐既乐矣,忧亦随之。何倚伏之难量[15],亦庆吊之相及[16]。智者贤人居之,甚履薄冰[17];愚夫贪士竞之,若泄尾闾[18]。玉之在山,以见珍而终破;兰之生谷,虽无人而自芳。故庄周垂钓于濠[19],伯成躬耕于野[20]。或货海东之药草[21],或纺江南之落毛[22]。譬彼鸳雏,岂竞鸢鸱之肉[23];犹斯杂县,宁劳文仲之牲[24]。至于子常、宁喜之伦[25],苏秦、卫鞅之匹[26],死之而不疑,甘之而不悔。主父偃言[27]:"生不五鼎食,死则五鼎烹。"卒如其言,岂不痛哉。又楚子观周,受折于孙满[28];霍侯骖乘,祸起于负芒[29]。饕餮之徒[30],其流甚众。唐尧四海之主,而有汾阳之心[31]；子晋天下之储，而有洛滨之志[32]。轻之若脱屣[33]，视之若鸿毛，而况于他人乎！是以至人达士，因以晦迹。或怀釐而谒帝[34]，或被褐而负薪[35]。鼓枻清潭[36]，弃机汉曲[37]。情不在于众事，寄众事以忘情者也。

有疑陶渊明诗，篇篇有酒。吾观其意不在酒，亦寄酒为迹者也。其文章不群，辞彩精拔[38]。跌宕昭彰[39]，独超众类；抑扬爽朗，莫之与京[40]。横素波而傍流[41]，干青云而直上[42]。语时事则指而可想[43]，论怀抱则旷而且真。加以贞志不休[44]，安道苦节，不以躬耕为耻，不以无财为病。自非大贤笃志，与道污隆[45]，孰能如此乎！

余素爱其文，不能释手；尚想其德，恨不同时。故加搜校，粗为区目[46]。白璧微瑕，惟在《闲情》一赋。杨雄所谓"劝百而讽一"者[47]，卒无讽谏，何足摇其笔端？惜哉！亡是可也。并粗点定其传，编之于录。尝谓有能观渊明之文者，驰竞之情遣[48]，鄙吝之意祛[49]，贪夫可以廉，懦夫可以立。岂止仁义可蹈，抑乃爵禄可辞。不必傍游泰华[50]，远求柱史[51]，此亦有助于风教也。

【注释】

〔1〕选自清严可均《全上古三代秦汉三国六朝文·全梁文》卷二十。

〔2〕自衒(xuàn)自媒者，士女之丑行：曹植《求自试表》："夫自衒自媒者，士女之丑行也。"衒，古谓女子不经媒妁而与男子交往，这里有炫耀之义。

〔3〕不忮(zhì)不求：《诗经·邶风·雄雉》："不忮不求，何用不臧？"忮，嫉妒，恨。

〔4〕韬光：藏匿光芒。

〔5〕含德：怀藏道德。《老子》第五十五章："含德之厚，比于赤子。"

〔6〕倏忽比之白驹，寄寓谓之逆旅：《庄子·知北游》："人生天地之间，若白驹之过郤，忽然而已。"同篇："世人直为物逆旅耳。"逆旅，旅店。

〔7〕大块：大自然。《庄子·齐物论》："夫大块噫气，其名为风。"

〔8〕中和：《老子》第二十九章河上公注云："处中和，行无为，则天下自化。"任

放，放纵任性。

〔9〕戚戚：忧惧、忧伤的样子。

〔10〕汲汲：急切求取的样子。此与“戚戚”都直接本于陶渊明《五柳先生传》：“黔娄有言：不戚戚于贫贱，不汲汲于富贵。”

〔11〕齐讴赵女：齐国的歌曲、赵国的美女，比喻声色享受。

〔12〕八珍九鼎：指各种美食和列鼎而食的豪奢生活。

〔13〕结驷连骑：驷，套着四匹马的车。骑，一人一马。这句是形容随从、车马众多。据《史记》记载，子贡相卫时即有此出行场面。

〔14〕侈袂执圭：侈袂，宽大的衣袖。执圭，手执圭（一种玉器）。二者都是做官的象征。

〔15〕倚伏：福祸的代称。《老子》第五十八章：“祸兮福之所倚，福兮祸之所伏。”

〔16〕庆吊：喜事与丧事。

〔17〕甚履薄冰：比走在薄冰上还要心惊胆战。《诗经·小雅·小旻》：“战战兢兢，如临深渊，如履薄冰。”

〔18〕若泄尾闾：《庄子·秋水》：“天下之水，莫大于海，万川归之，不知何时止而不盈；尾闾泄之，不知何时已而不虚。”据成玄英疏，尾闾乃“泄海水之所”。这句是以海水泄入尾闾为喻，谓欲望不知何时能够穷尽。

〔19〕庄周垂钓于濠：庄子在濮水垂钓时，拒绝了楚王希望他出仕的请求。见《庄子·秋水》。句中“濠”当为“濮”之误。

〔20〕伯成躬耕于野：舜传位于禹，伯成子高辞诸侯之位而耕在野。见《庄子·天地》。

〔21〕货海东之药草：安期生卖药海边，老而不仕。见嵇康《高士传》。

〔22〕纺江南之落毛：老莱子至江南而止，说：“鸟兽之毛，可绩而衣。”见《高士传》。

〔23〕譬彼鹓雏，岂竞鸢鸱（chī）之肉：惠子担心自己的相位被庄子取代，庄子对他讲了一个寓言故事：鹓雏“非梧桐不止，非练实不食，非醴泉不饮”，而鸱鸟得了腐鼠肉却担心鹓雏要与它竞争抢食。见《庄子·秋水》。

〔24〕犹斯杂县，宁劳文仲之牲：有海鸟在鲁国郊外止息，鲁人用尊贵的牲牢供奉，此鸟却悲惧而死。见《庄子·至乐》。据晋人司马彪说，此鸟即《国语》中的爰居（又名杂县），臧文仲使国人祭之。

〔25〕子常：春秋时楚国令尹，狡诈贪婪，后为吴国军队大败，家破人亡。宁喜：春秋时卫国权臣，后为公孙免馀所杀。

〔26〕卫鞅：商鞅，因是卫国人，故亦称卫鞅。

〔27〕主父偃：西汉时政客，曾在诸侯国间游说，后为武帝赏识拔擢。他曾说过“丈夫生不五鼎食，死即五鼎烹耳。吾日暮途远，故倒行暴施之”这样的话。后因公孙弘谏言，主父偃被族诛。见《史记·平津侯主父列传》。

〔28〕楚子观周，受折于孙满：楚子，楚庄王，因楚始封子爵，故史书惯称楚子。孙满，王孙满。据《左传·宣公三年》记载，楚庄王伐陆浑之戎，在周的疆域内观兵，并问鼎之大小，周臣王孙满以“周德虽衰，天命未改。鼎之轻重，未可问也”驳回了楚王的无礼之问。

〔29〕霍侯骖（cān）乘（shèng），祸起于负芒：霍侯，霍光，因封博陆侯，故称霍侯。汉宣帝即位之初谒高祖庙，权臣霍光与皇帝同乘一车陪侍在侧，宣帝惮畏霍光，感觉像有芒刺扎在后背。霍光死后而宗族被诛灭，《汉书·霍光传》记载当时俗传之说：“威震主者不畜，霍氏之祸萌于骖乘。”

〔30〕饕（tāo）餮（tiè）：此指性情贪婪的人。《左传·文公十八年》：“缙云氏有不才子，贪于饮食，……天下之民以比三凶，谓之饕餮。”

〔31〕唐尧四海之主，而有汾阳之心：《庄子·逍遥游》：“尧治天下之民，平海内之政，往见四子藐姑射之山，汾水之阳，窅然丧其天下焉。”

〔32〕子晋天下之储，而有洛滨之志：《列仙传》卷上：“王子乔者，周灵王太子晋也。好吹笙，作凤凰鸣。游伊、洛之间，道士浮丘公接以上嵩高山。”

〔33〕脱屣（xǐ）：脱鞋子。比喻把事情看得很简单，有轻视之意。

〔34〕怀鳌（xǐ）而谒帝：鳌，古同“禧”。据近人高步瀛说，此句疑用华封人祝尧事，事见《庄子·天地》。这句意谓怀着求福的愿望谒见皇帝。

〔35〕被褐而负薪：有位在盛夏五月披裘而采薪之人，延陵季子命他将地上的财物拿来，却被采薪之人厉声呵斥，并诘问：“吾当夏五月，披裘而薪，岂取金者哉？”见《论衡·书虚》。《高士传》亦载此事，可知其为高士事迹的典范。褐，一本作裘，当是。

〔36〕鼓枻（yì）清潭：屈原放逐游于江潭，与渔父对话，渔父见随波逐流的处世方式不能打动高洁傲岸的屈原，遂“鼓枻而去”。见《楚辞·渔父》。鼓枻，摇桨行船。

〔37〕弃机汉曲:《庄子·天地》载,子贡过汉阴,指导一丈人建造机械以方便灌溉菜园,丈人说自己只是不愿为此,因为“有机械者必有机事,有机事者必有机心。机心存于胸中则纯白不备,纯白不备则神生不定。神生不定者,道之所不载也”。意谓不愿生机巧之心于胸中。

〔38〕精拔:精炼挺拔。

〔39〕跌宕(dàng):指文章富有顿挫波折。昭彰:昭著、显著而有光彩。

〔40〕莫之与京:没有像他那样成就高大的。

〔41〕横素波而傍流:形容陶渊明文章气势滂沛,影响深广。

〔42〕干青云而直上:形容陶渊明文章水准和人格境界直冲青云,高不可及。

〔43〕指:旨意,意趣。

〔44〕贞志:砥砺志向使其坚贞。

〔45〕与道污隆:与道同升降。《礼记·檀弓上》:“子思曰:‘昔者,吾先君子无所失道,道隆则从而隆,道污则从而污。’”污,低洼。隆,高起。污隆,指升降、盛衰。

〔46〕区目:区分编目。

〔47〕劝百而讽一:《汉书·司马相如传》赞曰:“扬雄以为靡丽之赋,劝百而风一。”是批评所谓“靡丽之赋”中规讽正道的言辞远远赶不上劝诱奢靡的语句的影响力大。

〔48〕驰竞:奔走竞争,指追名逐利。

〔49〕鄙吝:心胸狭窄,又指过分爱惜钱财。

〔50〕泰华:泰华山,即华山,泛指隐居之所。

〔51〕柱史:指老子。《史记索隐》:“《张苍传》:‘老子为柱下史。’盖即藏室之柱下,因以为官名。”

【评析】

据北齐阳休之《序录》称,在萧统之前,陶渊明集有八卷本(无序)、六卷本(并序目)两本行于世,但“编比颠乱,兼复缺少”,至萧统编纂八卷本陶集成,则“编录有体,次第可寻”,可见萧统于陶集编纂具有重要贡献。今存陶集虽非萧统原编样貌,然多存录其所撰《陶渊明传》《陶渊明集序》等。陶渊明是祖国伟大诗人,生活于晋宋之际,是“古今隐逸诗人之宗”(钟嵘《诗品》语)。他一生比较穷困,在当时并未取得很高评价(如钟嵘仅将其列入中品)，其诗文能够保存、地位得以提升，与昭明太子萧统的努力密不可分。萧统不仅搜集编次陶渊明的诗文，还为其作传、为集作序。此序主要宣扬了陶渊明高尚的道德情操，即安贫守道、不与世争的处世态度，从正反两面举出历史与传说人物的实例，说明贪竞名禄有害于生，任性自然、忘却俗情才是生命的正轨。序文指明陶诗“篇篇有酒”是其生命寄托的方式，并对他的文章大力赞赏，认为陶渊明能够取得巨大成就，根本在于其德性之高尚。在萧统看来，陶渊明的文与德是统一且相辅相成的，也正因如此，他在面对陶渊明所作《闲情赋》时便采取贬抑的态度。这是萧统文学观念较为保守的一面，过分强调“有助风教”的道德意义。就思想境界而论，序文中表现出《庄子》一书的影响，这是魏晋以降的风流余韵，也正是陶渊明隐逸思想的渊源之一。

徐　陵

徐陵(507—583),字孝穆,南朝东海郯(今山东郯城)人。梁武帝中大通三年(531)被引为东宫学士,后迁尚书度支郎。大同前期,出为上虞令,后为南平王府行参军。寻迁镇西湘东王中记室参军,赴荆州。太清二年(548)出使东魏,因侯景之乱稽留邺城七年。后随梁宗室萧渊明南归。入陈后,加散骑常侍,官至左仆射、左光禄大夫、太子少傅。有《徐孝穆集》《玉台新咏》存世。

玉台新咏序〔1〕

夫凌云概日〔2〕,由余之所未窥〔3〕;千门万户,张衡之所曾赋〔4〕。周王璧台之上〔5〕,汉帝金屋之中〔6〕,玉树以珊瑚作枝,珠帘以玳瑁为押〔7〕,其中有丽人焉。

其人也,五陵豪族〔8〕,充选掖庭〔9〕;四姓良家〔10〕,驰名永巷〔11〕。亦有颍川、新市〔12〕,河间、观津〔13〕,本号娇娥,曾名巧笑〔14〕。楚王宫里,无不推其细腰〔15〕;卫国佳人,俱言讶其纤手〔16〕。阅诗敦礼〔17〕,岂东邻之自媒〔18〕;婉约风流,异西施之被教〔19〕。弟兄协律,生小学歌〔20〕;少长河阳,由来能舞〔21〕。琵琶新曲,无待石崇〔22〕;箜篌杂引,非关曹植〔23〕。传鼓瑟于杨家〔24〕,得吹箫于秦女〔25〕。至若宠闻长乐,陈后知而不平〔26〕;画出天仙,阏氏览而遥妒〔27〕。至如东邻巧笑〔28〕,来侍寝于更衣〔29〕;西子微颦〔30〕,得横陈于甲帐〔31〕。陪游馺娑〔32〕,骋纤腰于结风〔33〕;长乐鸳鸯〔34〕,奏新声于度曲。妆鸣蝉之薄鬓〔35〕,照堕马之垂鬟〔36〕。反插金钿〔37〕,横抽宝树〔38〕。南都石黛〔39〕,最发双蛾〔40〕;北地燕脂,偏开两靥[41]。亦有岭上仙童,分丸魏帝[42];腰中宝凤,授历轩辕[43]。金星将婺女争华,麝月与嫦娥竞爽[44]。惊鸾冶袖[45],时飘韩掾之香[46];飞燕长裾[47],宜结陈王之珮[48]。虽非图画,入甘泉而不分[49];言异神仙,戏阳台而无别[50]。真可谓倾国倾城[51],无对无双者也。

加以天时开朗[52],逸思雕华[53],妙解文章,尤工诗赋。琉璃砚匣,终日随身;翡翠笔床[54],无时离手。清文满箧,非惟芍药之花;新制连篇[55],宁止蒲萄之树。九日登高,时有缘情之作[56];万年公主,非无累德之辞[57]。其佳丽也如彼,其才情也如此。

既而椒宫宛转[58],柘馆阴岑[59];绛鹤晨严[60],铜蠡昼静[61]。三星未夕[62],不事怀衾[63];五日犹赊,谁能理曲[64]。优游少托[65],寂寞多闲。厌长乐之疏钟[66],劳中宫之缓箭[67]。纤腰无力,怯南阳之捣衣[68];生长深宫,笑扶风之织锦[69]。虽复投壶玉女[70],为观尽于百骁[71];争博齐姬[72],心赏穷于六箸[73]。无怡神于暇景[74],惟属意于新诗。庶得代彼皋苏[75],微蠲愁疾[76]。

但往世名篇,当今巧制,分诸麟阁[77],散在鸿都[78]。不藉篇章,无由披览[79]。于是燃脂暝写[80],弄笔晨书,撰录艳歌,凡为十卷。曾无忝于雅颂[81],亦靡滥于风人[82],泾渭之间[83],若斯而已。于是丽以金箱,装之宝轴[84]。三台妙迹[85],龙伸蠖屈之书[86];五色花笺,河北胶东之纸。高楼红粉,仍定鱼鲁之文[87];辟恶生香[88],聊防羽陵之蠹[89]。《灵飞》《太甲》,高擅玉函[90];《鸿烈》仙方,长推丹枕[91]。至如青牛帐里[92],余曲既终;朱鸟窗前[93],新妆已竟。方当开兹缥帙[94],散此绦绳[95],永对玩于书帷[96],长循环于纤手。岂如邓学《春秋》[97],儒者之功难习;窦专黄老[98],金丹之术不成?固胜西蜀豪家,托情穷于《鲁殿》[99];东储甲观,流咏止于《洞箫》[100]。娈彼诸姬[101],聊同弃日[102];猗欤彤管[103],无或讥焉。

【注释】

〔1〕选自南朝陈徐陵《玉台新咏》。

〔2〕凌云：凌云台。概日：遮住了太阳。

〔3〕由余之所未窥：由余，晋国人，曾在秦国观宫室，以宫室建造劳神伤民的一番话使秦穆公大惭。这句形容玉台之高耸连由余都未曾见过。

〔4〕千门万户，张衡之所曾赋：张衡《西京赋》："闬庭诡异，门千户万。"

〔5〕周王璧台：《穆天子传》卷六："天子乃为之台，是曰重璧之台。"重璧之台，指台的形状如同层叠的玉璧。

〔6〕汉帝金屋：汉武帝刘彻为胶东王时，曾说过如果娶陈阿娇为妇，"当作金屋贮之"。见《汉武故事》。

〔7〕玉树以珊瑚作枝，珠帘以玳瑁为押：《汉武故事》载，汉武帝建造神屋，在前庭植玉树，以珊瑚为枝，以碧玉为叶。神屋内又以白珠为帘，以玳瑁作匣。押，"柙"的俗字，同"匣"。

〔8〕五陵豪族：五陵，长陵、安陵、阳陵、茂陵、平陵五县的合称，为西汉五个皇帝陵墓所在地。其地均在渭水北岸附近。汉元帝以前，每立陵墓，辄迁徙四方富豪及外戚于此居住。

〔9〕掖庭：宫殿中的旁舍，妃嫔的住所。

〔10〕四姓良家：永平中为外戚樊氏、郭氏、阴氏、马氏诸子弟立学，号"四姓小侯"。见袁宏《后汉纪》。此泛指名门贵族。

〔11〕永巷：《后汉书·皇后纪注》："永巷，宫中署名也，后改为掖庭。"

〔12〕颍川：代指晋明帝明穆庾皇后，她是颍川鄢陵人。新市：据清人吴兆宜注，或当指汉光武帝光烈阴皇后。阴氏南阳新野人，与新市尚有别，姑存疑。

〔13〕河间：代指汉武帝钩弋夫人，其为河间人。观津：代指汉文帝窦皇后，其为清河观津人。

〔14〕巧笑：崔豹《古今注》卷下："魏文帝宫人绝所爱者，有莫琼树、薛夜来、田尚衣、段巧笑四人，日夕在侧。"

〔15〕楚王宫里，无不推其细腰：据《墨子·兼爱下》《韩非子·二柄》《淮南子·主术》等载，楚灵王好细腰，而宫中多饿人。此用来形容这位女子的美貌，即便在楚王宫里仍是最受推重的，下句修辞亦同此。

〔16〕卫国佳人，俱言讶其纤手：《诗经·卫风·硕人》："手如柔荑。"柔荑，柔软

而白的茅草嫩芽。

〔17〕敦礼：尊崇礼教。

〔18〕东邻之自媒：宋玉《登徒子好色赋》："东家之子……嫣然一笑，惑阳城，迷下蔡，然此女登墙窥臣三年，至今未许也。"自媒，女子不待媒妁而自行选择配偶。

〔19〕西施之被教：越国得西施，曾"教以容步，习于土城，临于都巷，三年学服，而献于吴"。见《吴越春秋》《越绝书》。

〔20〕弟兄协律，生小学歌：汉武帝李夫人与兄延年知音善舞，俱被宠幸，封延年为协律都尉。见《汉书·外戚传》。

〔21〕少长河阳，由来能舞：汉成帝皇后赵飞燕本长安宫人，长在阳阿主(据颜师古注，今俗书阿字作河。又或为河阳，皆后人所妄改。)家，善歌舞。见《汉书·外戚传》。

〔22〕琵琶新曲，无待石崇：西晋石崇曾作《王明君词序》，推崇王昭君(晋人避司马昭讳，改称明君)能为琵琶新曲。此句是说，演奏琵琶新曲技艺高超，本无待石崇撰文来发扬。下句修辞亦同此。

〔23〕箜篌杂引，非关曹植：曹植有拟乐府诗《箜篌引》。据崔豹《古今注》，《箜篌引》乃朝鲜津卒霍里子高妻丽玉所作。

〔24〕传鼓瑟于杨家：《汉书·杨恽传》载恽撰《报孙会宗书》："家本秦也，能为秦声。妇，赵女也，雅善鼓瑟。"

〔25〕得吹箫于秦女：《列仙传》卷上："萧史者，秦穆公时人也。善吹箫。……穆公有女，字弄玉，好之，公遂以女妻焉。日教弄玉作凤鸣。居数年，吹似凤声。"

〔26〕宠闻长乐，陈后知而不平：指卫子夫受汉武帝宠幸后，陈阿娇为此妒忌不平事。见《汉书·外戚传》。长乐，汉宫名。

〔27〕画出天仙，阏氏览而遥妒：指陈平为解汉高祖平城之围，画美女图给匈奴阏氏并诈称将向单于献此美女以求和，致使阏氏妒忌而劝说单于放走刘邦事。见《史记·陈丞相世家》《汉书·高帝纪》注。

〔28〕东邻巧笑：参阅注〔18〕。

〔29〕来侍寝于更衣：卫子夫初为平阳主家歌者，汉武帝至主家饮酒后，"子夫侍尚衣轩中，得幸。"见《史记·外戚世家》。

〔30〕西子微颦(pín)：西施因有心病而常常皱眉头。见《庄子·天运》。颦，皱眉。

〔31〕横陈：横卧，横躺。甲帐：高贵奢华的帐幕。《汉武故事》："上以琉璃珠玉、明月夜光杂错天下珍宝为甲帐，其次为乙帐，甲以居神，乙以自居。"

〔32〕馺（sà）娑：汉宫殿名。

〔33〕骋纤腰于结风：扭动细腰载歌载舞。结风，古歌曲名。

〔34〕鸳鸯：未央宫殿名。

〔35〕鸣蝉之薄鬓：古代的一种发式。崔豹《古今注》卷下："制蝉鬓，缥缈如蝉翼，故曰蝉鬓。"

〔36〕照：梳妆时照看。堕马之垂鬟（huán）：古代的一种发式。《后汉书·梁冀传》："冀妻孙寿……色美而善为妖态，……作堕马髻，……以为媚惑。"

〔37〕金钿（diàn）：嵌有金花的妇人首饰。

〔38〕宝树：指古代妇女首饰中的步摇。

〔39〕石黛：古代女子画眉用的青黑色颜料，如石墨之类的物品。

〔40〕最发双蛾：最能体现两眉的美好。发，显现。

〔41〕偏开两靥（yè）：使脸颊两侧酒窝旁格外鲜艳。靥，酒窝。

〔42〕岭上仙童，分丸魏帝：指魏文帝曹丕想要西山仙童分与药丸事，见曹丕《折杨柳行》。

〔43〕腰中宝凤，授历轩辕：《左传·昭公十七年》载郯子言凤鸟为历正，杜预注谓"凤鸟知天时，故以名历正之官"。据纬书《春秋合诚图》，黄帝游雒水上，凤凰衔图置于帝前。此句盖因腰中所配宝凤形的装饰品而联想到这些故实。

〔44〕金星将婺（wù）女争华，麝（shè）月与嫦娥竞爽：据近人高步瀛说，"金星""麝月"乃妆饰之名，因涉星、月，遂言及婺女星（即二十八宿之一的女宿）和嫦娥。竞爽，媲美。

〔45〕惊鸾（luán）：形容舞姿轻盈美妙。冶袖：华丽的袖子。

〔46〕时飘韩掾之香：韩寿美姿容，贾充辟以为掾。贾充闻到韩寿身上的奇香乃是外国所贡，于是怀疑他与自己女儿私通才得以染上此香。经拷问坐实后，贾充遂将女儿嫁给韩寿。见《世说新语·惑溺》。

〔47〕飞燕长裾：张衡《舞赋》："裾似飞燕。"

〔48〕陈王之珮：曹植《洛神赋》："愿诚素之先达兮，解玉珮以要之。"曹植曾封陈王。

〔49〕虽非图画，入甘泉而不分：李夫人早卒，汉武帝"图画其形于甘泉宫"。见

《汉书·外戚传》。此句谓美人虽不是图画上的李夫人,但若在甘泉宫内,则与李夫人美貌难以区分。下句修辞与此同。

〔50〕言异神仙,戏阳台而无别:宋玉《高唐赋》载,先王游高唐梦巫山神女,人神交合,辞别之际神女云:"妾在巫山之阳,高丘之阻,旦为朝云,暮为行雨,朝朝暮暮,阳台之下。"

〔51〕倾国倾城:《汉书·外戚传》载李延年歌:"北方有佳人,绝世而独立。一顾倾人城,再顾倾人国。宁不知倾城与倾国,佳人难再得。"

〔52〕天时:自然运行的时序。

〔53〕逸思:超逸的思想。雕华:雕丽,刻画得华美。

〔54〕笔床:搁笔的用具,笔架。

〔55〕新制:新的作品。

〔56〕九日登高,时有缘情之作:九月九日有登高习俗,见《荆楚岁时记》。戚夫人侍儿贾佩兰说,在宫内时九月九日佩茱萸、食蓬饵,饮菊花酒。见《西京杂记》。

〔57〕万年公主,非无累德之辞:《晋书·后妃传》:"左贵嫔名芬,……善缀文。……及帝女万年公主薨,帝痛悼不已,诏芬为诔。"刘勰《文心雕龙》:"诔者累也,累其德行,旌之不朽也。"

〔58〕椒宫:皇后所居宫殿。

〔59〕柘(zhè)馆:汉上林苑中嫔妃所居之馆。阴岑:深邃的样子。

〔60〕绛鹤:据近人高步瀛说,指绛鹤形状的锁钥。

〔61〕铜蠡(lǐ):铜制螺形的衔着门环的底座。

〔62〕三星未夕:《诗经·唐风·绸缪》:"三星在天。"毛《传》认为三星即参星,郑玄认为乃心星,二者虽有异说,但均以为三处皆指有三颗星的同一星座。据近人研究,《绸缪》诗三章所言三星,是指一夜之间,在不同时间三个星座顺次出现。此处以"三星未夕"指尚未进入深夜的某一时刻。

〔63〕不事怀衾(qīn):还没有要去抱被子睡觉。衾,被子。

〔64〕五日犹赊(shē),谁能理曲:如淳《汉书注》:"乐家五日一习乐,为理乐也。"赊,长。

〔65〕少托:少有托请之事。

〔66〕长乐之疏钟:据《三辅黄图》卷六载,汉代钟室在长乐宫。

〔67〕中宫之缓箭:据《汉书·哀帝纪》及颜师古注,汉代有中宫,为皇后之宫。

缓箭，缓慢的漏箭，古时用银箭刻漏记时。

〔68〕南阳之捣衣：《水经注·沔水》："汉水南有女郎山，山上有女郎冢，……下有女郎庙及捣衣石，言张鲁女也。"疑即此典所出。

〔69〕扶风之织锦：指窦滔妻苏蕙织锦为回文旋图诗以寄其夫事。见《晋书·列女传》。苏蕙，始平人，旧属右扶风。

〔70〕投壶玉女：《神异经》："东王公恒与一玉女投壶，每投千二百矫(即下注之"骁")，设有入不出者，天为之嚱嘘；矫出而脱误不接者，天为之笑。"

〔71〕百骁：古代投壶，矢从壶中跃出复还，谓之骁。百骁，谓投壶发矢，百发百还。见《西京杂记》。

〔72〕争博齐姬：此句事典未详。博，古代一种游戏。

〔73〕六箸：古代博具。据颜之推《颜氏家训·杂艺》："古为大博则六箸，……今无晓者。"知彼时已不晓其详。

〔74〕暇景：闲暇时间。

〔75〕皋苏：木名。传说木汁味甜，食者不饥，可以释劳。

〔76〕蠲(juān)：除去。

〔77〕麟阁：西汉时藏书之处。《三辅黄图》卷六引《汉宫殿疏》："天禄麒麟阁，萧何造，以藏秘书、处贤才也。"

〔78〕鸿都：东汉时藏书之处。《后汉书·儒林传序》："辟雍、东观、兰台、石室、宣明、鸿都诸藏典策文章。"

〔79〕不藉篇章，无由披览：指名作丰富且分藏内府，如果不凭藉一篇一章撮取汇录，则难以阅览。

〔80〕燃脂暝写：点燃油脂蜡烛在夜晚编写抄录。

〔81〕忝(tiǎn)：辱没，有愧于。雅颂：《诗经》一书中诗的体裁，后亦代指中正和平或太平盛世的音乐。

〔82〕亦靡滥于风人：而又不像民间歌谣那样浮泛。靡，不。滥，泛滥，浮泛。风人，古有采诗官采四方风俗以观民风，故称所采诗为风(也是《诗经》中诗的体裁之一)，采诗者为风人。

〔83〕泾渭：古人谓泾水浊、渭水清(实为泾清渭浊)，故常用"泾渭"喻品格的优劣清浊。

〔84〕丽以金箱，装之宝轴：用名贵的卷轴装帧，再用金箱存放以增其华美。

〔85〕三台：东汉著名书法家蔡邕曾“三日之间，周历三台”（见《后汉书·蔡邕传》），故以三台代称蔡邕。

〔86〕龙伸蠖(huò)屈：像龙和蠖一样自如地伸展弯曲，形容书法字迹精妙。

〔87〕鱼鲁：指文字传写时因形近而产生的讹误。《抱朴子·遐览》：“书三写，鱼成鲁，虚成虎。”

〔88〕辟恶生香：除去恶气，发出香味。鱼豢《典略》：“芸台香辟纸鱼蠹。”

〔89〕羽陵之蠹：《穆天子传》卷五：“天子东游，次于雀梁。□蠹书于羽陵。”

〔90〕《灵飞》《太甲》，高擅玉函：《灵飞》《太甲》，方术类典籍。汉武帝将这些得自神仙的书籍“奉以黄金之箱，封以白玉之函”，见《汉武内传》。擅，独揽，占有。

〔91〕《鸿烈》仙方，长推丹枕：《鸿烈》，《淮南鸿烈》，即《淮南子》。《汉书·刘向传》：“上复兴神仙方术之事，而淮南有《枕中鸿宝苑秘书》。”

〔92〕青牛帐：传说秦文公二十七年(前739)伐南山大梓木，有青牛奔入丰水不出，后遂奉以为神，于武都郡立怒特祠祀之。见《史记·秦本纪》及《录异传》。

〔93〕朱鸟窗：传说东方朔曾从九华殿南厢朱鸟牖中窥探西王母。见《汉武故事》。

〔94〕缥帙：淡青色的书衣，亦指书卷。

〔95〕绦绳：丝带。

〔96〕对玩：对着物品赏玩。书帷：书斋的帷帐，借指书斋。

〔97〕邓学《春秋》：和熹邓皇后“自入宫，遂博览五经传记”（见《续汉书》），可知《春秋》当亦在“博览”之列。

〔98〕窦专黄老：孝文窦皇后好黄帝、老子言。见《汉书·外戚传上》。

〔99〕西蜀豪家，托情穷于《鲁殿》：刘琰家中侍婢几十人，都要学习诵读《鲁灵光殿赋》。见《三国志·蜀书·刘琰传》。

〔100〕东储甲观，流咏止于《洞箫》：汉元帝做太子时，喜爱王褒所撰《洞箫赋》，令后宫贵人左右诵读。见《汉书·王褒传》。东储，东宫。甲观，元帝为太子时宫内观名。

〔101〕娈(luán)彼诸姬：《诗经·邶风·泉水》：“娈彼诸姬，聊与之谋。”娈，美好。

〔102〕弃日：消遣时光。

〔103〕猗(yī)欤(yú)：表示赞美的感叹词。彤管：杆身漆朱的笔，代指女子文

墨之事。《诗经·邶风·静女》:“静女其娈,贻我彤管。”

【评析】

梁简文帝萧纲为太子时,命徐陵编撰《玉台新咏》。玉台指建业(今江苏南京)宫城的殿馆,标明编撰此集的受命之处。该书收录上自汉魏、下讫萧梁的诗歌七百六十九首,共十卷。其中选录诗歌内容以女性为主要描写对象,且多能入乐歌唱,也可视为一部歌辞总集。本文即《玉台新咏》之序,是一篇用骈体写成的序文,音律铿锵,声色兼备,善用典故而无晦涩之弊,晓畅主旨却含变幻之趣,本身即是一篇优美的文学作品。它不同于一般序言平铺直叙、纪事显明,而是采用虚构的笔调展现历史存在意义的真实,隐约地表露所序书的撰述主旨。序文将视角集中于“丽人”,先从其居所之辉煌写起,进而着力渲染室中人出身之不凡、容貌之特异、才情之卓荦,点明其对文学写作极具爱好,且以诗文阅读作为消遣娱乐的主要方式,因而此编的撰集非常必要,在消遣娱乐之外能够给人以高华的审美享受。序文将重点聚焦于“美”,剥落传统观念中附着在文学身上的道德意味,而使文学本身的特质得以彰显,文学的娱情功能得到正面发扬。《陈书》称徐陵“缉裁巧密,多有新意”,于该序可见一斑。

殷　璠

殷璠(生卒年不详),唐代润州(今江苏镇江)人。宋本《河岳英灵集》题衔"唐丹阳进士殷璠"。据唐吴融《过丹阳》诗自注"殷文学于此集《英灵》",或曾任润州文学。后或辞官退隐,故世称"处士"。璠尝汇次润州、荆扬地方文人作品,纂成《丹阳集》《荆扬挺秀集》,今已佚。又编《河岳英灵集》二卷,为现存唐人所编之唐诗重要选本之一。

河岳英灵集叙[1]

梁昭明太子撰《文选》[2],后相效著述者十有余家,咸自称尽善。高听之士[3],或未全许。且大同至于天宝[4],把笔者近千人[5]。除势要及贿赂[6],中间灼然可上者[7],五分无二。岂得逢诗辄纂,往往盈帙[8]。盖身后立节[9],当无诡随[10]。其应铨简不精[11],玉石相混,致令众口谤铄[12],为知音所痛。

夫文有神来、气来、情来,有雅体、鄙体、俗体。编纪者能审鉴诸体,委详所来[13],方可定其优劣,论其取舍。至如曹、刘[14],诗多直致[15],语少切对[16],或五字并侧[17],或十字俱平[18],而逸价终存[19]。然挈瓶肤受之流[20],责古人不辨宫商[21],词句质素,耻相师范。于是攻乎异端,妄为穿凿,理则不足,言常有余,都无兴象[22],但贵轻艳。虽满箧笥[23],将何用之?自萧氏以还[24],尤增矫饰[25]。武德初微波尚在[26],贞观末标格渐高[27],景云中颇通远调[28]。开元十五年后[29],声律风骨始备矣。实由主上恶华好朴,去伪从真。使海内词场[30],翕然遵古[31],有周风雅[32],再阐今日[33]。

璠不佞[34]，窃尝好事，常愿删略群才，赞圣朝之美。爰因退迹[35]，得遂宿心[36]。粤若王维、王昌龄、储光羲等三十五人[37]，皆河岳英灵也[38]。此集即以河岳英灵为称。诗二百七十五首，分为上下卷。起甲寅，终癸巳[39]。论次于叙[40]，品藻各冠篇额[41]。如名不副实，才不合道，纵权压梁、窦[42]，终无取焉。

【注释】

〔1〕选自《全唐文》卷四百三十六，校以国家图书馆藏宋刻本《河岳英灵集》及日本遍照金刚《文镜秘府论》南卷、明隆庆刻本《文苑英华》卷七百一十二所收《河岳英灵集叙》。文字择善而从，不另出校记。

〔2〕梁昭明太子撰《文选》：昭明太子，即萧统，字德施，南朝梁武帝太子，谥号昭明，故称"昭明太子"。《文选》，又称《昭明文选》，是萧统主持编选的诗文总集。

〔3〕高听：见闻高明。

〔4〕大同至于天宝：大同，南朝梁武帝萧衍年号(535—546)。天宝，唐玄宗李隆基年号(742—756)。

〔5〕把笔：握笔，执笔。此处指写作。

〔6〕势要及贿赂：势要，权贵，显要。贿赂，用财物收买他人。

〔7〕灼然可上：文采鲜明，值得推崇。上，通"尚"，崇尚，尊崇。

〔8〕盈帙：指编纂总集时滥收诗文，以致书袋装满。帙，书、画的封套，用布帛制成，通常每十卷为一帙。

〔9〕节：准则，法度。指评价诗文的标准。

〔10〕诡随：虚假、随意。

〔11〕其应铨(quán)简不精：应，副词，表示假设，相当于"若""如"。铨简，比较、选择。

〔12〕众口谤铄(shuò)：众人的指责可以熔化金属。比喻舆论力量的强大。

〔13〕委详：确切明了，详细述说。

〔14〕曹、刘：即曹植、刘桢。曹植，字子建。刘桢，字公干。均为汉末著名诗人。

〔15〕直致：原指直而没有曲折之意。此处指诗作质朴率直。

〔16〕切对：严格的对仗。

〔17〕五字并侧：侧，通“仄”，古汉语四声调中上、去、入三声的总称。指作诗时五字全用仄声字。

〔18〕十字俱平：平，古汉语四声调中的平声。指作诗时十字全用平声字。

〔19〕逸价：超绝的名声。价，声望。

〔20〕挈（qiè）瓶肤受：挈瓶，汲水用的小瓶，比喻才智浅薄。《左传·昭公七年》：“人有言曰：‘虽有挈瓶之知，守不假器，礼也。’”杜预注：“挈瓶，汲者，喻小知。”肤受，见识肤浅，造诣不高。《文选·张衡〈东京赋〉》：“若客所谓末学肤受，贵耳而贱目者也。”李善注引薛综曰：“肤受谓皮肤之不经于心胸。”

〔21〕宫商：即古代五声音阶宫、商、角、徵、羽。指诗歌的声韵格律。

〔22〕兴象：兴，诗歌以先言他物引起所咏之事的一种表现手法，《诗经》“六义”之一。象，形象。此处代指以《诗经》为代表的含蓄蕴藉的风格气象。

〔23〕箧（qiè）笥（sì）：用竹、苇编制的箱子。

〔24〕萧氏：指南朝齐、梁两代。齐、梁皇室均姓萧。

〔25〕矫饰：造作，夸饰。

〔26〕武德初微波尚在：武德，唐高祖李渊年号（618—626）。微波，细小的波纹。比喻武德初年浮艳文学风气的影响渐趋微弱。

〔27〕贞观末标格渐高：贞观，唐太宗李世民年号（627—649）。标格，风度、品格。指贞观末年的文学风格逐渐高古。

〔28〕景云中颇通远调：景云，唐睿宗李旦年号（710—711）。远调，久远的格调。指景云年间文学风气已经往上与先秦两汉相通。

〔29〕开元十五年：即公元727年。开元，唐玄宗李隆基年号（713—741）。

〔30〕词场：即文坛，指诗文写作领域。

〔31〕翕（xī）然：一致、普遍的样子。

〔32〕风雅：即《诗经》中的十五国风和《小雅》《大雅》。此处代指《诗经》高古朴实的文学创作风格。

〔33〕阐：显露，发扬。

〔34〕不佞（nìng）：即不才，自谦之词。佞，有才智。

〔35〕爰（yuán）因退迹：爰，连词，表承接关系，相当于“于是”。退迹，退居，归隐。

〔36〕宿心：向来的心愿。

〔37〕粤若王维、王昌龄、储光羲等三十五人：粤若，发语词，用于句首以启下文。王维、王昌龄、储光羲，均为唐代著名诗人。

〔38〕河岳英灵：河，黄河。岳，五岳。英灵，杰出聪明的人。指山河大地上诞生的英俊人才。

〔39〕起甲寅，终癸巳：指选诗的年限起自开元二年(714)，终于天宝十二载(753)。

〔40〕论次于叙：论，即殷璠所撰《河岳英灵集论》。次，排列，编次。叙，即本文《河岳英灵集叙》。指作者另写有论一篇，成书时编排于此叙之后。

〔41〕品藻：品评，赏鉴。指殷璠所撰各人评语，成书时编次于各篇之首。

〔42〕梁、窦：即梁冀、窦宪。均为东汉外戚权臣。

【评析】

殷璠编纂的《河岳英灵集》选录盛唐开元后王维、王昌龄、储光羲诸人诗，各加品评，是唐人选唐诗的重要总集之一，其书前叙文历述其纂修缘由、选录标准及成书过程，向为治诗学者所重视。殷璠以为《文选》以来的数种选本取舍不当，致使玉石混杂，因此起意自行铨录，一则宣扬文质半取的文学观念，二则展现盛唐诗坛的清新风貌。叙文将数百年文学风尚分为古体与新声两派。古体以汉末曹植、刘桢之作为代表，追求质朴端直的风骨之力。新声指齐梁沈约、谢朓诸词人作品，讲究对偶平仄的声律之学。唐初武德时文坛尚笼罩于绮丽风气的影响之下，至贞观年间诗人始力矫前弊。殷璠欲回归中正之道，遂尊古体之精炼，斥新声之艳浮，赞成其时恶华去伪、返璞归真的审美转向。特别是开元后王维、王昌龄、储光羲诸人，已臻声律与风骨兼备的境地，被其誉为“河岳英灵”，故而予以选取品评，冀显扬后世。殷璠此叙以骈体写就，对仗工整，词采斐然，又结构明晰，内容充实，情绪饱满，确可当其所倡“风骚两挟”(《河岳英灵集论》)之语。

陆龟蒙

陆龟蒙(? —约882),字鲁望,号江湖散人、天随子、甫里先生,唐代长洲(今江苏苏州)人,世居临顿里。举进士不中。从湖州刺史张抟游,辟为僚佐。后去职退居松江甫里别业。李蔚、卢携素与善,召拜左拾遗,不至。中和初,遘疾而卒。光化中,韦庄表赠右补阙。龟蒙居乡里,多所论撰,著《笠泽丛书》《小名录》。又与皮日休为友,唱和若干卷,号曰《松陵集》。南宋叶茵掇拾《笠泽丛书》《松陵集》所载,更搜讨遗文,编为《唐甫里先生文集》二十卷行世。事迹见《新唐书·隐逸传》。

笠泽丛书序〔1〕

丛书者,丛脞之书也。丛脞,犹细碎也。细而不遗大,可知其所容矣。

自乾符六年春〔2〕,卧病于笠泽之滨〔3〕。败屋数间,盖蠹书十余箧〔4〕。伯男儿才三尺许长〔5〕,碼齿犹未遍〔6〕。教以药剂〔7〕,象梧子大小外〔8〕,研墨泚笔〔9〕,供纸札而已。

体中不堪羸耗〔10〕,时亦隐几强坐〔11〕。内壹郁则外扬为声音〔12〕,歌诗颂赋铭记传序,往往杂发。不类不次,混而载之,得称为丛书。自当谖忧之一物〔13〕,非敢露世家耳目〔14〕。故凡所讳,中略无避焉。

【注释】

〔1〕选自唐陆龟蒙《唐甫里先生文集》卷十六。

〔2〕乾符六年:即公元879年。乾符,唐僖宗李儇年号(874—879)。

〔3〕笠(lì)泽:水名,又称松江、吴江,今名吴淞江。陆龟蒙即寓居笠泽近旁的甫里,在今江苏苏州角直镇。

〔4〕蠹书十余箧：蠹书，被虫蛀坏的书籍。箧，书箱。

〔5〕伯男儿：长子。

〔6〕龀(huǐ)齿：即换牙。

〔7〕药剂：将药材调和、配制成方剂。

〔8〕象梧子大小：梧子，即梧桐子，梧桐的果实。指用药物制作成如梧桐子一般大小的丸剂，以便服用。

〔9〕泚(cǐ)笔：浸渍毛笔。指用笔蘸墨。

〔10〕羸(léi)耗：瘦瘠，衰弱。

〔11〕隐(yìn)几：即凭几。隐，凭倚，依据。几，古人席地而坐时供倚靠的器具。

〔12〕壹郁：也作"抑郁"，心情忧愤烦闷，郁结不畅。

〔13〕谖(xuān)忧：消解忧愁。谖，忘记。

〔14〕露世家耳目：露，显露，呈现。指此书之写作本为纾解个人之愁闷，并非意图博取豪门显贵的耳闻目睹，因此内容无所避忌。

【评析】

本文是陆龟蒙为其著作《笠泽丛书》所写的序。《笠泽丛书》非今日所言众多书籍之汇编，而谓琐碎之书，即杂体文集。姑苏陆氏远绍东汉陆康、陆绩，唐初陆柬之、陆元方均官至中枢，可谓世家巨族，而陆龟蒙尝举进士不第，短暂出任张抟幕僚后即退隐乡里。乾符六年卧病，寓居松江甫里别业，内心愁闷寄托于笔端，遂撰成诗赋记传各体文章数十篇，不加分类编次，杂聚一书。序中所言"内壹郁则外扬为声音"，上溯西汉贾谊《吊屈原赋》"国其莫吾知兮，子独壹郁其谁语"，继承屈、贾以来"穷愁赋诗"的传统。《丛书》中收录的《甫里先生传》《江湖散人传》《散人歌》等诗文，自比涪翁、渔父、江上丈人之流，抒发闲散放逸、安贫乐道的志向。陆龟蒙此序虽然文字简短，然平实凝练，意切情真，诚为散文之佳作。

白鸥诗序〔1〕

乐安任君〔2〕，尝为泾尉〔3〕。居吴城中〔4〕，地才数亩，而不佩俗物。

有池，池中有岛屿。池之南西北边合三亭，修篁嘉木[5]，掩隐隈隩[6]。处其一，不见其二也。

君好奇乐异，喜文学名理之士[7]，所得皆清散凝莹。袭美知而偕诣[8]。既坐，有白鸥翩然[9]，驯于砌下[10]。因请浮而玩之。主人曰："池中之族老矣[11]，每以豪健据有[12]。鸥之始浮，辄逐而害之。今畏不敢入。"

吁！昔人之心蓄机事，犹或舞而不下[13]，况害之哉。且羽族丽于水者多矣[14]，独鸥为闲暇[15]，其致不高耶？一旦水有鲸鲵之患[16]，陆有狐狸之忧，俦侣不得命啸[17]，尘埃不得澡刷。虽蒙人之流赏，亦天地之穷鸟也。感而为诗，邀袭美同作[18]。

【注释】

〔1〕选自清彭定求《全唐诗》卷六百二十五。

〔2〕乐安任君：即任晦，乐安人。乐安，唐代县名，属江南东道台州，治所在今浙江仙居。

〔3〕泾尉：即泾县县尉。泾，唐代县名，属江南西道宣州，治所在今安徽泾县。尉，即县尉，官名，每县置一人至六人不等，分管县内六曹庶务。

〔4〕吴城：即苏州。苏州为春秋吴国都城所在，故称吴城。

〔5〕修篁（huáng）：修长的竹丛。

〔6〕隈（wēi）隩（yù）：水流弯曲处。

〔7〕文学名理之士：文学，文章学术。名理，辨名析理。指擅长写作、议论的人士。

〔8〕袭美：唐代诗人皮日休，字袭美。皮日休寓居苏州，与陆龟蒙往来唱和，诗作结集为《松陵集》。

〔9〕鸥：鸟名，今为鸥科各种鸟的通称。趾间有蹼，能游水。

〔10〕驯于砌下：驯，豢养训练鸟兽使之顺服。砌，台阶。

〔11〕池中之族：池塘中的水族动物，指鱼鳖之类。

〔12〕豪健据有：豪健，强横、健壮。据有，占据、拥有。指鱼鳖占领池塘，会追逐

残害游水的白鸥。

〔13〕人之心蓄机事，犹或舞而不下：心蓄机事，内心怀有机巧之事，即存心谋害之意。舞而不下，白鸥在空中飞舞而不下来靠近。《列子·黄帝》："海上之人有好沤鸟者，每旦之海上，从沤鸟游，沤鸟之至者百住而不止。其父曰：'吾闻沤鸟皆从汝游，汝取来，吾玩之。'明日之海上，沤鸟舞而不下也。"

〔14〕羽族丽于水者：羽族，鸟类。丽，附着。指能浮游于水上的鸟类。

〔15〕闲暇：悠闲从容。

〔16〕鲸鲵（ní）：动物名，栖海中，形似鱼而胎生，体型长大。雄曰鲸，雌曰鲵。

〔17〕俦侣不得命啸：俦侣，同类，伴侣。命啸，号召，呼唤。

〔18〕邀袭美同作：陆龟蒙作白鸥诗，复邀请皮日休和作。皮氏诗云："雪羽襹褷半惹泥，海云深处旧巢迷。池无飞浪争教舞，洲少轻沙若遣栖。烟外失群惭雁鹜，波中得志羡凫鹥。主人恩重真难遇，莫为心孤忆旧溪。"

【评析】

本文是陆龟蒙同皮日休二人唱和《白鸥诗》的序言。陆氏诗云："惯向溪头漾浅沙，薄烟微雨是生涯。时时失伴沉山影，往往争飞杂浪花。晚树清凉还鸂鶒，旧巢零落寄蒹葭。池塘信美应难恋，针在鱼唇剑在虾。"唐咸通十年，皮日休受崔璞之聘，出任苏州刺史从事。才居一月，便与吴中名士陆龟蒙结为莫逆之交，二人诗歌酬酢往还，计六百余首，名曰《松陵集》，《白鸥诗》即列其中。序文记述皮、陆二人造访前泾尉任晦，其园宅在苏州城中，池清竹茂，有白鸥翔其间。但因池中鱼鳖凶猛，白鸥不敢嬉戏水上，引起陆龟蒙的感慨。在序文及唱作中，陆龟蒙由为人畜养的白鸥联想到供职官府的士人，虽蒙上官赏识，但须提防奸邪小人迫害，反不如放归山野，自由自在。而皮日休在和诗中却认为主人恩重难遇，士当为知己者死，不应贪恋旧巢。陆、皮二人，一在野，一在朝，立场不同，其唱和亦各自抒发截然相反之志趣，颇见君子和而不同的风范。陆龟蒙此序行文雅洁，借咏物以讽刺，是一篇意蕴深刻、清新隽永的小品文。

书李贺小传后[1]

玉溪生《传》[2]：李贺，字长吉。常时旦日出游，从小奚奴[3]，骑距驉[4]，背一古破锦囊，遇有所得，即书投囊中。暮归，足成其文。

予为儿童时，在溧阳闻白头书佐言[5]，孟东野贞元中[6]，以前秀才家贫[7]，受溧阳尉[8]。

溧阳昔为平陵[9]，县南五里有投金濑[10]。濑南八里许道东，有故平陵城。周千余步，基址坡陁[11]，裁高三四尺[12]。而草木势甚盛，率多大栎[13]，合数夫抱。丛篠蒙翳[14]，如坞如洞[15]。地洼下[16]，积水沮洳[17]，深处可活鱼鳖辈。大抵幽邃岑寂[18]，气候古澹可嘉[19]。除里民樵罩[20]，外无入者。

东野得之忘归，或比日，或间日，乘驴，领小吏，径蓦投金渚一往[21]。至则荫大栎，隐丛篠，坐于积水之傍苦吟，到日西而还。尔后衮衮去[22]，曹务多弛废[23]。令季操卞急[24]，不佳东野之为，立白上府，请以假尉代东野[25]，分其俸以给之。东野竟以穷去。

吾闻淫畋渔者谓之暴天物[26]。天物既不可暴，又可抉擿刻削[27]，露其情状乎？使自萌卵至于槁死[28]，不得隐伏，天能不致罚耶？长吉夭[29]，东野穷，玉溪生官不挂朝籍而死[30]，正坐是哉[31]？正坐是哉？

【注释】

〔1〕选自唐陆龟蒙《唐甫里先生文集》卷十八。

〔2〕玉溪生《传》：玉溪生，唐代诗人李商隐，字义山，号玉溪生。《传》，即李商隐所作《李长吉小传》，《传》云："每旦日出与诸公游，未尝得题然后为诗，如他人思量牵合以及程限为意。恒从小奚奴，骑距驉，背一古破锦囊，遇有所得，即书投囊中。及暮归，太夫人使婢受囊，出之，见所书多，辄曰：'是儿要当呕出心始已尔。'上灯，与食，长吉从婢取书，研墨叠纸，足成之，投他囊中。非大醉及吊丧日，率如此，过亦不复省。"

〔3〕奚奴：奴隶。

〔4〕駏(jù)驉(xū)：也作“距虚”，兽名，似骡，可供乘骑。

〔5〕在溧阳闻白头书佐言：溧阳，唐代县名，属江南西道宣州，治所在今江苏溧阳南渡镇旧县村。书佐，主办文书的佐吏。

〔6〕孟东野贞元中：孟东野，唐代诗人孟郊，字东野。贞元，唐德宗李适年号(785—805)。

〔7〕前秀才：秀才，隋唐选举科目名，然此科自唐初久废，开元、天宝后亦用秀才称投考进士科的士子。已进士及第者则称“前进士”或“前秀才”。孟郊于贞元十二年(796)登进士第。

〔8〕尉：即县尉。孟郊受溧阳尉在贞元十七年(801)。

〔9〕平陵：晋代县名，属扬州义兴郡，治所在今江苏溧阳南渡镇平城村。

〔10〕投金濑(lài)：濑，水名，又称溧水。流经溧阳境内，有春秋时伍子胥投金处，故名投金濑，或称投金渚。相传伍子胥自楚奔吴，途经濑水，一浣纱女子饭之，且自溺以示贞信，后伍子胥投金于浣纱女自沉处，以报其德行。

〔11〕坡陁(tuó)：也作“陂陁”“陂陀”，地势倾斜不平的样子。

〔12〕裁：通“才”，副词，表数量小，相当于“只”“仅”。

〔13〕栎(lì)：木名，壳斗科落叶乔木。

〔14〕丛筱(xiǎo)蒙翳(yì)：筱，细竹。蒙翳，遮蔽，掩盖。

〔15〕坞：山坳。

〔16〕洼下：凹陷、低下。

〔17〕沮(jù)洳(rù)：潮湿润泽的样子。

〔18〕幽邃岑寂：幽邃，幽蔽、深远。岑寂，孤高、寂静。

〔19〕古澹：古朴、恬淡。

〔20〕里民樵罩：里民，当地居住的乡民。罩，用竹笼捕鱼，此处代指渔民。

〔21〕蓦(mò)：逾越，跨过。指横渡濑水。

〔22〕衮(gǔn)衮：相继不绝的样子。指孟郊频繁前往平陵故城游乐吟诗。

〔23〕曹务：即县内功、仓、户、兵、法、士六曹政务，由县尉主管。

〔24〕令季操卞急：令季操，即溧阳时任县令，名季操。卞急，急躁。

〔25〕以假尉代东野：假尉，代理县尉。指分出孟郊的部分俸禄另外雇人，替其处理公务。

〔26〕淫畋(tián)渔者谓之暴天物：淫畋渔，过度打猎捕鱼。暴天物，损害糟蹋天地间的生物。

〔27〕抉擿(tī)刻削：抉擿，抉择、挑选。刻削，雕刻、删削。指在诗文中选择描写天地间万物。

〔28〕自萌卵至于槁死：萌卵，萌芽、产卵。槁死，干枯、死亡。指万物生命从初始到终结。

〔29〕长吉夭：夭，早死，殇亡。指李贺年仅二十七岁而卒。

〔30〕玉溪生官不挂朝籍而死：官不挂朝籍，不得在京师朝廷做官。指李商隐因身陷牛李党争，数遭排挤，只得辗转出任地方官职，郁郁而终。

〔31〕坐：触犯，获罪。

【评析】

本文是陆龟蒙读过李商隐《李长吉小传》后写的跋语。此跋对李贺未多加评论，而是转述书佐见闻，记录一则孟郊任溧阳县尉时的轶事，称其常不理公务，至县境内平陵故城游玩吟诗，最终穷困潦倒而去。陆龟蒙认为李贺、孟郊、李商隐三人皆身负奇才而命途多舛，这一观察上承白居易“诗人薄命”之语，后被欧阳修概括为“诗能穷人”。如陆龟蒙《甫里先生传》所谓：“少攻歌诗，欲与造物者争柄”，是以作诗即与造物者争夺权柄，描摹万物、暴露情状，则会触怒天地主宰，以致降罪责罚。据钱钟书《容安馆札记》，类似的观念又见于孙樵《与贾希逸书》：“物之精华，天地所秘惜。……抉而不知已，积而不知止。不穷则祸，天地雠也。文章亦然。所取者廉，其得必多。所取者深，其身必穷。”可知“诗工命穷”的现象吸引无数讨论解释，已成为失意文人抒写怀抱的共同话题。陆龟蒙此跋以古文写就，错落参差，曲尽其妙。不仅表达了对诗人遭际之同情，更描绘了溧阳古邑风貌与孟郊游吟情态，令人悠然远想，有身临其境之感。

范仲淹

范仲淹（989—1052），字希文，苏州吴县（今江苏苏州）人。大中祥符八年（1015）进士。历任秘阁校理、右司谏、权知开封府、陕西经略安抚副使、环庆路经略安抚使等，官至枢密副使，参知政事，卒赠兵部尚书，谥文正。仲淹少有大节，贯通经术，明达政体，政治上力主革新。庆历三年（1043），献《十事疏》，推行新政。能文，工诗词，同时主张诗文革新，是北宋诗文革新运动的先行者之一，著有《范仲淹集》《别集》《尺牍》《奏议》《丹阳编》等，现存有《范文正公文集》《范文正公政府奏议》。事迹见富弼《范文正公仲淹墓志铭》、欧阳修《文正范公神道碑铭》、《宋史·范仲淹传》、楼钥《范文正公年谱》等。

尹师鲁河南集序[1]

予观尧典舜歌而下[2]，文章之作，醇醨迭变[3]，代无穷乎。惟抑末扬本，去郑复雅[4]，左右圣人之道者难之。近则唐贞元、元和之间[5]，韩退之主盟于文，而古道最盛[6]。懿、僖以降[7]，寖及五代[8]，其体薄弱。皇朝柳仲涂起而麾之[9]，髦俊率从焉[10]。仲涂门人能师经探道[11]，有文于天下者多矣。洎杨大年以应用之才[12]，独步当世。学者刻辞镂意，有希仿佛[13]，未暇及古也。其间甚者，专事藻饰[14]，破碎大雅，反谓古道不适于用，废而弗学者久之。

洛阳尹师鲁[15]，少有高识[16]，不逐时辈[17]，从穆伯长游[18]，力为古文。而师鲁深于《春秋》，故其文谨严，辞约而理精；章奏疏议，大见风采。士林方耸慕焉[19]。遽得欧阳永叔[20]，从而大振之，由是天下之文一变而古，其深有功于道欤！

师鲁天圣二年登进士第[21]，后中拔萃科[22]，从事于西都[23]。时洛守王文正沂公暨王文康公并加礼遇[24]，遂引荐于朝，置之文馆。寻以论事切直[25]，贬监郢州市征[26]。后起为陕西经略判官[27]，屡更边任[28]。迁起居舍人[29]，直龙图阁[30]，知潞州[31]。以前守平凉日，贷公食钱于将佐[32]，议者不以情，复贬汉东节度副使。岁余，监均州市征[33]。

予方守南阳郡，一旦师鲁舁疾而来[34]。相见累日，无一言及后事，家人问之不答。予即告之曰："师鲁之行，将与韩公稚圭[35]、欧阳永叔述之，以贻后代[36]。君家虽贫，共当捐俸以资之。君其端心靖神，无或后忧。"师鲁举手曰："公言尽矣，我不复云。"翌日往视之，不获见，传言曰："已别矣。"遂隐几而卒[37]。故人诸生聚而泣之，且叹其精明如是，刚决如是。死生不能乱其心，可不谓正乎！死而不失其正，君子何少哉！

师鲁之才、之行与其履历，则有永叔为之墓铭[38]，稚圭为之墓表[39]，此不备载。噫！师鲁有心于时，而多难不寿。所为文章，亦未尝编次。惟先传于人者，索而类之，成十卷，亦足见其志也，故序之。

【注释】

〔1〕选自宋范仲淹《范文正公集》卷六。

〔2〕尧典：《尚书》篇目之一，也称《帝典》，主要记叙尧舜禅让的事迹。舜歌：即《卿云》歌，亦作《庆云》，传说中虞舜禅位给禹时，百官相和而唱此歌。

〔3〕醇（chún）醨（lí）：亦作"醇漓"，指酒味的厚薄。酒味厚为"醇"，酒味薄为"醨"，用以比喻教化、风俗等的敦厚与浇薄。迭变：交替变化，不断演变。

〔4〕去郑复雅：《论语·阳货》："恶郑声之乱雅乐也。"春秋时期郑国的民间音乐被认为多淫声以废雅乐，故有去郑复雅之说。

〔5〕贞元：唐德宗李适年号（785—805）。元和：唐宪宗李纯年号（806—820）。

〔6〕古道：古代之道，泛指古代的制度、学术、思想、风尚等，此指古文之道，韩愈《争臣论》："修其辞以明其道。"

〔7〕懿、僖以降：唐懿宗李漼（cuǐ），859—873 年在位；唐僖宗李儇（xuān），

873—888年在位。

〔8〕寖(jìn)：逐渐，渐渐。五代：继唐之后的后梁、后唐、后晋、后汉、后周，合称五代。

〔9〕皇朝：封建时代对本朝的尊称，也称“国朝”。柳仲涂：柳开(947—1000)，字仲涂，自号东郊野夫，又号补亡先生，大名(今属河北)人。后人辑有《河东先生集》。麾(huī)：指挥。

〔10〕髦(máo)俊：才智杰出之士。《汉书·叙传下》：“世宗晔晔，思弘祖业，畴咨熙载，髦俊并作。”

〔11〕仲涂门人能师经探道：门人，门生、弟子。此句指柳开的弟子能遵循柳开的指引去探求古道、文道。

〔12〕洎(jì)：及，到。杨大年：杨亿(974—1020)，字大年，建州浦城(今属福建)人，编著有《武夷新集》《杨文公谈苑》《西昆酬唱集》等。

〔13〕仿佛：仿照，模仿。

〔14〕藻饰：文章的修饰。

〔15〕尹师鲁：尹洙(1001—1047)，字师鲁，河南(今河南洛阳)人，天圣二年(1024)进士，历馆阁校勘等，著有《河南先生文集》。

〔16〕高识：高明的见识。

〔17〕时辈：当时有名的人物。

〔18〕穆伯长：穆修(979—1032)，字伯长，郓州(今山东东平)人。大中祥符二年(1009)进士，补颍州文学参军。著有《穆参军集》。

〔19〕耸慕：敬重仰慕。耸通“竦”。

〔20〕欧阳永叔：欧阳修(1007—1072)，字永叔，号醉翁，晚年又号六一居士，庐陵(今江西吉安)人，为“唐宋八大家”之一。集金石遗文为《集古录》，著有《欧阳文忠公集》《六一词》等。

〔21〕天圣二年：公元1024年。天圣(1023—1032)为宋仁宗赵祯年号。进士第：科举制度，宋朝进士科考第分五等，上二等即称进士及第。

〔22〕拔萃科：即书判拔萃科，是唐宋时期针对选人破格铨选而设置的、以经义和律法为考试内容的科目。宋代书判拔萃科设置于太祖建隆三年(962)。

〔23〕西都：北宋以洛阳为陪都，因在开封西，故称洛阳为西都。

〔24〕王文正沂公：王曾(978—1038)，青州益都(今属山东)人，封沂国公，谥文

正。著有《两制杂著》《大任后集》等。王文康公：王曙(963—1034)，字晦叔，河南(今河南洛阳)人，谥文康。著有《群牧故事》《周书音训》等。礼遇：尊敬有礼的待遇。

〔25〕切直：恳切率直。

〔26〕郢州：州名，南朝宋孝建元年(454)分荆、湘、江、豫四州并南郡地置，治汝南县(今湖北武汉)，宋属京西北路。市征：即"市赋"，市场税收。

〔27〕经略判官：经略安抚司判官省称。

〔28〕边任：边境地区的官职。

〔29〕起居舍人：职官名，隋置，唐宋沿置，掌起居注。

〔30〕龙图阁：北宋真宗咸平元年(998)建，主要收藏太宗、真宗御书、御制文集及典籍、图画、宝瑞之物，以及宗正寺所进属籍、世谱。后真宗御书、文集移置天章阁。景德元年(1004)置龙图阁待制，四年置龙图阁直学士，大中祥符三年(1010)置龙图阁学士，九年置直龙图阁，皆以他官兼任。

〔31〕潞州：北周宣政元年(578)置，治襄垣县(今山西襄垣北)，北宋崇宁中升为隆德府。

〔32〕将佐：将领及佐吏。

〔33〕均州：州名，隋开皇初置，治武当县(今湖北丹江口西北)，两宋属京西南路。

〔34〕舁(yú)疾：谓有病勉强行事。

〔35〕韩公稚圭：韩琦(1008—1075)，字稚圭，相州安阳(今属河南)人，一代名相。著有《安阳集》。

〔36〕贻(yí)：遗留。

〔37〕隐(yìn)几：靠着几案，伏在几案上。

〔38〕墓铭：刻在石上埋入坟中的文字。铭是韵文，用于对死者的赞扬、悼念等。

〔39〕墓表：刻于墓碑，用以表述死者生前行谊的文章。

【评析】

此文乃范仲淹为尹师鲁《河南先生文集》所作之序，文章前半部分以简练的文笔明晰论述了唐宋古文运动的沿革嬗变历程，洪迈言"其论最为至当”(洪迈《容斋续笔》)。古文复兴起自韩愈,于文气衰弱的晚唐五代中断,宋柳开及门人再举古文,尹师鲁以实践行之,至欧阳修而古文大振,明确表达了对古文运动的支持态度。序中可见其论文主张,“惟抑末扬本,去郑复雅”,不满五代以来文风,以为“其体薄弱”“破碎大雅”,盛赞尹师鲁“力为古文”之举,肯定尹氏在宋代古文运动中之地位、作用,言“其文谨严,辞约而理精”。后半部分概述尹师鲁之生平事迹,突出其“死生不能乱其心”“死而不失其正”的君子品行,惋惜其“有心于时,而多难不寿”,所以编次尹氏文章,并亲自撰写序言,以传之久远。

唐异诗序[1]

皇宋处士唐异[2],字子正,人之秀也。之才之艺,揭乎清名[3]。西京故留台李公建中[4],时谓善画,为士大夫之所尚。而子正之笔[5],实左右焉[6]。江东林君复神于墨妙[7],一见而叹曰:“唐公之笔,老而弥壮!”东宫故谕德崔公遵度[8],时谓善琴,为士大夫之所重,而子正之音,尝唱和焉[9]。高平范仲淹,师其弦歌[10],尝贻之书曰[11]:“崔公既没,琴不在兹乎?”处士二妙之外[12],嗜于风雅[13],探幽索奇,不知其老之将至。一日以集相示,俾为序焉[14]。

噫!诗之为意也,范围乎一气[15],出入乎万物,卷舒变化,其体甚大。故夫喜焉如春,悲焉如秋,徘徊如云,峥嵘如山[16],高乎如日星,远乎如神仙,森如武库[17],锵如乐府[18],羽翰乎教化之声,献酬乎仁义之醇[19],上以德于君,下以风于民。不然,何以动天地而感鬼神哉!而诗家者流,厥情非一[20]。失志之人其辞苦,得意之人其辞逸,乐天之人其辞达,觏闵之人其辞怒[21]。如孟东野之清苦[22],薛许昌之英逸[23],白乐天之明达,罗江东之愤怒[24],此皆与时消息[25],不失其正者也。

五代以还[26],斯文大剥[27],悲哀为主,风流不归。皇朝龙兴[28],颂声来复[29],大雅君子[30],当抗心于三代[31]。然九州之广[32],庠序未振[33],四始之奥[34],讲议盖寡。其或不知而作,影响前辈[35],因人之尚,忘己之实。吟咏性情而不顾其分[36],风赋比兴而不观其时[37]。故有非穷途而悲[38]、非乱世而怨,华车有寒苦之述[39],白社为骄奢之语[40]。学步不至[41],效颦则多[42]。以至靡靡增华,愔愔相滥[43]。仰不主乎规谏,俯不主乎劝诫。抱郑卫之奏[44],责夔旷之赏[45],游西北之流,望江海之宗者有矣[46]。

观乎处士之作也,孑然弗伦[47],洗然无尘[48]。意必以淳,语必以真。乐则歌之,忧则怀之。无虚美,无苟怨[49]。隐居求志,多优游之咏;天下有道,无愤惋之作。骚雅之际[50],此无愧焉。览之者有以知诗道之艰、国风之正也[51]。时天圣四年五月日序[52]。

【注释】

〔1〕选自宋范仲淹《范文正公集》卷六。

〔2〕皇宋:皇,大也,皇宋即大宋。处士:本指有才德但未仕或不愿出仕的士人。宋代作为一种赐号,授予安贫乐道的士大夫,虽非品官,但可得到朝廷恩赐或品官的某种待遇。

〔3〕揭:显露,显现。清名:清美的声誉。

〔4〕西京:洛阳。留台:指古代帝王因故离京,奉命留守京师之官及其机构。古称禁城为台城,故名。唐宋时在陪都、行在所设留守之官,亦称“留台”。李公建中:李建中(945—1013),字得中,号岩夫民伯,京兆(今陕西西安)人。酷爱书法,有《土母帖》《同年帖》等墨迹传世。

〔5〕笔:指字画诗文等以笔书写绘制而成的作品。

〔6〕左右:两边,附近。此句谓子正的水平与李建中相当。

〔7〕林君复:林逋(967—1028),字君复,杭州钱塘(今浙江杭州)人。宋初著名隐逸诗人,著有《林和靖诗集》。墨妙:指精妙的文章、书法、图画。

〔8〕谕德:官名。唐龙朔二年(662)始置太子左、右谕德各一人,正四品下,掌谕太子以道德,随事讽赞,分隶左、右春坊。宋仁宗、神宗、钦宗为太子时皆置,以他官兼任。崔公遵度:崔遵度(954—1020),字坚白,祖籍江陵(今属湖北),后徙居淄

川(今属山东淄博),著有《琴笺》。

〔9〕唱和:此指音律相合。

〔10〕师:学习,效仿。弦歌:依琴瑟而咏歌。

〔11〕贻:赠送。

〔12〕二妙:此指子正擅长的画、琴二道。

〔13〕嗜:爱好,喜爱。风雅:《诗经》有《国风》《大雅》《小雅》等部分,后世用风雅泛指诗文方面的事。

〔14〕俾:使。

〔15〕诗之为意也,范围乎一气:诗作为表情达意的载体,涵盖天地间的混沌之气。一气,指混沌之气,古代认为是构成天地万物之本原。

〔16〕峥嵘:形容山的高峻突兀。

〔17〕森:森严、严峻。武库:军械库,贮存武器和军事装备的地方。

〔18〕乐府:西汉制作祭祀、宗庙音乐及收集民间歌谣的机构,后世作为对主管音乐机构的泛称,亦把采集的民歌或文人模拟的作品叫作"乐府"。此处指"礼乐"之乐,亦即符合儒家审美的雍然和谐之音乐。

〔19〕羽翰乎教化之声,献酬乎仁义之醇:羽翰,指书信或文章,此指以书信或文章进行弘扬、传播。献酬,酬答、应答。此句指文学具有弘扬教化、宣扬仁义之道的功能。

〔20〕而诗家者流,厥情非一:意谓诸多诗家的情感并非一律。

〔21〕觏(gòu)闵(mǐn):遭忧,遭灾。觏,遭遇。闵,同"悯",忧患,忧虑。

〔22〕孟东野:孟郊(751—814),字东野,湖州武康(今浙江德清)人,著有《孟东野诗集》。

〔23〕薛许昌:薛能(?—880),字大拙,汾州(今山西汾阳)人。会昌六年(846)登进士第,后死于许州忠武军节度使任上,因称"薛许昌"。著有《薛许昌集》。英逸:潇洒,超脱。

〔24〕罗江东:罗隐(833—909),本名横,字昭谏,自号江东生,余杭(今浙江杭州)人,一作新登(今浙江富阳)人,著有《甲乙集》。

〔25〕与时消息:谓事物无常,随时间的推移而兴盛衰亡。消,消亡,息,孳生。

〔26〕以还:犹云以下,指在某一点之下。

〔27〕剥:衰微、减少。

〔28〕龙兴：龙飞腾上天，比喻王者兴起、王业创立。

〔29〕颂声：歌颂赞美之声。

〔30〕大雅君子：指德高而有大才的人。大雅，对品德高尚、才学优异者的赞词。

〔31〕抗心：谓高尚其志。嵇康《幽愤诗》："爰及冠带，凭宠自放；抗心希古，任其所尚。"三代：指夏、商、周。

〔32〕九州：古代分中国为九州。说法不一，如《尚书·禹贡》作冀、兖、青、徐、扬、荆、豫、梁、雍。后以"九州"泛指天下。

〔33〕庠(xiáng)序：古代的地方学校，后亦泛称学校。此指教化。

〔34〕四始：旧说《诗经》有四始，各家说法不一。一指风、小雅、大雅、颂。《诗经·大序》："一国之事，系一人之本，谓之风。言天下之事，形四方之风，谓之雅。雅者，正也，言王政之所由废兴也，政有小大，故有小雅焉，有大雅焉。颂者，美盛德之形容，以其成功告于神明者也。是谓四始，诗之至也。"一指风、小雅、大雅、颂的首篇。《史记·孔子世家》："《关雎》之乱以为风始，《鹿鸣》为小雅始，《文王》为大雅始，《清庙》为颂始。"

〔35〕影响前辈：即受影响于前辈。

〔36〕吟咏性情：吟咏诗歌以抒发感情思想。

〔37〕风赋比兴：《毛诗序》："故诗有六义焉：一曰风，二曰赋，三曰比，四曰兴，五曰雅，六曰颂。"一般认为风、雅、颂是诗的分类，风指各国歌谣。赋、比、兴是诗的表现手法，赋是敷陈其事，比是指物譬喻，兴是借物兴起，是《诗经》三种表现内容的方法。

〔38〕穷途而悲：《三国志·魏书·王粲传》裴松之注引《魏氏春秋》："籍旷达不羁……时率意独驾，不由径路，车迹所穷，辄恸哭而反。"王勃《滕王阁序》："阮籍猖狂，岂效穷途之哭！"本意是因车无路可行而悲伤，后也指处于困境所发的绝望的哀伤。

〔39〕华车：指有雕绘或装饰的车，此比喻富贵之家。

〔40〕白社：《晋书》："董京字威辇，不知何郡人也。初与陇西计吏俱至洛阳，被发而行，逍遥吟咏，常宿白社中。时乞于市，得残碎缯絮结以自覆，全帛佳绵则不肯受。"后世用以喻指隐士的居所，也用作咏洛阳的典故，此处比喻穷困之人。

〔41〕学步：《庄子·秋水》："且子独不闻夫寿陵余子之学行于邯郸与？未得国能，又失其故行矣，直匍匐而归耳。"比喻机械地模仿，不但没学到别人的长处，反而

把自己原有的本事也丢掉了。

〔42〕效颦（pín）：颦，皱眉。春秋时期，有一丑女模仿生病的西施皱眉而显得更丑，见《庄子·天运》，后人称此丑女为东施。后世用“东施效颦”讽刺不顾自身条件生硬模仿。

〔43〕以至靡靡增华，愔（yīn）愔相滥：谓颓靡之作涂抹华美色彩，柔弱之作抄袭陈词滥调，流行泛滥。靡靡，柔弱，颓靡。愔愔，柔弱貌。

〔44〕郑卫之奏：指春秋战国时郑、卫二国的民间音乐，因儒家认为其音淫靡，不同于雅乐，故斥之为淫声。

〔45〕责：期待，期望。夔（kuí）旷：夔与师旷的并称。夔，舜时乐官；旷，春秋晋乐师。

〔46〕游西北之流，望江海之宗者有矣：扬雄《法言·君子》：“仲尼之道，犹四渎也，经营中国，终入大海；他人之道者，西北之流也，纲纪夷貉，或入于沱，或沦于汉。”此句用扬雄之意，范仲淹认为时人溺于矫饰与华靡之风，不能归于创作的正途。

〔47〕孑然弗伦：特出、独特而无与伦比。

〔48〕洗然：安适貌。

〔49〕苟怨：苟容、怨恨。

〔50〕骚雅：《离骚》与《诗经》中《大雅》《小雅》的并称。借指由《诗经》和《离骚》所奠定的古诗优秀风格和传统。

〔51〕国风：《诗经》组成部分之一，自《周南》至《豳风》共十五国风，一百六十篇。

〔52〕天圣四年：即公元1026年。天圣，宋仁宗赵祯年号（1023—1032）。

【评析】

唐异，生卒年不详，字子正，余杭（今浙江杭州）人。宋初隐士，与林逋、范仲淹等交游甚笃。其人品性高洁、淡泊名利、寄傲林丘，范仲淹《赠余杭唐异处士》言其“厌入市廛如海燕，可堪云水属江鸥”。嗜于风雅、工书善画，书法可与李建中媲美；又极善琴，朱长文《琴史》称其“才艺甚高，肥遁不出”。琴、书、画道之外，唐异亦工于诗文，以集示范仲淹，故仲淹作有此序。文中对诗歌意与辞的关系，即诗歌的社会作用进行了概括，认为“诗之为意也，范围乎一气，出入乎万物，卷舒变化，其体甚大”。又说“诗家者流，厥情非一。失志之人其辞苦，得意之人其辞逸，乐天之人其辞达，觏闵之人其辞怒”。同时认为诗歌“羽翰乎教化之声，献酬乎仁义之醇，上以德于君，下以风于民”。具有动天地、感鬼神的功用。北宋初年，诗坛基本继承五代以来的浮靡风气，创作“因人之尚，忘己之实”，以致“靡靡增华，愔愔相滥”，作品内容苍白，“仰不主乎规谏，俯不主乎劝诫”。通过对唐异诗作“意必以淳，语必以真。乐则歌之，忧则怀之。无虚美，无苟怨”的品评，范仲淹对颓靡诗风进行了有力抨击。

秦　观

秦观(1049—1100),字太虚,改字少游,号邗沟处士、淮海居士,扬州高邮人。宋元丰八年(1085)登进士第。调定海主簿、蔡州教授。元祐初,苏轼以贤良方正荐,除太学博士,校正秘书省书籍,复迁正字,兼国史院编修。绍圣初,坐元祐党籍,出通判杭州,贬监处州酒税。后削秩徙郴州,继编管横州,又徙雷州。徽宗立,复宣德郎,召还,至藤州而卒。观工诗赋,擅小词,文章长于议论,为"苏门四学士"之一。著《淮海集》四十卷、《淮海后集》六卷、《淮海居士长短句》三卷行世。事迹见《宋史·文苑传》。

逆旅集序〔1〕

余闲居有所闻,辄书记之,既盈编轴〔2〕,因次为若干卷〔3〕,题曰《逆旅集》〔4〕。盖以其智愚好丑,无所不存,彼皆随至随往,适相遇于一时,竟亦不能久其留也。

或曰:"吾闻君子言欲纯事,书欲纯理,详于志常〔5〕,而略于纪异〔6〕。今子所集,虽有先王之余论〔7〕,周孔之遗言〔8〕,而浮屠〔9〕、老子〔10〕、卜医、梦幻、神仙、鬼物之说猥杂于其间〔11〕,是否莫之分也〔12〕,信诞莫之质也〔13〕,常者不加详,而异者不加略也,无乃与所谓君子之书言者异乎?"

余笑之曰:"鸟栖不择山林,唯其木而已;鱼游不择江湖,唯其水而已。彼计事而处〔14〕,简物而言,窃窃然去彼取此者〔15〕,缙绅先生之事也〔16〕。仆野人也〔17〕,拥肿是师〔18〕,懈怠是习,仰不知雅言之可爱,俯不知俗论之可卑,偶有所闻,则随而记之耳,又安知其纯与驳耶〔19〕?然观今世,人谓其言是,则矍然改容[20];谓其言信,则适然以喜[21],而终身未尝信也。则又安知彼之纯不为驳,而吾之驳不为纯乎?且万物历历[22],同归一隙[23];众言喧喧,归于一源[24]。吾方与之沉,与之浮,欲有取舍而不可得,何暇是否信诞之择哉?子往矣!"

客去,遂以为序。

【注释】

〔1〕选自宋秦观《淮海集》卷三十九。

〔2〕编轴:编,指竹简。轴,指卷轴。泛指书册。

〔3〕次:排列,编次。

〔4〕逆旅:宾馆,旅店。

〔5〕志常:记录常理、规律。

〔6〕纪异:记载怪异的见闻。

〔7〕先王:指尧、舜、禹、汤、文、武等上古三代的圣王。

〔8〕周孔:周公、孔子。均为儒家尊奉的圣人。

〔9〕浮屠:也作"佛陀",即佛教创始人释迦牟尼。

〔10〕老子:即李耳,字聃,著《道德经》,为道家学说创始人。

〔11〕猥杂:庞杂,杂乱。

〔12〕是否:正确与错误。

〔13〕信诞莫之质:信诞,真实与虚假。质,核对,验证。

〔14〕处:处置。指书写记录。

〔15〕窃窃然:清晰明白的样子。《庄子·齐物论》:"而愚者自以为觉,窃窃然知之。"陆德明《经典释文》:"窃窃,司马云犹察察也。"

〔16〕缙(jìn)绅:也作"搢绅",插笏板于腰带。泛指官僚、士大夫。

〔17〕野人:粗野之人。

〔18〕拥肿:也作"臃肿",形容庞大而无用。《庄子·逍遥游》:"惠子谓庄子曰:'吾有大树,人谓之樗。其大本拥肿而不中绳墨,其小枝卷曲而不中规矩,立之途,匠者不顾。今子之言,大而无用,众所同去也。'"

〔19〕驳:颜色不纯。

〔20〕矍（jué）然：惊慌惶恐的样子。

〔21〕适然：愉悦自得的样子。

〔22〕历历：清楚分明的样子。

〔23〕一隙：即一隙之地，缝隙大小的土地，形容埋葬遗体的墓穴。指万物终将归于死亡。

〔24〕一源：即本源，万物的本性。秦观《陪李公择观金地佛牙》："一源清净谁复无，枉入诸趣更崎岖。"佛教以为万物心性本来清净，是为真如佛性。指众声喧哗终将归于沉寂。

【评析】

本文是秦观为所著杂记《逆旅集》写的序，原书已佚。杂史笔记，上溯《汉书·艺文志》九流十家之小说家，所谓"街谈巷语，道听途说"，如一言可采，于大道不无小补。秦观将闲居所闻，无论智愚好丑，随手笔录成书。如此不加辨择的做法违背当时儒家价值标准，容易招致道学家的非议，《震泽语录》即记载程颐曾当面批评秦观《水龙吟》一词"天若知也和天瘦"慢侮上天。于是秦观借序文为自身辩护，用主答客难的形式展开。所谓"或曰"，或是真有其人，或是作者想象中道学家的化身，要求著书应区别是非，详常略异，以期匡正世道人心。秦观则从道、释两家汲取资源予以驳斥，以为天地不仁，众生平等，万事万物各有其用，只须原原本本如实记录，不应仅凭人意妄加评判取舍。说辞体现出作者绝圣弃智、和光同尘的思想。秦观此序采用设论的体裁，远绍东方朔《答客难》、扬雄《解嘲》，其论辩多用复句，正反相形，逻辑严谨，气势恢宏。

精骑集序〔1〕

予少时读书，一见辄能诵，暗疏之亦不甚失〔2〕。然负此自放〔3〕，喜从滑稽饮酒者游〔4〕，旬朔之间〔5〕，把卷无几日〔6〕。故虽有强记之力，而常废于不勤。

比数年来，颇发愤自惩艾〔7〕，悔前所为，而聪明衰耗，殆不如曩时十一二，每阅一事，必寻绎数终[8]，掩卷茫然，辄复不省[9]。故虽然有勤苦之劳，而常废于善忘。

嗟夫，败吾业者，常此二物也[10]。比读齐史，见孙搴答邢词云[11]："我精骑三千，足敌君羸卒数万。"心善其说，因取经传子史事之可为文用者，得若干条，勒为若干卷[12]，题曰《精骑集》云。

噫！少而不勤，无如之何矣[13]。长而善忘，庶几以此补之。

【注释】

〔1〕选自宋秦观《淮海后集》卷六。

〔2〕暗疏：默写。

〔3〕负此自放：倚仗记忆力强，便放纵自我。

〔4〕滑（gǔ）稽：能言善辩，幽默诙谐。

〔5〕旬朔：旬，十天。朔，农历每月初一，代指一个月。

〔6〕把卷：手握书卷，指读书。

〔7〕惩艾：惩罚，鉴戒。

〔8〕寻绎数终：寻绎，研究，分析。数终，多遍。终，古代歌唱或奏乐完成一章为一终，此处指将书从头至尾读完一遍。

〔9〕省：记忆，记得。

〔10〕二物：即上文所说"不勤"与"善忘"两事。

〔11〕孙搴（qiān）答邢词：孙搴，字彦举。邢，即邢邵，字子才。均为北朝文人。邢邵尝劝孙搴多读书，而孙搴则以"我精骑三千，足敌君羸卒数万"答之。见《北齐书·孙搴传》。

〔12〕勒：整理，编纂。

〔13〕无如之何：无法对它怎么样，指没有任何办法。

【评析】

本文是秦观为所著类书《精骑集》写的序。类书分门别类采集收录来自经史子集的故实，本为写作诗文备查。在《艺文类聚》《初学记》等官方修纂外，又有白居易、晏殊等文士自编类书如《六帖》《类要》以供使用。秦观早年科场失意，后在苏轼鼓励下发奋苦读，至元丰八年三十七岁方登进士第。《精骑集》即秦观为备考进士自行编集之类书，书名典出《北齐书》孙搴"精骑三千，足敌君羸卒数万"语，寓学问在精不在多之意。序文称秦观少时不勤，长大善忘，故通过编纂类书的方式，对知识进行系统整理，方便写作采撷。秦观此序总结自身读书经验，提出学习除勤苦不倦以外，亦当注重方法，庶能弥补资质之不足。文笔简洁精悍，情真意切。

书晋贤图后〔1〕

此画旧名《晋贤图》，有古衣冠十人〔2〕，惟一人举杯欲饮，其余隐几〔3〕、杖策〔4〕、倾听、假寐〔5〕、读书、属文〔6〕，了无霑醉之态〔7〕。

龙眠李叔时见之〔8〕，曰："此《醉客图》也。"盖以唐窦蒙画评有毛惠远《醉客图》〔9〕，故以名之焉。叔时善画，人所取信，未几转相摹写，遍于都下，皆曰："此真《醉客图》也。非叔时畴能辨之〔10〕？"独谯郡张文潜与余以为不然〔11〕。此画晋贤宴居之状〔12〕，非醉客也。叔时易其名，出奇以眩俗耳〔13〕。

余旧传闻，江南有一僧，以赀得度〔14〕，未尝诵经。闻，有书生欲苦之，诣僧问曰："上人亦尝诵经否〔15〕？"僧曰："然。"生曰："《金刚经》几卷〔16〕？"僧实不知，卒为所困。即诬生曰："君今日已醉，不复可语，请俟他日。"书生笑而去。至夜，僧从邻房问知卷数。诘旦〔17〕，生来，僧大声曰："君今日乃可语耳。岂不知《金刚经》一卷也！"生曰："然则卷有几分〔18〕？"僧茫然，瞪目熟视曰："君又醉耶？"闻者莫不绝倒〔19〕。

今图中诸公，了无醉态，而横被沉湎之名〔20〕，然后知昔所传闻为不谬矣。虽然，余惧叔时以余与文潜异论，亦将以醉见名，则余二人者，将何以自解也〔21〕？叔时好古博雅君子，其言宜不妄，岂评此画时，方在酩酊邪？图中诸客，洎予二人〔22〕，孰醉孰不醉，当有能辨之者。

【注释】

〔1〕选自宋秦观《淮海集》卷三十五。

〔2〕衣冠：衣裳冠冕，代指六朝的豪门士族。

〔3〕隐（yìn）几：即凭几。隐，凭倚，依据。几，古人席地而坐时供倚靠的器具。

〔4〕杖策：拄拐杖。

〔5〕假寐：和衣打盹。

〔6〕属文：写作诗文。

〔7〕霑（zhān）醉：沉醉，大醉。霑，沾濡，浸湿，指酒醉时胸襟沾湿。

〔8〕龙眠李叔时：或当作“龙眠李伯时”。即李公麟，字伯时。晚年寓居龙眠山，号龙眠山人，故称“龙眠李伯时”。

〔9〕唐窦蒙画评有毛惠远《醉客图》：窦蒙，字子全，唐代书画家，曾著《画拾遗录》评论名家画艺。毛惠远，南朝画家。所画《醉客图》，又名《酒客图》，亦见唐张彦远《历代名画记》、裴孝源《贞观公私画史》著录。

〔10〕畴：谁。

〔11〕谯（qiáo）郡张文潜：即张耒，字文潜，祖籍亳州谯郡（治所在今安徽亳州），长于楚州淮阴（今江苏淮安），故称“谯郡张文潜”。

〔12〕宴居：安居，闲居。

〔13〕眩俗：迷惑世俗大众。

〔14〕以赀（zī）得度：赀，财货。指出钱购买度牒以取得僧籍。

〔15〕上人：德行高尚的人，对佛教僧人的敬称。

〔16〕《金刚经》：全称《金刚般若波罗蜜经》，大乘佛教般若部经典，有后秦鸠摩罗什译本通行。

〔17〕诘旦：翌日清晨。

〔18〕分：部分，指书的章节。《金刚经》一卷，共三十二分。

〔19〕绝倒：气绝倒地，晕倒，形容情绪激动。此处指听闻僧人言论后震惊发笑的样子。

〔20〕横被（pī）沉湎之名：横被，枉遭，蒙受冤屈。沉湎，沉迷于饮酒。

〔21〕自解：自我辩解。

〔22〕洎（jì）：连词，表示连接，相当于“与”“及”。

【评析】

本文是秦观在古画《晋贤图》卷后写的跋语。此图曾经北宋绘画名手李公麟赏鉴,依据唐代书画目录,断定为南朝毛惠远《醉客图》,然而秦观却在跋文中表达出不同的意见,认为画中诸人全无醉态,宜称《晋贤图》为是。秦观复讲述一则关于醉客之逸闻,谓一僧人不学无术,《金刚经》亦未尝一读,无法回答书生的诘问,遂反称其人酒醉不堪共语。盖书画鉴定本身纯属学术之讨论,而一旦挟带私心,便易上升为话语权势之争夺,意气用事颠倒黑白,乃至于胡搅蛮缠攻讦人身。故而秦观将书生自比,僧人喻李公麟,以防因意见不同而被诬为醉客。秦观此跋以一“醉”字串联全文,从图中晋贤之醉,插叙逸事书生之醉,复至鉴赏者之醉,实际并无一醉者,由艺术鉴定推及人情纠纷,思路清晰,层层递进。行文叙述细腻,议论诙谐,读来妙趣横生。

陈师道

陈师道(1053—1102),字履常,一字无己,号后山居士。彭城(今江苏徐州)人。幼而好学,律己颇严,年十六以文谒曾巩,巩大器之,遂留受业。熙宁间,以王安石学说为非,绝意仕进。元祐初,因苏轼等推荐,以布衣起为徐州教授,后迁太学博士。元符中,召为秘书省正字。师道致力于学,通诸经,尤深于诗、礼,为文精深雅奥,与黄庭坚、秦观、晁补之、张耒、李廌合称"苏门六君子"。其诗宗杜甫,受黄庭坚影响较大,与黄庭坚、陈与义并为江西诗派"一祖三宗"的"三宗"。著有《后山集》《后山谈丛》《后山诗话》,事迹见《东都事略》卷一百一十六及《宋史》本传。

王平甫文集后序〔1〕

欧阳永叔谓梅圣俞曰〔2〕:"世谓诗能穷人,非诗之穷,穷则工也。"〔3〕圣俞以诗名家,仕不前人,年不后人,可谓穷矣。其同时有王平甫〔4〕,临川人也,年过四十,始名荐书,群下士〔5〕。历年未几〔6〕,复解章绶归田里〔7〕。其穷甚矣,而文义蔚然〔8〕,又能于诗。惟其穷愈甚,故其得愈多,信所谓人穷而后工也。

虽然,天之命物,用而不全,实者不华〔9〕,渊者不陆。物之不全,物之理也。尽天下之美,则于贵富不得兼而有也。诗之穷人,又可信矣。

方平甫之时,其志抑而不伸,其才积而不发,其号位势力不足动人〔10〕,而人闻其声,家有其书,旁行于一时而下达于千世〔11〕,虽其怨敌不敢议也,则诗能达人矣,未见其穷也。

夫士之行世,穷达不足论,论其所传而已。平甫孝悌于家〔12〕,信于友，勇于义而好仁，不特文之可传也[13]。向使平甫用力于世[14]，荐声诗于郊庙，施典策于朝廷[15]，而事负其言，后戾其前，则并其可传而弃之[16]。平生之学可谓勤矣，天下之誉可谓盛矣，一朝而失之，岂不哀哉！

南丰先生既叙其文以诏学者[17]，先生之没，彭城陈师道因而伸之，以通于世。诚愚不敏[18]，其能使人后其所利而隆其所弃者耶！因先生之言以致其志，又以自励云尔。

元丰四年七月五日[19]。

【注释】

〔1〕选自宋陈师道《后山先生集》卷十三。

〔2〕欧阳永叔：即欧阳修（1007—1072），字永叔。梅圣俞：梅尧臣（1002—1060），字圣俞，世称宛陵先生。宣州宣城（今属安徽）人，著有《宛陵先生集》。

〔3〕世谓诗能穷人，非诗之穷，穷则工也：欧阳修《梅圣俞诗集序》："然则非诗之能穷人，殆穷者而后工也。"意谓穷困的人能写出好诗。

〔4〕王平甫：王安国（1028—1074），字平甫，临川（今江西抚州）人，王安石之弟，著有《王校理集》。

〔5〕群下士：屈身交接贤士。

〔6〕未几：不久。

〔7〕章绶：官印和系印的丝带，亦泛指官印。

〔8〕蔚然：文采华美。

〔9〕实者不华：《论衡·自纪》："夫养实者不育华。"《论衡·书解》："物有华而不实，有实而不华者。"本意指结果实者花开得不好看，比喻内容充实，不虚有其表。

〔10〕号位：称号和爵位。

〔11〕旁行：遍行，广泛流传。

〔12〕孝悌（tì）：善事父母曰孝，友于兄弟曰悌。

〔13〕不特：不仅，不但。

〔14〕向使：假使，假如，假令。用力：施展才能。

〔15〕荐声诗于郊庙，施典策于朝廷：曾巩《王平甫文集序》："世皆谓平甫之诗宜为乐歌，荐之郊庙；其文宜为典册，施诸朝廷。"荐，进献，送上。声诗，乐歌。郊

庙，古帝王祭天地的郊宫和祭祖先的宗庙。典策，亦作“典册”，记载典章制度等的重要册籍。言王平甫的诗作可为宗庙歌词，文章可作朝廷典册。

〔16〕而事负其言，后戾其前，则并其可传而弃之：负，背弃，违背。戾，违背，违反。此指若平甫用力于世，那么所作与所言不相符合，前后矛盾、违背，则连其可传的作品也会湮没。

〔17〕南丰先生既叙其文以诏学者：指曾巩所作《王平甫文集序》。南丰先生，曾巩（1019—1083），字子固，建昌南丰（今属江西）人，著有《元丰类稿》《续元丰类稿》《隆平集》等。

〔18〕不敏：不聪明，不敏捷。

〔19〕元丰四年七月五日：即公元1081年8月12日。元丰，宋神宗赵顼年号（1078—1085）。

【评析】

王平甫，即王安国，是宋代著名政治家、文学家王安石之弟，著有《王校理集》。本文是陈师道为其文集所作之序，对其诗文的评介围绕欧阳修“诗穷而后工”的诗学命题展开。开篇即援用欧阳修观点，言王安国年过四十始出名，不久又罢官，人生际遇可谓困窘。然其擅诗，又以文章称于世，曾巩曾称赞他“其文闳富典重，其诗博而深”（曾巩《王平甫文集序》）。故陈师道言“其穷甚矣，而文义蔚然”，“惟其穷愈甚，故其得愈多，信所谓人穷而后工也”。陈师道一方面因物悟理，“物之不全，物之理也”，认为“诗之穷人”是可信的。另一方面又翻案，认为“诗能达人”“未见其穷”，进而提出“士之行世，穷达不足论，论其所传而已”。尽管王安国志抑而不伸、才积而不发、号位势力不足动人，但其声名、文集流行一时并下达千世，已非简单“穷达”二字可论。字里行间流露出对王安国品行节操的激赏及自己的处世态度。楼昉评曰：“此篇岂特文字之妙，其发明平甫生平所以自守与其所以可传者，可以励后之人，后山亦因以自见也。”（楼昉《迂斋先生标注崇古文诀》）可谓深得文中三昧。

张 耒

张耒(1054—1114),字文潜,号柯山,世称宛丘先生,楚州淮阴(今江苏淮安)人。神宗熙宁六年(1073)进士,历任临淮主簿、寿安尉、秘书省正字、著作郎、起居舍人等职。因坐元祐党籍贬官,累谪监黄州酒税。几经起落,崇宁五年(1106),去黄州,赴淮阴,后移居陈州。耒幼颖悟能文,早年游学陈州,苏辙时为陈州学官,器重之,后从苏轼游,与黄庭坚、秦观、晁补之并称为“苏门四学士”。长于文学,诗风平淡,效白居易体,乐府效张籍,文章以理为主,张表臣称其文“雄深雅健,纤秾瑰丽,无所不有”(《张右史文集序》)。著有《柯山集》《宛丘集》《诗说》《张右史文集》等。事迹见《东都事略》卷一百一十六、《宋史·张耒传》、邵祖寿《张文潜先生年谱》。

书东坡先生赠孙君《刚说》后〔1〕

《春秋传》曰:“使勇而无刚者,尝寇而速去之。”〔2〕夫果敢不畏之谓勇,无所屈挠之谓刚〔3〕。或谓申枨为刚者〔4〕,夫子曰:“枨也欲,焉得刚?”〔5〕夫使不以义屈于人,而无邪欲以乱其中,则其行己施于事者为仁〔6〕,孰御哉?此刚者必仁之说也。苏公行己可谓刚矣〔7〕,傲睨雄暴〔8〕,轻视忧患,高视千古,气盖一世,当与孔北海并驱〔9〕,而犹称孙君之刚〔10〕,又言其救十二人之死〔11〕,为“刚者必仁”之论,则孙君可知矣。其子思厉〔12〕,操履文词〔13〕,绝人远甚〔14〕,则来者未可量也。予言其信。

【注释】

〔1〕选自宋张耒《柯山集》卷四十五。

〔2〕使勇而无刚者,尝寇而速去之:语出《左传·隐公九年》。《左传注》曰:“尝,试也。勇则能往,无刚不耻退。”寇,攻击。

〔3〕屈挠:退缩,屈服。

〔4〕申枨(chéng):春秋末鲁国人,孔子学生。名枨,字子周。《史记》作“申党,字周”,《孔子家语》作“申绩,字子周”。

〔5〕枨也欲,焉得刚:语出《论语·公冶长》。孔子认为申枨欲望太多,不能算是刚强坚毅的人。

〔6〕行己:谓立身行事。

〔7〕苏公:此指苏轼。

〔8〕傲睨(nì):傲然睨视,形容倨傲、蔑视一切。

〔9〕孔北海:孔融(153—208),字文举,鲁国(今山东曲阜)人,建安七子之一。董卓专权,出为北海相,时称孔北海,明人辑有《孔北海集》。

〔10〕孙君:指苏轼《刚说》中所称赞的孙立节,字介夫,虔化(今江西宁都)人,宋皇祐五年(1053)中进士,师事李觏,与曾巩等友善。

〔11〕又言其救十二人之死:苏轼于《刚说》一文中所述孙介夫担任桂州节度判官时参与审案,免除大小使臣十二人死罪之事。

〔12〕其子思厉:孙介夫季子孙勴,字志举,苏轼门生,工于诗。

〔13〕操履:操守,操行,品行。

〔14〕绝人:过人、超人。

【评析】

徽宗建中靖国元年(1101),苏轼北归,路经虔州(今江西赣州),孙勴来见,苏轼为其父撰写《刚说》一文,颂扬了孙立节刚直无畏的精神,以勉励其子勰、勴兄弟二人。张耒此文作于苏轼《刚说》后,前面援引《春秋传》之语,重申苏轼《刚说》中所强调的“刚者必仁”论的含义。中间言苏轼本人立身行事已可谓刚毅耿介,“傲睨雄暴,轻视忧患,高视千古,气盖一世”,可与孔融并驾齐驱,而苏轼又盛赞孙立节的刚毅,举其救十二人之死的事例,提出“刚者必仁”的观点,得“刚者”苏轼的称赞,更增孙立节之刚毅,苏轼、孙立节二人品德灼然可见。最后言孙立节之子孙勴品行操守、为文作词皆过于常人,未来不可限量,与《刚说》对二子之勉励遥相呼应。文章简短有力,议论深刻,读其文而知其所述之人。

跋吕居仁所藏秦少游投卷[1]

予见少游投卷多矣[2],《黄楼赋》《哀镈钟文》卷卷有之[3],岂其得意之文欤?少游平生为文不多,而一一精好可传[4]。在岭外亦时为文。临殁自为挽诗一章[5],殊可悲也[6]。此卷是投正献公者[7],今藏居仁处[8]。居仁好其文,出予览之,令人怆恨[9]。大观丁亥仲春[10],张耒书。

【注释】

〔1〕选自宋张耒《柯山集》卷四十五。

〔2〕少游:秦观(1049—1100),字太虚,改字少游,号淮海居士。扬州高邮人,著有《淮海集》。投卷:指唐朝以至五代,考生为及第和提高知名度,把自己的作品向达官显贵或文坛名人投献的行为。

〔3〕《黄楼赋》:黄楼,楼名,故址在今江苏徐州。熙宁十年(1077),苏轼知徐州时为治水患而建,秦观仰慕苏轼,作此赋,见《淮海集》卷一。《哀镈钟文》:又名《吊镈钟文》,见《淮海集》卷三十一。

〔4〕精好:精良美好。

〔5〕殁(mò):死,去世。挽诗:哀悼死者的诗。见秦观《淮海集》卷四十《自作挽词》。一章:歌曲诗文的一段,亦指诗文的一篇。

〔6〕殊:很,甚,极。

〔7〕正献公:吕公著(1018—1089),字晦叔,寿州(今安徽凤台)人,吕本中曾祖,卒后赠申国公,谥正献,著有《吕正献集》。

〔8〕居仁:吕本中(1084—1145),原名大中,字居仁,著有《东莱集》《紫微诗话》等。

〔9〕怆(chuàng)恨:悲痛。

〔10〕大观丁亥仲春:即大观元年(1107)二月。大观,宋徽宗赵佶年号(1107—1110)。丁亥:六十甲子的第二十四位。仲春,春季的第二个月,即农历二月,因处春季之中,故称。

【评析】

大观元年(1107)二月,吕本中途经淮阴,拜访张耒,出示所藏秦观投其曾祖吕公著的手卷。张耒与秦观同在“苏门四学士”之列,秦观元符三年(1100)逝世,张耒览此投卷,睹物思人,“令人怆恨”,不胜感慨之下作此跋文。文章首叙自见秦观投卷许多,如《黄楼赋》《哀镈钟文》等,次赞秦观平生为文虽不多,但皆精好可传,不以数量而以质量取胜。又言秦观去世前自作挽诗,不禁悲从中来,最后叙述见此投卷事作跋文之事。跋文借见投卷事以寄托哀思,融记叙、抒情为一体,感人至深。

叶梦得

叶梦得(1077—1148),字少蕴,号石林居士。苏州吴县(今江苏苏州)人,绍圣四年(1097)进士。历任丹徒尉、翰林学士兼侍读、户部尚书、江东安抚制置大使,兼知建康府、行宫留守、福建安抚使等。学问精博,长于诗文,擅词,诗文创作与评论皆有成就。论诗宗王安石,词作受苏轼影响较大,词风婉丽而雄杰。王士禛称其“为诗文笔力雄厚,犹有苏门遗风,非南渡以下诸人可望”(《带经堂诗话》卷九)。著述颇丰,有《建康集》《石林词》《石林诗话》《石林燕语》《石林先生春秋传》等。事迹见《宋史》本传。

程致道集序〔1〕

绍圣末〔2〕,余官丹徒,信安程致道为吴江尉〔3〕。有持其文示余者,心固爱之,愿请交,未能也。

政和间〔4〕,余自翰苑罢领宫祠〔5〕,居吴下〔6〕,致道亦以上书论政事与时异,籍不得调,寓家于吴,始相遇。则其学问风节〔7〕,卓然有不独见于其文者。即为移书当路〔8〕,论以言求士,孰不幸因此自表见〔9〕?其趣各不同,若概论其过,一斥不复录〔10〕,天下士几何,可以是尽弃之乎?并上其文数十篇。宰相见而惊曰:“今之韩退之也!”亟召见政事堂〔11〕。会有间之者,复得闲秩〔12〕,然宰相知之未已也。

宣和初〔13〕,复召入馆,稍迁为郎,议者翕然〔14〕,始恨得之晚。自是廿年间〔15〕,卒登侍从〔16〕,为天子掌制命〔17〕,文章擅一时〔18〕。

盖尝论,当孔子时,固已患直道为难行〔19〕,而毁誉之不可信〔20〕。然人之有善,君子未尝不乐道[21],其得誉常多;至居下流,天下之恶必归焉,其毁之者亦众。则直道虽不可尽行于天下,而天下终不能废直道。方致道龃龉于初[22],一夫摇之,不能自立;及其久也,虽非其素所厚善,亦莫敢不谓然,其善之效欤!

今观其文,精确深远,议论皆本仁义,而经纬错综之际[23],则左丘明、班孟坚之用意也[24]。至于诗章,兼得唐中叶以前名士众体[25]。

晚而在朝,虽不久遇,所建明尤伟[26]。盖其为人刚介自信[27],择于理者明,所行宁失之隘,不肯少贬以从物[28],是以善类皆相与推先[29],惟恐失,虽有不乐之者,亦不敢秋毫加疵病[30]。信乎直道之不可终屈也。

尝裒次平生所为文[31],欲属余为序,会兵兴不果[32]。后遇火,焚弃殆尽[33]。稍复访集,尚得十四五,而益以近所著,为四十卷。夫天既以是假致道矣,乃不使尽暴其所长,病痺[34],杜门里中且十年[35]。岂在人者犹可以力致,而天反不能相之欤?不可知也。

绍兴十年[36],诏重修哲宗史,复起致道领其事。力辞疾[37],不拜[38],而以其前欲属余者请之坚甚。

致道之文,固不待余言而后著也,乃先众人而知之深者莫若余[39],乃为论具本末归之。

致道名俱,今为左朝请大夫[40]、徽猷阁待制[41]、提举亳州明道宫云[42]。

【注释】

〔1〕选自宋叶梦得《建康集》卷三。

〔2〕绍圣:宋哲宗赵煦年号(1094—1098)。

〔3〕信安程致道:信安,县名,晋时属东阳郡,治所在今浙江衢州。程俱(1078—1144),字致道,号北山,衢州开化(今属浙江)人,著有《北山小集》。

〔4〕政和:宋徽宗赵佶年号(1111—1118)。

〔5〕翰苑:翰林院的别称。宫祠:官名,宫观使。

〔6〕吴下：泛指吴地。

〔7〕风节：风骨节操。

〔8〕移书：致书。当路：掌权者。

〔9〕表见：显示，显现。

〔10〕一斥不复录：指一遭贬斥，终身不再为官。斥，贬斥。

〔11〕政事堂：唐宋时宰相的总办公处。唐初始有此名，设在门下省，后迁到中书省。

〔12〕闲秩：闲散的职位。

〔13〕宣和：宋徽宗赵佶年号（1119—1125）。

〔14〕翕然：形容言论一致。

〔15〕廿（niàn）：二十。

〔16〕侍从：宋代称翰林学士、给事中、六部尚书、侍郎为侍从。

〔17〕制命：拟订命令。

〔18〕擅：独特出群。

〔19〕患：忧虑，担心。直道：犹正道。

〔20〕毁誉：毁谤和称赞。

〔21〕乐道：乐于称道，喜欢谈论。

〔22〕龃（jǔ）龉（yǔ）：不顺达，此处指仕途。

〔23〕经纬：指文章结构的纵横条理。

〔24〕左丘明：春秋时期鲁国人，史学家。一说姓左名丘明，一说姓左丘名明。著有《左氏春秋》，即《左传》。班孟坚：班固（32—92），字孟坚，扶风安陵（今陕西咸阳）人，著有《汉书》《白虎通义》。

〔25〕中叶：中期。名士：旧时指以学术诗文等著称的人。

〔26〕建明：指学术上的创获发明。

〔27〕刚介：刚强、正直、耿介。

〔28〕从物：跟随大众，随波逐流。

〔29〕善类：善良的人，有德之士。推先：推尊。

〔30〕疵（cī）病：非议，指出缺点、毛病。

〔31〕裒（póu）次：搜集编排。

〔32〕不果：没有成为事实，终究没有实行。

〔33〕殆尽：几乎没了。

〔34〕病痹（bì）：患痹病。

〔35〕杜门里中：闭门居家中。

〔36〕绍兴十年：即公元1140年。绍兴，宋高宗赵构年号（1131—1162）。

〔37〕辞疾：以病辞。

〔38〕不拜：不接受任命。

〔39〕莫若：莫过于。

〔40〕左朝请大夫：官名，隋炀帝大业三年（607）始置，正五品散官。唐朝定为文散官，从五品下。诸王众子出身封郡公者，由此叙阶。北宋沿置。神宗元丰三年（1080）废文散官，改为新寄禄官，从六品，取代旧寄禄官前行郎中。

〔41〕徽猷阁待制：官名。北宋徽宗大观二年（1108）置，从四品，属侍从贴职。

〔42〕提举亳州明道宫：提举，掌管。亳州明道宫，原为祭祀老子的庙祠，位于安徽亳州，宋真宗前往太清宫拜谒老子时莅临亳州，将此改作临时行宫之用，赐名“明道宫”。

【评析】

程俱历任苏州吴江县主簿、镇江通判、秘书省著作佐郎、礼部员外郎、秘书少监等。其人方正，颇有风节，又善于诗文，诗风幽微古淡，辞章典雅闳奥，钱大昕言其“诗文有风骨，在南宋可称铮铮佼佼者”（《跋〈北山小集〉》）。序中首先叙述叶梦得与程致道的交游过程，绍圣四年（1097）叶梦得科举中进士后调丹徒尉，此时有人持程致道文示之，叶梦得喜其文而欲与致道相交。直至政和间叶梦得居吴下，始与致道相遇，遇其人而更赏其学问风节，故上书举荐致道。接下来叙述程致道的仕宦经历，他善为制诰，“为天子掌制命，文章擅一时”。其后盛赞致道的风骨节操，称其文“精确深远，议论皆本仁义”，又奉行直道而不屈，志趣高远、刚介自信，宁失之隘，而不从物附众。最后叙述为程致道文集作序之事，早先遇兵事而未果，致道文集后又遇火，焚弃殆尽，访集部分、加上新著，仍属梦得为序。叶梦得深知致道之文、文集之事，作序“为论其本末归之”。序文朴实无华，然文自心出，情真意切。

尤　袤

尤袤(1127—1194),字延之,号遂初居士,又号梁溪居士,无锡(今属江苏)人。绍兴十八年(1148)进士,历任泰兴令、秘书丞兼国史院编修、著作郎、礼部侍郎、中书舍人兼直学士院、给事中、礼部尚书等。尤袤博闻强识,杨万里称之为“书府”,时人呼为“尤书橱”,与杨万里、范成大、陆游并称南宋“中兴四大家”。家中藏书丰富,撰有《遂初堂书目》,为中国最早的版本目录著作之一,另有《遂初小稿》《内外制》《梁溪集》等,大都散佚,清人辑有《梁溪遗稿》。事迹见《宋史·尤袤传》、《梁溪遗稿》卷首《家谱》本传、吴洪泽编《尤袤年谱》。

朱逢年诗集序[1]

英伟豪杰之士,生必有所自来。故其亡也,决不泯泯与草木俱腐[2]。观玉澜先生之集[3],顾不异哉!夫得则喜,失则悲,有所不平则怨刺[4],此诗人之情也。惟深于道者不然,无入而不自得,先生近之。先生少有轶才[5],自负其长,不肯随俗俯仰[6],厄穷踸踔[7],有人所难堪,而其节愈厉,其气益高,其诗闲暇,略不见悲伤憔悴之态,其视富贵利达真秕糠土苴尔[8]。《春风》一篇[9],雍容广大[10],有圣门舞雩气象[11]。《感事》三篇[12],慨然见经世之志。《自作挽歌词》[13],齐得丧,一死生[14],直欲友渊明于千载[15]。至所谓“自我识兴废,于天无怨尤”[16],非深于道者,能如是乎?呜呼!以先生之才,使其作于声诗[17],荐之郊庙[18],发其所蕴,措诸事业,何愧古人?百不一售[19],使后世所以知公者,独此数十诗而已,悲夫!先生有兄曰韦斋[20],白首郎潜[21],不究大用,人以为恨。其诗凌厉高古[22],有建安七子之风[23]。韦斋之子南康使君[24],今又以道学倡[25],其诗源远而流长,信矣哉!淳熙辛丑仲春望日[26],梁溪尤袤敬跋。

【注释】

〔1〕选自宋朱槔《玉澜集》。

〔2〕泯泯:消失,灭绝。

〔3〕玉澜先生:朱槔(gāo),字逢年,南宋徽州婺源(今属江西)人。朱熹之叔。举建州贡元,未仕而卒。著有《玉澜集》。

〔4〕怨刺:讽刺。

〔5〕轶才:亦作“轶材”,谓卓越的才能。

〔6〕俯仰:周旋,应付。

〔7〕踸(chěn)踔(chuō):独立特行,与众不同。

〔8〕利达:犹显达。秕(bǐ)糠土苴(jū):比喻粗劣微贱、毫无价值的东西。秕糠,瘪谷和米糠,喻琐碎、无用之物。土苴,渣滓、糟粕。

〔9〕《春风》一篇:朱槔所作《春风》:“一举造物手,万生和气中……试询三世事,犹有读书功。”

〔10〕雍容:舒缓,从容不迫。

〔11〕圣门舞雩(yú):此指有孔子弟子乐道遂志、不求仕进的闲适状态。圣门,谓孔子的门下,亦泛指传孔子之道者。舞雩,古代求雨时举行的伴有乐舞的祭祀,《论语·先进》曾点曰:“莫春者,春服既成,冠者五六人,童子六七人,浴于沂,风乎舞雩,咏而归。”

〔12〕《感事》三篇:朱槔诗作,见《玉澜集》。

〔13〕《自作挽歌词》:即朱槔所作《自作挽歌辞》:“忧幽坐南轩,万壑取我囚。疾雷且不闻,焉知草虫愁……自我识兴废,于天无怨尤。平生喜闻诗,此诗当挽讴。不须生刍奠,君从二兄游。”

〔14〕齐得丧,一死生:指不区别对待得失、生死的一种达观态度。

〔15〕直欲友渊明于千载:陶潜作有《拟挽歌辞》三首,故云欲友渊明于千载。陶潜(365—427),又名渊明,字元亮,私谥靖节,寻阳柴桑(今江西九江)人,后人辑有《陶渊明集》。

〔16〕自我识兴废，于天无怨尤：语出朱槔《自作挽歌辞》。

〔17〕声诗：乐歌。

〔18〕荐之郊庙：进献所作乐歌至宗庙祭祀。荐，进献，送上。郊庙，古帝王祭天地的郊宫和祭祖先的宗庙。

〔19〕百不一售：指丧失殆尽。

〔20〕韦斋：朱松(1097—1143)，南宋徽州婺源人，字乔年，号韦斋。朱熹之父。著有《韦斋集》。

〔21〕白首郎潜：汉代颜驷自文帝时为郎，历景帝至武帝，三世不遇，久为郎官，至尨(máng)眉皓发，见《汉武故事》。后以"郎潜"谓老于郎署，喻为官久不升迁。

〔22〕凌厉：意气昂扬，气势猛烈。高古：高雅古朴。

〔23〕建安七子：汉末建安(献帝年号)时期孔融、陈琳、王粲、徐干、阮瑀、应玚和刘桢七人，同时以文学齐名，曹丕《典论·论文》云："斯七子者，于学无所遗，于辞无所假，咸以自骋骥騄于千里，仰齐足而并驰。"后世因称为"建安七子"。又以曾同居邺城(今河北临漳西)，也称"邺中七子"。

〔24〕南康使君：指朱熹(1130—1200)，字元晦，后改仲晦，号晦庵，别号紫阳、云谷老人、沧州病叟，晚称遯翁，人称考亭先生，徽州婺源人。著有《四书章句集注》《资治通鉴纲目》《诗集传》《楚辞集注》等。淳熙时，知南康军，改提举浙东茶盐公事，所至救荒革弊，有惠政。使君，尊称州郡长官。

〔25〕道学：宋代儒家周敦颐、张载、程颢、程颐、朱熹等的哲学思想，亦称理学。

〔26〕淳熙辛丑仲春望日：即1181年3月2日。淳熙，宋孝宗赵昚(shèn)年号(1174—1189)。仲春望日，指二月十五日。仲春，春季的第二个月，即农历二月，因处春季之中，故称。望日，月亮圆的那一天，通常指农历每月之十五日。

【评析】

朱逢年，即朱槔。序文高度赞扬朱槔作品的与众不同，诗学传统中"诗缘情"之说影响巨大，"得则喜，失则悲，有所不平则怨刺"，诗人将悲喜、不平发于诗乃人之常情，而深于道者之作则不然。朱槔少有轶才、并不随俗俯仰，诗中不见悲伤憔悴，且不汲汲于富贵，别有闲暇之致，宠辱不惊。朱槔深于道，故能坦然面对得失，从容达观，将"道"浸入到其诗歌实践中，《春风》

《感事》《自作挽歌词》等皆是代表。尤袤对朱槔作品的评介鞭辟入里，超脱“诗缘情”的传统，而从诗人的人格襟怀切入，体悟其诗歌趣味。序中最后言朱槔之兄朱松诗高雅古朴，有建安七子之风，朱松之子朱熹以道学倡，揭橥朱氏家学的源远流长。序文议论评介朱槔诗作，同时也表现尤袤自己的诗学理论认知。

俞　琰

俞琰(1258—1327),字玉吾,号林屋山人、全阳子、石涧道人,宋末元初吴郡(今江苏苏州)人。入元后隐居山林,荐授温州路学录,不赴。托笔砚图史以自怡,尤精于《易》,旁及丹道。俞琰喜聚书,好博览,闻友人有奇书异传,必求借抄录,以致废寝忘食而成疾。善鼓琴,以词赋见称,为士林所景仰。今存有《林屋山人漫稿》。

齐月宇手卷跋〔1〕

自古骚人逸士皆爱月,每每见之歌咏,以其清也。今人亦多爱之,故其有扁斋曰月斋、亭曰月亭者〔2〕。清则清矣,亦不局哉〔3〕!番士齐道存自号月宇〔4〕,挟手卷求余跋〔5〕,因语之曰:上下四方之谓宇。子之宇,乃是宇耶?抑区区数椽以为容身者之宇耶〔6〕?子读圣贤书,学圣贤学,胸次必廓如也〔7〕。今也满宇皆月,则乾坤上下四方之清气,皆在子诗脾中矣〔8〕。然乎?否乎?

【注释】

〔1〕选自元俞琰《林屋山人漫稿》不分卷。

〔2〕扁斋曰月斋、亭曰月亭:命名书斋为“月斋”、命名凉亭为“月亭”。扁,题匾额,指命名。

〔3〕局:狭隘,格局小。

〔4〕番士:唐代兵制,士兵分番以次更代。指军士。

〔5〕手卷:只能舒卷而不能悬挂的横幅书画长卷。

〔6〕椽(chuán):放在檩(lǐn)上架着屋顶的木条。代称房屋。

〔7〕胸次必廓如也：胸次，胸间，亦指胸怀。廓，广大。如，形容词后缀，犹然。这里指胸怀必然宽广。

〔8〕诗脾：指诗意、诗思。《素问·阴阳应象大论》："在藏为脾……在志为思。"古人以为脾与思虑、情感有关。

【评析】

本文是作者为友人齐道存带来的书画作品所做的跋文。文章围绕齐道存的号名"月宇"展开，先言古人爱月，歌咏其清，又言今人亦爱月，用之命名书斋、亭台。继而话锋一转，指出以月为名，虽得其清，然失于狭，齐氏"月宇"之号则引人深思，其"宇"是茫茫天地之宇，还是区区屋室之宇？不待友人回答，作者已经有了论定，读圣贤书、学圣贤学之人，必有广阔胸襟，怎会仅将目光置于容身之所呢。"月宇"之号，天地四方皆月，乾坤上下皆清，足以体现齐道存襟怀与诗思。全文以议论为主，从古人到今人再到友人，短短数语引入主题，显得自然流畅。先抑一笔，言以月为名"清则清矣，亦不局哉"，再扬友人"月宇"之号不落窠臼。作者对友人的赞扬亦不直言，而是先抛出疑问，再予以论定，在文末又以疑问作结，委曲含蓄，张弛有度。

高　启

高启(1336—1374),字季迪,号槎轩、青丘子,元末明初长洲(今江苏苏州)人。洪武元年(1368)应召入朝,授翰林院国史编修。洪武三年擢为户部右侍郎,固辞不受。后苏州知府魏观在张士诚宫址修府治,高启作《上梁文》,有“虎踞龙盘”之语,明太祖疑其歌颂张士诚,处以腰斩。高启才华高逸,学问渊博,尤精于诗,亦能文,与杨基、张羽、徐贲并称为“吴中四杰”,与刘基、宋濂并称为“明初诗文三大家”。诗有《缶鸣集》,词有《扣舷集》,文有《凫藻集》。

跋眉庵记后〔1〕

右嘉陵杨君《眉庵记》〔2〕,谓眉无用于人之身,故取以自号。夫女之美者,众嫉其蛾眉〔3〕;士之贤者,人慕其眉宇;而不及口鼻耳目,则眉岂轻于众体哉?盖众体皆有役〔4〕,眉安于其上,虽无有为之事,而实瞻望之所趋焉〔5〕,其有类乎君子者矣。世方以仆仆为忠〔6〕,察察为智〔7〕,安重而为国之望者〔8〕,则以为无用。杨君亦有感于是欤?读之为之太息。

【注释】

〔1〕选自明高启《凫藻集》卷四。

〔2〕嘉陵杨君:《明史·文苑传》:“杨基,字孟载,其先蜀嘉州人。”嘉州即嘉定州,《明史·地理志》:“洪武四年为府,九年四月降为州,以州治龙游县省入,直隶布政司。北距布政司二百六十里,领县六:峨眉、夹江、洪雅、犍为、荣、威远。”此处以嘉陵指称杨基郡望嘉州。

〔3〕众嫉其蛾眉:《离骚》:“众女嫉余之蛾眉兮,谣诼谓余以善淫。”蚕蛾触须细

长而弯曲,因以比喻女子美丽的眉毛。《诗·卫风·硕人》:"螓首蛾眉,巧笑倩兮。"

〔4〕役:劳役、事务。

〔5〕趋:趋向。指眉在眼之上,总是向着要瞻望的方向。

〔6〕仆仆:指劳累尽心。

〔7〕察察:指明辨细枝末节。

〔8〕安重而为国之望者:安重,安定稳重。国之望,一国所瞩望之人。

【评析】

本文是高启为杨基《眉庵记》所作的跋文。杨基,字孟载,号眉庵。祖籍蜀中,生长吴中。颖敏绝人,尤工诗歌,与高启同列"吴中四杰"。杨基以"眉庵"为号,眉于人身最无用,以眉为号,有自谦自嘲之意。作者此文反其意而论之,指出人们于美貌女子往往妒羡其蛾眉,于贤良士人则艳慕其眉宇,关注眉而非口、鼻、耳、目,这说明眉必有重要之处。人身各处皆有用处,眉看似安坐其上无所事事,但瞻望之时,眉最先动,正如君子平日韬光隐晦,关键时刻决断如流。世人以劳碌为重,强调细枝末节,没有看到无用之大用。作者推测杨基"眉庵"之号还有更深一层含义,即对自己怀才不遇的不平与对世人不察大才的悲哀。跋文寥寥数语,析理有据,以无用之眉比安重之君子,巧妙而妥帖,借助友人之号引申议论,写尽其人心曲。

王　鏊

王鏊(1450—1524),字济之,号守溪,明代吴县(今江苏苏州)人。正德、嘉靖年间重臣,官至户部尚书、武英殿大学士。居官清廉,为人正直,时称“天下穷阁老”。王鏊博闻强识,深于经术,文章尔雅,议论明畅,国子监学生争相传颂。为一代文章大家,唐寅称其“海内文章第一,山中宰相无双”。有《震泽编》《震泽集》等。

金山卫志序[1]

国家武备之设[2],西北最重,东南若无事焉。然而海岛诸夷乘潮出没,濒海之民时被毒螫[3]。国初盖常患之。因命安庆侯即华亭之筱馆[4],筑城置戍。城成,隐然与海中金山相直[5],故名金山卫[6]。相传昔周康王东游[7],筑城镇海[8]。其后宋武帝[9]、吴越王镠皆尝城之[10]。其地西抵浙之海宁[11],北抵吴淞江[12],东南际大海,而襟带淮南诸郡[13]。朝命扬州等处备倭,总兵每驻节焉[14]。自宣德至今百余年间,岛夷晏然[15],虽巨盗间作,旋亦授首[16],非以守御得人故耶?正德某年[17],张君文光以都指挥佥事来莅其任[18]。久之,政平盗息,乃曰:“今郡县各有志,卫乃独无。兹卫东南巨障,事多可书,而世无闻焉。使后世有杞宋无征之叹[19],吾耻之。”乃咨询故老,蒐辑异闻,得遗事若干,汇为六卷。予得而阅之,则古今沿革、升降,与夫城池之卑高,场堡之远近[20],烽堠之疏密[21],储偫之盈亏[22],行伍之赢缩,操阅之勤惰,屯田之芜垦,将校之贤愚勇怯,皆可考而知,则斯志也谓为无益,可乎?后世盖将有征焉。文光武臣,而能以廉自将,且汲汲于文事,可谓知所重矣。予故为序诸首。

【注释】

〔1〕选自明王鏊《震泽集》卷十四。

〔2〕武备：军备，武装力量与军事装备。

〔3〕时被毒螫（zhē）：《白虎通·谏诤》：“民蒙毒螫。”毒螫，毒害、危害。指时常受到危害。

〔4〕因命安庆侯即华亭之筱馆：安庆侯，明初功臣仇成，洪武十二年（1379）封安庆侯。筱（xiǎo）馆，筱馆镇，太湖东南重要的海运港口和军事要冲。指命令仇成至筱馆镇。

〔5〕金山：山名，在今上海松江附近海中。

〔6〕卫：明代驻兵实行“卫所制”，一卫有军队五千六百人，其下依序有千户所、百户所、总旗、小旗等单位。

〔7〕周康王：西周第三任君主，名钊，周成王之子。成王、康王在位时社会安定、百姓和睦，史称“成康之治”。

〔8〕镇海：地名，在今江苏太仓，明洪武年间置镇海卫于此。

〔9〕宋武帝：南朝宋开国君主刘裕（363—422），小字寄奴，幼年贫困，后为北府兵将领，元熙二年（420）代晋称帝。

〔10〕吴越王镠：吴越开国君主钱镠（852—932），字具美，谥武肃王。唐末任镇海军节度使，迁镇东军节度使，占据以杭州为首的两浙十三州，被中原王朝封为越王、吴王、吴越王、吴越国王。城：筑城。《诗·小雅·出车》：“天子命我，城彼朔方。”

〔11〕海宁：旧县名，明洪武二年（1369）改海宁州为县，属杭州府。

〔12〕吴淞江：古称松江或吴江，亦名松陵江、笠泽江，长江支流黄浦江的支流，与东江、娄江合称“太湖三江”。

〔13〕襟带：谓山川屏障环绕，如襟似带。

〔14〕总兵每驻节焉：总兵，官名，各要地置总兵官，无品级，无定员，系临时差遣，多以公、侯、伯、都督充任，沿边地区总兵并多挂印称将军，后渐成常驻武官。驻节，官员驻守外地执行公务。指时常有总兵驻守。

〔15〕岛夷：海岛上的居民。

〔16〕授首：指投降或被杀。

〔17〕正德：明武宗朱厚照的年号（1506—1521）。

〔18〕都指挥佥事：明代军事指挥职务。都指挥使属官，秩正三品，与都指挥同知分管屯田、训练、司务等事。

〔19〕杞宋无征之叹：《论语·八佾》："夏礼吾能言之，杞不足征也；殷礼吾能言之，宋不足征也。文献不足故也。足，则吾能征之矣。"言感叹资料不足，不能知晓。

〔20〕场堡：军事场所，防御建筑。

〔21〕烽堠：烽火台，又称烽燧，俗称烽堠、烟墩、墩台。遇有敌情发生，则白天施烟，夜间点火，台台相连，传递消息。

〔22〕储偫（zhì）：指储备。偫，预先准备。扬雄《羽猎赋》："然至羽猎，甲车戎马，器械储偫，禁御所营，尚泰奢丽夸诩。"

【评析】

本文是《金山卫志》的序文，《金山卫志》属于地方志，即记载一地区地理、沿革、风俗、教育、物产、人物、名胜、古迹以及诗文、著作等的史志。作者首先叙述了金山卫设立的历史缘由，即明初时东南沿海地区时常受到海上贼寇侵扰，故筑城以戍卫。因城与海中的金山相对，所以名"金山卫"。金山卫的设立起到了有效的防御作用，百年间守护太平。接着引入了《金山卫志》的修撰原委，正德间担任都指挥佥事的张文光感慨各地均有方志，而金山卫之事却淹没于世，颇为可惜，故着手编撰。最后介绍《金山卫志》内容，赞叹张文光虽为武将但积极从事文化事业。这篇文章结构清晰，旨意分明，文字流畅，是一篇得体的方志序文。

祝允明

祝允明(1461—1527),字希哲,号枝山。明代长洲(今江苏苏州)人。因右手生有六指,故自号为“枝指生”。自幼天资聪颖,但仕途坎坷,三十二岁中举,后屡试不第。授广东兴宁知县,迁应天府通判,谢病还乡。祝允明好酒色声乐,不拘礼法,以书法名动海内,求其书者接踵而至。博览群书,文章有奇气,与徐祯卿、唐寅、文徵明号称“吴中四才子”。有《怀星堂集》等。

跋东坡草书千文〔1〕

北鄙之夫居邻大阅之场〔2〕,旬朔见大将军帅数百士入场校猎〔3〕,数骑张弓发矢,驰马回旋,几匝鼓进而金退〔4〕,顷刻而止,曰战陈如是已甚〔5〕,则弯桑折柳效之,自以为不大相远。一旦此将军统十万众出塞,横行匈奴中,鱼丽鹤列〔6〕,噏忽开阖〔7〕,变化若神,戈矛弓矢之具,击刺向背之法,与向来故步,如不相关者。鄙夫见之,然后魄陨魂越,始知兵法乃如此。今之学坡书者,故未尝见其槁法〔8〕,使观此帖,其陨越失措,何可免也?帖在练川沈文元〔9〕,因出共阅,辄附此语。何日相与请正于阁老延陵先生〔10〕,必有教吾二人者。

【注释】

〔1〕选自明祝允明《怀星堂全集》卷二十五。

〔2〕北鄙之夫:北方边境地区的人。大阅之场:大规模集合演练军队的地方。

〔3〕旬朔:十日为旬,农历初一为朔。指十天或一个月,亦泛指不长的时日。

〔4〕鼓进而金退:金与鼓是战场上将领发布命令以指挥作战的重要工具,闻鼓

而进，闻金而退。

〔5〕战陈如是已甚：战陈，即战阵，作战的阵法。指阵法像这样已到极致。

〔6〕鱼丽：将步卒队形环绕战车进行疏散配置的一种阵法。鹤列：如鹤般排列的阵法。

〔7〕噏（xī）忽：形容迅疾之貌。

〔8〕故未尝见其槁（gǎo）法：故，原来。槁同“稿”，草书又称稿书。指原来没有见过东坡草书之法。

〔9〕练川沈文元：练川，古代嘉定的别称，今属上海市。沈文元未详何人。

〔10〕阁老延陵先生：阁老，明内阁大学士别称。延陵，古邑名，春秋吴邑，在今江苏常州。延陵先生未详何人。

【评析】

本文是祝允明为苏东坡草书《千字文》所作跋文。此文短小精悍，构思巧妙，作者欲言此帖书法精妙，但并不直入主题，先宕开一笔，描写边境匹夫观摩军事演练，自以为已掌握作战之法，岂料将军率兵出征，与敌交战，阵法变幻莫测，因时制宜，与演习操练时的做法截然不同，令匹夫大惊失色。继而笔锋一转，论述当今学东坡书法之人，正似边境匹夫观战，自以为熟习书写之法，实际上只得皮毛，未及精髓。倘若使其观此帖，必如匹夫一般失魂落魄。作者祝允明也是著名的书法家，但他没有从技法上点出《千字文》帖草书之法的妙处，而是通过比喻传达观帖感受，进而从侧面高度赞扬东坡草书与此《千字文》帖。军阵与书法均讲究布局与变换，作为喻体极为恰当，整体上写法新奇，耐人寻味。

唐 寅

唐寅(1470—1524),字伯虎,又字子畏,号六如居士、桃花庵主等,明代吴县(今江苏苏州)人。生性狂傲,受友人祝允明规劝闭门读书,二十八岁中乡试第一,得大学士程敏政赏识。参加会试时,主考官程敏政泄题受弹劾,事连及唐寅,下诏狱并谪为吏,遂绝意仕途,游荡江湖。正德九年(1514),宁王朱宸濠以重金聘唐寅入幕,后寅察其有异志,佯狂以归。唐寅以画闻名,是"吴门四家"之一,工人物、花鸟。诗文以才情取胜,多纪游、题画、感怀之作,与祝允明、文徵明、徐祯卿并称"吴中四才子",有《六如居士集》等。

中州览胜序〔1〕

吾党袁臣器〔2〕,少年逸器〔3〕,温然玉映,盖十室之髦懿也〔4〕。弘治丙辰五月〔5〕,忽翻然理篙楫〔6〕,北乱扬子〔7〕,历彭城〔8〕,渐于淮海〔9〕,抵大梁之墟〔10〕,九月末归。乃绘所经历山川陵陆并冲隘名胜之处〔11〕,日夕展弄,目游其中。予忝与乡曲,得藉访〔12〕。道里宛宛,尽出指下,盖其知之素而能说之详也。予闻丈夫之生,剡蒿体,揉柘干,以丽别室〔13〕;固欲其远陟遐举〔14〕,不龌龊牖下也〔15〕。而愿悫者怀田里〔16〕,没齿不窥阛阓〔17〕,曰:"世与我违,甘与菑木委灰同弃〔18〕。"虽有分寸而人莫之知也,后世因莫之建白也〔19〕。是余固欲自展以异,而颓然青袍掩胫〔20〕,驰骛士伍中〔21〕,而身未易自用也。虽然,窃亦不能久落落于此。臣器所从魏地来,今不知广陵有中散之遗声欤〔22〕?彭城项氏之都也〔23〕,今麇鹿有几头欤〔24〕?黄河故宣房之基在否欤〔25〕?大梁墟中有持盂羹为信陵君祭与无也[26]？臣器其为我重陈之，余他日当参验其言。

【注释】

〔1〕选自明唐寅《唐伯虎先生集》卷下。

〔2〕袁臣器：袁鼒（1468—1530），字臣器，号方斋，吴县（今江苏苏州）人。举业不顺，后为儒商。

〔3〕逸器：才具非凡。

〔4〕十室之髦懿：《论语·公冶长》："十室之邑，必有忠信如丘者焉。"《尔雅》郭璞注："士中之俊，如毛中之髦。"懿，美好。此谓乡里之俊彦。

〔5〕弘治丙辰：即弘治九年（1496）。弘治，明孝宗朱祐樘年号（1487—1505）。

〔6〕理篙楫：指乘船出行。理，整理。篙楫，篙桨等行船的工具。

〔7〕北乱扬子：乱，横渡。《尚书·禹贡》："乱于河。"这里指向北横渡扬子江。

〔8〕彭城：古邑名，春秋宋邑，今江苏徐州，项羽曾定都于此。

〔9〕渐：流。《尚书·禹贡》："东渐于海，西被于流沙。"这里指乘船行驶于淮海。

〔10〕大梁：今河南开封，战国魏都。

〔11〕冲隘（ài）：冲要、险要之处。

〔12〕藉访：借访，拜访、访问。

〔13〕剡（yǎn）蒿体，揉柘（zhè）干，以丽别室：指制作弓箭放置于别室。古代男子出生，礼官需用桑木做的弓和六支蓬草做的箭，射向天、地、四方，以示志之远大，见《礼记·内则》。剡，削。揉，使木弯曲。柘，木质密致坚韧，可制弓。丽，附着。

〔14〕远陟遐举：陟，登高。遐举，远行。《楚辞·远游》："泛容与而遐举兮。"

〔15〕龌龊：拘于小节。牖下：户牖之下，指家中。

〔16〕愿悫（què）者：朴实忠诚的人。

〔17〕闉（yīn）阇（dū）：古代城门外瓮城的重门，泛指城门。《诗经·郑风·出其东门》："出其闉阇，有女如荼。"

〔18〕菑（zì）木委灰：菑木，枯死之木。《荀子·非相》："周公之状，身如断菑。"委灰，烧弃之香灰。陆机《演连珠》："郁烈之芳，出于委灰；繁会之音，生于绝弦。"

〔19〕建白：陈述。

〔20〕青袍：汉以后贱者穿青色衣服，因指贱者之服。

〔21〕驰骛(ào)：指奔走。骛，骏马。

〔22〕今不知广陵有中散之遗声欤：中散，指嵇康，曾拜中散大夫，故称。遗声，指《广陵散》。嵇康善鼓琴，因触犯司马昭与钟会而遭到诬害。死前弹奏《广陵散》，叹息："《广陵散》于今绝矣！"见《晋书·嵇康传》。

〔23〕彭城项氏之都：项氏指项羽，曾都彭城。

〔24〕今麋鹿有几头：《史记·淮南衡山列传》："王坐东宫，召伍被与谋，曰：'将军上。'被怅然曰：'上宽赦大王，王复安得此亡国之语乎！臣闻子胥谏吴王，吴王不用，乃曰："臣今见麋鹿游姑苏之台也。"今臣亦见宫中生荆棘，露沾衣也。'"后多以生麋鹿言故城荒凉。

〔25〕宣房：汉武帝时黄河溃决于瓠子，天子使汲仁、郭昌发卒数万人堵塞缺口。功成，乃筑宫其上，名曰宣房宫，故址在今河南濮阳西南。见《史记·河渠书》。

〔26〕大梁墟：《史记·魏公子列传》赞："吾过大梁之墟，求问其所谓夷门。夷门者，城之东门也。天下诸公子亦有喜士者矣，然信陵君之接岩穴隐者，不耻下交，有以也。名冠诸侯，不虚耳。高祖每过之，而令民奉祠不绝也。"大梁，战国时魏之都城。大梁墟指魏都旧址。

【评析】

本文是唐寅为同乡袁臣器所画《中州览胜图》所作序。序文先叙述《中州览胜图》绘制之原委：袁臣器在弘治九年五月从吴县乘船出游，四个月后归来，将所见山川名胜绘为图。唐寅作为同乡得以观其图，而观图显然给唐寅带来极大触动。唐寅写作此文时年二十七，正是怀抱理想、欲一展宏图之时，也对广大世界充满期待。因而他鄙夷"龌龊牖下""没齿不窥闉阇"之人，渴望成就一番事业，扬名天下。然而想到自己至今未能取得功名，"颓然青袍掩胫，驰骛士伍中"，不免有几分失落。但此时的唐寅毕竟意气满满，片刻失落后，不甘便转化为动力，坚信自己不会长久落魄，注意力又返回《中州览胜图》中，不断向友人询问史书提及的历史遗迹，并下定决心有朝一日将亲自验证。此文以议论抒情为主，个人风格极强，观图引发的情感与思考倾泻而出，尽显少年意气。

文徵明

文徵明(1470—1559),原名壁,字徵明,四十二岁起以字行,更字徵仲,号衡山居士、停云生,明代长洲(今江苏苏州)人。仕途不顺,九次乡试均不中。正德末,以岁贡荐试吏部,授翰林院待诏。后因当时专尚科目,徵明意不自得,遂辞官归乡,以翰墨自娱。文徵明学画于沈周,为"吴门四家"之一,书法尤擅行书与小楷。诗文亦出众,效法白居易、苏轼、陆游等,而能融汇个人情趣于其中,后人评价其"雅饬之中,时饶逸韵",与祝允明、徐祯卿、唐寅并称为"吴中四才子"。有《甫田集》等。

游洞庭东山诗序〔1〕

洞庭两山〔2〕,为吴中胜绝处。有具区映带〔3〕,而无城闉之接〔4〕,足以遥瞩高寄。而灵栖桀构〔5〕,又多古仙逸民奇迹,信人区别境也。

余友徐子昌国近登西山〔6〕,示余《纪游》八诗,余读而和之〔7〕。于是西山之胜,无俟手披足蹑〔8〕,固已隐然目睫间;而东麓方切倾企〔9〕。属以事过湖,遂获升而游焉。留仅五日,历有名之迹四。虽不能周览群胜,而一山之胜,固在是矣。一时触目摅怀〔10〕,往往托之吟讽。归而理咏〔11〕,得诗七首。辄亦夸示徐子,俾之继响。

昔皮袭美游洞庭〔12〕,作古诗二十篇,而陆鲁望和之〔13〕。其风流文雅至于今,千载犹使人读而兴艳〔14〕。然考之鹿门所题,多西山之迹;而东山之胜,固未闻天随有倡也。得微陆公犹有负乎〔15〕?予于陆公不能为役〔16〕,而庶几东山之行〔17〕,无负于徐子。

【注释】

〔1〕选自明文徵明、徐祯卿《太湖新录》不分卷。

〔2〕洞庭两山：指洞庭东山和洞庭西山。

〔3〕具区（ōu）映带：具区，太湖之古称，又名“震泽”“五湖”“笠泽”，是古代滨海湖的遗迹，位于江苏和浙江两省的交界处，长江三角洲的南部。映带，景物相互映衬。

〔4〕城闉（yīn）：城内重门，亦泛指城郭。

〔5〕桀构：桀，同“杰”。构，房屋，屋宇。

〔6〕徐子昌国：徐祯卿（1479—1511），字昌国，一字昌谷，吴县（今江苏苏州）人，“吴中四才子”之一。文学上强调文章学习秦汉，古诗推崇汉魏，近体宗法盛唐，与李梦阳、何景明等人并称“前七子”。

〔7〕和：唱和，和诗。

〔8〕无俟手披足蹑：无俟，不待。披，拨开，这里指拨开阻碍登山的草木。蹑，踩，踏。不必亲自登上西山。

〔9〕倾企：想望，仰慕。

〔10〕触目摅（shū）怀：摅，抒发、发表。指看到眼前的景色抒发内心情感。班固《西都赋》：“愿宾摅怀旧之蓄念，发思古之幽情。”

〔11〕理咏：吟咏。刘义庆《世说新语·容止》：“庾太尉在武昌，秋夜气佳景清，使吏殷浩、王胡之之徒，登南楼理咏。”

〔12〕皮袭美：皮日休，字袭美，号鹿门子，复州竟陵（今湖北天门）人。唐代诗人，诗文兼有奇、朴二态，多抨击时弊、同情民间疾苦之作。与陆龟蒙齐名，世称“皮陆”。

〔13〕陆鲁望：陆龟蒙，字鲁望，自号天随子、江湖散人、甫里先生，长洲（今江苏苏州）人，唐代诗人。诗求博奥险怪，七绝较爽利，写景咏物为多，亦有愤慨世事、忧念生民之作。

〔14〕兴艳：艳，羡慕。心生艳羡。

〔15〕得微陆公犹有负乎：得微，得无，副词，表示反问或推测，恐怕，岂非。负，亏欠。指陆龟蒙在和诗上对皮日休有所亏欠。

〔16〕予于陆公不能为役：指自己不能代替陆龟蒙作游洞庭东山之诗。

〔17〕庶几：或许可以，表示希望或推测。

【评析】

本文是文徵明游玩洞庭东山所作七首诗歌的序文。文章开头以寥寥数笔勾勒洞庭两山概况：与太湖相映照，远离城市喧嚷，多神仙逸民，乃世外之地。接着叙述《游洞庭东山诗》的缘起，是因友人徐祯卿游洞庭西山后写诗并出示，使作者对西山盛景有所了解，此次获机得以登临东山，感怀于名胜，并欲向友人夸示，故创作了这组诗歌。这组诗歌今存于文徵明别集中，歌咏了太湖、百街岭、静观楼、灵源寺、翠峰寺等风景，诗笔清雅，诗情高古。最后以古人作比，颂赞友情。晚唐皮日休与陆龟蒙的唱和可谓文人佳话，两人友谊深厚，均喜好山水，唱和诗作颇多，合编为《松陵集》。文徵明倾慕皮陆唱和，将自己与徐祯卿游洞庭两山的唱和与皮陆相比照，“予于陆公不能为役”，是谦虚自己诗作水平比不上陆氏，然而在友谊方面，陆龟蒙无东山诗作示皮日休，而作者则“无负于徐子”。序文文气顺畅，层次分明，展现出作者性情。

顾 璘

顾璘(1476—1545),字华玉,号东桥,明代长洲(今江苏苏州)人,寓居上元(今江苏南京)。弘治九年(1496)进士,官至工部尚书、南京刑部尚书。致仕,筑息园,常与友人置酒高会,诗文唱和。钱谦益称其"处承平全盛之世,享园林钟鼓之乐,江左风流,迄今犹称为领袖也"。顾璘以诗著称,有唐人风调。与刘元瑞、徐祯卿并称"江东三才";与陈沂、王韦并称"金陵三俊",其后朱应登继起,称"四大家"。有《浮湘集》《山中集》《息园诗文稿》等。

徐迪功集序〔1〕

自吾友迪功君之亡〔2〕,未尝不临文兴哀〔3〕,为国永恨。使存至今,复何见古人哉?今所传《谈艺录》一卷〔4〕、遗文六卷,混涵造化〔5〕,陶冶风雅,斯一家之名言矣。关西李献吉乃云"守而未化,故蹊径存焉"〔6〕,岂其然欤?岂其然欤?嗣子进士伯虬属余赞述于墓铭卷后〔7〕,适有眩疾〔8〕,不能构思,乃书此归之。并录旧所往来诗三章〔9〕,用存幽明之好云尔〔10〕。"前年共饮燕京酒"云云。嘉靖七载戊子秋〔11〕,东桥居士顾璘书。

【注释】

〔1〕选自明徐祯卿《徐昌谷全集》卷首。

〔2〕迪功君:迪功,迪功郎,明代文官散阶,正八品。此处迪功君指徐祯卿,曾任迪功郎,有《迪功集》。

〔3〕临文兴哀:看到其作品便引起悲伤之情。

〔4〕《谈艺录》:徐祯卿的诗论著作。

〔5〕混涵造化：混涵，包含。造化，自然。《庄子·大宗师》："今一以天地为大炉，以造化为大冶，恶乎往而不可哉？"

〔6〕关西李献吉：李梦阳，字献吉，庆阳(今甘肃庆城)人。明代中期文学家，复古派"前七子"领袖，提倡"文必秦汉，诗必盛唐"。"守而未化，故蹊径存焉"：因循未能浑化，仍保有从前的方法。指徐祯卿的诗文创作师法古人，但仍存有吴地文学风格。这是李梦阳为《徐迪功集》所作序中对徐祯卿诗文的评价。

〔7〕嗣子进士伯虬：伯虬，徐祯卿之子，字子久，明嘉靖四年(1525)举人，擅长作诗。嗣子，嫡长子。

〔8〕眩疾：头目晕眩之病。

〔9〕三章：指三首。

〔10〕幽明：指生与死，阴间与阳间。

〔11〕嘉靖七载戊子：1528年。嘉靖，明世宗朱厚熜的年号(1522—1566)。戊子为嘉靖七年的干支纪年。

【评析】

本文是作者在好友徐祯卿去世后为其别集所作之序。根据文中叙述可知，顾璘本受徐祯卿子徐伯虬之托撰写赞述，但因身体原因无法构思，故改作短序并附上昔日唱和诗三首。文人去世后，由子嗣和友人整理编纂别集并刊刻行世是较为普遍的情况，在编纂时往往会邀请熟识的高官名士撰写序文以揄扬，顾璘撰写此序时提及的"关西李献吉"的评价，正是来自李梦阳为《徐迪功集》所作的序。据李梦阳序中交代，徐祯卿留下遗言希望由李梦阳序其文，可以推想，这一方面因二人熟识，有相似的诗文理念，另一方面也由于李梦阳为当时的文坛领袖。徐祯卿在吴中文学传统下成长，中进士后接触复古派士人，转而改变风格，李梦阳"守而未化"之语，即是指他吴地文学积习较深，雄健气象不足。李梦阳之评价在后世颇有争议，王世懋、何良俊等人颇有反对意见，本文作者顾璘也认为李氏评价不公，是非留待后人评判。

薛应旂

薛应旂(1500—1574),字仲常,号方山,明南直隶常州府武进(今江苏常州)人。嘉靖十四年(1535)进士。初任浙江慈溪知县,迁南京考功郎中,因忤权臣严嵩,改调建昌府(治今江西南城)通判。后升浙江提学副使,嘉靖三十二年罢归。三十四年,调陕西按察司副使,次年复罢归。几番谪罢,皆由得罪严嵩、严世蕃父子所致。严氏父子倒台后,蒙恩诏改为致仕。晚年因仕途失意,专于著述。著有《四书人物考》《宋元通鉴》《宪章录》《甲子会纪》《高士传》《〔嘉靖〕浙江通志》《薛子庸语》等。

宪章录序〔1〕

夫《书》监成宪〔2〕,《诗》率旧章〔3〕,岂其为训若是之拘系哉〔4〕!寔以降古盛时〔5〕,其君臣之交修以图全治者,皆由此道,而事不师古者,鲜克永世也〔6〕。昔仲尼适周〔7〕,不获一见天子,历聘列国,干七十余君〔8〕,不用,于是退老于洙、泗之上〔9〕,从游之士盖三千焉,皆尽一世之英贤。相与论述三才〔10〕,表章六籍〔11〕,以为明体之学,而其最适于用者,则因鲁史以作《春秋》,而褒贬赏罚者无非当世之实事。于以定百王之法,于以立万世之防〔12〕,盖皆自其宪章文武者推之也〔13〕。故一则曰吾从周〔14〕,二则曰吾从周,其东周之志、周公之梦虽不获见之施行,而端倪已可概见矣。然犹自叹曰:"与其托诸空言,不若见诸行事之深切著明也。"〔15〕其惓惓爱君体国之心〔16〕,曷尝一日自已哉。旂不类〔17〕,虽少知诵法孔子,而生于二千一百余年之后,固不及揖让于颜、曾、闵、冉之列[18]，且不及如互乡阙党[19]，犹得以望见于门墙。然而一念天假之灵，则终不能泯没。故自鼓箧以至入仕[20]，凡我昭代之成宪典章[21]，或纪载于馆阁[22]，或传报于邸舍[23]，见辄手录，历有岁年，几于充栋[24]，妄意当可为之际，或可以备参考。竟以迂愚抵牾当路[25]，归卧穷山，而平生之欲监观，率由将斟酌以见之献纳者[26]，遂置为虚器，恒窃悲之。迩来见《通纪》仿编年而芜鄙[27]，《吾学编》效纪传而断落[28]，遂不辞衰惫，尽出旧所录者，摘什一于千百，汇为斯编，与经世者共之[29]，题曰《宪章录》者，窃附于从周之义也[30]。倘假我数年，再加删润，当献之君相。值兹不讳之朝[31]，用效涓埃之报[32]，庶少裨法祖之一助[33]。兹惧僭妄，聊以质之同志云[34]。

万历元年正月人日[35]，赐进士、中宪大夫、陕西按察司副使、奉诏致仕前提督浙江学校臣薛应旂谨序。

【注释】

〔1〕选自明薛应旂《宪章录》。

〔2〕《书》监成宪：典出伪古文《尚书·说命下》："监于先王成宪，其永无愆。"监：通"鉴"，借鉴。成宪：原有的法律、规章制度。

〔3〕《诗》率旧章：《诗经·大雅·假乐》："不愆不忘，率由旧章。"率：遵行，遵循。旧章：昔日的典章。

〔4〕训：典式，准则。

〔5〕寔：通"是"。隆古：远古。

〔6〕克：能够。

〔7〕仲尼：孔子的字。

〔8〕干：干谒。

〔9〕洙、泗：洙水和泗水。古时二水自今山东泗水北合流而下，至曲阜北，又分为二水，洙水在北，泗水在南。春秋时属鲁国地。孔子在洙、泗之间聚徒讲学。

〔10〕三才：天、地、人。

〔11〕六籍：即"六经"，指《诗》《书》《礼》《乐》《易》《春秋》六部儒家经典。

〔12〕防：禁令。

〔13〕宪章：效法。文武：周文王姬昌与周武王姬发。

〔14〕吾从周：《论语·八佾》："子曰：'周监于二代，郁郁乎文哉！吾从周。'"又《礼记·中庸》："子曰：'吾说夏礼，杞不足征也。吾学殷礼，有宋存焉。吾学周礼，今用之，吾从周。'"

〔15〕与其托诸空言，不若见诸行事之深切著明也：《史记·太史公自序》："子曰：'我欲载之空言，不如见之于行事之深切著明也。'"

〔16〕惓（quán）惓：忠心耿耿貌。

〔17〕不类：作自谦之词，犹不肖。

〔18〕颜、曾、闵、冉：指颜渊、曾参、闵子骞、冉伯牛，均为孔门弟子。

〔19〕互乡：地名。《论语·述而》："互乡难与言。"《元和郡县图志》云在滕县（今山东滕州）东。《太平寰宇记》谓在徐州沛县（今属江苏），又云在陈州项城县（今河南项城）。阙党：即阙里。孔子故里，在今山东曲阜阙里街，因有两石阙，故名。

〔20〕鼓箧（qiè）：借指负箧求学。

〔21〕昭代：政治清明的时代。此处用以称颂本朝。

〔22〕馆阁：明代翰林院的别称。

〔23〕邸舍：府第。

〔24〕充栋：堆满屋子。

〔25〕抵牾（wǔ）：顶撞、冒犯。当路：掌权者。

〔26〕献纳：献忠言供采纳。

〔27〕《通纪》：指《皇明通纪》，陈建（1497—1567）所撰编年体明代史。

〔28〕《吾学编》：郑晓（1499—1566）所撰纪传体明代史。

〔29〕经世：治理国事。

〔30〕窃：私下，私自。用作谦词。

〔31〕不讳之朝：可直言不讳的朝代。谓政治清明之世。

〔32〕涓埃：细流与微尘。比喻微小。

〔33〕裨（bì）：增添，补加。

〔34〕同志：志趣相同的人。

〔35〕万历元年人日：即公元1573年2月8日。万历为明神宗朱翊钧年号（1573—1620）。人日，农历正月初七。

【评析】

本文为薛应旂为自撰编年体明代史《宪章录》所作序文,该书共四十七卷,叙事上起洪武,下至正德。序文开篇即点明书名由来,“宪”“章”二字分别出自《尚书》《诗经》两部儒家经典。无论是“监于先王成宪”还是“率由旧章”,都旨在从昔日典章中寻求借鉴。作者称孔子晚年表章六经,《春秋》“最适于用”,体现出其对于历史记载的重视。他广泛搜集明代史料,意图有裨于经世致用,却因得罪权臣,“归卧穷山”。仕途失意后,作者根据旧日所收史料撰成《宪章录》,期待删润后“献之君相”,惓惓报国之心,殷殷用世之志,于兹可见。文中对《皇明通纪》《吾学编》这两部流行一时的明代史书的批评,更体现出作者的学术追求。

归有光

归有光（1507—1571），字熙甫，又字开甫，自号项脊生，明代昆山（今属江苏）人。自幼聪颖，以童子试第一入府学，三十余岁举应天乡试第二名，为主考张治赏识。此后八次赴会试不第，遂移居嘉定，谈道授徒，从学者数百人，尊其为“震川先生”。年六十方中进士，授官长兴知县。大学士高拱、赵贞吉引为南京太仆寺丞。归有光喜读《史记》，推崇唐宋古文。针对当时文坛复古秦汉之风，主张“变秦汉为欧曾”。有《震川先生集》。

卓行录序[1]

昔古圣人之治天下，既先之以道德，犹惧民之不协于中[2]，而为之礼以防之。上之赏罚注措[3]，凡治民之事，无一不归于礼。极而至于用刑，亦曰制百姓于刑之中而已。

孔子以布衣承帝王之统[4]，不得行于天下，退与其门人修德讲学，始以仁为教。然至于其高第弟子，与当世之名卿大夫，其于仁，孔子若皆未之轻许。而其告颜渊[5]，以“克己复礼为仁”[6]，则孔子之论，未始有出于礼者也。但古之圣人以礼教天下，使君子小人皆至焉。若孔子之于其学者，独教其为君子之事，以治其心术之微[7]，固礼之精者而已矣。然孔子终亦不以深望于人[8]，故曰：“不得中行之士而与之，必也狂狷乎[9]？”中行者，其所至宜及于仁；而于狂狷之士，孔子盖未之深绝也[10]。故于逸民之徒[11]，莫不次第而论列之。至其孙子思作《中庸》[12]，其为论甚精，而其法尤严，使世之贤者稍不合于中，皆为圣人之所弃。而乡愿之徒[13]，反得窃其近似，以惑乱于世。孟子知其弊之如此，故推明孔子之志，而于乡愿尤深绝之。由此言之，至于后世，苟不得乎中行，虽太过之行，岂非君子之所贵哉？若狐不偕、务光[14]、伯夷、叔齐[15]、箕子、胥馀[16]、纪他、申徒狄[17]，宁与世之寡廉鲜耻者一概而论也？

自司马迁、班固而下，至范晔而有独行之名[18]，第取其俶诡异常之事[19]，而不为科条。《唐书·卓行》之外[20]，又别有《孝友传》。大氐史家之裁制不同，所以扶翊纲常[21]，警世励俗，则一而已矣。

国家有天下二百年。金匮、石室之藏[22]，不布于人间，亦时时散见于文章碑志及稗官之家[23]。休宁程汝玉雅志著述[24]，颇为剽摘而汇别之[25]，凡为书若干卷，名之曰《卓行录》。虽不尽出于中行，要之不悖于孔子之志，故为序之云尔。

【注释】

〔1〕选自明归有光《震川先生集》卷二。

〔2〕不协于中：协，顺服。中，内心。心中不认同、不顺服。

〔3〕注措：措置，安排处置。

〔4〕孔子以布衣承帝王之统：汉代认为孔子有帝王之德而无帝王之位，尊其为“素王”。亦有汉代学者认为西狩获麟为孔子受天命之征兆。

〔5〕颜渊：颜回，字子渊，孔子最得意的弟子，先于孔子而亡。

〔6〕克己复礼为仁：《论语·颜渊》：“颜渊问仁。子曰：‘克己复礼为仁。一日克己复礼，天下归仁焉。为仁由己，而由人乎哉？’颜渊曰：‘请问其目。’子曰：‘非礼勿视，非礼勿听，非礼勿言，非礼勿动。’颜渊曰：‘回虽不敏，请事斯语矣。’”

〔7〕微：精深，精妙。

〔8〕深望：寄以深切期望。指孔子并不对人有过高的期待。

〔9〕不得中行之士而与之，必也狂狷乎：《论语·子路》：“子曰：‘不得中行而与之，必也狂狷乎！狂者进取，狷者有所不为也。’”中行，行为合乎中庸之道。狂，纵情任性。狷，拘谨无为，引申为孤洁。

〔10〕未之深绝：绝，杜绝，摒弃。没有深切摒弃。

〔11〕逸民：节行超逸、避世隐居的人。

〔12〕子思：名孔伋，字子思，孔子的嫡孙。受教于孔子弟子曾参，孔子的思想学说由曾参传子思，子思的门人再传孟子，在孔孟“道统”的传承中有重要地位，被尊为“述圣”。

〔13〕乡愿：乡中貌似谨厚，而实与流俗合污的伪善者。《论语·阳货》：“子曰：‘乡原，德之贼也。’”乡原，即乡愿。

〔14〕狐不偕、务光：狐不偕为尧时贤人，尧让天下于他而不受，投河而死。相传汤让位给务光，他不肯接受，负石沉水而死。“狐不偕”至“申徒狄”，见《庄子·大宗师》。

〔15〕伯夷、叔齐：商朝末年孤竹国君的两位王子。兄弟俩在周武王灭商以后，不愿吃周朝的粮食，一同饿死在首阳山（现山西永济南）。

〔16〕箕子：殷商末期人，纣王的叔父，官太师，封于箕。殷道衰，东走朝鲜，教其民以礼义、田蚕织作，见《汉书·地理志》。胥馀：众家说法不一，或以为箕子之名，或以为比干，或以为伍子胥，或以为接舆。

〔17〕纪他、申徒狄：二人都拒绝尧让国投水而死。

〔18〕至范晔而有独行之名：指范晔《后汉书》中设立了“独行列传”。

〔19〕俶诡：奇异，独特。

〔20〕《唐书》：指北宋宋祁、欧阳修等撰《新唐书》。

〔21〕扶翊：辅佐，护持。

〔22〕金匮、石室之藏：保管重要档案的装具和处所。金匮，金属封缄的柜子。石室，石头修筑的房子。

〔23〕稗官：《汉书·艺文志》：“小说家者流，盖出于稗官。街谈巷语，道听途说者之所造也。”稗官，小官。后世沿袭称小说家为稗官。

〔24〕休宁程汝玉：休宁，徽州府休宁县（今属安徽黄山）。程元成，字汝玉，曾纂《汉口志》。

〔25〕剽摘：摘录。汇别：汇聚分类。

【评析】

本文是归有光为程汝玉所编《卓行录》所作序，文章采用层层递进的结构，从宏阔的视角论述“卓行”，先以上古圣人君王治理天下先道德后礼、刑开始,接着论儒家先圣先师的道德观,虽重视礼之精者,但并不以极高的要求苛责于人,对于不得“中行”、举止异常的君子,也予以肯定。继而谈到史书对狂狷之士的处理,史家虽各有裁制,但也均赞扬这些人对社会的积极作用。最后引入正题,讲述程汝玉收集各方材料编《卓行录》一事。归有光是散文大家,经学深湛,重视义理,文章以圣王起,承之以孔孟,接以正史,再及私传,既有时间上的从古至今,也有儒家价值观上的由高到低。脉络清晰,思想雅正,自然朴实。钱谦益评价其文说:“熙甫为文,原本六经,而好太史公书,能得其风神脉理。其于八大家,自谓可肩随欧、曾,临川则不难抗行。”(《列朝诗集·震川先生小传》)

群居课试录序〔1〕

乙未之岁,余读书于陈氏之圃〔2〕。圃中花木交茂,开门见山。去廛市仅百步〔3〕,超然有物外之趣〔4〕。从余游者十余人,陈氏之子婿在焉〔5〕,悉年少英杰可畏人也。每环坐听讲,春风动帏〔6〕,二鹤交舞于庭,童冠济济,鲁城、沂水之乐〔7〕,得之几席之间矣。

诸生间以诵读之暇,执笔请试,求如主司较艺之法〔8〕。余谓考较非古也。昔人所谓起争端者也。虽然,吾观诸子之貌恂恂然〔9〕,务以相下〔10〕,其必不至于色喜而怨胜己也;于是,定为旬试法〔11〕。试毕,录其言之雅驯者〔12〕。盖劝勉之意寓于其间,且以稽其前后消长之不一〔13〕,广诸君相师相友之风云耳。间有雄才陵轹而不束于格〔14〕,亦予录之所不弃也。

【注释】

〔1〕选自明归有光《震川先生集》卷二。

〔2〕圃:泛指一般供学习的场所。

〔3〕廛(chán)市:商肆集中之处。

〔4〕物外之趣:超出世俗生活之外的乐趣。

〔5〕子婿:儿子、女婿。泛指陈氏年轻一辈男子。

〔6〕帏：帐子，幔幕。

〔7〕鲁城、沂水之乐：原指孔门师生学习、交游之乐。此处代指师生出游，和谐相处之乐。《论语·先进》："莫春者，春服既成，冠者五六人，童子六七人，浴乎沂，风乎舞雩，咏而归。"

〔8〕主司较艺：主司，指科举主试官。较艺，考核技艺。指模拟科举考试出题作文。

〔9〕恂恂然：恭谨温顺的样子。

〔10〕务以相下：务，一定、务必。相下，互相谦让。这里指大家平日相处谦和融洽。

〔11〕旬试：十日为一旬，即十天考试一次。

〔12〕雅驯：指文辞优美，典雅不俗。

〔13〕稽：考核，核查。

〔14〕雄才陵轹而不束于格：陵轹，超越、压倒。指才雄气高，文章突破考试规则。

【评析】

归有光三十岁之时在陈仲德家塾任教，辅导陈氏子弟进学，定课试之法，模拟科举使学生作文，并选出其中佳作编为《群居课试录》，本文就是该集之序。明代以八股文作为考试文体，要按八股方式作文，格式严格，限定字数，不许违背经注，不能自由发挥，是一种技术性较强的写作文体，需要反复训练，因而与同学、友人结社，共同模拟科举考试，相互切磋指导写作技艺便是有志于科举的文人常见行为。归有光不仅是古文大家，也是八股文名手，后世章学诚《文史通义》评价说："归氏之于制艺（指八股文），则犹汉之子长（司马迁），唐之退之（韩愈），百世不祧之大宗也。故近代时文家之言古文者，多宗归氏。"归有光此序寥寥数笔记叙了自己在陈氏家塾与众弟子交往及课试原委，流露出作者对后生的赞叹与得英才而育之的惬意。

唐顺之

唐顺之(1507—1560),字应德,一字义修,号荆川,明代武进(今江苏常州)人。嘉靖七年(1528)乡试中举,次年联捷进士。历任兵部武选司主事,吏部稽勋主事、考功主事,翰林院编修,右春坊右司谏,兵部职方员外郎、郎中,太仆寺少卿、右佥都御史等职,屡经宦海沉浮。唐顺之博学广识,擅治经史,亦通晓天文律历、山川地志、兵法战阵之学。平生最以古文名家,为文主张学唐宋大家“开阖首尾,经纬错综”之法,与归有光、王慎中并称“嘉靖三大家”。有《荆川先生文集》,亦辑编《史纂左编》《右编》《武编》《文编》《诸儒语要》《荆川稗编》等。

右编序[1]

古今宇宙,一大棋局也。天时有从逆[2],地理有险易,人情有爱恶,机事有利害[3],皆棋局中所载也。古圣人经天纬地[4],画野肇州[5];设官分职,正外位内[6];幽明人鬼,不相渎扰;奸良淑慝[7],鸟兽戎夷[8],各止其所,所以界棋局也[9]。至于奕数之变[10],纵横翻覆,纷然不齐。虽其纷然不齐,而至于千百亿局,则其变亦几乎尽,而其法亦略备矣。自三代之末[11],至于有元[12],上下二千余年,所谓世事理乱,爱恶利害,情伪凶吉[13],成败之变,虽不可胜穷,而亦几乎尽。经国之士研精毕智,所以因势而曲为之虑者,虽不可为典要[14],而亦未尝无典要也。语云[15]:“人情世事,古犹今也。”岂不然哉!奏议者,奕之谱也。师心者废谱[16],拘方者泥谱[17],其失均也[18]。有见乎背立之说,则以病背水之军[19],有见乎死地之说,则以置背水之军。然而二说同出于十三篇中[20],焉可泥也，而焉可废也？余之纂《右编》，特以为谱之不可废而已，而未及乎不泥谱之说也。《右编》者，古者右史记言也[21]。

【注释】

〔1〕选自明唐顺之《重刊荆川先生文集》卷十。

〔2〕从逆：顺逆。

〔3〕机事：指国家枢机大事。

〔4〕经天纬地：经，编织物的纵线；纬，编织物的横线。经、纬比喻规划。指规划天地。

〔5〕画野肇州：画，规划。肇，创建。划分土地界限，设立地方区划。

〔6〕位：安排。

〔7〕淑慝（tè）：淑，善，美。慝，奸邪，邪恶。指善恶。

〔8〕戎夷：戎和夷。古民族名，泛指华夏族以外的其他民族。

〔9〕界：界分、划分。

〔10〕奕数：下棋的道术、方法。

〔11〕三代：夏、商、周三个朝代的合称。

〔12〕有元：指元代。有，词缀，用在某些朝代名称的前面。

〔13〕情伪：真伪虚实。

〔14〕典要：经常不变的准则、标准。

〔15〕语：指谚语或古语。

〔16〕师心：以心为师，不拘成规。

〔17〕拘方者泥谱：拘泥刻板。泥，拘泥于，拘执，不变通。刻板之人拘泥于棋谱。

〔18〕失均：均，平、匀，引申为调和。指失衡。

〔19〕背水之军：指军队背靠临近河水之地摆阵，使军士没有退路，为求出路而决一死战。

〔20〕十三篇：指《孙子兵法》十三篇。

〔21〕右史记言：周代史官有左史、右史之分。左史记动，右史记言，见《礼记·玉藻》。

【评析】

本文是唐顺之所编奏议集的自序。除奏议集外,他还编录历代君臣事迹为一集,取《礼记》“左史记动,右史记言”之说,分别命名为《左编》与《右编》。唐顺之有强烈的经世致用思想,他曾教导学生说:“读书以治经明理为先;次则诸史,可以备见古人经纶之迹,与自来成败理乱之几;次则载诸世务,可以应世之用者。”(《荆川先生文集》卷七《与莫子良主事》)他编纂两书,也是希望总结古人为政之道,以史为鉴。序文中把天下比作棋局,古圣人制礼作乐、分官定职便是划定棋局。千百年间,政局变幻,风起云涌,正如弈棋一般,而奏议最关切治国,最反应实际问题,其于治理天下的作用,就像棋谱之于棋局。作者以巧妙的比喻论述奏议文献的重要意义,以“古今宇宙,一大棋局”开篇,气象颇为宏阔,行文流畅,层层深入,一气呵成,而结构谨严。陆敏树评价此文说:“其文之行止自得,直是大方。”(《明文奇艳》)

石屋山志序[1]

凡情撄于物者[2],未有不累于中[3],而丧失其所乐者也。有人焉,知夫轩裳圭组之足以为累[4],而欲自逃于山颠水涯之外,以为得所乐,不撄于物矣。然不知方其有羡于山水,而莫之致也,则或烦劳而怅望,而其既得也,则或嗜深玩奇[5],穷乎幽绝[6],劳精神而不知止。其据而私之也,则一丘一壑悉以自占,而若恐其或夺也,其久而将去也,则踌躅顾恋,而其既去也,则或怅然有失,如迁客之思其故乡[7],罥于怀而不能已[8]。此其患得患失于山水,与夫患得患失于轩裳圭组者,清浊有间矣[9],其决性命之情以撄于物[10],而丧失其所乐,则一也。孔子不云乎:“知者乐水,仁者乐山。知者动,仁者静。”[11]仁则所见无非山者,然非待山而后为乐也。知则所见无非水者,然非待水而后为乐也。非待山水而后为乐者,非遇境而情生[12];非遇境而情生,则亦非违境而情歇矣。故境有来去,而其乐未尝不在也。苟其乐未尝不在,则虽仁者之于水,知者之于山,亦是乐也，虽入金石、蹈水火，不足为碍。至于轩裳圭组，不足为绁[13]，亦是乐也。君子所以欲自得者，以此而已。

石屋者，安成山水之胜处也[14]，彭君隐焉而乐之[15]。既官于四方，而恨不能与俱[16]，于是纂为图若干卷。凡岩洞之嵚崟[17]，飞泉之喷薄，草木禽鱼之窈窕，朝霭夕霏之变化[18]，不假登顿[19]，不劳骋望[20]，而宛然坐得于此。不离乎轩裳圭组之间，渺然自纵乎幽遐诡异萧散之观[21]。虽人之未尝至石屋者，亦将于是焉可以神游而意到也。君信可谓能乐于山水矣。然吾不知君之乐，岂以厌轩裳圭组之为累，而欲自逃于此欤？或怅然于怀而不能自已欤？抑其中固有可乐，聊以寄于此欤？君苦志好学，而从事于仁知，不欲为亢世高蹈之士[22]，而欲为中行君子[23]，其必有不撄于物者矣，其必有不待山水而后为乐矣。因叙以问之。

【注释】

〔1〕选自明唐顺之《重刊荆川先生文集》卷十一。

〔2〕撄：扰乱，纠缠。

〔3〕中：内心

〔4〕轩裳圭组：轩裳，车服。圭组，印绶。指官爵禄位。

〔5〕嗜深玩奇：爱好幽深奇异的景色。

〔6〕穷乎幽绝：穷力追寻清幽殊绝之景。

〔7〕迁客：指遭贬斥放逐之人。范仲淹《岳阳楼记》："迁客骚人，多会于此，览物之情，得无异乎？"

〔8〕罥（juàn）于怀：指挂念于心。罥，悬挂，纠结。

〔9〕间：空隙，间隔。指有差别。

〔10〕决：毁坏，破坏。

〔11〕知者乐水……仁者静：语出《论语·雍也》。

〔12〕遇境而情生：看到景物而产生情感。境，景象，景物。

〔13〕绁：绳索，比喻束缚。

〔14〕安成：明代吉安府安福县（今江西吉安）古称。

〔15〕彭君：彭簪，字石屋，嘉靖初为衡山县令，曾修《衡岳志》。

〔16〕与俱：和他一起。俱，一起。

〔17〕嵚（qīn）崟（yín）：山高大险峻之貌。

〔18〕朝霭夕霏：早上的雾气，傍晚的云雾。霭、霏，云气。

〔19〕登顿：上下，行止。指登山。谢灵运《过始宁墅诗》："山行穷登顿，水涉尽洄沿。"

〔20〕骋望：驰骋游览。

〔21〕幽遐诡异萧散之观：深幽奇异凄凉之景。

〔22〕亢世高蹈之士：傲世超脱之人。

〔23〕中行君子：行为合乎中庸之道的人。

【评析】

本文是唐顺之为彭簪所纂《石屋山志》所作序。彭簪将石屋之山水风景制成图册，以便随时玩赏，请作者为序，这篇序虽属应酬文字，但并未袭常缀琐，而是借山水之乐阐发议论，明心见性，上升到哲学的高度。作者指出，患得患失于荣华富贵与患得患失于山水美景，虽看似有高下之别，实际上都是受到外物的影响，没有达到"无入而不自得"（《中庸》）的境界。唯有依于己、依于心，才能真正摆脱束缚，"境有来去，而其乐未尝不在也"。可以看出唐顺之这样的思想正是受到阳明心学"心外无物""心即理"的影响。最后一段叙述彭簪纂石屋风景为图之事，发问其山水之乐是哪一种，继而赞其品行，推测"必有不待山水而后为乐矣"，有寄寓劝勉之意。此文叙议结合，言之有物，不流于肤浅，清雅晓畅，为文之佳者。

王世贞

王世贞(1526—1590),字元美,号凤洲、弇州山人,明南直隶苏州府太仓州(今江苏太仓)人。嘉靖二十六年(1547)进士,官至南京刑部尚书。善诗文,与李攀龙、徐中行、梁有誉、宗臣、谢榛、吴国伦并称“后七子”,继承“前七子”文学复古主张,倡导“文必秦汉,诗必盛唐”。攀龙卒后,王世贞独主文坛二十年。晚年观念稍变,以恬淡自然为宗。著述宏富,文史兼擅,其史学贵直笔,重考证。著有《弇山堂别集》《嘉靖以来首辅传》《弇州山人四部稿》《弇州山人续稿》等。四库馆臣以为“考自古文集之富,未有过于世贞者”。

前后汉书后〔1〕

余生平所购《周易》《礼经》《毛诗》《左传》《史记》《三国志》《唐书》之类〔2〕,过二千余卷,皆宋本精绝。最后班、范二《汉书》〔3〕,尤为诸本之冠。桑皮纸匀洁如玉〔4〕,四旁宽广,字大者如钱,绝有欧、柳笔法〔5〕。细书丝发肤致,墨色清纯,奚、潘流沈〔6〕。盖自真宗朝刻之秘阁〔7〕,特赐两府〔8〕,而其人亦自宝惜〔9〕,四百年而手若未触者。前有赵吴兴小像〔10〕,当是吴兴家物,入吾郡陆太宰〔11〕,又转入顾光禄〔12〕,失一庄而得之。噫,余老矣,即以身作蠹鱼其间不惜〔13〕,又恐兹书之饱我而损也,识其末以示后人。

【注释】

〔1〕选自明王世贞《弇州四部稿》卷一百二十九。

〔2〕《礼经》:即《仪礼》。《唐书》:此指《新唐书》,北宋欧阳修、宋祁等撰。

〔3〕班、范：班指东汉史学家班固(32—92)，字孟坚；范指南朝宋史学家范晔(398—445)，字蔚宗。

〔4〕桑皮纸：以桑树皮为原料制成的纸张。

〔5〕欧、柳：欧指唐代书法家欧阳询(557—641)，字信本；柳指唐代书法家柳公权(778—865)，字诚悬。

〔6〕奚、潘流沈：奚指唐代墨工奚超，潘指北宋墨工潘谷，二人均为著名制墨家。沈，汁。此处指墨汁。

〔7〕真宗：宋真宗赵恒(968—1022)，北宋第三位皇帝，公元997—1022年在位。秘阁：宋代宫廷藏书之处，太宗端拱元年(988)建于崇文院中堂。

〔8〕两府：宋代最高行政机构政事堂(东府)与最高军事机构枢密院(西府)的合称。

〔9〕宝惜：爱惜，珍惜。

〔10〕赵吴兴：即赵孟頫(1254—1322)，字子昂，宋末元初书画家，吴兴(今浙江湖州)人。

〔11〕陆太宰：即陆完(1458—1526)，字全卿，明代长洲(今江苏苏州)人。正德十年(1515)任吏部尚书，故称"太宰"。

〔12〕顾光禄：即顾恂(1418—1505)，字惟诚，明代昆山(今属江苏苏州)人。以子鼎臣贵显，卒赠光禄大夫。

〔13〕蠹鱼：即"衣鱼"，古称"蟫"，是一种蛀蚀书籍衣服等物的小虫。

【评析】

本文乃王世贞为宋本前后《汉书》所作跋文，此书本为赵孟頫所有，珍贵异常，世贞花费一座庄园的代价方才购得，视其为所藏诸本之冠。"身作蠹鱼其间不惜，又恐兹书之饱我而损也"，看似戏谑之语，实则体现出世贞对于此书的珍爱。世贞之后，此书归钱谦益所有，后入天禄琳琅，毁于嘉庆二年(1797)乾清宫大火。绝世珍本，化为乌有。世贞此跋介绍了该书的纸张、字体、墨色、刊刻时间等基本信息，并交代其在明代的递藏情况，值得重视。

莫愁湖园诗册后[1]

出三山门半里许[2]，得一弄颇闃寂[3]，其北街为莫愁湖园[4]，魏公之介子廷和所分受者也[5]。诸公子名园以十数，皆奇峭瑰丽，第天然之趣少，目境亦多易穷[6]，而此园独枕湖带山[7]，颇极眺望之致。游者远车马之迹，而与鱼鸟相留连，诚故都之第一胜地也。莫愁不知所得名，若梁武乐府所称[8]："十五嫁为卢家妇，十六生儿字阿侯。"[9]不过状其闺中之绝而已[10]。及沈佺期《古意》则易为征人之妇[11]，宗词"艇子难系"则又易为北里之冶[12]，更误矣。廷和治台榭亭馆以快游者，又合许太常之记、邢太常之额，与群贤之诗为巨册，而属余跋之，翩翩佳公子哉[13]。余游晚，亦会园以大水故，芜废不治，然乔木修筠[14]，与斜阳远浦、菰蒲苹芡相映带[15]，其趣亦自不乏也。因检橐得近作一律、四绝句书之[16]，而复徐君曰："不佞归矣[17]，亟治之[18]，报我弇中[19]，当更成一诗寄君，作神游可也。"

【注释】

〔1〕选自明王世贞《弇州四部续稿》卷一百八十。

〔2〕三山门：明南京城西门之一。因门外有三山，故名。后改称水西门。

〔3〕閴（qù）寂：静寂，宁静。

〔4〕莫愁湖：在江苏省南京市水西门外。相传南齐洛阳少女莫愁远嫁江东卢家时居此，故名。实误，南朝时此为长江一部分，唐时称横塘，宋时《太平寰宇记》始有莫愁湖之名。

〔5〕魏公：指徐鹏举（？—1571），徐达七世孙，袭爵魏国公。介子：古代宗法制称长子为宗子，庶子为介子。廷和：指徐邦泰，字廷和，徐鹏举庶子。

〔6〕穷：尽，完。

〔7〕枕：临，靠近。带：毗连。

〔8〕梁武：梁武帝萧衍（464—549），南朝梁开国皇帝，公元502—549年在位。乐府：诗体名。初指乐府官署所采制的诗歌，后将魏晋至唐可以入乐的诗歌，以及

仿乐府古题的作品统称乐府。

〔9〕十五嫁为卢家妇，十六生儿字阿侯：此句出自《乐府诗集·杂歌谣辞》所收《河中之水歌》，题为梁武帝萧衍作。《玉台新咏》《艺文类聚》均作无名氏作。

〔10〕状：形容，描绘。

〔11〕沈佺期（约656—约716）：字云卿，唐代诗人，与宋之问齐名，并称“沈宋”。《古意》：指沈佺期《古意呈乔补阙知之》。征人：指出征或戍边的军人。

〔12〕艇子难系：周邦彦《西河·金陵怀古》：“莫愁艇子曾系。”北里：唐代长安平康里，因在城北，亦称“北里”。其地为妓院所在，因用为妓院的代称。

〔13〕翩翩佳公子：风流而有文采的富贵子弟。《史记·平原君虞卿列传》：“平原君，翩翩浊世之佳公子也。”

〔14〕乔木：高大的树木。修篁：修竹，长竹。

〔15〕浦：水边，河岸。菰（gū）：多年生草本植物，生长在池沼里，地下茎白色，地上茎直立，开紫红色小花。嫩茎的基部经某种菌寄生后，会膨大，即平时食用的茭白。果实狭圆柱形，名“菰米”，古称“雕胡米”，可以作饭。蒲：亦名“香蒲”。水生植物名，可以制席。嫩蒲可食。苹：植物名，也称四叶菜、田字草。多年生草本植物。生浅水中，叶有长柄，柄端四片小叶成田字形。夏秋开小百花。全草入药，也可作猪饲料。芡：水生植物名。全株有刺，叶圆盾形，浮于水面。花单生，带紫色，花托形状像鸡头。种子称“芡实”，供食用，亦可入药。映带：景物互相衬托。

〔16〕橐（tuó）：盛物的袋子。

〔17〕不佞：没有才能，用作自称的谦辞。

〔18〕亟（jí）：疾速。

〔19〕报：复信。弇（yān）中：王世贞别号弇州山人，所筑园名弇山，在今江苏省太仓市。

【评析】

莫愁湖为南京名胜之一，本文首先交代了莫愁湖园的地理位置及园主，继而在与其他名园的比较中凸显其“颇极眺望之致”的长处，誉之为“故都之第一胜地”。王世贞列举出与“莫愁”有关的前人诗句，反驳了将其视作“征人之妇”“北里之冶”的错误观点。接着，他陈述了园主徐邦泰合群贤之诗为莫愁湖园诗册并请他作跋的经过，描绘该园遭遇大水后“芜废不治”

然而“其趣亦自不乏”的景象。全文叙事与写景交织,语言流畅自然。不过寥寥数语,莫愁湖园“枕湖带山”之风貌、文人墨客诗词唱和之雅兴均跃然纸上。

焦竑

焦竑(1540—1620),字弱侯,号漪园、澹园,明南直隶应天府江宁(今江苏南京)人。万历十七年(1589)状元。始授翰林院修撰,后为皇长子讲官。万历二十五年任顺天(治今北京)乡试主考,为项应祥、曹大咸所构,贬为福宁州(治今福建霞浦)同知。后辞官归,卒于家。早年师承耿定向、罗汝芳,复问学于王艮之子王襞,为泰州学派代表人物。晚年与李贽交善。藏书甚丰,与李开先并称“北李南焦”。博极群书,兼通四部。著有《国朝献征录》《国史经籍志》《焦氏笔乘》《焦氏类林》《老子翼》《庄子翼》《澹园集》《澹园续集》等。

毛诗古音考序[1]

诗必有韵,夫人而知之。至以今韵读古诗,有不合,辄归之于叶[2],习而不察,所从来久矣。吴才老、杨用修著书始一及之[3],犹未断然尽以为古韵也。余少读诗,每深疑之。迨见卷轴浸多[4],彼此互证,因知古韵自与今异,而以为叶者谬耳。故《笔乘》中[5],间论及此,不谓季立俯与余同也[6]。甲辰岁[7],季立过余,曰:“子言古诗无叶,诚千载笃论[8],如人之难信何?”及观《古音考》一书,取《诗》之同类者而胪列之为本证[9],已取《老》《易》《太玄》《骚》《赋》《参同》《急就》、古诗谣之类[10],胪列之为旁证,令读者不待其毕,将哑然失笑之不暇,而古音可明也。噫!季立之用心可谓勤矣。韵之于经所关若浅鲜[11],然古韵不明,至使《诗》不可读;《诗》不可读,而正得失、动天地、感鬼神之教或几于废,此不可谓之细事也。乃寥寥千古,至季立始有归一之论,其功岂可胜道哉！世有通经嗜古之士，必以此为津筏〔12〕。而简陋自安者，至以好异目君〔13〕，则不学之过矣。盖余尝言季立有三异，而或者之所言不与焉。身为名将，手握重兵，一旦弃去之，瓶钵萧疏，野衲不若〔14〕，一异也；周游万里，飘飘若神仙，不可羁绁〔15〕，而辞受硁硁〔16〕，不以秋豪自点〔17〕，二异也；贯串驰骋，著书满家，其涉猎者广博矣，而语字画声音，至与茧丝牛毛争其猥细，三异也。若夫为今诗从今韵，以古韵读古诗，所谓各得其所耳，奚异焉！余爰系其语于简端〔18〕，有不知君者，亦可得其为人之大略云。

万历丙午夏〔19〕，秣陵焦竑弱侯书于所居恬愉馆中〔20〕。

【注释】

〔1〕选自明陈第《毛诗古音考》。

〔2〕叶（xié）：南北朝时，学者因按当时语音读《诗经》，韵多不和，便以为作品中某些字需临时改读某音，称为叶韵。后人并以此应用于其他古代韵文。此风至宋代而大盛。

〔3〕吴才老：指吴棫（约1100—1154），字才老，宋代音韵训诂学家。撰有《韵补》五卷，根据声训与古代韵文推求中古二百零六韵在上古的相通关系，宋明以来古音学以此发轫。杨用修：指杨慎（1488—1559），字用修，明代文学家、学者。其《转注古音略》认为叶韵即转注，使叶韵的含义不同于旧说，变成转音相叶之意；又认为某字所转之音是该字古音，而非临时改读之音。这对"叶韵说"是一大改革。

〔4〕浸：逐渐。

〔5〕《笔乘》：指《焦氏笔乘》，焦竑所撰笔记体著作。

〔6〕季立：指陈第（1541—1617），字季立，明代音韵学家。俯：称对方行动的敬词。

〔7〕甲辰岁：万历三十二年（1604）。

〔8〕笃论：确切的评论。

〔9〕胪列：罗列，列举。

〔10〕《太玄》：指《太玄经》，西汉末扬雄（前53—18）撰。《参同》：指《周易参同契》，东汉魏伯阳撰。《急就》：指《急就篇》，西汉史游撰。

〔11〕浅鲜：细小，微小。

〔12〕津筏：渡河的木筏。比喻引导人们达到目的的门径。

〔13〕目：看待。

〔14〕野衲：山野中的僧徒。

〔15〕羁绁：束缚。

〔16〕辞受：推辞和接受。硁（kēng）硁：理直气壮、从容不迫的样子。

〔17〕点：辱，污。

〔18〕爰：于是，就。

〔19〕万历丙午：万历三十四年（1606）。

〔20〕秣陵：古县名。治今江苏南京。

【评析】

陈第《毛诗古音考》认为“时有古今，地有南北，字有更革，音有转移”，破除古人“叶韵”之说，影响深远，是中国音韵学史上具有里程碑意义的著作。本文是焦竑为陈书所作序文，开门见山，回顾了宋代以来学者对“叶韵说”的质疑，从吴棫、杨慎“始一及之”到《焦氏笔乘》“间论及此”，再到《毛诗古音考》的问世，脉络清晰，读罢一目了然，对理解陈书的学术史意义颇具参考价值。焦竑在序文中分析陈第的研究方法，揭示其用心之勤，指出此书将成为“通经嗜古之士”治学之津筏，并对以“好异”看待陈第的浅陋者提出批评。序文的后半部分回到对陈第其人的介绍上来，从三个方面突出其过人之处，刻画出一位文武兼备而又淡泊名利、不为世俗所羁却又洁身自好的学者形象。

程氏墨苑序[1]

上古典策，以竹梃染漆而书[2]，迨魏晋所用，则延安石液之类[3]，无近世所谓墨也。陆云《与兄书》“登三台得曹公所藏石墨数十斤”是已[4]。沈存中帅鄜延[5]，犹以石烛烟作墨，坚重而黑，在松烟之上[6]，而中原近无此物。有唐始立墨官，以上党松心为佳[7]，故易水祖氏为最著[8]。江南奚超父子独步古今[9]，亦易水产也，然名存而物不可见矣。后世潘谷、张遇、常和、翁彦卿之流[10]，代不乏人。如叶世英造仁寿宫墨[11]，叶邦宪造复古殿墨[12]，刘士元造缉熙殿墨[13]，秇冠时流[14]，名彻黼扆[15]，抑何盛也。明兴，作者莫逾新安[16]，而罗氏益有闻[17]。然墨之色泽臭味，以天质胜，而以金珠龙麝杂之[18]，譬诸高村胜人而生绮纨之家[19]，宁不损其韵度哉？顷日增雕饰以涂人之耳目，而物料精好，大非罗比，虽驰誉一时，不足贵也。

程鸿胪君房博雅能诗文[20]，而心解和胶点漆之法，自谓古人所未及。近以十数丸与《墨苑》遗余，尝一再试之，轻干黝黑，入砚无声，盖备墨之众美，而体制精妙，种种擅奇，至令人应接不暇。岂世之所艳在是，虽君有不得而尽废者耶？

昔常和鬻墨少室[21]，取其赢创三清殿[22]，而不以自给；潘谷者墨既精美，而口不二价，士或不持钱以求，无多寡与之。此其人品要有过人者，而后能不朽于世。相传和墨岁久，锋可截纸，至子遇不为五百岁名，而减胶售俗，秇日以下。噫！孰谓一隃糜之细[23]，而可苟也哉！

君房豪爽磊落之才，不究于用，而一寓其奇于此，宜其非常墨所能仿佛也[24]。余于交戟内尝识君房[25]，寻余枘凿于世[26]，君房亦投劾南归[27]，以四诗贽余金陵[28]。盖崎岖患难之余，而复得相讲于纸墨文字之适，亦足乐矣。滨行，以此编属余为叙，聊述余之所感而归之。

万历癸卯初春[29]，秣陵焦竑书。

【注释】

〔1〕选自明程大约《程氏墨苑·墨苑人文》卷二。

〔2〕竹梃：竹棍。

〔3〕延安石液：即“延川石液”，墨名。见于沈括《梦溪笔谈·杂志一》：“鄜、延境内有石油，……予疑其烟可用，试扫其煤以为墨，黑光如漆，松墨不及也，遂大为之，其识文为‘延川石液’者是也。”

〔4〕陆云(262—303)：字士龙，西晋文学家，与兄机并称“二陆”。登三台得曹公所藏石墨数十斤：语出陆云《与平原书》：“一日上三台，曹公藏石墨数十万斤。”

〔5〕沈存中：指沈括(1031—1095)，字存中，北宋科学家、政治家。鄜(fū)延：路名。北宋庆历元年(1041)分陕西路置鄜延路经略安抚使，治延州(今陕西延安)。沈括于元丰三年(1080)知延州，兼鄜延路经略安抚使，故云“帅鄜延”。

〔6〕犹以石烛烟作墨，坚重而黑，在松烟之上：苏轼《东坡志林》卷五：“沈存中帅鄜延，以石烛烟作墨，坚重而黑，在松烟之上，曹公所藏，岂此物也耶？”

〔7〕上党松心：指唐代上党(今山西长治)所产松烟墨。

〔8〕易水祖氏：指唐代墨官祖敏，以善制墨闻名天下。

〔9〕奚超父子：指奚超、奚廷珪。奚超为易水(今河北易县)奚氏之后，唐末避战乱逃至歙州(治今安徽歙县)。南唐后主李煜得奚氏墨，视为珍宝，赐姓李氏。

〔10〕潘谷、张遇、常和：此三人均为北宋墨工。翁彦卿：南宋墨工。

〔11〕叶世英：南宋墨工。

〔12〕叶邦宪：南宋墨工。

〔13〕刘士元：南宋墨工。

〔14〕秇(yì)：同“艺”，技艺，才能。

〔15〕黼(fǔ)扆(yǐ)：借指帝王。

〔16〕新安：郡名。隋大业三年(607)改歙州治。后世用为歙州、徽州(治今安徽歙县)所辖地的别称。

〔17〕罗氏：指罗龙文(？—1565)，字含章，明代墨工。

〔18〕龙麝：龙涎香与麝香的并称。泛指香料。

〔19〕绮纨：犹纨绔。借指富贵人家子弟，含贬义。

〔20〕程鸿胪君房：指程大约，字君房、幼博，明代制墨家、彩绘印版画家。曾捐职鸿胪寺序班。

〔21〕鬻(yù)：卖。少室：山名，为嵩山西峰，位于今河南省登封市西北。

〔22〕赢：经商获得的利益。

〔23〕隃麋：古县名。西汉置。治今陕西千阳东。以产墨著名，后世因以为墨的代称。

〔24〕仿佛：引申为比似，比并。

〔25〕交戟：有士兵守卫之地。指宫廷。

〔26〕寻：不久。枘（ruì）凿："方枘圆凿"的略语，二者合不到一起，比喻两不相容。

〔27〕投劾：呈递弹劾自己的状文。古代弃官的一种方式。

〔28〕贽：赠送。

〔29〕万历癸卯：万历三十一年（1603）。

【评析】

程大约是明代万历年间的著名制墨家，所作《墨苑》十二卷，收录名墨图案五百余式，分为六类，每类各分上下二卷。该书将程氏所制诸墨摹画成图，为墨史研究提供了重要资料。本文是焦竑为《墨苑》所作序文，追溯了书写材料"墨"的发展演变，列举出不同时期为制墨事业做出贡献的墨工，表彰程氏所制"备墨之众美"的优长。焦竑特别将墨的质量与制墨者的人品联系起来，指出宋人常和、潘谷人格高尚，不贪俗利，所制墨故能不朽；常和的儿子常遇"减胶售俗"，墨质因而不断下降。序文最后充分肯定程大约为人的豪爽磊落，称其所制墨"非常墨所能仿佛"，言及自己和其于崎岖患难之余醉心纸墨文字的共同经历，说明了本文的写作背景。

高攀龙

高攀龙(1562—1626),字云从,后字存之,号景逸,明南直隶常州府无锡(今属江苏)人。万历十七年(1589)进士。以遭父丧归家守孝,二十年服阕,任行人司行人。二十一年,上疏参劾首辅王锡爵,贬揭阳(今属广东)典史。二十二年赴揭阳,次年辞官归。三十二年与顾宪成等重建东林书院,居家讲学二十余年。天启元年(1621),复起为光禄寺丞。官至都察院左都御史。六年,为魏忠贤党羽所诬,投水死。崇祯初平反,赠太子太保、兵部尚书,谥曰忠宪。其学出入朱陆之间,与顾宪成齐名,时称"高顾"。以诗文为余事,诗意冲淡,文格清遒。著有《高子遗书》《周易易简说》《周易孔义》《春秋孔义》《就正录》等。

朱子性理吟序〔1〕

昔者子朱子尝取六经、四子中要义〔2〕,约为韵语,命曰《性理吟》,以训其子。芝老金川车公名振者,受于其祖松坡公,松坡得之五河李先生〔3〕,李得之双峰饶先生〔4〕,饶得之勉斋黄先生〔5〕,黄则亲承师授者也。天顺中〔6〕,车公为常州府司理〔7〕,刻于常,携其板归,毁于火。嘉靖中〔8〕,车公婿饶公名传者,为汀州府司理〔9〕,刻于汀。今年,予访维城张公于武林〔10〕,得而珍之,曰:"信非朱子不能作矣,味之而愈旨〔11〕,研之而愈深,终身所不能穷也。"昔明道先生尝欲为诗歌以训蒙士〔12〕,朱子此编岂成其志乎?学者幼而诵之,长而绎之,载籍虽博〔13〕,要旨不离乎是,以是求道,如规矩设而不可欺以方圆,南北辨而不可欺以燕越也夫〔14〕!因重梓之〔15〕,以广其传焉。

【注释】

〔1〕选自明高攀龙《高子遗书》卷九。

〔2〕六经：指《诗》《书》《礼》《乐》《易》《春秋》六部儒家经典。四子：即“四书”，指《论语》《大学》《中庸》《孟子》四部儒家经典。

〔3〕五河：县名，明代属凤阳府，今属安徽蚌埠。

〔4〕双峰饶先生：指饶鲁(1193—1264)，字伯舆，一字仲元，号双峰，南宋理学家，朱熹再传弟子。

〔5〕勉斋黄先生：指黄榦(1152—1221)，字直卿，号勉斋，南宋理学家，朱熹弟子、女婿。

〔6〕天顺：明英宗朱祁镇年号(1457—1464)。

〔7〕常州府：地名。明代属南直隶，府治武进县(今江苏常州)。司理：明代用于对推事的别称，掌刑狱诉讼。

〔8〕嘉靖：明世宗朱厚熜年号(1522—1566)。

〔9〕汀州府：地名。明代属福建布政使司，府治长汀县(今属福建)。

〔10〕维城张公：指张岱(1597—1689)，一名维城，字宗子、石公，号陶庵，明末清初文学家。武林：杭州的别称，以武林山得名。

〔11〕旨：美，美好。

〔12〕明道先生：指程颢(1032—1085)，字伯淳，号明道，北宋理学家。蒙士：蒙昧浅薄之人。

〔13〕载籍：书籍，典籍。

〔14〕燕越：古燕国和越国，燕在北，越在南。

〔15〕梓：制版印刷。

【评析】

《性理吟》一书，旧题朱熹撰。朱熹(1130—1200)，字元晦，南宋理学家。后经考证，当为明正德七年(1512)谭宝焕所作。前集一卷为七言绝句，后集一卷为七言律诗。每首诗前列朱子之说，后以诗括其意。本文乃高攀龙为《性理吟》所作序文，前半部分交代该书自宋至明的流传情况，从朱熹、黄榦、饶鲁、五河李先生、松坡公直至车振，看似传承有序，但由于车振在常州所刻书版已毁于火灾，实际上难以证明嘉靖中饶传所刻《性理吟》即为朱子原书。

四库馆臣定其为明人谭宝焕所作，尹波、郭齐《旧题朱熹〈训蒙绝句〉〈性理吟〉之作者考辨》证成此说。高攀龙以朱子原书视之，恐与事实不符。虽然对《性理吟》作者的判断有误，高序的后半部分总结《性理吟》的学术价值，认为其继承了程颢"为诗歌以训蒙士"的理想，倒是准确揭示出了该书的撰写意图。

顾起元

顾起元(1565—1628),字太初,一作璘初、瞒初,号遁园居士,明南直隶应天府江宁(今江苏南京)人。万历二十六年(1598)进士,一甲第三名。初授翰林院编修,历任南京国子监司业、祭酒,官至吏部左侍郎兼翰林院侍读学士。晚年辞官隐居,屡征不起,潜心著述。卒谥文庄。著有《尔雅堂家藏诗说》《四书私笺》《中庸外传》《金陵古金石考目》《顾氏小史》《客座赘语》《遁园漫稿》《雪堂随笔》《懒真草堂集》等。

澹园先生正续笔乘序〔1〕

澹园先生正、续《笔乘》,其门人谢吉甫氏板而行之〔2〕。昔中郎异书〔3〕,仅传王粲〔4〕;子云玄草〔5〕,茅委桓谭〔6〕。先生乃不自闳其名山之藏〔7〕,引而出之,今人人见我武库〔8〕,何其快也。乃今而后,知昔贤之见,犹为狭矣。

自明兴以来,稗家者流〔9〕,不可胜数。独博南之《丹铅》〔10〕,琅琊之《宛委》〔11〕,穷为巨丽〔12〕。彼其扬扢《骚》《雅》〔13〕,是正疑误〔14〕,征事握其绀珠〔15〕,缉藻镂夫碧篆〔16〕,斯并艺苑之鸿裁〔17〕,不可易已。至若阐绎圣真〔18〕,扬榷朝典〔19〕,傍涉方术〔20〕,冥契教乘〔21〕。纷纶经笥〔22〕,井春为之退席〔23〕;勃窣理窟〔24〕,张凭逊其胜场〔25〕。以二书方之,彼得微尚有象罔未索之珠〔26〕,灵均未睹之秘乎〔27〕?

起元不敏〔28〕,妄谓读者于此精而求之,可以杜三教异同之辨〔29〕,可以统一代得失之林,可以区六艺精粗之分,可以衷千古是非之极〔30〕。它若增华曲述〔31〕,流瑛登览〔32〕,辅麈尾之清言〔33〕,佐奚囊之杂组〔34〕,摄二书之胜而有之。乃其绪余，未可异论者也。

是编也成，先生自谓邓林之一枝[35]，吾必以为函鼎之全味矣。

万历丙午夏日，教下晚学江宁顾起元顿首书。

【注释】

〔1〕选自明焦竑《焦氏笔乘》卷首。

〔2〕板：镂版印刷。

〔3〕中郎：指蔡邕(132—192)，字伯喈，东汉文学家、书法家。因官左中郎将，人称蔡中郎。异书：珍贵或罕见的书籍。

〔4〕王粲(177—217)：字仲宣，东汉文学家，"建安七子"之一。

〔5〕子云：指扬雄(前53—18)，字子云，西汉文学家、思想家、语言学家。玄草：文稿，书稿。

〔6〕桓谭(约前20—56)：字君山，东汉思想家。

〔7〕闷：掩蔽，隐藏。

〔8〕武库：称誉人的学识渊博，干练多能。

〔9〕稗(bài)家：小说家。

〔10〕博南：指杨慎(1488—1559)，字用修，号博南山人。《丹铅》：指《丹铅总录》，杨慎所撰考辨群书异同之笔记汇编。

〔11〕琅琊：指王世贞(1526—1590)，字元美，山东琅琊王氏之后，故称"琅琊"。《宛委》：指《宛委余编》，王世贞所撰考证性质的著作，收入《弇州山人四部稿》。

〔12〕巨丽：极其美好；极其美好的事物。

〔13〕扬扢(jié)：扬抑，褒贬，评说。

〔14〕是正：订正，校正。

〔15〕征事：征引故事。绀珠：相传唐开元间宰相张说有绀色珠一颗，或有遗忘之事，持弄此珠，便觉心神开悟，事无巨细，焕然明晓，因名记事珠。后因以此比喻博记。

〔16〕缉藻：收集华丽的文辞。碧篆：篆指篆书字体，此处指代文章或书籍。

〔17〕鸿裁：犹鸿文，巨著、大作。

〔18〕阐绎：阐述演绎。圣真：儒学的真谛。

〔19〕扬榷：商榷，评论。朝典：朝廷的礼仪制度。

〔20〕方术：泛指天文、医学、神仙书、房中术、占卜、相术、遁甲、堪舆、谶纬等。

〔21〕冥契：默契，暗相投合。教乘：佛教、佛法。

〔22〕经笥(sì)：博通经术的人。

〔23〕井春：指井丹，字大春，东汉学者，通五经。

〔24〕勃窣(sū)：旺盛、缤纷的样子。形容才气横溢，词彩缤纷。理窟：义理的渊薮。谓富于才学。

〔25〕张凭：字长宗，东晋官员。《世说新语·文学》："张凭勃窣为理窟。"

〔26〕象罔：《庄子》寓言中的人物。未索之珠：没得到的珠子。典出《庄子·天地》，黄帝游赤水时丢了玄珠，使知、离朱、吃诟索之而不得，后来由象罔找到了。

〔27〕灵均：战国楚文学家屈原的字。

〔28〕不敏：谦词，犹不才。

〔29〕杜：断绝，制止。三教：儒教、道教、佛教的合称。

〔30〕衷：折中，裁断。

〔31〕曲述：详细论述。

〔32〕瑛：玉的光彩。

〔33〕麈(zhǔ)尾：拂尘。魏晋人清谈时常执的一种拂子，用麈的尾毛制成。

〔34〕奚囊：李商隐《李贺小传》："每旦日出，与诸公游……恒从小奚奴，骑距驴，背一古破锦囊，遇有所得，即书投囊中。"后因称诗囊为"奚囊"。杂组：即"杂俎"，杂录。

〔35〕邓林：古代神话传说夸父逐日临死弃杖所化之树林。指荟萃之处。

【评析】

《焦氏笔乘》正集六卷，续集八卷，是焦竑所撰笔记体著作，内容广博，在文献学、思想史等领域均有重要价值，历来为学者所重。本文乃顾起元为《焦氏笔乘》所作序文，首先将《焦氏笔乘》刊行于世与蔡邕、扬雄著作仅传于王粲、桓谭进行对比，借此表彰焦竑"不自閟"的学术品格。作者接着论及明代以来的同类著作，在他看来，杨慎《丹铅总录》、王世贞《宛委余编》二书堪称"艺苑之鸿裁"，但若将其与《焦氏笔乘》相比，"尚有象罔未索之珠，灵均未睹之秘"，在对比中凸显出《焦氏笔乘》的过人之处。本文喜用典故，骈散结合，句式整饬，多用排比对偶，增强了说理的气势。

沈春泽

沈春泽，字雨若，明南直隶苏州府常熟(今属江苏)人。沈应科之孙。能诗，善草书，工画兰竹，有赵孟頫遗意。祖父殁后，居家颇不得志。撰有《雨若吟稿》。

长物志序〔1〕

夫标榜林壑〔2〕，品题酒茗〔3〕，收藏位置图史、杯铛之属〔4〕，于世为闲事，于身为长物〔5〕，而品人者，于此观韵焉，才与情焉，何也？挹古今清华美妙之气于耳、目之前〔6〕，供我呼吸，罗天地琐杂碎细之物于几席之上〔7〕，听我指挥，挟日用寒不可衣、饥不可食之器，尊逾拱璧〔8〕，享轻千金，以寄我之慷慨不平，非有真韵、真才与真情以胜之，其调弗同也。

近来富贵家儿与一二庸奴、钝汉〔9〕，沾沾以好事自命〔10〕，每经赏鉴，出口便俗，入手便粗，纵极其摩娑护持之情状〔11〕，其污辱弥甚，遂使真韵、真才、真情之士，相戒不谈风雅〔12〕。嘻！亦过矣！司马相如携卓文君〔13〕，卖车骑，买酒舍，文君当垆涤器，映带犊鼻裈边〔14〕；陶渊明方宅十余亩，草屋八九间，丛菊孤松，有酒便饮，境地两截，要归一致；右丞茶铛药臼〔15〕，经案绳床〔16〕；香山名姬骏马〔17〕，攫石洞庭〔18〕，结堂庐阜〔19〕；长公声伎酣适于西湖〔20〕，烟舫翩跹乎赤壁〔21〕，禅人酒伴〔22〕，休息夫雪堂〔23〕，丰俭不同，总不碍道，其韵致才情，政自不可掩耳〔24〕！

予向持此论告人，独余友启美氏绝颔之〔25〕。春来将出其所纂《长物志》十二卷，公之艺林〔26〕，且属余序。予观启美是编，室庐有制，贵其爽而倩、古而洁也；花木、水石、禽鱼有经，贵其秀而远、宜而趣也；书画有目，贵其奇而逸、隽而永也；几榻有度，器具有式，位置有定，贵其精而便、简而裁、巧而自然也；衣饰有王、谢之风[27]，舟车有武陵、蜀道之想[28]，蔬果有仙家瓜枣之味，香茗有荀令、玉川之癖[29]，贵其幽而暗、淡而可思也。法律指归，大都游戏点缀中一往删繁去奢之意存焉。岂唯庸奴、钝汉不能窥其崖略[30]，即世有真韵致、真才情之士，角异猎奇[31]，自不得不降心以奉启美为金汤[32]，诚宇内一快书，而吾党一快事矣！

余因语启美："君家先严徵仲太史[33]，以醇古风流，冠冕吴趋者[34]，几满百岁，递传而家声香远，诗中之画，画中之诗，穷吴人巧心妙手，总不出君家谱牒[35]，即余日者过子[36]，盘礴累日[37]，婵娟为堂，玉局为斋，令人不胜描画，则斯编常在子衣履襟带间，弄笔费纸，又无乃多事耶？"启美曰："不然，吾正惧吴人心手日变，如子所云，小小闲事长物，将来有滥觞而不可知者[38]，聊以是编隄防之。"有是哉！删繁去奢之一言，足以序是编也。予遂述前语相谂[39]，令世睹是编，不徒占启美之韵之才之情，可以知其用意深矣。沈春泽谨序。

【注释】

〔1〕选自明文震亨《长物志》。

〔2〕标榜：宣扬。林壑：山林涧谷。

〔3〕品题：评其高下，定其名目。茗：茶。

〔4〕图史：图书和史籍。铛(chēng)：一种古代的温器。较小，有三足，以金属或陶、瓷等制成，用以把酒、茶等温热。

〔5〕长(zhàng)物：多余的东西。

〔6〕挹：汲取。

〔7〕罗：罗致，搜罗。

〔8〕拱璧：大璧。后用以喻极其珍贵之物。

〔9〕庸奴：见识浅陋之人。钝汉：蠢人。

〔10〕沾沾：自矜貌；自得貌。

〔11〕摩娑：抚摸。

〔12〕风雅:《诗经》中有《国风》和《大雅》《小雅》,因用以指代诗文之事。

〔13〕司马相如(约前179—前118):字长卿,西汉辞赋家。卓文君:西汉临邛(今四川邛崃)人。卓王孙之女。司马相如饮于卓家,文君新寡,相如以琴挑之,文君夜奔相如。

〔14〕犊鼻裈(kūn):形如犊鼻之短裤,仅蔽膝以上者,本庸保之服。

〔15〕右丞:指王维(701?—761),字摩诘,官至尚书右丞,世称王右丞,唐代诗人、画家。茶铛:煎茶用的釜。

〔16〕绳床:一种可以折叠的轻便坐具,以板为之,并用绳穿织而成。又称"胡床""交床"。

〔17〕香山:指白居易(772—846),字乐天,号香山居士,唐代诗人。名姬骏马:白居易家妓著名者有樊素、小蛮,骏马有小白马、骆马,均见《白氏长庆集》。

〔18〕攫石洞庭:典出《旧唐书·白居易传》:"(乐天)罢苏州刺史,时得太湖石五、白莲、折腰菱、青板舫以归。"

〔19〕结堂庐阜:典出《旧唐书·白居易传》:"授江州司马,……在湓城,立隐舍于庐山遗爱寺。"

〔20〕长公:指苏轼(1037—1101),字子瞻,北宋文学家、书画家。因排行居长,故称"长公"。

〔21〕赤壁:亦名"赤鼻矶",在今湖北省黄冈市西北江滨。宋时苏轼游此,误以为赤壁之战处,作有前、后《赤壁赋》及《念奴娇·赤壁怀古》。

〔22〕禅人:指苏轼友人佛印和尚(1032—1098),法名了元,字觉老。

〔23〕雪堂:苏轼在黄州,寓居临皋亭,就东坡筑雪堂。故址在今湖北黄冈。《后赤壁赋》《东坡志林》皆提及。

〔24〕政:通"正"。

〔25〕启美氏:指文震亨(1585—1645),字启美,长洲(今江苏苏州)人。《长物志》作者。绝颔:极以为然之意。颔即点头。

〔26〕艺林:即艺苑,文学艺术荟萃的处所。亦泛指文学艺术界。

〔27〕王、谢:六朝望族王氏、谢氏的并称。后以"王谢"为高门世族的代称。

〔28〕武陵:郡名。秦末更洞庭郡置,治义陵(今湖南溆浦南)。东汉移治临沅(今湖南常德西)。陶渊明《桃花源记》叙武陵人入桃花源,遇秦代避难者后裔,再去迷其处。后传武陵,有仙境之意。蜀道:通往蜀地的道路,李白有《蜀道难》。

〔29〕荀令：指荀彧（163—212），字文若，东汉末曹操谋士。习凿齿《襄阳记》："荀令君至人家坐幕，三日香气不歇。"玉川：指卢仝（约795—835），号玉川子，唐代诗人。有《茶谱》和茶诗之作，大多散佚。

〔30〕崖略：大略，梗概。

〔31〕角（jué）：较量，竞争。

〔32〕金汤：金城汤池。金属造的城，沸水流淌的护城河，比喻文震亨所著《长物志》的成就之高。

〔33〕先严：故去的长辈。徵仲太史：指文徵明（1470—1559），初名壁，字徵明，以字行，更字徵仲，明代文学家、书画家。文震亨为其孙。

〔34〕冠冕：盖过，居于首位。吴趋：犹吴门，指吴地。《尔雅·释宫》："门外谓之趋。"

〔35〕谱牒：记述氏族或宗族世系的书籍。

〔36〕日者：往日，从前。过：拜访。

〔37〕盘礴：徘徊，逗留。累日：连日，多日。

〔38〕滥觞：比喻事物的起源、发端。

〔39〕谂（shěn）：规谏，劝告。

【评析】

《长物志》为我国重要造园文献，明末文震亨所撰。全书共分室庐、花木、水石、禽鱼、书画、几榻、器具、位置、衣饰、舟车、蔬果、香茗等十二类。本文为沈春泽为文震亨《长物志》所作序文，开篇即指出，林壑、酒茗、图史、杯铛之属，看似为余事长物，"寒不可衣，饥不可食"，实则蕴藏着鉴赏者的韵致才情。作者接连举了司马相如、陶渊明、王维、白居易、苏轼等著名文人的例子，在他看来，对于真正的雅士，"境地两截，要归一致"，"丰俭不同，总不碍道"，无论身处怎样的环境，内心的高雅情趣总是相似的，这是"富贵家儿与一二庸奴、钝汉"所难以比拟的。沈春泽与文震亨在此方面认识相近，他为《长物志》作序，概括了该书十二卷的基本内容，对其大加赞扬，誉为"宇内一快书"，认为非但庸奴、钝汉不能窥其崖略，即使是具有真韵致、真才情的士人也会将其奉为金汤。序文最后交代了自己与文震亨围绕《长物志》展开的讨论，揭示出文氏撰写此书旨在"删繁去奢"的深层用意。

冯梦龙

冯梦龙(1574—1646),字犹龙、子犹、耳犹,号龙子犹、顾曲散人、姑苏词奴、茂苑野史、无碍居士、墨憨斋主人等,明南直隶苏州府长洲(今江苏苏州)人。与兄冯梦桂、弟冯梦熊并称“吴下三冯”。屡试不第,57岁时才补为贡生,历任丹徒(今属江苏)训导、寿宁(今属福建)知县。倡导言情文学,抨击伪道学。编纂《喻世明言》《警世通言》《醒世恒言》,合称“三言”。增补罗贯中《平妖传》为《新平妖传》,改写余劭鱼《列国志传》为《新列国志》。戏曲有《墨憨斋定本传奇》,其中自撰《双雄记》《万事足》二种,改订汤显祖、李玉、袁于令诸人之作十余种。另编有时调集《挂枝儿》《山歌》,散曲选集《太霞新奏》,笔记小品《智囊》《智囊补》《笑府》《古今谭概》《情史类略》等。

情史类略序〔1〕

情史,余志也。余少负情痴,遇朋侪必倾赤相与〔2〕,吉凶同患。闻人有奇穷奇枉〔3〕,虽不相识,求为之地〔4〕。或力所不及,则嗟叹累日,中夜展转不寐。见一有情人,辄欲下拜;或无情者,志言相忤〔5〕,必委曲以情导之,万万不从乃已。尝戏言,我死后不能忘情世人,必当作佛度世,其佛号当云“多情欢喜如来”。有人称赞名号,信心奉持,即有无数喜神前后拥护,虽遇仇敌冤家,悉变欢喜,无有嗔恶妒嫉种种恶念。又尝欲择取古今情事之美者,各著小传,使人知情之可久,于是乎无情化有,私情化公,庶乡国天下,蔼然以情相与〔6〕,于浇俗冀有更焉〔7〕。而落魄奔走,砚田尽芜〔8〕,乃为詹詹外史氏所先,亦快事也。是编分类著断,恢诡非常〔9〕,虽事专男女,未尽雅驯〔10〕,而曲终之奏,要归于正。善读者可以广情,不善读者亦不至于导欲。余因为序,而作《情偈》以付之。偈曰:

天地若无情,不生一切物。一切物无情,不能环相生。生生而不灭,由情不灭故。四大皆幻设,惟情不虚假。有情疏者亲,无情亲者疏。无情与有情,相去不可量。我欲立情教,教诲诸众生。子有情于父,臣有情于君,推之种种相〔11〕,俱作如是观。万物如散钱,一情为线索。散钱就索穿,天涯成眷属。若有贼害等,则自伤其情。如睹春花发,齐生欢喜意。盗贼必不作,奸宄必不起〔12〕。佛亦何慈悲,圣亦何仁义。倒却情种子,天地亦混沌。无奈我情多,无奈人情少。愿得有情人,一齐来演法。

吴人龙子犹序〔13〕。

【注释】

〔1〕选自明冯梦龙《情史类略》。原题作“龙子犹序”。

〔2〕朋侪(chái):朋辈。赤:真诚之心。

〔3〕穷:困厄。枉:冤屈。

〔4〕为之地:代为疏通,帮忙。

〔5〕忤(wǔ):违逆,触犯。

〔6〕蔼然:温和、和善貌。

〔7〕浇俗:犹浇风,浮薄的社会风气。冀:希望,盼望。

〔8〕砚田:即砚台。

〔9〕恢诡:荒诞怪异。

〔10〕雅驯:典雅纯正,文雅不俗。

〔11〕相:佛教语,谓一切事物的外观形状。

〔12〕奸宄(guǐ):违法作乱的事情。

〔13〕龙子犹:冯梦龙别号。

【评析】

《情史类略》一名《情史》,为短篇小说集,共分情贞、情缘、情私、情侠等二十四类,每类一卷,收录上古至明末的爱情故事八百余则。卷首收有两篇序言,一署“吴人龙子犹序”,一署“江南詹詹外史述”。此处所选为前序。龙子犹即冯梦龙,他称自己“欲择取古今情事之美者,各著小传”,“乃为詹詹外史氏所先”,据此则《情史》作者当为詹詹外史。但学界素有冯梦龙即詹詹外史、序中所言只是托词的看法。冯梦龙以“情痴”自许,论文首重情真,反对假道学,提倡真性情。序末所附《情偈》曰:“无奈我情多,无奈人情少。愿得有情人,一齐来演法。”正体现出其一贯的文学观念。

笑府序〔1〕

古今来莫非话也,话莫非笑也。两仪之混沌开辟〔2〕,列圣之揖让征诛〔3〕,见者其谁耶?夫亦话之而已耳。后之话今,亦犹今之话昔〔4〕。话之而疑之,可笑也;话之而信之,尤可笑也。经书子史,鬼话也,而争传焉;诗赋文章,淡话也,而争工焉;褒讥伸抑〔5〕,乱话也,而争趋避焉。或笑人,或笑于人,笑人者亦复笑于人,笑于人者亦复笑人,人知相笑宁有已时?《笑府》,集笑话也,十三篇犹云薄乎云尔〔6〕。或阅之而喜,请勿喜;或阅之而嗔,请勿嗔。古今世界一大笑府,我与若皆在其中供话柄〔7〕。不话不成人,不笑不成话,不笑不话不成世界。布袋和尚〔8〕,吾师乎!吾师乎!墨憨斋主人题〔9〕。

【注释】

〔1〕选自明冯梦龙《笑府》。

〔2〕两仪:指天地。《易·系辞上》:“是故易有太极,是生两仪。”混沌:古代传说中指世界开辟前元气未分、模糊一团的状态。

〔3〕列圣:指历代帝王。揖让:禅让,让位于贤。

〔4〕后之话今,亦犹今之话昔:语本王羲之《兰亭集序》:“后之视今,亦犹今之

视昔。”

〔5〕褒讥：赞扬或批评。伸抑：伸展或抑制。

〔6〕十三篇:《笑府》十三卷,以类相从,分为“古艳部”“腐流部”“世讳部”“方术部”“广萃部”“殊禀部”“细娱部”“刺俗部”“闺风部”“形体部”“谬误部”“日用部”“闰语部”。

〔7〕话柄：供人谈话的资料。

〔8〕布袋和尚(？—917)：名契此,五代时僧人。世传为弥勒化身。

〔9〕墨憨斋主人：冯梦龙别号。

【评析】

《笑府》为冯梦龙所编笑话集,文字浅显通俗,在明清两代流传甚广,被后世视为我国笑话集之鼻祖。此书成于明末,当时朝政腐败,民生凋敝,世风亦日渐浇薄。序文语调诙谐,称经书子史为鬼话,诗赋文章为淡话,看似玩世不恭,实则透露出末世文人的心中积郁,戏谑中暗含不平之气。

钱谦益

钱谦益(1582—1664),字受之,号尚湖,又号牧斋,晚号蒙叟,明末清初江南常熟(今属江苏苏州)人。明万历三十八年(1610)进士,历任翰林院编修、詹事、礼部侍郎等职,崇祯初年因事罢归。南明弘光朝官礼部尚书,降清后授礼部侍郎,充《明史》副总裁。旋辞官回乡,与郑成功等密谋反清复明。明清之际文坛巨子,东林党魁首,博学多识,以诗文名于世,与吴伟业、龚鼎孳并称“江左三大家”。论文批评前后七子及竟陵派等拟古倾向,主张“通经汲古”。其诗前期抒发官场失意之苦、国事民生之忧,后期遭逢国难,风格沉稳苍劲,转多故国之思。著作宏富,著《初学集》《有学集》《投笔集》《杜诗笺注》《国初群雄事略》等书,编《列朝诗集》。

苏门六君子文粹序[1]

崇祯六年冬,新安胡仲修氏访余苫次[2],得宋人所缉《苏门六君子文粹》以归,刻之武林[3];而余为其序曰:六君子者,张耒文潜、秦观少游、陈师道履常、晁补之无咎、黄庭坚鲁直、李廌方叔也[4]。史称黄、张、晁、秦俱游于苏门,天下称为四学士。而此益以陈、李。盖履常元祐初以文忠荐起官[5],晚欲参诸弟子间;方叔少而求知,事师之勤渠[6],生死不间,其系于苏门宜也。当是时,天下之学,尽趋金陵[7],所谓黄茅白苇、斥卤弥望者[8]。六君子者,以雄骏出群之才,连镳于眉山之门[9],奋笔而与之为异。而履常者,心非王氏之学,熙宁中[10],遂绝意进取,可谓特立不惧者矣。方党论之再炽也,自方叔外,五君子皆坐党,履常坐越境出见〔11〕,文潜坐举哀行服〔12〕,牵连贬谪。其击排苏门之学,可谓至矣。至于今,文忠与六君子之文,如江河之行地〔13〕。而依附金陵之徒,所谓黄茅白苇者,果安在哉?吾尝观王氏之学,高谈先王,援据《周官》,其称名甚高。而文忠则深叹贾谊、陆贽之学不传于世,老病且死,独欲以教其子弟而已。夫食期于适口,不必其取陈羹也〔14〕;药期于疗病,不必其求古方也。是故为周公而伪,不若为贾谊、陆贽而真也。真贾、陆足以救世,而伪周公足以祸世。此眉山、金陵异同之大端也。观六君子之文者,其亦有持择于斯乎〔15〕?

【注释】

〔1〕选自清钱谦益《牧斋初学集》卷二十九。

〔2〕新安胡仲修氏访余苫(shān)次:胡仲修氏,即胡潜,字仲修,明末安徽新安歙县人,著名刻书家,与钱谦益交好。苫次,居亲丧的地方。

〔3〕武林:旧时杭州别称,以武林山得名。

〔4〕张耒文潜、秦观少游、陈师道履常、晁补之无咎、黄庭坚鲁直、李廌方叔:张耒(1054—1114),字文潜,号柯山,人称宛丘先生,宋代楚州淮阴(今江苏淮安)人,熙宁六年(1073)进士,有《柯山集》《宛丘先生文集》《明道杂志》等。秦观(1049—1100),字太虚、少游,号淮海居士,宋代扬州高邮人,元丰八年(1085)进士,词负盛名,婉约派代表,有《淮海集》。陈师道(1053—1102),字履常、无己,号后山居士,宋代徐州彭城(今江苏徐州)人,少从曾巩学文,于诗亦有心得,为江西诗派代表,著有《后山集》。晁补之(1053—1110),字无咎,号济北,自号归来子,宋代济州巨野(今属山东菏泽)人,元丰二年(1079)进士,有《鸡肋集》《琴趣外篇》。黄庭坚(1045—1105),字鲁直,号涪翁、山谷道人,宋代洪州分宁(今江西修水)人,治平四年(1067)进士,开创江西诗派,推崇杜诗,有《豫章黄先生文集》《山谷诗注》。李廌(1059—1109),字方叔,号济南先生、太华逸民,其先自郓州(今山东东平)徙华州(今陕西渭南),遂为华州人,绝意仕进,有《济南集》《德隅斋画品》。

〔5〕元祐:北宋哲宗赵煦年号(1086—1094)。

〔6〕勤渠:犹殷勤。

〔7〕天下之学,尽趋金陵:指王安石的"金陵王学",治平二年(1065)起,王安石

退隐南京讲学。

〔8〕所谓黄茅白苇、斥卤弥望者：苏轼《答张文潜县丞书》："惟荒瘠斥卤之地，弥望皆黄茅白苇。"黄茅白苇，连片生长的黄色茅草或白色芦苇，形容齐一而单调的情景。斥卤，盐碱地。弥望，满目，满眼。该句意指贫瘠的土地中只能生长单调的植物，象征文坛千篇一律的状况。

〔9〕连镳（biāo）：指骑马同行。镳，马勒。此处意为同在苏轼（眉山人）门下学习。

〔10〕熙宁：北宋神宗赵顼年号（1068—1077）。

〔11〕履常坐越境出见：履常，即陈师道。元祐四年（1089）陈师道任徐州教授时，苏轼出知杭州，途经南京，陈师道自徐州越境送别，因此被言官弹劾罢职。

〔12〕文潜坐举哀行服：文潜，即张耒，从苏轼学文。北宋徽宗时苏轼获赦北还，途中病逝于常州。张耒在颍州穿孝衣居丧，因此被言官弹劾，于崇宁元年（1102）贬为房州别驾，安置黄州。

〔13〕如江河之行地：像江河天天流过大地。形容永存不废。

〔14〕陈羹：久煮之羹汤。

〔15〕持择：选择，挑剔。

【评析】

本文乃钱谦益为明崇祯六年（1633）新安胡潜武林刊本《苏门六君子文粹》所撰序文，胡潜自钱谦益处得旧钞本，而于武林重刊之。《苏门六君子文粹》七十卷，旧题南宋陈亮辑。《宋史》称秦观、黄庭坚、晁补之、张耒为"苏门四学士"，本书益陈师道、李廌为"苏门六君子"，辑录六子文集诸文，以实用性强的议论文为主，《四库全书总目》本书提要称"盖坊肆所刊，以备程试之用也"。文章先叙"苏门六君子"称呼之由来，以及"六君子"与苏轼的深厚感情经历，叙事简练，语言平实流畅。紧接着叙说王安石一派对苏轼及其门人的排挤，作者对此感到异常愤慨，又借对王安石一味追求复古的批判，赞赏苏门文章的经世致用，高呼"是故为周公而伪，不若为贾谊、陆贽而真也"。对苏门之文的评价鞭辟入里，认为其议论文继承了贾谊、陆贽的文风，批判社会现实，论证严密而气势雄浑，同时也表达了自己对这种文风的赞同和追求。

邵幼青诗草序[1]

辛巳二月[2],余将登黄山,憩余抡仲之桃源庵[3]。日将夕矣,微雨霡霂[4],四山无人,白龙潭水撞耳如悬雷[5],顾而乐之。谓同游吴去尘曰[6]:“此时安得一二高人逸士,剥啄款门[7],为空谷之足音乎[8]?”俄而篱落间飒拉有声[9],屐齿特特然[10],则邵幼青偕其叔梁卿,俨然造焉[11],再拜而起曰:“吾两人宿舂粮[12],从夫子于白岳而不及也[13],今乃得追杖屦于此[14]。”皆出其诗以求正焉。越翼日[15],余登山憩文殊院[16],幼青踵至,曰:“梁卿肥,不便登顿[17],至慈光寺而返[18];吾亦从此而止。明日遥望天都峰顶,如昔人登莲华峰,以白烟一缕为信,摇手一笑耳。”余语去尘:“新安城市,浩如尘海,得二邵君,差足妆点物色[19],他日可以为美谭也。”去尘问二邵诗云何,余曰:“古云诗人,不人其诗而诗其人者[20],何也?人其诗,则其人与其诗二也,寻行而数墨[21],俪花而斗叶[22],其于诗犹无与也[23]。诗其人,则其人之性情诗也,形状诗也,衣冠笑语,无一而非诗也。吾与子游芗村、药谷之间,山重水袭,溪回谷转,青鞋布袜,杳然尘埃之外。于斯地也,穿烟岚,穴云气,扶杖而追寻。司空表圣之论诗曰[24]:晴雪满竹,隔溪渔舟。可人如玉,步屧寻幽[25]。吾之遇二邵于斯也,表圣之所云,显显然在心目间,称之曰诗人焉其可矣。吾游黟山[26],不获见桃花如扇,竹叶如笠,松花如纛[27],得二诗人于芗村、药谷之间,夫然后而知诗,夫然后而知诗人,兹游之所得奢矣。”去尘告我曰:“幼青以求序故,典妇一钗,赁舟过虞山[28],食尽反矣,幸有以慰之。”余曰:“诺。”遂书之以为序。幼青肤清貌癯[29],如羽人道流。其诗少摹长吉[30],晚师香山[31],骨气清稳,非以割剥为能事也[32]。海内能诗者知之,余不具列焉。辛巳嘉平月序[33]。

【注释】

〔1〕选自清钱谦益《牧斋初学集》卷三十二。

〔2〕辛巳二月：明思宗崇祯十四年（1641）农历二月。

〔3〕余抡仲：余书升，字抡仲，号无隐，明末安徽歙县（今属安徽黄山）人，嗜山水。

〔4〕霡（mài）霂（mù）：微雨飘洒的样子。

〔5〕白龙潭水撞耳如悬霤（liù）：白龙潭，位于安徽黄山，传说黄帝在此取水炼丹，天降白龙，背黄帝升仙而去。悬霤，从高处往下流注的小股流水，霤，屋檐的流水。

〔6〕吴去尘：吴拭，字去尘，号逋道人，明代徽州休宁（今属安徽黄山）人。性豪纵，好游名山水。

〔7〕剥啄款门：剥啄，象声词，形容轻轻敲打门户的声音。款门，叩门。

〔8〕空谷之足音：比喻极难得的音信或言论。《庄子·徐无鬼》："夫逃虚空者，藜藋柱乎鼪鼬之径，踉位其空，闻人足音，跫然而喜矣。"

〔9〕篱落：即篱笆，用竹条或木条编成的栅栏。

〔10〕特特然：象声词，形容马蹄"笃笃"的声音。

〔11〕俨然：衣着打扮整齐的样子。

〔12〕宿舂粮：《庄子·逍遥游》："适百里者宿舂粮，适千里者三月聚粮。"原指隔宿捣米备粮，此处用以形容邵梁卿、邵幼青叔侄拜访钱谦益路途的遥远和艰辛。

〔13〕白岳：山名，即齐云山，地处黄山西南。

〔14〕杖屦（jù）：出行的用具。杖，手杖。屦，麻、葛等材料制作的鞋子。

〔15〕翼日：明日，次日。"翼"通"翌"。

〔16〕文殊院：寺庙名，明代高僧普门建，故址在黄山玉屏峰。

〔17〕登顿：行止，上下。

〔18〕慈光寺：寺庙名，明代高僧普门建，位于黄山朱砂峰下。

〔19〕差足妆点物色：差足，自觉尚可宽慰。物色，景象。此处指邵幼青叔侄的到来令人愉悦。

〔20〕不人其诗而诗其人者：不是人如其诗，而是诗如其人。将诗歌视作人性情的自然流露，而不是诗人为文造情而刻意写作的结果。

〔21〕寻行而数墨：释道原《景德传灯录·梁宝志和尚大乘赞十首之九》："不

解佛法圆通,徒劳寻行数墨。”指读书时拘泥于一字一句的钻研,而不求义理的融会贯通。

〔22〕俪花而斗叶:李翱《祭韩侍郎文》:“俪花斗叶,颠倒相上。”指讲究辞藻与对仗。俪,成对、配对。斗,拼合、拼凑。

〔23〕无与:不参预,不相干。

〔24〕司空表圣:司空图(837—908),字表圣,咸通年间进士,著名诗论家。下二句引自《二十四诗品》,旧题司空图作,今人疑此书为伪托。

〔25〕步屧(xiè):漫步。屧,鞋子。

〔26〕黟(yī)山:黄山的别名。

〔27〕纛(dào):古代用羽毛做的舞具或装饰品。此处形容松花蓬松似羽毛。

〔28〕虞山:山名,位于江苏常熟。

〔29〕肤清貌臞(qú):形容人体貌清瘦。

〔30〕长吉:即李贺(790—816),字长吉,祖籍陇西成纪(今属甘肃),居于福昌昌谷(今河南宜阳)。唐代著名诗人,其诗奇诡瑰丽,后人称“长吉体”,有《昌谷集》行世。

〔31〕香山:即白居易(772—846),字乐天,号香山居士,祖籍太原(今属山西),后迁居下邽(今陕西渭南)。唐德宗贞元年间进士,著名诗人,与元稹并称“元白”,有《白氏长庆集》。

〔32〕割剥:割裂剥取,形容写诗拼凑前人诗句而成。

〔33〕辛巳嘉平月:明思宗崇祯十四年十二月,即公元1642年1月。嘉平月为十二月的雅称。

【评析】

邵幼青,明末清初诗人。钱谦益《黄山游记》称其为海阳(今属安徽休宁)人,常与明末诗人、同乡查应光唱和,查应光《丽崎轩诗》中有《赠邵幼青入山过岁》《和邵幼青病中独酌》《赠程泰华和邵幼青韵》《过方正学墓和邵幼青韵》等诗。《邵幼青诗草》今已不存。作者以记叙文的形式,描写了为邵幼青的诗集作序的缘由和情境。文中先叙作者的黄山之游,在幽静深峭的山谷中,期望有一二知己拜访自己,为邵幼青的出现渲染了气氛。进而叙邵幼青对作者的崇敬和请作者作序的诚意,作者在此处通过语言描写刻意突出了邵幼青清俊出尘如“羽人道流”的气质,如“明日遥望天都峰顶,如昔人登莲华峰,以白烟一缕为信,摇手一笑耳”。下一段中,作者又借与友人吴拭“二邵诗云何”的交谈,以问答体形式表达了对邵幼青诗风诗格的赞赏,认为他的诗歌表达了个人的性情,而不拘泥于形式,为文造情。作者的回答则直接阐明其“不人其诗而诗其人”的核心诗论主张,故作者在文章的最后一部分中花费数行笔墨,描绘了邵幼青的个性气质,借以说明其诗如其人一般“骨气清稳”,巧妙地点明了人格与诗格同一的观点。作者将记叙与议论自然地融为一体,辞采清丽,文气流畅,令人回味无穷,真有“山重水袭,溪回谷转”之感。

毛　晋

毛晋(1599—1659),原名凤苞,字子久,后改名晋,字子晋,号潜在,明南直隶苏州府常熟(今属江苏)人。少师事钱谦益,屡试不第,乃居家读书、藏书、校书、刻书。家藏图书八万四千余册,多宋元刻本,建汲古阁、目耕楼以储之。曾校刻《十三经》《十七史》《津逮秘书》《六十种曲》等,数量居历代私家刻书者之首。好抄录罕见秘籍,缮写精良,后人称为"毛钞"。撰有《隐湖题跋》等。

跋容斋题跋〔1〕

题跋似属小品,非具翻海才、射雕手〔2〕,莫敢道只字。自坡仙、涪翁联镳树帜〔3〕,一时无不效颦〔4〕。鄱阳洪容斋〔5〕,升苏、黄之堂而哜其胾者也〔6〕。恨未见其全集。己卯秋〔7〕,从长干里获其题跋二卷〔8〕,尾有匏庵吴氏印记〔9〕,较之《随笔》所载互有异同。予珍之不异木难〔10〕,遂与六一居士《集古录》并付梓人〔11〕。尝忆数年前,眉公与予论题跋一派〔12〕,惟宋人当家〔13〕,惜未有拈出示人者。予因援容斋自序云〔14〕:"宽闲寂寞之滨,穷胜乐时之暇,时时捉笔据几,随所趣而志之。虽无甚奇论,然意到即就〔15〕,亦殊自喜。"此独非拈出示人者耶?眉公点头抚掌曰:"袜材今萃于子矣〔16〕。"

【注释】

〔1〕选自明毛晋《汲古阁书跋》不分卷。

〔2〕翻海才:典出钟嵘《诗品》:"陆才如海,潘才如江。"陆指西晋文学家陆机(261—303),潘指西晋文学家潘岳(247—300)。射雕手:借指才技出众的人。典

出《北齐书·斛律光传》:“尝从世宗于洹桥校猎,见一大鸟,云表飞扬,光引弓射之,正中其颈。此鸟形如车轮,旋转而下,至地,乃大雕也。……丞相属邢子高见而叹曰:‘此射雕手也。’”

〔3〕坡仙:指苏轼(1037—1101),字子瞻,号东坡居士,北宋文学家、书画家。涪翁:指黄庭坚(1045—1105),字鲁直,号山谷道人、涪翁,北宋文学家、书法家。联镳(biāo):喻相等或同进。

〔4〕效颦:模仿。

〔5〕鄱阳:县名。宋代属饶州,今属江西。洪容斋:指洪迈(1123—1202),字景卢,号容斋,南宋文学家。

〔6〕哜(jì)其胾(zì):意谓继承了他们的长处。哜,吃。胾,切成大块的肉。

〔7〕己卯:崇祯十二年(1639)。

〔8〕长干里:古建康(今江苏南京)里巷。六朝时建康南五里秦淮河两岸有山冈,其间平地,为吏民杂居之所,江东称山陇之间为“干”,故名。

〔9〕匏(páo)庵吴氏:指吴宽(1435—1504),字原博,号匏庵,明代诗人、藏书家。

〔10〕木难:宝珠名。

〔11〕六一居士:指欧阳修(1007—1072),字永叔,号醉翁,晚年又号六一居士,北宋文学家、史学家。《集古录》:欧阳修所撰金石学专著,共十卷,收集历代石刻跋尾四百余篇。梓人:印刷业的刻版工人。

〔12〕眉公:指陈继儒(1558—1639),字仲醇,号眉公,明代文学家、书画家。

〔13〕当家:当行,内行。

〔14〕援:引用。

〔15〕就:完成。

〔16〕袜材:做袜子的材料。苏轼《文与可画筼筜谷偃竹记》:“与可画竹,初不自贵重。四方之人持缣素而请者,足相蹑于其门。与可厌之,投诸地而骂曰:‘吾将以为袜!’”

【评析】

题指写在书籍、字画、碑帖等前面的文字,跋指写在书籍、字画、碑帖等后面的文字,总称题跋,内容多为品评、鉴赏、考订、记事等。南宋文学家洪迈撰有《容斋随笔》五集七十四卷,后人辑其所作题跋为《容斋题跋》二卷。本文乃毛晋为洪迈《容斋题跋》所作跋语,以题跋论题跋,介绍了获得《容斋题跋》并将其付梓的经过,表达出作者对于题跋一体的重视。宋人题跋大抵如洪迈所云:“宽闲寂寞之滨,穷胜乐时之暇,时时捉笔据几,随所趣而志之。”随意写来,每多妙趣。本文论及的东坡、山谷题跋是此类题跋的代表,毛晋以为“非具翻海才、射雕手,莫敢道只字”,确为的评。

张　溥

张溥(1602—1641),字乾度,后字天如,号西铭,明南直隶苏州府太仓州(今江苏太仓)人。崇祯四年(1631)进士,选庶吉士。与同邑张采齐名,并称“娄东二张”。天启四年(1624)结应社,后交游日广,于崇祯二年扩为复社,于文学之外兼具政治色彩。所作散文名重当时,风格质朴,激昂明快,《五人墓碑记》为传世名篇。撰有《七录斋诗文合集》,编有《汉魏六朝百三名家集》。

云间几社诗文选序[1]

今天子诏下礼官[2],孳孳以进文学[3]、选德能为务,甚盛事也。诏书到郡县,吏史左右顾,升堂受命,书其邑之人上应明诏,率逡巡不敢发[4]。深山白发之老闻诏书,欢动颜色,或有欷吁泣下[5],恨生非其时者。其它高才子弟,年未任衣冠,即提笔走谒官府,愿颂太平,通齿籍[6],终身为闻人[7]。然度其时势,不满三岁,天下之人不出,独云间诸子异甚,凡诏书之言,皆其所素为。

辛未之秋[8],联事乡党,治古文辞者九人。壬申冬[9],成二十卷,悉所期约,其未期约而自撰述者不在其中。读之体不一名,折衷者广。大都赋本相如[10],骚原屈子[11],乐府古歌由汉魏,五七律断由三唐[12],赞序班、范[13],诔铭张、蔡[14],论学韩愈[15],记仿宗元[16],至时事著策、经义敷说[17],别为一书。自夫四海之大,百岁之久,不能有也!诸子生不出里闬[18],年未及强仕[19],为时几何,其言满堂,不綦盛欤[20]!

庚午之役[21],余偕勒卣、闇公、卧子、燕又东归[22],论著作抵夜分〔23〕，卧子奋曰："诚如子言，即不得官可不恨。"大声慷慨，舟人变色。辛未，彝仲、燕又、卧子罢春官归〔24〕，谓予曰："今年不成数卷书，不复与子闻。"今其言皆验。予独俯仰客中〔25〕，无所发舒，又不能劝说同里〔26〕，蚤夜树立〔27〕，彬彬有声辞命间，一旦诵诏书，盥沐不给〔28〕，寝兴太息〔29〕，甚愧诸子暇豫矣〔30〕！

或谓诸子文辞太盛，无束帛丘园之义〔31〕，疑与儒者不合。然则六经非圣人作乎？委巷之言〔32〕，君子所鄙；言文行远〔33〕，四国赖之〔34〕。且其人孝于而亲，忠于而君，即不文犹传，又有文焉，其事全矣！今人闻谈性命，不察其生平，称为儒家者流；方言里谚〔35〕，视若《太玄》〔36〕，谓圣人在是。讽《雅》《颂》之音，览竹素之字〔37〕，则等于邹衍"九州"〔38〕，滥耳不信。此固明诏所不许，亦诸子当日所窃笑也！

【注释】

〔1〕选自明张溥《七录斋集·古文近稿》卷一。

〔2〕礼官：掌礼仪教化之官。

〔3〕孳孳：同"孜孜"，犹言专心一意。

〔4〕逡（qūn）巡：迟疑，犹豫。

〔5〕欷（xī）吁（xū）：嗟叹声。

〔6〕齿籍：户口册。

〔7〕闻人：有名望的人。

〔8〕辛未：崇祯四年（1631）。

〔9〕壬申：崇祯五年（1632）。

〔10〕相如：指司马相如（约前179—前118），字长卿，西汉辞赋家。

〔11〕屈子：指屈原（约前340—约前278），名平，字原，战国楚诗人。

〔12〕三唐：诗家论唐人诗作，多以初、盛、中、晚分期，或以中唐分属盛、晚，谓之"三唐"。

〔13〕赞序：指史书作者为传主所作的赞语和为各"志"所写的引言。班、范：班指东汉史学家班固（32—92），字孟坚；范指南朝宋史学家范晔（398—445），字

蔚宗。

〔14〕诔(lěi)：悼念死者的文章。铭：文体的一种，古代常刻于碑版或器物，以称功德或自警。张、蔡：张指东汉文学家、科学家张衡(78—139)，字平子；蔡指东汉文学家、书法家蔡邕(132—192)，字伯喈。

〔15〕韩愈(768—824)：字退之，唐代文学家、思想家。

〔16〕宗元：指柳宗元(773—819)，字子厚，唐代文学家、思想家。

〔17〕敷说：犹陈说、论述。

〔18〕里闬(hàn)：代指乡里。闬，里门。

〔19〕强仕：四十岁的代称。《礼记·曲礼》："四十曰强，而仕。"

〔20〕綦(qí)：极，很。

〔21〕庚午：崇祯三年(1630)。

〔22〕勒卣(yǒu)：指周立勋，字勒卣，"几社六子"之一。闇(àn)公：指徐孚远(1599—1665)，字闇公，"几社六子"之一。卧子：指陈子龙(1608—1647)，字卧子，"几社六子"之一。燕又：指彭宾，字燕又，"几社六子"之一。

〔23〕夜分：夜半。

〔24〕彝仲：指夏允彝(1596—1645)，字彝仲，"几社六子"之一。

〔25〕俯仰：应付，周旋。

〔26〕同里：同乡。

〔27〕蚤夜：昼夜，早晚。蚤：通"早"。树立：建树，引申为进益。

〔28〕盥(guàn)沐：沐浴。

〔29〕寝兴：睡下和起床。泛指日夜或起居。太息：大声长叹，深深地叹息。

〔30〕暇豫：悠闲逸乐。

〔31〕束帛丘园：典出《周易·贲卦》："六五：贲于丘园，束帛戋戋。"束帛，捆为一束的五匹帛，古代用为聘问、馈赠的礼物。丘园，家园、乡村，后指隐居之处。

〔32〕委巷：谓僻陋曲折的小巷。借指民间。

〔33〕言文行远：言辞有文采，才能传播远方或影响后世。典出《左传·襄公二十五年》引孔子曰："《志》有之：'言以足志，文以足言。'不言，谁知其志？言之无文，行而不远。"

〔34〕四国：四方邻国。亦泛指四方，天下。

〔35〕里谚：民间谚语。

〔36〕《太玄》：扬雄（前53—18）所撰学术著作，共十卷，体裁仿《周易》，内容是儒、道、阴阳三家的混合体，以“玄”为思想中心。

〔37〕竹素：犹竹帛，多指史册、书籍。

〔38〕邹衍（约前305—前240）：战国末思想家，阴阳家的代表人物。“九州”：邹衍提出“大九州说”，称中国为“赤县神州”，认为中国只是世界八十一州中的一州，每九州为一个集合单位，称“大九州”。

【评析】

云间，即松江府，明代属南直隶，府治华亭县（今上海松江）。几社是明末重要文社之一，成立于崇祯二年（1629），后并入复社。其发起人如陈子龙、夏允彝等皆一时之选，陈、夏二人不仅为明末杰出诗人，还积极投身抗清斗争，在明亡清兴的历史画卷中书写了浓墨重彩的一笔。张溥此序详细介绍了《云间几社诗文选》的编选背景及经过，从“赋本相如，骚原屈子”到“论学韩愈，记仿宗元”，列举几社社员所作诗文的模拟对象，凸显出其重复古的文学思想。张溥对几社诗文创作倾向的揭示切中肯綮，几社确有崇尚复古的文学主张，推崇前、后七子，反对公安、竟陵，这与张溥本人的创作理念相似，因而得到张溥的高度认同。针对某些人对几社诗文创作“文辞太盛”“与儒者不合”的批评，张溥特别为之辩护，借用孔子“言之无文，行而不远”的经典论断，对几社同仁重视文辞的创作倾向予以肯定。本文不仅保存了与几社诗文选有关的珍贵史料，还折射出张溥本人的文学主张，对研究明代晚期的文学活动和文学思想具有一定的参考价值。

汉魏六朝百名家集叙〔1〕

文集之名，始于阮孝绪《七录》〔2〕，后代因之，遂列史志〔3〕。马贵与《经籍考》详载集名〔4〕，人物爵里〔5〕，著作源流，备具左方〔6〕，览者开卷〔7〕，大意已显；然李唐以上，放轶多矣〔8〕：周惟屈原、宋玉〔9〕，汉惟枚乘、董仲舒、刘向、扬雄、蔡邕〔10〕，魏惟曹植、陈琳、王粲、阮籍、嵇康〔11〕，晋惟张华、陆机、陆云、刘琨、陶潜〔12〕，宋惟鲍照、谢惠连〔13〕，齐惟谢朓、孔珪[14]，梁惟沈约、吴均、江淹、何逊[15]，周惟庾信[16]，陈惟阴铿[17]。千余年间，文士辈出，彬彬极盛[18]，而卷帙所存，不满三十余家；藏书五厄[19]，古今同慨。晋挚仲治总钞群集[20]，分为流别[21]，梁昭明特标选目[22]，举世称工，澄汰之余[23]，遗亡弥众。至逸书编于豫章[24]，古文钞自会稽[25]，巨源宝经龛之帙[26]，容斋发故簏之藏[27]，赵宋诸贤，戮力稽古[28]，不能追续坠简[29]，铺扬词苑，亦惟委之时运，抱痛河海而已[30]。

余少嗜秦、汉文字，苦不能解，既略上口，遍求义类，断自唐前，目成掌录[31]，编次为集，可得百四十五种。近见闽刻七十二家[32]，更服其搜扬苦心，有功作者。两京风雅[33]，光并日月，一字获留，寿且亿万[34]；魏虽改元，承流未远；晋尚清微；宋矜新巧；南齐雅丽擅长；萧梁英华迈俗。总言其概：椎轮大路[35]，不废雕几[36]，月露风云[37]，无伤骨气[38]，江左名流[39]，得与汉朝大手同立天地者，未有不先质后文、吐华含实者也。人但厌陈季之浮薄而毁颜、谢[40]，恶周、隋之骈衍而罪徐、庾[41]，此数家者，斯文具在，岂肯为后人受过哉？

余自贾长沙以下迄隋薛河东，随手次第，先授剞劂[42]，凡百三家，卷帙重大，余谋踵行[43]。古人诗文，不容加点[44]，随俗为之，聊便流涉，无当有亡。评骘之言[45]，惧累前人，何敢复赘[46]，每集叙首本末，微见送疑取难[47]，冀代筵叩尔[48]。别集之外，诸家著书，非文体者，概不编入。其他断篇逸句，虽少亦贵，期于毕收。但家无乘书[49]，妄谭远古，縢囊漏挂[50]，宁免讪笑[51]？倘世有蓄文德之别部[52]，大思光之玉海者[53]，则愿负担以从矣。娄东张溥题[54]。

【注释】

〔1〕选自明张溥《汉魏六朝百三家集》。

〔2〕阮孝绪(479—536)：字士宗，南朝梁目录学家。《七录》：阮孝绪所撰书目，分为经典、记传、子兵、文集、术伎、佛法、仙道七录五十五部。原书已失传，序目保存于《广弘明集》。

〔3〕史志：此指《七录》之后的史志目录，包括《隋书·经籍志》《旧唐书·经籍志》《新唐书·艺文志》等。

〔4〕马贵与：指马端临（1254—1323），字贵与，宋元之际史学家，撰有《文献通考》。《经籍考》：指《文献通考·经籍考》，马端临所撰书目，分为经、史、子、集四部五十五类。

〔5〕爵里：官爵和乡里。

〔6〕左方：古代书籍竖排，“左方”即今之“下方”。

〔7〕开卷：打开书本。借指读书。

〔8〕放轶：遗缺，散失。

〔9〕屈原、宋玉：二人皆战国楚辞赋家。

〔10〕枚乘（？—前140）：字叔，西汉辞赋家。董仲舒（前179—前104）：西汉儒家今文经学大师。刘向（约前77—前6）：本名更生，字子政，西汉经学家、目录学家、文学家。扬雄（前53—18）：字子云，西汉文学家、思想家、语言学家。

〔11〕曹植（192—232）：字子建，三国魏诗人，与父操、兄丕并称“三曹”。陈琳（？—217）：字孔璋，东汉文学家，“建安七子”之一。王粲（177—217）：字仲宣，东汉文学家，“建安七子”之一。阮籍（210—263）：字嗣宗，三国魏文学家、思想家，“竹林七贤”之一。嵇康（223—262，或224—263）：字叔夜，三国魏文学家、思想家、音乐家，“竹林七贤”之一。

〔12〕张华（232—300）：字茂先，西晋文学家。陆机（261—303）：字士衡，西晋文学家，与弟云并称“二陆”。陆云（262—303）：字士龙，西晋文学家。刘琨（271—318）：字越石，西晋诗人。陶潜：即陶渊明（365或373或376—427），一名潜，字元亮，东晋诗人。

〔13〕鲍照（约414—466）：字明远，南朝宋文学家。谢惠连（407—433）：南朝宋文学家。

〔14〕谢朓（464—499）：字玄晖，南朝齐诗人，“竟陵八友”之一。孔珪：指孔稚珪（447—501），字德璋，南朝齐文学家。

〔15〕沈约（441—513）：字休文，南朝梁文学家，“竟陵八友”之一。吴均（469—520）：字叔庠，南朝梁文学家。江淹（444—505）：字文通，南朝时期文学家。何逊（？—约518）：字仲言，南朝梁诗人。

〔16〕庾信（513—581）：字子山，南北朝时期文学家。

〔17〕阴铿：字子坚，南北朝时期文学家。

〔18〕彬彬：文质兼备貌。此借以喻人才之盛。

〔19〕五厄：指书籍被焚毁的五次厄运。秦始皇下令焚书，坟籍扫地皆尽，此为第一厄；王莽末年，长安兵起，宫室图书，并从焚烬，此为第二厄；汉献帝移都时，吏民扰乱，图书缣帛，皆取为帷囊，此为第三厄；刘曜、石勒覆灭京华，朝章国典，从而失坠，此为第四厄；周师入郢，梁萧绎悉焚典籍于外城，此为第五厄。见《隋书·牛弘传》。

〔20〕挚仲洽：指挚虞（？—311），字仲洽，西晋文学家。

〔21〕分为流别：挚虞曾分类编选古代文章，名为《文章流别集》，今佚。

〔22〕昭明：指萧统（501—531），字德施，南朝梁文学家。梁武帝太子，未及即位而卒，谥昭明，世称“昭明太子”。曾召聚文学之士，编集《文选》三十卷。

〔23〕澄汰：谓澄去泥滓，汰除沙砾。此指择取、拣选。

〔24〕逸书编于豫章：此指洪刍事。刍字驹父，北宋洪州南昌（今江西南昌）人，编有《楚汉逸书》八十二篇。豫章，郡名，西汉置，治南昌县。此用为南昌别称。

〔25〕古文钞自会（kuài）稽：此指石公弼（1061—1115）事。公弼初名公辅，字国佐，北宋越州新昌（今浙江新昌）人，编有《古文章》十六卷。会稽：郡名，秦置，治吴县（今江苏苏州），隋唐时又曾改越州（今浙江绍兴）为会稽。此用为越州别称。

〔26〕巨源宝经龛（kān）之帙：此指孙洙（1032—1080）事。洙字巨源，北宋文学家，相传其曾于佛寺经龛中得唐人所藏《古文苑》。龛：供奉佛像或神像的石室或柜子。

〔27〕容斋发故簏（lù）之藏：此指洪迈（1123—1202）事。迈字景卢，号容斋，南宋文学家，曾于簏中得旧书一帙，题为《晋代名臣文集》。簏：用竹子、柳条或藤条等编成的圆形盛器。

〔28〕稽古：考察古事。

〔29〕坠简：指散佚而残缺不全的典籍。

〔30〕抱痛河海：典出《汉书·礼乐志》：“（殷纣）作淫声……乐官师瞽抱其器而奔散，或适诸侯，或入河海。”

〔31〕目成掌录：谓著述之勤。目成：浏览。掌录：抄写。

〔32〕闽刻七十二家：指明代福建人张燮（1574—1640）所编《七十二家集》，汇集七十二位唐前作家的总集。

〔33〕两京：借指两汉。

〔34〕亿万：言其长久而无极。

〔35〕椎轮大路：典出《文选序》："若夫椎轮为大辂之始，大辂宁有椎轮之质？"椎轮：谓没有辐条的车轮。大路，即大辂，又称玉辂，天子所乘之车。比喻事物由简到繁、由粗到精。

〔36〕雕几：车饰。雕谓雕刻，几谓镶嵌或缠成凹凸花纹。以上二句谓文章之变由质朴而进于文饰。

〔37〕月露风云：典出李谔《上隋高帝革文华书》："连篇累牍，不出月露之形；积案盈箱，唯是风云之状。"

〔38〕骨气：犹气势、气韵。以上二句言刻画景物之文亦所不废。

〔39〕江左：江东。指长江下游以东地区。东晋及南朝宋、齐、梁、陈各代的基业都在江左，故当时人又称这五朝及其统治下的全部地区为江左。

〔40〕颜、谢：颜指南朝宋诗人颜延之(384—456)，字延年；谢指南朝宋诗人谢灵运(385—433)。

〔41〕徐、庾：徐指南朝陈文学家徐陵(507—583)，字孝穆；庾指南北朝时期文学家庾信(513—581)，字子山。

〔42〕剞(jī)劂(jué)：雕版，刻印。

〔43〕踵行：仿照实行。

〔44〕加点：增删，点抹。

〔45〕评骘(zhì)：评定。

〔46〕赘(zhuì)：增添。

〔47〕送疑：犹今言提问题。取难：犹今言讨论。

〔48〕冀：希望。筳叩：撞钟的草茎。谦辞。刘向《说苑·善说》："建天下之鸣钟，而撞之以挺(通筳)，岂能发其声乎哉？"

〔49〕乘书：乘，四匹马拉的车。此处指家中藏书不多。典出《晋书·张华传》："尝徙居，载书三十乘。秘书监挚虞撰定官书，皆资华之本以取正焉。天下奇秘，世所希有者，悉在华所，由是博物洽闻，世无与比。"

〔50〕縢(téng)囊：袋子。縢：通"幐"，囊也。漏挂：言顾及者少，遗漏者多。

〔51〕讪(shàn)笑：讥笑。

〔52〕文德：殿名，梁内阁储书之所。

〔53〕思光：指张融(444—497)，字思光，南朝齐文学家。玉海：张融取“玉以比德，海崇上善”之意，自名其集为《玉海集》。

〔54〕娄东：指太仓(今属江苏)。因位于娄水之东，故名。

【评析】

《汉魏六朝百三名家集》是明人张溥所编文学总集，以张燮《七十二家集》为基础，兼采冯惟讷《古诗纪》、梅鼎祚《历代文纪》，收录上起西汉贾谊，下至隋代薛道衡的作品，凡一百零三家。本文乃张溥为该书所作自叙，开篇首先撮述了历代书目对文集一体的著录情况，继而罗列别集犹存的唐前作家二十七人，表达对大量作家作品无由存世的慨叹。作者接着连用“逸书编于豫章”“古文钞自会稽”“巨源宝经龛之帙”“容斋发故簏之藏”四个典故，回顾了宋人为编选古代文集所作的贡献，同时也表露出对宋人“不能追续坠简”的遗憾。张溥论及其所见张燮《七十二家集》，对此书为搜集汉魏六朝诗文所作贡献予以肯定，称赞其“搜扬苦心，有功作者”。他还通过一小段简明生动的文字，回顾了自汉至隋文学由质朴趋向文饰的发展轨迹。文章的最后一部分介绍了《汉魏六朝百三名家集》的选录标准和编纂体例：“别集之外，诸家著书，非文体者，概不编入”，仅收诗赋文章，每集卷首以题辞评论作家作品。本文堪称《汉魏六朝百三名家集》之总纲，对理解张溥的编纂意图、把握全书的编纂体例具有重要价值。

金圣叹

金圣叹(1608—1661),名采,字若采,明亡后更名人瑞,字圣叹,以字行,号唱经子、涅槃学人、大易学人,明末清初江南吴县(今江苏苏州)人。明诸生,青年时顶替张姓学子入庠。性格怪诞不羁,明亡后绝意仕进,于家中著述讲学。以评点著称,文辞犀利,“发前人所未发”,曾称《庄子》《离骚》《史记》《杜诗》《水浒传》《西厢记》为“六才子书”,并评点《水浒传》《西厢记》二种,又有《贯华堂选批唐才子诗》等著作传世。顺治十八年(1661)因参与“哭庙案”被杀。

贯华堂藏古本水浒传序〔1〕

人生三十而未娶,不应更娶〔2〕;四十而未仕,不应更仕;五十不应为家〔3〕,六十不应出游。何以言之?用违其时〔4〕,事易尽也。朝日初出,苍苍凉凉,澡头面,裹巾帻〔5〕,进盘飧〔6〕,嚼杨木〔7〕。诸事甫毕〔8〕,起问可中〔9〕?中已久矣。中前如此,中后可知。一日如此,三万六千日何有。以此思忧〔10〕,竟何所得乐矣?每怪人言:某甲于今若干岁〔11〕。夫若干者,积而有之之谓。今其岁积在何许,可取而数之否?可见已往之吾〔12〕,悉已变灭〔13〕;不宁如是〔14〕,吾书至此句,此句以前已疾变灭〔15〕:是以可痛也!

快意之事莫若友,快友之快莫若谈〔16〕,其谁曰不然?然亦何曾多得。有时风寒,有时泥雨,有时卧病,有时不值〔17〕,如是等时〔18〕,真住牢狱矣。舍下薄田不多〔19〕,多种秫米〔20〕,身不能饮,吾友来需饮也。舍下门临大河,嘉树有荫,为吾友行立蹲坐处也。舍下执炊爨〔21〕、理盘槅者[22]，仅老婢四人；其余凡畜童子大小十有余人，便于驰走迎送、传接简帖也。舍下童婢稍闲，便课其缚帚织席[23]。缚帚所以扫地，织席供吾友坐也。吾友毕来[24]，当得十有六人，然而毕来之日为少；非甚风雨，而尽不来之日亦少。大率日以六七人来为常矣。

吾友来，亦不便饮酒，欲饮则饮，欲止先止，各随其心，不以酒为乐，以谈为乐也。吾友谈不及朝廷，非但安分，亦以路遥，传闻为多。传闻之言无实，无实即唐丧唾津矣[25]。亦不及人过失者，天下之人本无过失，不应吾诋诬之也。所发之言，不求惊人，人亦不惊；未尝不欲人解，而人卒亦不能解者，事在性情之际，世人多忙，未曾尝闻也。吾友既皆绣淡通阔之士[26]，其所发明，四方可遇[27]。然而每日言毕即休，无人记录。有时亦思集成一书，用赠后人，而至今阙如者[28]：名心既尽[29]，其心多懒，一；微言求乐[30]，著书心苦，二；身死之后，无能读人，三；今年所作，明年必悔，四也。

是《水浒传》七十一卷[31]，则吾友散后，灯下戏墨为多[32]；风雨甚，无人来之时半之[33]。然而经营于心[34]，久而成习，不必伸纸执笔，然后发挥[35]。盖薄暮篱落之下，五更卧被之中，垂首捻带，睇目观物之际[36]，皆有所遇矣。或若问：言既已未尝集为一书，云何独有此传[37]？则岂非此传成之无名，不成无损，一；心闲试弄，舒卷自恣[38]，二；无贤无愚，无不能读，三；文章得失，小不足悔，四也。呜呼哀哉！吾生有涯，吾乌乎知后人之读吾书者谓何[39]？但取今日以示吾友，吾友读之而乐，斯亦足耳。且未知吾之后身读之谓何，亦未知吾之后身得读此书者乎？吾又安所用其眷念哉！

东都施耐庵序[40]。

【注释】

〔1〕选自清金圣叹《第五才子书水浒传》卷一。

〔2〕更：再。

〔3〕为家：建立家庭。

〔4〕用违其时：办理事情不合时机。用，办理。

〔5〕巾帻（zé）：头巾。

〔6〕盘飧（sūn）：盘子里的食物。飧，熟食。

〔7〕嚼杨木：意为用杨树枝漱刷牙齿。

〔8〕甫：才，刚。

〔9〕可中：日、月将升到中天。此处指接近正午。

〔10〕以此思忧：因为这个缘故悲伤忧愁。以，因为。

〔11〕某甲：人称代词，多用于避讳、假设或失名等情形。

〔12〕已往：以前。

〔13〕变灭：变化幻灭。

〔14〕不宁如是：像这样不安定。

〔15〕疾：急速。

〔16〕快友之快莫若谈：平生快意，没有出于与朋友欢聚畅谈之上者。

〔17〕不值：没有遇到。值，逢、遇。

〔18〕等时：等待时机。

〔19〕舍下：对自己家的谦称。

〔20〕秫（shú）米：指糯米。秫，有黏性的谷物。

〔21〕执炊爨（cuàn）：烧火做饭。

〔22〕盘槅（gé）：盛放食物的器皿。槅，古代食器名。

〔23〕课：督促。

〔24〕毕：尽，皆。

〔25〕唐丧：白白地失去。

〔26〕绣淡通阔：形容文思优美、生性淡泊而通达疏阔。绣，华丽的，此处指有文采。

〔27〕遇：投合。

〔28〕阙如：空缺，没有。

〔29〕名心：追求世俗名利的心思。

〔30〕微言：精妙的言论。

〔31〕是《水浒传》七十一卷：金圣叹《第五才子书施耐庵水浒传》认为七十回

后为罗贯中续作,乃狗尾续貂,故删之。七十一卷,包括楔子“张天师祈禳瘟疫　洪太尉误走妖魔”一卷、第一回“王教头私走延安府　九纹龙大闹史家村”至第七十回“忠义堂石碣受天文　梁山泊英雄惊恶梦”七十卷。

〔32〕戏墨:同戏笔,戏谑随意创作。

〔33〕半之:此处指朋友谈笑后戏墨的一半之数。

〔34〕经营:此处指构思、思考。

〔35〕发挥:阐发,充分表达。

〔36〕睇目:斜视。

〔37〕云何:为什么。

〔38〕舒卷自恣:展开和收起书卷不受约束,此处指心无约束,可以自由地进行创作。

〔39〕乌乎:怎么,哪里。

〔40〕东都:历代王朝在首都东部的都城。相传施耐庵为江苏人,此处“东都”或指南唐广陵城,即今江苏扬州。

【评析】

该序虽题“东都施耐庵序”,但自清周亮工《因树屋书影》以来,考为金圣叹伪托施耐庵作,已成定论。序文并不涉及《水浒传》的创作意图抑或全书主旨,而是分为咏叹人生易逝、记叙知己清谈和描绘写书情境三大部分,层层递进,表达作者的人生观。先从一日之琐事说起,点明“用违其时,事易尽也”的道理,表达时不我待、人生有限的感慨。然后通过具体描绘友人拜访的情境,以及自家“多种秫米”“嘉树有荫”“执炊爨”“理盘槅”“缚帚织席”等为招待友人专设的物事,提出要及时行乐,追求与知己交谈的快意,记录清谈的理想内容。最后则谈及酒阑梦觉之后的写作感受,重在呈现金圣叹本人优游闲适的心理状态,以为本书得于“薄暮篱落之下,五更卧被之中,垂首捻带,睇目观物之际”,即“无心栽柳柳成荫”的状态。文章虚实结合,举重若轻,从容灵动,超脱于尘世喧嚣之外,是晚明闲适小品文的杰出代表。

葭秋堂诗序[1]

同学弟金人瑞顿首[2]：弟年五十有三矣。自前冬一病百日，通身竟成颓唐[3]。因而自念：人生世间，乃如弱草，春露秋霜，宁有多日？脱遂奄然终殁[4]，将细草犹复稍留根荄[5]，而人顾反无复存遗耶[6]？用是不计荒鄙[7]，意欲尽取狂臆所曾及者[8]，辄将不复拣择[9]，与天下之人一作倾倒[10]。此岂有所觊觎于其间[11]？夫亦不甘便就湮灭，因含泪而姑出于此也[12]。弟自端午之日，收束残破数十余本[13]，深入金墅太湖之滨三小女草屋中[14]。对影兀兀[15]，力疾先理唐人七律六百余章[16]，付诸剞劂[17]，行就竣矣[18]。忽童子持尊书至[19]，兼读《葭秋堂五言诗》[20]，惊喜再拜，便欲挐舟入城[21]，一叙离阔。方沥米作炊，而小女忽患疾蹶[22]，其势甚剧，遂尔更见迟留[23]。因遣使迎医，先拜手，上至左右。夫足下论诗，以盛唐为宗，本之以养气息力[24]，归之于性情，旨哉是言！但我辈一开口而疑谤百兴，或云"立异"，或云"欺人"。即如弟《解疏》一书[25]，实推原《三百篇》两句为一联[26]、四句为一截之体，伧父动云"割裂"[27]，真坐不读书耳[28]！足下身体力行，将使盛唐统绪[29]，自今日废坠者，仍自今日兴起。名山之业[30]，敢与足下分任焉？弟人瑞，死罪死罪，顿首顿首[31]。

【注释】

〔1〕选自清嵇永仁《抱犊山房集》卷四。

〔2〕同学弟：古代对同官、同年的自谦称呼。

〔3〕颓唐：萎靡不振貌。

〔4〕脱遂奄（yǎn）然终殁（mò）：脱，倘若。遂，终于。奄然，忽然。终殁，去世，年寿已尽。全句意为倘若自己即将迎来死亡。

〔5〕根荄（gāi）：同"根垓"，植物的根系。

〔6〕顾反：反而。

〔7〕用是不计荒鄙：因此不考虑荒唐鄙陋。用是，因此。

〔8〕狂臆所曾及者：曾经关涉到的轻狂主观的东西。此处指作者批点的书籍。

〔9〕辄：就。

〔10〕一作倾倒：一起为之折服。

〔11〕觊(jì)觎(yú)：非分的希望或企图。

〔12〕姑：姑且，暂且。

〔13〕收束：收起，捆扎。

〔14〕金墅太湖之滨：位于太湖边上的金墅地区，明清属江南吴县，今属江苏苏州。

〔15〕对影兀兀：人影相对寂寞无聊。兀兀，浑噩无知貌，引申为形容寂寞无聊的样子。

〔16〕力疾：勉力支撑病体。

〔17〕剞(jī)劂(jué)：指雕版印书。

〔18〕竣：事毕，完成。

〔19〕尊书：您的书信。尊，敬称。此处指金圣叹的好友，《葭秋堂诗集》作者嵇永仁。嵇永仁(1637—1676)，字留山，初字匡侯，号抱犊山农，清代江南无锡(今江苏无锡)人，诸生，清康熙年间入福建总督范承谟幕，后范承谟被害，嵇永仁亦随之自缢，诗文集合编为《抱犊山房集》。

〔20〕《葭秋堂五言诗》：指嵇永仁的诗集，葭秋堂为嵇永仁的书斋名。

〔21〕挐(rú)舟：撑船。挐，牵引，撑。

〔22〕患疾蹶(jué)：生病昏倒。

〔23〕遂尔：于是。

〔24〕息力：休息。

〔25〕《解疏》：即前文所提到的"力疾先理唐人七律六百余章"，指金圣叹编的唐代七律选集《贯华堂选批唐才子诗》(今又名《金圣叹选批唐诗六百首》)。

〔26〕推原：推求本原。

〔27〕伧(cāng)父(fǔ)：魏晋南北朝时南方人讥讽北方人粗鄙的蔑称，后来泛指粗鄙之人。

〔28〕坐：因为、由于。

〔29〕统绪：一脉相承的系统、传统。

〔30〕名山之业：指著书立说的事业。

〔31〕死罪死罪,顿首顿首:古代书信、奏章结尾常用的套语。

【评析】

《葭秋堂诗》,嵇永仁撰,以其书斋“葭秋堂”名之,集中“所往还者多前朝遗老,诗皆五律”(邓之诚《清诗纪事》)。金圣叹为嵇永仁好友,故应邀为其诗集作序。本序重点不在赞赏嵇永仁的诗作,而在于表达金圣叹本人的人生志向与诗学理念。序首讲述作者因病顿生人生如弱草的感慨,以为人终有一死,而作品则能流传久远。故虽然作者遭受时人种种诽谤(“但我辈一开口而疑谤百兴”),仍然坚持写作,强拖病躯整理编选唐人诗选,“力疾先理唐人七律六百余章”,希望借此引领新的诗坛风尚。他赞同嵇永仁论诗以盛唐为宗的观点,表面上为称赏嵇永仁,实则表明自己的志向乃是“将使盛唐统绪,自今日废坠者,仍自今日兴起”,为明末清初诗坛性灵派和格调派的争论指出另一条道路。这篇文章延续了金圣叹擅长细节描写的特点,详细描写了阅读《葭秋堂诗》的情景和感受,从“对影兀兀”到“惊喜再拜”,突遇“方沥米作炊,而小女忽患疾蹶”的意外,过程一波三折,引出了作者将《葭秋堂诗》与自己人生志向相比较而产生的复杂感受,自然地从叙事转为议论,铿锵有力,酣畅淋漓。

吴伟业

吴伟业(1609—1672),字骏公,号梅村,明末清初江南太仓(今属江苏苏州)人。崇祯四年(1631)进士,历官翰林院编修、东宫讲读官、左庶子。南明弘光小朝廷任少詹事,与马士英、阮大铖不和而辞官。入清后官至国子监祭酒。后以母丧为由乞假南归,不复出仕。复社张溥弟子,学问广博,工诗文,与钱谦益、龚鼎孳并称“江左三大家”。长于七言歌行,人称“梅村体”。前期诗文工整清丽,入清后诗风一变而悲凉萧瑟。著有《梅村集》《梅村家藏稿》《绥寇纪略》,编《太仓十子诗选》,今人辑为《吴梅村全集》。

太仓十子诗序[1]

吾州固昆山分也。当至正之季[2],顾仲瑛筑玉山草堂[3],招诸名士以倡和,而熊梦祥、卢昭、秦约、文质、袁华十数君子[4],所居在雅村、鹤市之间[5],考之,定为吾州人。盖其时法令稀简[6],民人宽乐,城南为海漕市舶之所[7],帆樯灯火[8],歌舞之音不绝,虾须三尺,海人七寸[9],至以形诸篇什。居人慕江南四大姓之风,治馆舍,庀酒食[10],杨廉夫、张伯雨之徒自远而至[11]。呜呼,抑何其盛也!淮张之难[12],城毁于兵。休息生养百五十载,张沧洲始以诗才重馆阁[13],与李茶陵相亚[14],而早死,则弗以其名传。桑民怿、徐昌国家本穿山与凤里[15],名成之后,徙而去之,则弗以其地传。故至于琅琊、太原两王公而后大[16]。两王既没,雅道澌灭[17],吾党出,相率通经学古为高[18],然或不屑屑于声律。又二十年,十子者乃以所为诗问海内[19]。然则诗道之兴,岂不甚难矣哉!

"昔我有先正,其言明且清。"〔20〕士君子居其地,读其书,未有不原本前贤以为损益者也〔21〕。挽近诗家〔22〕,好推一二人以为职志〔23〕,靡天下以从之〔24〕,而不深惟源流之得失〔25〕。有识慨然思拯其弊〔26〕,乃訾謷排击〔27〕,尽以加往昔之作者,而竖儒小生〔28〕,一言偶合,得躐而跻于其上〔29〕,则又何以称焉?即以琅琊王公之集观之,其盛年用意之作〔30〕,瑰词雄响〔31〕,既芟抹之殆尽〔32〕,而晚岁隤然自放之言〔33〕,顾表而出之〔34〕,以为有合于道,诎申颠倒〔35〕,取快异闻〔36〕,斯可以谓之笃论乎?

今此十人者,自子俶以下〔37〕,皆与云间、西泠诸子上下其可否〔38〕,端士、惟夏兄弟则为两王子孙〔39〕,乃此诗晚而后出,雅不欲标榜先达〔40〕,附丽同人〔41〕,沾沾焉以趋一世之风习。《书》曰:"诗言志。"使十子者不矜同〔42〕,不尚异,各言其志之所存,诗有不进焉者乎?吾不知世之称诗者,其有当于余言否也?亦聊与十子交勉之而已矣。十子为周肇子俶、王揆端士、许旭九日、黄与坚庭表、王撰异公、王昊惟夏、王抃怿民、王曜升次谷、顾湄伊人、王摅虹友〔43〕。序之者梅村吴伟业也。

【注释】

〔1〕选自清吴伟业《梅村家藏稿》卷三十。

〔2〕至正之季:即至正末年。至正,元惠宗孛儿只斤·妥懽帖睦尔年号(1341—1368)。

〔3〕顾仲瑛筑玉山草堂:顾仲瑛(1310—1369),一名德辉,又名阿瑛,字仲瑛,号金粟道人,元末昆山(今属江苏苏州)人。隐居不仕,藏书甚富,室名玉山草堂,喜与客饮酒赋诗,有《玉山璞稿》。

〔4〕熊梦祥、卢昭、秦约、文质、袁华:熊梦祥,字自得,号松云道人,元代江西富州(今属江西丰城)人,与顾仲瑛为忘年交,曾任白鹿洞书院山长,历官大都路儒学提举、崇文监丞,晚年放意诗酒,退隐娄江,著有《释乐书》《松云道人诗稿》。卢昭,字伯融,元末明初诗人,原籍福建,后徙居昆山,洪武初年官扬州教授,与顾仲瑛交善。秦约(约 1316—?),字文仲,元末明初崇明(今属上海)人,一说太仓(今属江苏苏州)人,入明后官至礼部侍郎,有《樵海集》《诗话旧闻》《崇明州志》。文质,或即

施文胜，字文质，元末崇明人，后移居太仓，官至集贤院学士。袁华，字子英，元末明初昆山人，明太祖洪武初年任苏州府学训导，与顾仲瑛友善，从杨维桢学诗，著《可传集》《耕学斋诗集》。

〔5〕鹤市：江苏苏州别称。吴王阖闾有女名滕玉，阖闾以剩菜赠滕玉，滕玉以为受辱，怒而自杀。阖闾痛而葬之于西阊门（位于今苏州古城西北）外，乃舞白鹤于吴市中，令万民观看，还使男女与白鹤入羡门，杀生以送死。后即以鹤市为苏州别称。见赵晔《吴越春秋·阖闾内传》。

〔6〕稀简：稀少简略。

〔7〕海漕市舶：海漕，海运。市舶，海外贸易。此处形容城南商业贸易繁盛。

〔8〕帆樯（qiáng）：挂着船帆的桅杆。

〔9〕海人：海中的怪物。

〔10〕庀（pǐ）：准备，具备。

〔11〕杨廉夫、张伯雨之徒自远而至：杨廉夫，即杨维桢（1296—1370），字廉夫，号铁崖、铁笛道人，晚号东维子，元末明初诸暨（今属浙江）人，泰定四年（1327）进士，曾任天台县尹，元末隐居不仕，其诗名扬天下，人称“铁崖体”，有《东维子集》《铁崖先生古乐府》。张伯雨，即张雨（1283—1350），一名天雨，字伯雨，号句曲外史、贞居子等，元末钱塘（今浙江杭州）人，遍游名山，后出家为道，著《句曲外史集》。

〔12〕淮张之难：元惠宗至正末年，张士诚率军攻占长江三角洲诸城，并于至正十六年（1356）定都平江（今江苏苏州）。

〔13〕张沧洲：张泰（1436—1480），字亨父，一字亨甫，号沧洲，明代太仓人。天顺八年（1464）进士，官至翰林院修撰。诗名亚于李东阳，与陆釴、陆容并称“娄东三凤”，有《沧洲集》传世。

〔14〕李茶陵：李东阳（1447—1516），字宾之，号西涯，明代湖广茶陵（今属湖南株洲）人，故称“李茶陵”。天顺八年（1464）进士，为内阁首辅十五年，卒谥文正。少有文名，诗文典雅工丽，为“茶陵诗派”领袖，著有《怀麓堂集》《燕对录》等。

〔15〕桑民怿、徐昌国家本穿山与凤里：桑民怿，即桑悦（1447—？），字民怿，号思玄居士，明代常熟（今属江苏）人，成化元年（1465）举人，历官泰和训导、柳州通判，以文名自傲，有《桑子庸言》《思玄集》。徐昌国，即徐祯卿（1479—1511），字昌国，一字昌谷，明代吴县（今江苏苏州）人，弘治十八年（1505）进士，除大理寺左寺副，迁国子博士，以诗文名，人称“吴中诗冠”，“前七子”之一，又名列“吴中四才

子”“弘治十才子”“江东三才子”，有《迪功集》《谈艺录》存世。穿山，山名，明清太仓境内名山，地处今江苏太仓归庄东南。凤里，对家乡的美称，此处指太仓。

〔16〕故至于琅琊、太原两王公而后大：琅琊王公，指王世贞（1526—1590），字元美，号凤洲、弇州山人，明代苏州太仓人，其家族太仓琅琊王氏为明代望族，宗出魏晋琅琊王氏，故称。嘉靖二十六年（1547）进士，官至南京刑部尚书，与李攀龙同为“后七子”领袖，李攀龙死后独领诗坛二十余年，有《弇州山人四部稿》《弇州山人续稿》《艺苑卮言》《觚不觚录》。太原王公，即王锡爵（1534—1611），字元驭，号荆石，明代苏州太仓人，属太仓太原王氏家族，宗出汉晋太原王氏，故称。嘉靖四十一年（1562）进士，万历初年掌翰林院，任内阁首辅，官至礼部尚书兼文渊阁大学士，卒谥文肃。论诗主性灵，有《王文肃集》。

〔17〕澌灭：消灭净尽。

〔18〕相率通经学古为高：指娄东学派相继以精通经籍为目的。相率，相继，一个接一个。通经，通晓经学。学古，学习研究古代典籍。

〔19〕问：通“闻”，闻名。

〔20〕昔我有先正，其言明且清：意为先贤的言论明智而高洁。《礼记·缁衣》引逸诗：“昔吾有先正，其言明且清。国家以宁，都邑以成，庶民以生，谁能秉国成。不自为正，卒劳百姓。”

〔21〕原本：推溯其本源。

〔22〕挽近：同“晚近”，指近世、近代。

〔23〕职志：掌旗帜的官，此处指领袖。

〔24〕靡（mǐ）：倒下。此处指所有人都受到文坛领袖的影响。

〔25〕惟：思考，考虑。

〔26〕慨然：感情激昂的样子。

〔27〕訾（zī）謷（áo）：亦作“訾敖”，攻讦诋毁。

〔28〕竖儒：对儒生的鄙称。

〔29〕躐（liè）：践踏，踩。

〔30〕用意：指用心研究。

〔31〕瑰词雄响：形容文辞瑰丽宏伟。瑰词，瑰丽的文辞。

〔32〕芟（shān）：消灭，清除。

〔33〕隤（tuí）然自放：柔顺自然，自我放逸。

〔34〕顾表而出之：顾，却、反而。表，彰显。

〔35〕诎（qū）申：弯曲和伸展。比喻控制和放纵。

〔36〕取快异闻：意为从奇闻中得到快乐。

〔37〕子俶：即周肇（1615—1683），字子俶，号东冈，清代太仓（今属江苏苏州）人。“太仓十子”之一，顺治十四年（1657）举人，张溥门生。有《东冈集》。

〔38〕皆与云间、西泠诸子上下其可否：云间，即云间诗派，指明末松江（古称云间）陈子龙、夏完淳等为首的诗歌流派，其诗慷慨悲壮，多抒发爱国之情。西泠，即“西泠十子”，清代顺治、康熙年间杭州陆圻、丁澎等十人于西湖结为诗社，作诗注重格调法度。本句意为“太仓十子”与云间诗派、西泠诗派优劣相当。

〔39〕端士、惟夏兄弟则为两王子孙：端士，即王揆（1619—1696），字端士，一字芝廛，明末清初太仓人，“太仓十子”之一，王时敏次子，属太仓太原王氏家族，顺治十二年（1655）进士，有《芝廛集》。惟夏，即王昊（1627—1679），字惟夏，清初太仓人，“太仓十子”之一，王世懋曾孙，属太仓琅琊王氏家族，康熙间举博学鸿词科，有《当恕斋偶笔》《硕园集》。

〔40〕雅：极，甚。

〔41〕附丽：依附，附着。

〔42〕矜同：不崇尚门户之见。矜，崇尚。

〔43〕十子为……虹友：许旭（1620—1689），字九日，明末清初太仓人，有《秋水集》。黄与坚（1620—1701），字庭表，号忍庵，清初太仓人，顺治十六年（1659）进士，康熙十八年（1679）诏试博学鸿词科，吴伟业门生，有《忍庵集》。王撰（1623—1709），字异公，号随庵，明末清初太仓人，王时敏第三子，有《三余集》。王抃（1628—1702），字怿民，一字鹤尹，号巢松，清初太仓人，王时敏第五子，有《巢松集》。王曜升，字次谷，清代太仓人，王昊弟，诸生，有《东皋集》。顾湄，字伊人，自号抱山，明末清初太仓人，顾梦麟嗣子，诸生，奏销案后绝意仕进，从陈瑚学，后又从吴伟业学，有《水乡集》。王摅（1635—1699），字虹友，清初太仓人，王时敏第七子，有《芦中集》。

【评析】

本文乃吴伟业为自己编选的《太仓十子诗选》所作之序。《太仓十子诗选》十卷，顺治十七年（1660）由门人顾湄刊行，选录了明末清初娄东派成员周肇、许旭、黄与坚、顾湄、王揆、王抃、王摅、王昊和王曜升、王撰十人的诗作。作者开篇“吾州固昆山分也”即强调地域性诗学的重要性,阐述江南昆山的风土人情对地方诗人创作的重要影响——“至以形诸篇什”。作者列举杨维桢、张雨、张泰、桑悦、徐祯卿等诗人,说明诗人与家乡地方的联系不够紧密,导致地域性诗学传统不够突出,到了以太仓十子为代表的娄东诗派,则有着强烈的地域性色彩。第二段中作者致力于批判明末诗坛风尚,如后七子、公安派和竟陵派等“好推一二人以为职志”的行为,丝毫不顾其人不同时期的诗作水平不一的问题。因此,作者希望借由其所选太仓十子的代表性诗作,重新树立“不矜同,不尚异,各言其志之所存”的诗坛风尚。作者在文章中列举数例铺陈议论,论述严密而有条理;又多采用排比句式,气势磅礴;偶出的骈句则使文章论辩有力,语言典雅华丽,增强了可读性。

黄周星

黄周星(1611—1680),名景明,字景虞、九烟,明末清初江南上元(今江苏南京)人。本姓黄,幼年寄养湘潭周逢泰处,故名周星,后恢复本姓,名黄周星。崇祯十三年(1640)进士,任户部主事。明亡后曾南下福建,仕于南明隆武朝。入清后,流寓湖州南浔(今属浙江湖州),以教书糊口。顺治十年(1653)改名人,字略似,号半非、而庵、圃庵、汰沃主人、笑苍道人。康熙十九年(1680)拒应博学鸿儒试,于南浔投水而死。性狷介而诗文奇伟,精于书画篆刻,著《夏为堂诗集》《梦史》《圃庵诗集》《夏为堂别集》《黄九烟先生诗文杂钞》、传奇《人天乐》等,编选《唐诗快》三卷。

逋草自序〔1〕

仆性好读书,而雅不喜举子业〔2〕。窃谓文章不朽,必本性情,彼世之习为举子业者,大抵出于无可奈何,而性情不与焉〔3〕,则宋之八股何如唐之八句〔4〕。故晨夕圭瓮〔5〕,口不绝吟,独帖括一道〔6〕,自社笥试牍而外〔7〕,或穷年不挂毫缣〔8〕。酉、辰两役〔9〕,幸食卤莽之报〔10〕,因简客笥所携数十艺〔11〕,略授枣人,以应房选〔12〕。土龙刍狗〔13〕,过则弃之,而池草江枫之句亦复流传近远〔14〕,正如野王之笛〔15〕,伯玉之琴〔16〕,虽惬时赏〔17〕,匪我思存耳〔18〕。既榛薮流离〔19〕,漂泊江海,尝偶偕一二同人浪游吴越间〔20〕,布帆所至,后生辈啧啧称道。某君曰:“此时文名家也〔21〕。”仆闻之,颇内自愧悔,以为时文末技耳〔22〕,胡乃让他人浪得名〔23〕。曩使仆肯降心为之〔24〕,何讵不若某君〔25〕?然往事如梦,不堪回首。荒落之春〔26〕,以苫块流寓白门〔27〕,偶邂逅春縠诸子,厥有旧江之役[28]。于是键帷授经业[29]，扫除一切闻见[30]，而社集每旬必再举，仆因随诸子之后，偶一为之。阿婆涂抹[31]，孩儿倒棚[32]，几不顾薛逢、苗振之诮。久之，笔墨酣恬，欲歌欲舞，兴会感触，是不一端[33]。或清晓乌声[34]，好风徐度；或北窗交荫，永昼绿函[35]；或凉月半床，梦回酒醒，中宵拊枕[36]，咄咄闻鸡[37]；或空江停立，阒其无人[38]，怅望夕阳，怆然涕下，大都如癡如诙[39]。举生平英雄气、儿女情，悉销磨于无可奈何之八股，故其为言谬悠而荒唐[40]，参差而连犿[41]。浃岁之间[42]，得文累百，有莫知其然而然者，殆所谓谁为为之，孰令听之者耶？集既成而难其名，初名为《痴草》，以其稍类借书还书之智。继命为《眯草》[43]，盖采南华师金之语。已乃定为《逋草》，"逋"则逋矣，其义安居？或曰："逋者，逃也。闲而无事，逃之于文。"或曰："逋者，逸也。身为逸民，则言为逸书。"或曰："逋者，负也、补也。"乡者[44]，卤莽之役，八股似有不释然于予者，宿负未偿[45]，以此补之。

【注释】

〔1〕选自清黄周星《九烟先生遗集》卷一。

〔2〕举子业：即举业，为应科举考试而准备的学业，明清时专指八股文。

〔3〕不与(yù)：不相干，没有关系。

〔4〕唐之八句：指唐代律诗，近体诗的一种，成熟于唐代。格律严密，分五言、七言两种，以八句为标准，要求二、四、六、八句押韵，中间两联对仗。

〔5〕晨夕圭瓮：形容住房简陋。晨夕，时时。圭瓮，借指贫寒之家，圭指圭窬(yú)，像圭的形状一样上端为正方形、下端为正方形的小门。瓮即瓮牖(yǒu)，用破瓮做的窗。《礼记·儒行》："儒有一亩之宫，环堵之室。筚门圭窬，蓬户瓮牖。易衣而出，并日而食。"

〔6〕帖括：原指唐代明经科考生编就的记诵帖经的歌诀，明清时泛指科举应试文章。

〔7〕社筒试牍(dú)：社筒，指参与诗社并作诗。社，此指诗社。筒，竹管，古时将竹筒劈开作为写字的简。试牍，即试卷，此指写作科举应试文章。

〔8〕或穷年不挂毫缣（jiān）：除了诗社作诗、写作应试八股文以外，有的人一年都不会用毛笔和缣帛写作。穷，尽。挂，上色、涂抹。毫，指毛笔。缣，双丝制成的细绢。

〔9〕酉、辰两役：指黄周星参与的癸酉年、庚辰年科举考试。酉，即明思宗崇祯六年癸酉（1633），黄周星于当年乡试中举。辰，即崇祯十三年庚辰（1640），黄周星中进士。

〔10〕食卤莽之报：《庄子·则阳》："君为政焉勿卤莽，治民焉勿灭裂。昔予为禾，耕而卤莽之，则其实亦卤莽而报予；芸而灭裂之，其实亦灭裂而报予。"形容做事草率粗疏，就会获得草率的结果。食，接受。本句为黄周星自谦，虽然作文粗疏，但仍获得了科举功名。

〔11〕因简客笥（sì）所携数十艺：简，通"柬"，选择。客笥，即行李，笥，用竹、苇编制的盛衣物用的箱子。艺，文章。因此挑选旅居行李中携带的数十篇文章。

〔12〕略授枣人，以应房选：枣人，此处指刻书人或书坊。枣木坚硬细腻，常用于刻书，故称。房选，即房稿、房书，明清十八房进士平日所作八股文选集。

〔13〕土龙刍（chú）狗：《三国志·蜀书·杜微传》："亮（诸葛亮）又与书答曰：'曹丕篡弑，自立为帝，是犹土龙刍狗之有名也。'"土做的龙，草扎的狗，比喻名实不符。

〔14〕池草江枫之句：池草，即谢灵运《登池上楼》："池塘生春草，园柳变鸣禽。"江枫，即张继《枫桥夜泊》："月落乌啼霜满天，江枫渔火对愁眠。"

〔15〕野王之笛：形容人擅长吹笛。《晋书·桓伊传》："（桓伊）善音乐，尽一时之妙……（王）徽之便令人谓伊曰：'闻君善吹笛，试为我一奏。'伊是时已贵显，素闻徽之名，便下车，踞胡床，为作三调，弄毕，便上车去。"桓伊，字叔夏，小字子野、野王。

〔16〕伯玉之琴：指名贵之琴。典用陈子昂（字伯玉）买价百万之琴，却毁之以扬名的事迹，见计有功《唐诗纪事》卷八"陈子昂"条。

〔17〕虽惬时赏：虽然符合当时的鉴赏风尚。惬，合适、符合。

〔18〕匪我思存：《诗经·郑风·出其东门》："出其东门，有女如云。虽则如云，匪我思存。"匪，不是。思存，思念。此处意为不是我追慕挂念的东西。

〔19〕榛燹（xiǎn）流离：形容遇到战争而流转离散，此处指遭遇明清易代之际的战乱。榛，丛生的树木。燹，兵火、祸患。

〔20〕尝偶偕一二同人浪游吴越间：同人，志同道合的朋友。浪游，漫游、四方游荡。

〔21〕时文：当时流行的应对科举考试的文体，明清时特指八股文。

〔22〕末技：不足道的小技艺。

〔23〕胡乃让他人浪得名：怎么让别人随意地获得美名。胡乃，即何乃，怎能。浪，随意、轻率。

〔24〕曩（nǎng）使仆肯降心为之：从前假若我愿意平抑心气写作时文。曩，从前。降心，平抑心气。

〔25〕何讵（jù）：同“何遽”，如何，怎么。

〔26〕荒落之春：荒落，即大荒落，岁阴名，太岁纪年法中太岁运行到地支“巳”方位的那一年。此处指崇祯十四年辛巳（1641），当年春天黄周星养父周逢泰去世。

〔27〕以苫（shān）块流寓白门：苫块，古代居丧之礼，父母去世后孝子以草垫为坐席，以土块为枕头，苫，草垫子。《仪礼·丧服》：“寝苫枕块。”白门，江苏南京的别名，六朝建康城的南门为宣阳门，俗称白门，故名。该句意指因为居父母之丧而流落南京。

〔28〕厥有旧江之役：厥，助词。旧江，虬江的旧称，指古吴淞江河道。此处指黄周星与友人同游虬江。

〔29〕键帷：闩上门并放下室内悬挂的帷幕。

〔30〕闻见：所闻所见，此处指借由感官直接获得的感性认识。

〔31〕阿婆涂抹：比喻随意提笔作文。王定保《唐摭言》卷三“慈恩寺题名游赏赋咏杂纪”条：“薛监（逢）晚年厄于宦途，尝策羸赴朝，值新进士榜下，缀行而出。时进士团所由辈数十人，见逢行李萧条，前导曰：‘回避新郎君！’逢輾然，即遣一介语之曰：‘报道莫贫相，阿婆三五少年时，也曾东涂西抹来。’”

〔32〕孩儿倒绷（bēng）：绷，同“绷”。比喻在熟悉的事情上犯了不该犯的错误。魏泰《东轩笔录》：“苗振以第四人及第。既而召试馆职，一日谒晏丞相。晏语之曰：‘君久从吏事，必疏笔砚。今将就试，宜稍温习也。’振率然答曰：‘岂有三十年为老娘而倒绷孩儿者乎！’”两个典故连用，表达了黄周星对自己作文水平的谦虚。

〔33〕是不一端：的确不止一个方面。

〔34〕清晓乌声：天刚亮时乌鸦的叫声。

〔35〕北窗交荫，永昼绿函：北边的窗户绿荫交错，整个漫长的白天都能看到青翠的颜色。

〔36〕拊（fǔ）枕：拍打枕头。表示内心充满愁绪。

〔37〕咄（duō）咄闻鸡：咄咄，表示感慨。闻鸡，听到鸡叫，指黎明时分。

〔38〕阒（qù）其无人：寂静无人。

〔39〕如寱（yì）如诙：好像在梦中戏谑谈笑。寱，同“呓”，说梦话。诙，戏谑、诙谐。

〔40〕谬悠：荒诞无稽。

〔41〕连犿（fān）：宛转貌，相从貌。

〔42〕浃（jiā）岁：一年，经年。浃，周匝。

〔43〕眯（mí）：物入目中，模糊视线。后文云“盖采南华师金之语”，说明此名典出《庄子·天运》：“夫播糠眯目，则天地四方易位矣。”用以比喻被外物蒙蔽而迷失方向。

〔44〕乡者：即“向者”，从前。

〔45〕宿负：从前所亏欠的。

【评析】

《逋草》一卷，收录于《黄九烟先生诗文杂钞》，有清康熙年间刻本。本文即黄周星为《逋草》所作序，文章主要阐述了黄周星自编文集的缘由和将文集命名为“逋草”的原因。黄周星主张性情说，批判当时文坛的时文风尚，认为时文均为应试之作，不能表达作者性情，而“文章不朽，必本性情”。因此，当黄周星流寓南京以教书为生后，参与文社，随性作文，“兴会感触，是不一端”，以所作文章编辑成文集。命名文集又经过一番纠结，最后以遗民之义命名为“逋草”，有着鲜明的身份意识。黄周星其文用典古奥而出新，如“正如野王之笛，伯玉之琴，虽惬时赏，匪我思存耳”，反用典故，以为时兴者不能流传千古，颇耐人寻味。同时善于利用形式整饬的排比句，如“或清晓鸟声，好风徐度；或北窗交荫，永昼绿函；或凉月半床，梦回酒醒，中宵拊枕，咄咄闻鸡；或空江停立，阒其无人，怅望夕阳，怆然涕下”，描绘了不同时间、地点借景抒情的画面，节奏鲜明，增强了文章的气势和感染力。

归　庄

归庄(1613—1673),字玄恭,一字尔礼,号恒轩,明亡后改名祚明,晚年又号归藏、归妹、悬弓、圆照、园公、普明头陀、鏖鏊钜山人,明末清初江南昆山(今属江苏苏州)人。归有光曾孙,明诸生。曾参加复社,求学于张溥,后又从钱谦益学。性格恣意不羁,嗜酒如命,与顾炎武善,人称"归奇顾怪"。清顺治二年(1645)于昆山参加抗清活动,事败后乔装僧人亡命山中。后结庐于归家祖坟侧,以授徒为生。善书画,能诗文。诗多谈国事,愤世嫉俗,明亡后则嗜作出游赏花诗,以佯狂玩世之笔,写国破家亡之痛。其文亦受到归有光影响,推崇唐宋派。以《万古愁》一曲闻天下,著有《恒轩诗集》《山游诗》等。

跋登楼赋[1]

余自旃蒙作噩之后[2],往往以客为家[3],然东西南北,谁是我家者?即不出户庭[4],亦时有逆旅之叹[5]。丙午正月十二日[6],书此赋于丙舍之万家基[7],虽桑梓依然,不敢云我土也[8]。所不同于王仲宣者[9],无楼之可登,无刘荆州之可依耳[10]!

【注释】

〔1〕选自清归庄《归玄恭先生年谱》不分卷。

〔2〕旃(zhān)蒙作噩:太岁纪年法之名,岁星在十天干中位于乙,在十二地支中位于酉,指清顺治二年乙酉(1645)。旃蒙,岁阳名,乙的别称。作噩,太岁名,酉的别称。

〔3〕客:寄居,旅居。

〔4〕户庭:庭院,此指家门。

〔5〕逆旅：旅居，此处比喻流落他乡、漂泊无依之感。

〔6〕丙午正月十二日：清康熙五年正月十二日，即公元1666年2月15日。

〔7〕丙舍之万家基：丙舍，指墓地上的房屋。万家基，原为归有光陵墓所在地，建有守墓人所居房屋，位于昆山县城迎薰门内，清顺治十五年（1658）归庄赎回并居住于此，又撰有《万家基记》以记之。

〔8〕虽桑梓依然，不敢云我土也：桑梓，典出《诗·小雅·小弁》："维桑与梓，必恭敬止。"后借指故乡。本句意为虽然故乡人事依旧，但不敢说是我的家乡。暗示已经国破家亡，家乡沦为异族统治之地。

〔9〕王仲宣：王粲（177—217），字仲宣，东汉末年山阳高平（今山东微山）人。建安七子之一，博学多识，诗文闻名一时，《登楼赋》作者。今辑有《王侍中集》。

〔10〕无刘荆州之可依：刘荆州，即刘表（142—208），字景升，东汉末山阳高平人，西汉鲁恭王刘余之后，汉献帝初平元年（190）为荆州刺史，据荆州二十余年。东汉末朝廷征辟王粲为黄门侍郎，王粲因西京洛阳政局不稳定，不就，前往荆州投奔刘表。见《三国志·魏书·王粲传》。

【评析】

《登楼赋》，东汉王粲作，抒发其乱世长期客居他乡、怀才不遇的抑郁苦闷之情。归庄身为明朝遗民，颇觉王粲身世与自己具有相似之处，因而将自己与王粲作比。本文短小精悍，以寥寥数语直抒胸臆，借王粲登楼的典故，抒发作者自己的孤愤沉痛之情。开篇表达自己长期客居他乡的思乡之情与无家可归的悲凉之叹。但其后的"虽桑梓依然，不敢云我土"，则将思乡之情扩大到明清易代的国破家亡之痛。归庄一直谋求反清复明，失败后剃发为僧四处逃亡，最终仍坚持以遗民身份隐居终老，其中痛楚与辛酸，比之王粲有过之而无不及，故慨叹"无刘荆州之可依"，是表达自己在颠沛流离的反清斗争中，并无英明的领导者可以跟随，只能自己勉力支撑，而最终难逃失败之结局的无奈与绝望。

顾炎武

顾炎武(1613—1682),初名绛,更名继坤,后仍名绛,字忠清,明亡后改名炎武,字宁人、石户,号亭林,自署蒋山佣,学者尊称亭林先生。明末清初昆山(今属江苏苏州)人。明诸生。青年时加入复社,明亡后积极奔走参与抗清行动,皆未果,后游历南北。清康熙十七年(1678)诏举博学鸿词科、荐修《明史》,不就。晚年卜居华阴(今陕西华阴),卒于山西曲沃(今属山西临汾)。与归庄并称"归奇顾怪"。倡实学以救空疏之弊,开清代朴学之风。主张经世致用,提出"文须有益于天下"。识高学博,著作宏富,以《日知录》《天下郡国利病书》《古音表》等为代表。《清史稿》有传。

初刻日知录自序〔1〕

炎武所著《日知录》,因友人多欲钞写,患不能给,遂于上章阉茂之岁刻此八卷〔2〕。历今六七年,老而益进,始悔向日学之不博,见之不卓〔3〕,其中疏漏往往而有,而其书已行于世,不可掩。渐次增改,得二十余卷,欲更刻之,而犹未敢自以为定,故先以旧本质之同志〔4〕。盖天下之理无穷,而君子之志于道也,不成章不达〔5〕。故昔日之得,不足以为矜;后日之成,不容以自限〔6〕。若其所欲明学术,正人心,拨乱世,以兴太平之事,则有不尽于是刻者,须绝笔之后,藏之名山〔7〕,以待抚世宰物者之求〔8〕,其无以是刻之陋而弃之则幸甚!

【注释】

〔1〕选自清顾炎武《亭林文集》卷二。

〔2〕上章阉茂之岁：即庚戌年，清圣祖康熙九年，公元1670年。上章，十天干中“庚”的别称；阉茂，十二地支中“戌”的别称，均用以纪年。

〔3〕卓：高，出众。

〔4〕质：通“贽”，原指拜见长辈时奉上的见面礼。此处表示尊称，指送给志同道合的人。

〔5〕君子之志于道也，不成章不达：见《孟子·尽心上》。有德行的人想要掌握事物的规律，必须先踏实积累，发展到一定阶段时才能通达。成章，杨伯峻注《孟子》曰：“事物达到一定阶段，具一定规模，则可曰成章。”

〔6〕自限：《论语·雍也》：“冉求曰：‘非不说子之道，力不足也。’子曰：‘力不足者，中道而废，今女画。’”即画地自限，形容自我禁锢，不求突破。

〔7〕藏之名山：司马迁《报任少卿书》：“仆诚以著此书，藏诸名山，传之其人，通邑大都，则仆偿前辱之责。”指书成后先不刊布，以待后人。

〔8〕抚世宰物者：指当政者、掌权者。

【评析】

《日知录》三十二卷，为顾炎武所撰学术札记的集合，是其代表作之一。内容广博，分为上、中、下三篇，上篇经术，中篇治道，下篇博闻，天文地理，无所不包。书中以明道、经世为宗旨，表达了作者的学术和政治思想，考证精详，议论切要，对清代朴学风气的形成具有重要影响。其自序首叙刊刻之缘由，旧钞本供不应求，故先刊刻八卷广为传布。而今作者秉持“老而益进”的态度，不断对书稿进行订补和修改，有一定成果，但仍不敢直接刊刻，只得先以旧刊本赠予友人。作者对自己的成就保持谦虚态度，以为“故昔日之得，不足以为矜；后日之成，不容以自限”，又当“绝笔之后，藏之名山，以待抚世宰物者之求”。文章情真意切，语言精简，用寥寥数语点明本书之主旨是为“明学术，正人心，拨乱世以兴太平”，同时体现了作者谦虚严谨的治学精神。

余 怀

余怀(1616—1696),字澹心,一字无怀,号曼翁、壶山外史、寒铁道人,晚年自号鬘持老人,明末清初莆田(今属福建)人,寓居江宁(今江苏南京),故自称江宁人。明末曾参与复社活动,秘密反清。入清后拒不出仕,漂泊流离多年后移居苏州。与曹溶、冒襄等人友善,博学而工诗,其诗清绮而凄丽,与杜濬、白梦鼐齐名,人称“余杜白”,谐音“鱼肚白”。又有砚癖,家藏砚台甚富。笔耕不辍,著作丰富,以《甲申集》《江山集》《三吴游览志》《玉琴斋集》《余澹心集》《外轩稿》《板桥杂记》等为代表。

板桥杂记序[1]

或问余曰:“《板桥杂记》何为而作也[2]?”余应之曰:“有为而作也[3]!”或者又曰:“一代之兴衰,千秋之感慨,其可歌可录者何限[4],而子惟狭邪之是述[5],艳冶之是传[6],不已荒乎[7]?”余乃听然而笑曰[8]:“此即一代之兴衰、千秋之感慨所系,而非徒狭邪之是述[9]、艳冶之是传也。金陵古称佳丽地[10],衣冠文物盛于江南,文采风流甲于海内。白下青溪[11],桃叶团扇[12],其为艳冶也多矣!洪武初年,建十六楼以处官妓[13]:淡烟、轻粉、重译、来宾……称一时韵事。自时厥后[14],或废或存,迨至三百年之久[15]。而古迹浸湮,所存者惟南市、珠市及旧院而已[16]。南市者,卑屑妓所居[17];珠市间有殊色;若旧院,则南曲名姬、上厅行首皆在焉[18]。余生也晚,不及见南部之烟花[19]、宜春之弟子[20]。而犹幸少长承平之世,偶为北里之游[21]。长板桥边[22],一吟一咏，顾盼自雄[23]。所作歌诗，传诵诸姬之口，楚、润相看[24]，态、娟互引[25]，余亦自诩为平安杜书记也[26]。鼎革以来，时移物换。十年旧梦，依约扬州[27]；一片欢场[28]，鞠为茂草[29]。红牙碧串[30]，妙舞清歌，不可得而闻也；洞房绮疏[31]，湘帘绣幕[32]，不可得而见也；名花瑶草，锦瑟犀毗[33]，不可得而赏也。间亦过之，蒿藜满眼[34]，楼馆劫灰[35]，美人尘土。盛衰感慨，岂复有过此者乎！郁志未伸，俄逢丧乱，静思陈事，追念无因。聊记见闻，用编汗简[36]，效《东京梦华》之录[37]，标崖公蚬斗之名[38]。岂徒狭邪之是述、艳冶之是传也哉！”客跃然而起，曰：“如此，则不可以不记。”于是作《板桥杂记》。

【注释】

〔1〕选自清余怀《板桥杂记》。

〔2〕何为：为什么。

〔3〕有为：有缘故。

〔4〕何限：多少，几何。

〔5〕而子惟狭邪之是述：但你只是记叙妓院之事。狭邪，又作“狭斜”。原为少年歧路冶游之意。由于妓院多在小街曲巷等偏狭之处，后称狎妓饮酒为狭斜游。

〔6〕艳冶：形容女子艳丽妖冶，此指妓女。

〔7〕荒：空虚。

〔8〕听（yǐn）然：笑貌。

〔9〕徒：仅仅，只是。

〔10〕金陵古称佳丽地：谢朓《入朝曲》：“江南佳丽地，金陵帝王州。”

〔11〕白下青溪：郭茂倩《乐府诗集》卷四十七《青溪小姑曲》：“开门白水，侧近桥梁。小姑所居，独处无郎。”白下，南京古称。青溪，水名，在今南京，发源于钟山。青溪小姑，传说是钟山神蒋子文的第三妹，故称小姑，为青溪女神。宋元嘉中，会稽赵文韶秋夜步月，唱《乌飞曲》，邂逅青溪小姑。见吴均《续齐谐记》。

〔12〕桃叶团扇：即《桃叶歌》《团扇歌》。郭茂倩《乐府诗集》引《古今乐录》：“《桃叶歌》者，晋王子敬之所作也。桃叶，子敬妾名，缘于笃爱，所以歌之。”王子敬，即王献之。桃叶则以《答王团扇歌》回报王献之。相传南京桃叶渡即王献之迎

送桃叶之处。

〔13〕十六楼：明初南京十四处官妓住所与南市、北市两楼的合称。朱元璋定都南京后命建十六座酒楼，并置官妓，以接待四方宾客。周晖《金陵琐事》卷一：“洪武中，建来宾、重译、清江、石城、鹤鸣、醉仙、乐民、集贤、讴歌、鼓腹、轻烟、淡粉、梅妍、翠柳十四楼于南京，以处官妓。”

〔14〕自时厥后：从那时以后。

〔15〕迨至：及至，等到。

〔16〕南市、珠市及旧院：南市，即十六楼中南市楼，位于今南京建邺评事街附近，为低等官妓居住的地方。珠市，在南京内桥旁，亦为等级较低的歌妓聚居处。旧院，明代南京歌妓聚居地，余怀《板桥杂记》言“旧院，人称曲中，前门对武定桥，后门在钞库街”。

〔17〕卑屑：形容妓女丑陋轻贱。

〔18〕上厅行首：官妓中的头牌妓女，也泛指名妓。上厅，官府，代指官妓。行首，上等妓女，妓院中的头牌。

〔19〕烟花：指妓女。

〔20〕宜春之弟子：宜春院妓女，此处指官妓。宜春院，唐代长安宫内官妓居处。

〔21〕北里：唐代长安平康里位于城北，称北里，为妓院所在地。后泛称妓女所居之地。

〔22〕长板桥：原址在南京夫子庙东侧，旧院附近。

〔23〕顾盼自雄：形容得意忘形的样子。《宋书·范晔传》：“跃马顾盼，自以为一世之雄。”

〔24〕楚、润相看：指唐代名妓楚娘、润娘。王定保《唐摭言》卷三曰：“郑合敬先辈及第后，宿平康里，诗曰：‘春来无处不闲行，楚闰相看别有情。好是五更残酒醒，时时闻唤状头声。’楚娘、闰娘，妓之尤者。”《唐摭言》此条出《北里志》附录“郑合敬先辈”条。《北里志》：“楚儿字润娘，素为三曲之尤，而辩慧，往往有诗句可称。”余怀此处应用《唐摭言》事，人名中“闰”字因别本亦作“润”，故称“楚、润相看”。

〔25〕态、娟互引：态，张态。娟，李娟。二人均为唐代苏州名妓。此处泛指名妓。引，拉，挽。

〔26〕平安杜书记：唐代诗人杜牧曾担任淮南节度使牛僧孺的掌书记，人称“杜书记”。淮南多名妓，杜牧风流恣意，常沉湎酒色。辛文房《唐才子传·杜牧》：“牛

相(牛僧孺)收街吏报‘杜书记平安’帖子至盈箧。”

〔27〕十年旧梦,依约扬州:杜牧《遣怀》:“十年一觉扬州梦,赢得青楼薄幸名。”

〔28〕欢场:欢乐的场景。

〔29〕鞠(jū)为茂草:《诗·小雅·小弁》:“踧踧周道,鞠为茂草。”鞠,通“鞫”,穷尽。指道路上长满了杂草,形容衰败荒芜的景象。

〔30〕红牙碧串:红牙,乐器名,檀木制的打节拍的拍板。碧串,拍板上装饰用的碧玉串。

〔31〕绮疏:雕刻空心花纹的精致窗户。

〔32〕湘帘:用湘妃竹做的帘子。

〔33〕犀毗(pí):漆器的别称。

〔34〕蒿藜:蒿草和藜草,泛指杂草、野草。

〔35〕劫灰:本指佛教中劫火的余灰,后用来指战乱或火灾后的灰烬、残垣。

〔36〕汗简:即竹简,古人用来写字的纸片,此处借指著述。

〔37〕《东京梦华》之录:即《东京梦华录》,南宋孟元老所撰笔记小品,是其晚年追忆北宋东京(北宋首都,今河南开封)繁盛情状之作。

〔38〕崖公蚬(xiǎn)斗(dǒu):唐代乐伎分别对皇帝、欢喜的称呼。崔令钦《教坊记》:“诸家散乐,呼天子为‘崖公’,以欢喜为‘蚬斗’。”此处将《板桥杂记》与《教坊记》《东京梦华录》类比,都是追忆国家繁盛情状的书籍。

【评析】

《板桥杂记》三卷,余怀所撰笔记小品集,作于清康熙年间,分为《雅游》《丽品》《轶事》三部分,记录晚明南京世情与文士挟秦淮妓冶游诸事。本序意在阐明该书创作意图和主旨,认为该书为“一代之兴衰、千秋之感慨所系,而非徒狭邪之是述、艳冶之是传也”。希望通过对秦淮诸妓与所居曲院之变化的描写和追忆,表达作者对前朝故国繁华、文士风流的缅怀,以及国破家亡之痛、往事不再之伤。序中叙述金陵十六楼的兴衰,至于“鼎革以来,时移物换。十年旧梦,依约扬州;一片欢场,鞠为茂草”的荒凉破败景象,从前秦淮妓院的兴盛与晚明社会的繁华,最终化为虚影。用典纯熟,文字骈雅清丽,读来一气呵成,情致哀婉,令人陡生感伤之情,回味无穷。

尤 侗

尤侗(1618—1704),字同人,一字展成,号悔庵、艮斋,明末清初江南长洲(今江苏苏州)人。屡试不第,明亡后曾参与文人集社活动,为慎交社的主要发起人之一。清顺治九年(1652)授永平府推官,康熙十八年(1679)举博学鸿词科,官至侍讲,与修《明史》。后辞归,喜与友出游、集会唱和,与吴伟业、龚鼎孳、朱彝尊等清初文坛名人交好。三十八年(1699)康熙皇帝南巡,尤侗献《平朔颂》《万寿诗》,康熙御书“鹤栖堂”赐之。工诗词,诗多咏古伤今和反映社会现实,词则哀柔宛转,抒发个人性情。擅古文,才思敏捷而辞采流丽。又长于戏曲,勤于笔耕,著述丰富,有《西堂杂俎》《艮斋杂说》《看鉴偶评》《鹤栖堂文集》和传奇《钧天乐》、杂剧《读离骚》《吊琵琶》等。《清史稿》有传。

艮斋杂说序[1]

溯书契而计之[2],则六经以下皆说也[3]。然君子语大,天下莫能载焉[4]。立乎上古,以指今日,后有作者,皆其小者矣。汉、唐、宋俱有小说,姑勿论,予纂《明史·艺文志》,至说类约三百七十家。其最多者,陶宗仪《说郛》[5],陆楫《说海》[6],徐武功《前四十家小说》[7],谷神子《后四十家小说》[8],《弇州四部说》[9],其一也。其他丛谭璅语[10],更仆难数[11]。然或博物君子有心撰述,则必仰观天文、俯察地理,近取诸身、远取诸物[12],骋辨于坚白同异[13],钓奇于山海幽深[14]。若是者,仆病未能,且不暇,归田数载[15],耄及健忘[16],酒阑梦觉[17],偶忆生平载籍所传,宾客所话,参以臆见,随笔著录,为挥麈之一助[18],汇而次之,得杂说若干卷，大抵雅俗间出[19]，褒贬不伦[20]，洸洋悠谬[21]，可笑人也。昔欧阳公作《归田录》未成而序先出[22]，神宗亟索观之，公因其中纪述有碍者，删去数十条，又嫌卷帙太少，乃撮取里巷委屑、戏笑不急之事以足之[23]。予之此书，将无同与[24]？然则曷名乎《杂说》[25]？吾夫子赞《易》有《说卦传》焉，有《杂卦传》焉，合而言之，是为《杂说》。

康熙庚午冬至日[26]，长洲尤侗自序。

【注释】

〔1〕选自清尤侗《艮斋杂说》。

〔2〕遡（sù）：追溯，推求本原。

〔3〕说：古代文体的一种，阐释义理、纂辑杂论、讲述故事的论说体和叙事体文章。

〔4〕君子语大，天下莫能载焉：语出《礼记·中庸》。君子所说的“大”，大至整个天下都不能承载。

〔5〕陶宗仪《说郛》：《说郛》原书一百卷，陶宗仪撰，成书于元代，为私人纂辑大型丛书之一，汇录汉魏六朝至宋元诸家笔记，内容包罗万象，今传涵芬楼排印张宗祥校明抄《说郛》一百卷，乃经重编而成，已非原貌。陶宗仪（1316—？），字九成，号南村，元末明初浙江黄岩（今属浙江台州）人，元末因避兵乱侨居松江南村，因以自号，入明后任教官，辑《说郛》《书史会要》，自著书则有《南村诗集》《南村辍耕录》。

〔6〕陆楫《说海》：《古今说海》一百四十二卷，陆楫纂辑，我国最早专收小说的丛书，作于明世宗嘉靖年间，收书135种，多为小说、传奇和志怪故事，以唐宋作品为主，现存最早的为明嘉靖二十三年（1544）云间陆氏俨山书院刊本。陆楫（1515—1552），字思豫，明代松江（今上海）人，陆深子，有《蒹葭堂稿》。

〔7〕徐武功《前四十家小说》：《前四十家小说》，全书四十卷，朱睦㮮《万卷堂书目》著录。徐武功，即徐有贞（1407—1472），初名珵，字元玉，号天全，明代吴县（今江苏苏州）人，明宣宗宣德八年（1433）进士，明英宗正统十四年（1449）土木堡之变后改名有贞，明代宗景泰年间拥护英宗复辟，因封武功伯兼华盖殿大学士，故称“徐武功”，未几下狱，戍金齿又赦还，有《武功集》《史断》。

〔8〕谷神子《后四十家小说》：朱睦㮮《万卷堂书目》载："《中四十家小说》四十卷（谷神子）。"谷神子，未知何人，或为托名而作，与撰写《博异记》的唐代谷神子（考为郑还古）并非同一人。

〔9〕《弇州四部说》：即王世贞《弇州四部稿》"说部"，收录笔记著作七种。

〔10〕丛谭璅（suǒ）语：丛谭，同"丛谈"，杂谈。璅语，同"琐语"，一种记述逸闻琐事的文章体裁。

〔11〕更仆难数：《礼记·儒行》："遽数之不能终其物，悉数之乃留，更仆未可终也。"形容事物之多不能胜数。

〔12〕仰观天文、俯察地理，近取诸身、远取诸物：《易·系辞下》："古者包犧氏之王天下也，仰则观象于天，俯则观法于地，观鸟兽之文，与地之宜，近取诸身，远取诸物，于是始作八卦，以通神明之德，以类万物之情。"

〔13〕骋辨于坚白同异：骋辨，纵情辩论。坚白同异，指战国时"离坚白"和"合同异"两种辩论倾向，前者代表为公孙龙，强调事物的差异性；后者代表为惠施，强调事物的同一性。

〔14〕钓奇：《史记·吕不韦列传》："吕不韦取邯郸诸姬绝好善舞者与居，知有身。子楚（秦庄襄王）从不韦饮，见而说之，因起为寿，请之。吕不韦怒，念业已破家为子楚，欲以钓奇，乃遂献其姬。姬自匿有身，至大期时，生子政。子楚遂立姬为夫人。"指倚仗稀有的东西获取巨额利益。

〔15〕归田：辞官归乡。

〔16〕耄（mào）：年老。

〔17〕酒阑梦觉：酒阑，酒筵将尽，阑，残、尽。梦觉，梦醒。

〔18〕挥麈：刘义庆《世说新语·容止》："王夷甫容貌整丽，妙于谈玄，恒捉白玉柄麈尾，与手都无分别。"又《晋书·王戎传》附《王衍传》："妙善玄言，唯谈老、庄为事。每捉玉柄麈尾，与手同色。"原以形容王衍清谈时常手持拂尘，后即指代清谈。

〔19〕间出：杂出，掺杂。

〔20〕不伦：即不伦不类，形容不规范。

〔21〕洸（guāng）洋悠谬：洸洋，原指水无边无际的样子，后比喻言辞恣肆。悠谬，荒谬。

〔22〕昔欧阳公作《归田录》未成而序先出：欧阳修于宋英宗治平四年（1067）以前撰成笔记《归田录》二卷，多载当时朝廷逸闻轶事。王明清《挥麈后录》卷一

载:“欧阳公《归田录》初成未出,而序先传,神宗见之,遽命中使宣取。时公已致仕在颍州,以其间所记述有未欲广者,因尽删去之。又恶其太少,则杂记戏笑不急之事,以充满其卷帙。既缮写进入,而旧本亦不敢存。今世之所有皆进本,而元书盖未尝出之也。”

〔23〕不急:无关紧要,不紧急。

〔24〕将无同:刘义庆《世说新语·文学》:“阮宣子有令闻,太尉王夷甫见而问曰:‘老、庄与圣教同异?’对曰:‘将无同?’”指恐怕相同。将,岂,难道。

〔25〕曷(hé):怎么。

〔26〕康熙庚午:即清圣祖康熙二十九年,公元1690年。

【评析】

《艮斋杂说》十卷(其中《杂说》六卷、《续说》四卷),为尤侗辞官归田后所作笔记小说集。本序阐明作者写书缘由与内容主旨、命名原因。首叙“说”类源流,说明该书与其他小说的差异,指明自己的目的并非如前代归入“说类”的书籍一样求全,而是着重于“偶忆生平载籍所传,宾客所话,参以臆见,随笔著录”,追忆自己所见所闻,内容广博,涉及经史、典故、诗词、名物、器用、技艺、掌故等。进而以欧阳修的《归田录》自比,说明了自己的选录特点为“雅俗间出,褒贬不伦”,掺杂诸多野史逸闻,不能以学术著作的标准苛责之。尤侗善于化用典故,如“仰观天文、俯察地理,近取诸身、远取诸物”,将《易·系辞下》的语句巧妙地化用到文章中,表明小说家知识之渊博与繁富。尤侗亦善于以骈词俪句入文,对称工整,声律和谐,语言平实而富有意趣。

陈维崧

陈维崧(1625—1682),字其年,号迦陵,江苏宜兴人。明末四公子之一陈贞慧之子,陈贞慧卒后,家道中落,陈氏家族受到仇家威胁,陈维崧被迫背井离乡,辗转至如皋(今属江苏)依附冒襄数年。少有才名,以骈文著称,汪琬称曰:“唐以前不敢知,自开宝后七百年,无此等作矣!”词则凌厉豪放,以苏、辛为宗,为阳羡词派领袖。与吴兆骞、彭师度并称“江左三凤凰”。又与朱彝尊善,并称“陈朱”或“朱陈”,合刻《朱陈村词》。清康熙十八年(1679)举博学鸿词科,授翰林院检讨,与修《明史》,未成而卒。有《两晋南北史集珍》《妇人集》《湖海楼诗集》《陈迦陵文集》《陈检讨四六》传世。《清史稿》有传。

余鸿客金陵览古诗序〔1〕

原夫珠囊入汉〔2〕,嬴秦凿淮水之年〔3〕;玉玺归袁〔4〕,孙策拜丹阳之守〔5〕。六朝宫阙,尽属台城〔6〕;四姓衣冠〔7〕,半居板渚〔8〕。若夫西曲之子弟〔9〕,处处貂蝉〔10〕;南渡之君臣,篇篇金粉〔11〕。卫洗马永嘉名士〔12〕,实始过江;王始兴江表重臣〔13〕,用先开府〔14〕。缘夫讨逆将军以后〔15〕,溯厥钟山隐士之前〔16〕。临春结绮〔17〕,以及后主之澄心〔18〕;《读曲》《乌啼》〔19〕,爰暨南唐之小令〔20〕。是曰妖浮之极致〔21〕,允为艳冶之大凡〔22〕。况夫青丝白马,地界寿阳〔23〕;虎踞龙盘,镇连姑孰〔24〕。江通荆益,南兖州既戍接滑台〔25〕;星是女牛〔26〕,小长干复山回幕府〔27〕。四百八十寺,冶号梅根〔28〕;三万六千场,桁名竹格〔29〕。然而南风不竞〔30〕,难以称雄;北帅有人,自然飞渡〔31〕。王敦祖约〔32〕,时忧跋扈之强藩；国宝佃夫[33]，恒患荒淫之贵近。周公瑾之不作[34]，吕子明之已亡[35]。殿上则金莲步步[36]，非无今昔之悲；江头则铁锁年年[37]，不乏废兴之恨。此则城称旧内[38]，定许销魂；客到新亭[39]，惟工流涕。于是路出乌衣[40]，惟多枯树；桥经红板[41]，止剩荒台。明山绍之山园[42]，雷次宗之学舍[43]，竟陵王读书之邸[44]，贞阳侯跃马之场[45]，潘妃酤酒阅武堂前[46]，孔嫔飞笺望仙阁后[47]，无不眷此飘风，鞠为茂草[48]。百年社稷，徐仆射所以悲哀[49]；满目关山，刘宾客因而悼叹[50]。何常不愁攀玉树，泣上铜街[51]，拊钿瑟以舒情[52]，托银筝而叙恨者乎[53]？君也人如张耳，偶赘外黄[54]；父是肩吾，聿生小庾[55]。属在乱离之后[56]，矧当谣诼之辰[57]，用吟眺以摅愁[58]，乃踌躇而吊古。李广对军中之簿[59]，今何时乎？江淹上狱中之书[60]，君其是矣。

【注释】

〔1〕选自清陈维崧《陈检讨集》卷三。

〔2〕珠囊入汉：珠囊，指五星。《史记·天官书》："汉之兴，五星聚于东井。"指汉初五星同舍的现象，被视作汉灭秦政的预言。五星同舍，五大行星运行到同一个星宿中，古人视之为吉祥之兆。

〔3〕嬴秦凿淮水之年：嬴秦，秦为嬴姓，故称。《三国志·吴书·张纮传》："纮建计宜出都秣陵，(孙)权从之。"裴松之注引《江表传》曰："纮谓权曰：'秣陵，楚武王所置，名为金陵。地势冈阜连石头，访问故老，云昔秦始皇东巡会稽经此县，望气者云金陵地形有王者都邑之气，故掘断连冈，改名秣陵。今处所具存，地有其气，天之所命，宜为都邑。'"秦始皇命令掘断之处即为淮水(今秦淮河)。

〔4〕玉玺归袁：《三国志·吴书·孙破虏讨逆传》裴松之注引《吴书》："(孙)坚入洛，扫除汉宗庙，祠以太牢。坚军城南甄官井上，旦有五色气，举军惊怪，莫有敢汲。坚令人入井，探得汉传国玺，文曰'受命于天，既寿永昌'，方圜四寸，上纽交五龙，上一角缺。初，黄门张让等作乱，劫天子出奔，左右分散，掌玺者以投井中。"又引《山阳公载记》曰："袁术将僭号，闻坚得传国玺，乃拘坚夫人而夺之。"其后汉传国玺落入袁术手中。

〔5〕孙策拜丹阳之守：《三国志·吴书·孙破虏讨逆传》载，孙坚去世后，“(孙)策舅吴景，时为丹杨太守，策乃载母徙曲阿，与吕范、孙河俱就景，因缘召募得数百人。兴平元年，从袁术。术甚奇之，以坚部曲还策”。又，孙策攻破会稽后，“策自领会稽太守，复以景为丹杨太守，以孙贲为豫章太守”。知其时丹阳太守为吴景，而孙策未尝任丹阳守，此处用典有误。

〔6〕台城：六朝时称禁城为台城，故址位于今南京鸡鸣山南。

〔7〕四姓衣冠：永嘉南渡四大家族(王、谢、桓、庾)。衣冠，指魏晋南北朝时士以上的服装，此用以指代士族。

〔8〕板渚(zhǔ)：即板城渚口，古津渡名，故址在今河南荥阳汜水镇东北。此处比喻南渡士族多居住于秦淮河畔。

〔9〕西曲：古代乐府《清商曲》的一部，原为荆、郢、樊、邓(今湖北一带)的民歌，东晋后被采入乐府。此处借指显贵的士族。

〔10〕貂蝉：貂蝉冠，古代显贵大臣佩戴的以貂尾和蝉形冠饰为装饰的冠冕。

〔11〕金粉：比喻繁华绮丽的生活。

〔12〕卫洗马永嘉名士：即卫玠(286—312)，字叔宝，西晋河东安邑(今山西运城)人。西晋末年，因避祸移居建邺(今江苏南京)。曾官太子洗马，故称。善谈玄理，美姿容，所至之处观者如堵，卫玠体弱多病，因劳疾卒，时人谓之“看杀卫玠”。永嘉，西晋怀帝司马炽年号(307—313)。

〔13〕王始兴江表重臣：即王导(276—339)，字茂弘，东晋琅琊临沂(治所在今山东临沂)人。西晋灭亡后，协助司马睿建立东晋，任丞相，号称“仲父”。王氏族人多身居要职，时称“王与马，共天下”。东晋明帝司马绍即位后，封始兴郡公，故称“王始兴”。江表，指长江以南地区。

〔14〕用：于是，因而。

〔15〕讨逆将军：孙策(175—200)，字伯符，东汉末吴郡富春(今属浙江杭州)人。孙坚子，孙权兄。在江东地区建立政权，汉献帝建安二年(197)，曹操表为讨逆将军，封吴侯。

〔16〕溯厥钟山隐士之前：溯厥，回想，推求。钟山隐士，即李煜(937—978)，初名从嘉，字重光，号钟隐，自称钟山隐士、莲峰居士等，五代徐州(今属江苏)人，一说湖州(今属浙江)人，李璟第六子，宋太祖建隆二年(961)继位南唐国主，世称李后主。亡国后被俘至汴京，封违命侯，宋太宗太平兴国三年(978)被鸩杀。集已佚，后

人辑李煜与其父李璟词合刻为《南唐二主词》。

〔17〕临春结绮：指临春阁、结绮阁。《南史·张贵妃传》："（南朝陈）至德二年，乃于光昭殿前起临春、结绮、望仙三阁，高数十丈，并数十间。"

〔18〕后主之澄心：指澄心堂，南唐内廷宫殿之一，南唐后主李煜命工匠于澄心堂造纸，名贵稀有，受到高度赞誉。澄心堂故址在今南京内桥北。

〔19〕《读曲》《乌啼》：《读曲》，六朝乐府清商曲辞名，南朝宋时期产生于民间，为无伴奏的徒歌。《乌啼》，即《乌夜啼》，乐府清商曲辞名，后发展为唐代教坊曲名，南唐后主李煜用作词牌名。

〔20〕爰（yuán）暨南唐之小令：爰，于是。暨，至、到。小令，此处泛指较为短小的词。

〔21〕妖浮：妩媚而轻佻。

〔22〕允为艳冶之大凡：允，果真。大凡，总括。

〔23〕况夫青丝白马，地界寿阳：《梁书·侯景传》："普通中，童谣曰：'青丝白马寿阳来。'后（侯）景果乘白马，兵皆青衣。"事并见《南史·侯景传》。指南朝梁时侯景从寿阳起兵叛乱。

〔24〕镇连姑孰：东晋明帝太宁元年（323），王敦、桓温为把握朝政大权，集合军队移镇姑孰。见《晋书·王敦传》《晋书·桓温传》。姑孰，治所在今安徽省当涂县。

〔25〕南兖州既戍接滑台：南兖州，东晋元帝立于京口（今江苏镇江），明帝移治广陵县（今江苏扬州），其后治所无定处，东晋末年始定治广陵县，南朝宋武帝永初元年（420）改名南兖州，南朝宋文帝元嘉二十二年（445）前管辖范围大致为江北淮南、黄淮间的徐、兖、青、冀等州，与滑台城（在今河南滑县东）接近，时常派兵支援滑台，故称"戍接滑台"。元嘉七年（430）檀道济时任南兖州刺史，率军北伐攻占滑台，不久不敌魏军，滑台沦陷。元嘉二十七年（450），宋军再度北伐，王玄谟率军攻滑台不克，匆忙撤退，此后南朝宋疆域一再往南后撤，再未涉足滑台。见《宋书·文帝本纪》。

〔26〕星是女牛：女、牛，星名，均属二十八宿。女，婺女星，北方玄武七宿第三宿。牛，牵牛星，北方玄武七宿第二宿。中国古代星占学认为人间祸福与天上星象有关，于是根据星辰的十二缠次（后亦根据二十八宿）将地上的州郡划分为十二区域，《汉书·天文志》言"牵牛、婺女，扬州。"指牵牛、婺女分野对应九州中的扬州，金陵亦在古扬州范围内。

〔27〕小长干复山回幕府：小长干，巷名，故址在今南京城南。幕府，即幕府山，位于南京市内，因王导在此开幕府得名。山回，形容山势环绕的样子。

〔28〕冶号梅根：梅根冶，也称梅根监，地名，在今安徽贵池东北，临梅根河，故称。六朝铸造铜钱的重要场所。

〔29〕桁（háng）名竹格：竹格桥，地处南京秦淮河上。桁，同“航”，连船而成的浮桥。

〔30〕南风不竞：《左传·襄公十八年》：“晋人闻有楚师，师旷曰：‘不害，吾骤歌北风，又歌南风，南风不竞，多死声，楚必无功。’”比喻对手力量衰弱，士气不振。

〔31〕北帅有人，自然飞渡：指杜预领兵突袭乐乡，泛舟夜渡之事：“吴都督孙歆震恐，与伍延书曰：‘北来诸军，乃飞渡江也。’”见《晋书·杜预传》。

〔32〕王敦祖约：王敦（266—324），字处仲，东晋琅琊临沂（今属山东）人，王导从兄、晋武帝婿，历任驸马都尉、散骑常侍、侍中、中书监、扬州刺史、尚书，拜镇东大将军。敦手握重兵，司马睿欲抑之，敦遂于东晋永昌元年（322）举兵攻建康，自立为丞相。东晋明帝太宁二年（324），明帝下诏讨之，王敦再次进兵建康，病死军中。祖约（？—330），字士少，东晋范阳遒（今河北涞水）人，祖逖弟，西晋怀帝永嘉末年，随逖渡江，祖逖死，代兄为平西将军、豫州刺史。王敦之乱时，因卫京只得封五等侯，心怀怨恨，东晋成帝咸和二年（327），与苏峻以讨庾亮为借口起兵反，次年破建康，败后奔后赵，为石勒所杀。

〔33〕国宝佃夫：国宝，即王国宝（？—397），东晋太原（今属山西）人，王坦之子、谢安婿，其从妹为会稽王司马道子妃，因依附司马道子混迹官场，官至尚书左仆射，权倾内外，王恭发兵讨之，国宝被杀。佃夫，即阮佃夫（427—477），南朝宋会稽诸暨（今属浙江绍兴）人，因助南朝宋明帝即位有功，封建城县侯，官至中书通事舍人，加给事中、辅国将军，权倾天下，广收贿赂，生活奢靡。因参与谋废立事被杀。

〔34〕周公瑾之不作：周公瑾，即周瑜（175—210），字公瑾，三国吴庐江舒县（今安徽庐江）人，军事家、政治家、江东名将。不作，死亡的婉辞。《三国志·吴书·周瑜传》载周瑜卒于还江陵准备攻打张鲁的途中，“（周）瑜还江陵，为行装，而道于巴丘病卒，时年三十六。”

〔35〕吕子明之已亡：吕子明，即吕蒙（178—220），字子明，三国吴汝南富陂（今安徽阜南）人。江东名将，曾随孙权平定黄祖，又与周瑜取得赤壁之战的胜利，并施计攻破关羽据守的荆州，拜南郡太守，封孱陵侯。东汉献帝建安二十四年十二月

(220),吕蒙夺取荆州后不久病逝。见《三国志·吴书·吕蒙传》。

〔36〕殿上则金莲步步:南朝齐废帝、东昏侯萧宝卷大兴土木,为潘妃建造豪华宫殿,殿内装饰奢靡,"又凿金为莲华以帖地,令潘妃行其上,曰:'此步步生莲华也。'"见《南史·废帝东昏侯本纪》。

〔37〕铁锁年年:晋武帝司马炎太康元年(280)正月,龙骧将军王濬率晋军攻打吴国丹杨郡,"吴人于江险碛要害之处,并以铁锁横截之,又作铁锥长丈余,暗置江中,以逆距船。"终为王濬破之。即刘禹锡《西塞山怀古》所言"千寻铁锁沉江底,一片降幡出石头。"见《晋书·王濬传》。

〔38〕城称旧内:余宾硕《旧内》诗序曰:"旧内,元南台遗址也,明太祖初为吴王时居之。双阙巍然,重垣周匝,丹朱垩饰,灿若霞辉。岁既久,宫宇倾颓,遂为居民艺植地。"旧址在今南京内桥东南王府园,本为南宋建康府治所,元世祖至元二十九年(1292)改为江南诸道行御史台(简称南台),元末朱元璋攻克集庆(今江苏南京)后,自立为吴王,即居于此地。

〔39〕客到新亭:刘义庆《世说新语·言语第二》:"过江诸人,每至美日,辄相邀新亭,藉卉饮宴。周侯中坐而叹曰:'风景不殊,正自有山河之异!'皆相视流泪。唯王丞相(王导)愀然变色曰:'当共勠力王室,克复神州,何至作楚囚相对!'"新亭,三国吴所建,故址在今江苏南京,东晋时成为士族宴饮之所。

〔40〕乌衣:即乌衣巷,地名,在今江苏南京秦淮河南。三国吴于此置乌衣营,士兵皆着乌衣,故称。东晋士族南渡,王、谢等望族居于此,后世借指贵族聚居地。

〔41〕红板:指红板桥,即板桥,故址位于今江苏南京东北,跨青溪之上,青溪经玄武湖南入秦淮河。

〔42〕明山绍之山园:明山绍,即明僧绍(?—483),字休烈,一字承烈,平原鬲(今山东平原)人,南渡后移居建康(今江苏南京)。明山宾之父。明经术,南朝宋元嘉中举秀才,不就,后隐居于摄山,《南齐书》有传。山园,指明僧绍在摄山栖居之所,即今栖霞寺。

〔43〕雷次宗之学舍:雷次宗(386—448),字仲伦,南朝宋豫章南昌(今属江西)人。《宋书》有传。少入庐山,事沙门慧远,笃志好学,精通《三礼》《毛诗》。累征不就,南朝宋文帝元嘉十五年(438),以处士征至建康,于鸡笼山开馆教授,后又于钟山西岩下筑招隐馆,为皇太子及诸王讲《丧服经》。学舍,学校的房舍,此即指招隐馆。

〔44〕竟陵王读书之邸：竟陵王，即萧子良(460—494)，字云英，号净住子，南朝齐南兰陵(今江苏常州武进)人。南朝齐武帝子，封竟陵郡王，官至太傅，《南齐书》有传。齐武帝永明五年(487)，萧子良于鸡笼山开西邸，集文学之士，抄五经百家，撰《四部要略》一千卷。读书之邸，即鸡笼山西邸。

〔45〕贞阳侯跃马之场：贞阳侯，即萧渊明(？—556)，字靖通，南朝梁南兰陵人。南朝梁长沙宣武王萧懿子。初封贞阳侯，任豫州刺史。侯景降梁，渊明奉命攻东魏，兵败被俘。梁元帝萧绎在江陵被杀后，北齐立萧渊明为帝，护送其南返，为王僧辩接纳并改元天成。同年被陈霸先黜为太傅、建安王。梁敬帝绍泰二年(556)，疽发背死，北齐追谥为梁闵帝，《北齐书》有传。

〔46〕潘妃酤(gū)酒阅武堂前：《南史·齐废帝东昏侯本纪》："又以阅武堂为芳乐苑，穷奇极丽。"同卷还记载："又于苑中立店肆，模大市，日游市中，杂所货物，与宫人阉竖共为稗贩。以潘妃为市令，自为市吏录事，将斗者就潘妃罚之。……(东昏侯)又开渠立埭，躬自引船，埭上设店，坐而屠肉。于时百姓歌云：'阅武堂，种杨柳，至尊屠肉，潘妃酤酒。'"阅武堂，故址在今江苏南京，原为检阅军队的地方，却被改造为享乐之所，讽刺东昏侯的靡乱昏庸。

〔47〕孔嫔飞笺望仙阁后：南朝陈至德二年(584)，陈后主于光照殿前建临春、结绮、望仙三阁，宠妾孔贵嫔居于望仙阁，见《南史·张贵妃传》。

〔48〕鞠为茂草：《诗经·小雅·小弁》："踧踧周道，鞠为茂草。"指杂草充满道路，形容衰败荒芜的景象。鞠，通"鞫"，皆、尽。

〔49〕百年社稷，徐仆射所以悲哀：徐仆射，此处指徐广(352—425)，字野民，东晋东莞姑幕(今山东诸城)人。徐邈弟。官至秘书监，封乐成侯。好学，通百家数术。东晋都城为建康(今江苏南京)，东晋恭帝禅位刘裕，历经百年的东晋政权就此灭亡，"(徐)广独哀感，涕泗交流"。因而辞官归乡。然史书未有徐广曾任仆射之记载，或为作者用典有误。

〔50〕满目关山，刘宾客因而悼叹：刘宾客，即刘禹锡(772—842)，字梦德，唐代洛阳(今属河南)人。唐德宗贞元九年(793)进士，又登博学宏辞科。官监察御史，坐王叔文政治革新事，迁连州刺史，贬朗州司马。后官至太子宾客、检校礼部尚书，世称刘宾客。与柳宗元并称"刘柳"，与白居易并称"刘白"，有《刘宾客文集》。此处指刘禹锡所撰金陵怀古诗，包括《西塞山怀古》《金陵五题》等，慨叹金陵六朝古都，已成空迹。

〔51〕铜街：原指铜驼街，汉魏时洛阳阖闾门外的大街，故址在今河南洛阳汉魏故城内。此处借指金陵繁华的景象。

〔52〕拊(fǔ)钿(diàn)瑟：拊，抚摸。钿，以金银珠宝为饰。瑟，古代的拨弦乐器，形似古琴。

〔53〕银筝：用银装饰的筝或用银字表示音调高低的筝。

〔54〕君也人如张耳，偶赘外黄：张耳(？—前202)，战国魏大梁(今河南开封)人。与陈馀为刎颈之交。为战国时魏公子信陵君食客，秦末从陈涉起兵反秦，又从项羽入关，封为常山王。后与陈馀有隙，因败走归顺刘邦，随韩信破赵，立为赵王。偶赘外黄，指张耳年少逃亡外黄，娶了一名亡夫的外黄富家女子为妻，并依靠妻家资财宦魏为外黄令，见《史记·张耳传》。外黄，治所在今河南民权。

〔55〕父是肩吾，聿(yù)生小庾：肩吾，即庾肩吾(487—551)，字子慎，一字慎之，南朝梁南阳新野(今属河南南阳)人，官至梁度支尚书，封武康县侯，工诗赋，八岁能诗，齐梁宫体诗代表之一，善书法，著《书品》，《梁书》《南史》有传。庾信(513—581)，字子山，庾肩吾子，文藻绮艳，与徐陵齐名，时称"徐庾体"，侯景之乱时逃奔江陵，官至右卫将军，封武康县侯，奉使聘西魏，留驻长安，进车骑大将军、仪同三司，入周封临清县子，又进义城县侯，累迁骠骑大将军、开府仪同三司，世称"庾开府"，《北史》有传。聿，助词。

〔56〕属(zhǔ)：恰好遇到。

〔57〕矧(shěn)：况且。谣诼：造谣毁谤。

〔58〕摅(shū)：抒发，表达。

〔59〕李广对军中之簿：李广(？—前119)，汉代陇西成纪(今属甘肃)人。骁勇善战，汉武帝时多次率军与匈奴交手并取胜，屡立军功，匈奴称之为"飞将军"。汉武帝元狩四年(前119)漠北之战，李广从大将军卫青征战，因迷路而未能如期与大军汇合。战后，卫青派长史问罪李广，李广因以"终不能复对刀笔之吏"引颈自刎。见《史记·李广传》。对军中之簿，即"上簿"，谓呈递文状，接受审讯。

〔60〕江淹上狱中之书：江淹(444—505)，字文通，南朝济阳考城(今河南兰考)人。历仕南朝宋、齐、梁三代，官至梁金紫光禄大夫，封醴陵侯。早年孤贫好学，以诗赋著称，与鲍照齐名，晚年才思衰退，辄有"江郎才尽"之谓。有《江文通集》。仕南朝宋时，建平王刘景素好士，江淹从其驻南兖州，坐广陵令郭彦文获罪事，被捕下狱，江淹在狱中上书刘景素，强烈要求明察冤假错案，因得释。见《南史·江淹传》

《梁书·江淹传》。

【评析】

余鸿客,即余宾硕,字鸿客,莆田(今属福建)人,余怀子。流寓江宁,有《金陵览古》一卷,咏怀明朝遗迹,抒发故国之情,请陈维崧为其作序。全序以骈文写就,作者知识渊博,辞藻博丽,长于用典,且多用与金陵历史相关之典故,贴合序文主旨——“金陵览古”,可见其深厚的历史文化修养,淋漓尽致地展现了作者的才情。序文主要引用典故,简述金陵历史繁华景象与如今之荒凉败落的鲜明对比,如“路出乌衣,惟多枯树;桥经红板,止剩荒台”,昔日名士风流、城市繁华之景,如今只剩断壁残垣,一派凄凉。借此说明余宾硕《金陵览古》的主旨为“用吟眺以摅愁,乃踌躇而吊古”,即吊古伤今,以李广和江淹作比,称赞其诗情感丰沛,意蕴深远。同时也表达了陈维崧自己对于明清易代、国破家亡的兴亡之感和伤怀之情,既伤金陵之衰落,亦伤身世之飘零,情感真挚。

词选序[1]

客或见今才士所作文,间类徐庾俪体[2],辄曰此齐梁小儿语耳,掷不视。是说也,予大怪之。又见世之作诗者,辄薄词不为[3],曰为辄致损诗格[4]。或强之[5],头目尽赤。是说也,则又大怪。夫客又何知。客亦未知开府《哀江南》一赋[6],仆射在河北诸书[7],奴仆《庄》《骚》[8],出入《左》《国》[9]。即前此史迁、班掾诸史书[10],未见礼先一饭[11];而东坡、稼轩诸长调[12],又骎骎乎如杜甫之歌行与西京之乐府也[13]。盖天之生才不尽,文章之体格亦不尽。上下古今如刘勰、阮孝绪以暨马贵与、郑夹漈诸家所胪载文体[14],厘部族其大略耳[15],至所以为文,不在此间。鸿文巨轴,固与造化相关;下而谰语卮言[16],亦以精深自命。要之穴幽出险以厉其思[17],海涵地负以博其气,穷神知化以观其变,竭才渺虑以会其通[18],为经为史,曰诗曰词,闭门造车,谅无异辙也[19]。今之不屑为词者固亡论[20]，其学为词者，又复极意《花间》[21]，学步《兰畹》[22]，矜香弱为当家[23]，以清真为本色。神瞽审声[24]，斥为郑卫[25]。甚或爨弄俚词[26]，闺襜冶习[27]，音如湿鼓[28]，色若死灰。此则嘲诙隐廋[29]，恐为词曲之滥觞；所虑杜夔左騃[30]，将为师涓所不道[31]。辗转流失，长此安穷。胜国词流[32]，即伯温、用修、元美、徵仲诸家[33]，未离斯弊，余可识矣。余与里中两吴子、潘子戚焉[34]，用为是选。嗟乎，鸿都价贱[35]，甲帐书亡[36]，空读西晋之《阳秋》[37]，莫问萧梁之文武[38]。文章流极，巧历难推[39]。即如词之一道，而余分闰位[40]，所在成编；义例《凡将》[41]，阙如不作[42]。仅效漆园马非马之谈[43]，遑恤宣尼觚不觚之叹[44]。非徒文事，患在人心。然则余与两吴子、潘子，仅仅选词云尔乎？选词所以存词，其即所以存经存史也夫！

【注释】

〔1〕选自清陈维崧《湖海楼全集·湖海楼文集》卷三。

〔2〕徐庾俪体：即徐庾体，南朝梁庾肩吾、庾信父子，并徐摛、徐陵父子俱为萧纲东宫抄撰学士，又善作宫体诗，诗风绮艳华丽，故称“徐庾体”。俪体，对偶的文体，因徐庾体对偶工整，声韵和谐，故称“俪体”。

〔3〕薄词不为：薄，轻视、看不起。不为，不作。

〔4〕诗格：诗的格调。

〔5〕强（qiǎng）：勉强。

〔6〕开府《哀江南》一赋：即庾信《哀江南赋》。庾信因曾官开府仪同三司，世称“庾开府”。庾信滞留北朝时，虽然官位显赫，但仍怀念家乡，作《哀江南赋》以抒发亡国之痛、思乡之苦。

〔7〕仆射在河北诸书：仆射，指徐陵（507—583），字孝穆，东海郯（今山东郯城）人。徐摛子。博涉史籍，诗文轻绮靡丽，梁武帝初年与庾信同为萧纲东宫抄撰学士、宫体诗代表作家，世称“徐庾”。梁武帝太清二年（548）使魏，又经齐受魏禅，羁留北齐而不得反。江陵陷落，北齐立萧渊明为梁帝，始归。后入陈，历官尚书左仆射、丹阳尹、国子祭酒、中书监等，封建昌县侯。因曾官尚书左仆射，故称徐仆射。有《徐

孝穆集》《玉台新咏》,《陈书》《南史》有传。河北诸书,指徐陵滞留北方时所作书信,如《在北齐与宗室书》《与王僧辩书》《劝进元帝表》《为贞阳侯与太尉王僧辩书》《为贞阳侯与陈司空书》等。

〔8〕《庄》《骚》:指《庄子》《离骚》。

〔9〕《左》《国》:指《左传》《国语》。

〔10〕史迁、班掾(yuàn):指司马迁、班固。掾,属官。

〔11〕礼先一饭:《国语·越语上》:"勾践对曰:'昔天以越予吴,而吴不受命,今天以吴予越,越可以无听天之命而听君之令乎?吾请达王甬、句东。吾与君为二君乎。'夫差对曰:'寡人礼先一饭矣。'"谓在礼节上自己年岁稍长,此处指《史记》《汉书》不见得在文体上居于至高无上的地位。

〔12〕长调:词调体式之一,此处指字数在九十字以上的词。

〔13〕骎(qīn)骎乎如杜甫之歌行与西京之乐府:骎骎,渐进貌。歌行,原为汉代乐府,齐梁至初唐间发展成为一种诗歌体裁,注重音节、平仄,但用韵较为自由,多采用五言、七言。西京,指长安。乐府,诗歌体裁,原指汉魏六朝乐府官署采制的诗歌,后因配乐失传,逐渐演变为独立的诗体。

〔14〕刘勰(约465—约532):字彦和,东莞莒(今山东莒县)人,著名文学理论家,笃志好学,有《文心雕龙》。阮孝绪(479—536):字士宗,陈留尉氏(今河南开封)人,隐居不仕,遍通五经,撰《七录》。马贵与:即马端临(1254—1323),字贵与,号竹洲,宋代饶州乐平(今属江西)人,博览群书,以杜佑《通典》为蓝本纂成《文献通考》,会通历代典章制度。郑夹漈:即郑樵(1104—1162),字渔仲,自号溪西逸民,宋代兴化军莆田(今属福建)人,居夹漈山,故学者称其为夹漈先生。授右迪功郎,礼、兵二部架阁,改监南岳庙。博学多闻,撰《通志》,因授枢密院编修,又有《尔雅注》《夹漈遗稿》等书。暨:及,和。胪载:罗列,记录。

〔15〕廑(jǐn):同"仅",才、只。

〔16〕谰(lán)语:妄语。卮(zhī)言:随意之语。

〔17〕厉:磨砺,砥砺。

〔18〕渺虑:深思,细想。

〔19〕闭门造车,谅无异辙也:南唐静、筠二禅师《祖堂集》卷二十《五冠山瑞云寺和尚》:"若欲修行普贤行者,先穷真理,随缘行行,即今行与古迹相应,如似闭门造车,出门合辙耳。"谅,料想。此处用该句原意,指依据同一规格,虽然关起门来造

车，造出的车子也会与道路上的车辙相合，即经史、诗文和词本质上都是一致的。

〔20〕亡（wú）论：暂且不论。

〔21〕又复极意《花间》：极意，尽心，此指极力追求。《花间》，五代后蜀赵崇祚纂辑《花间集》，收温庭筠等十八家词作500首，多咏女子闺房生活与男女艳情，绮丽华美，后世因之称为花间词派。

〔22〕《兰畹》：即《兰畹曲会》，又名《兰畹集》，北宋孔方平编，收唐末宋初杜牧、韦庄、牛希济、李珣、寇准、晏殊、欧阳修、张先、晏幾道等诸家词，原书早佚。

〔23〕矜香弱为当家：香，声色美。弱，纤弱。当家，主要的特点。

〔24〕神瞽（gǔ）：上古时代的乐官，能知天道的人。

〔25〕郑卫：春秋战国时郑国与卫国的歌诗，风格轻靡淫逸，学者以为歪风邪气。

〔26〕爨（cuàn）弄俚词：爨弄，即五花爨弄，金元时期院本的别称，此处指通俗的演剧。俚词，即粗俗不雅的词。

〔27〕闺襜（chān）冶习：闺襜，女性的服饰，此处借指艳情词。襜，披衣。冶习，指习染艳丽妖媚之风。

〔28〕湿鼓：被水浸湿的鼓面，声音沉闷。

〔29〕嘲诙隐廋（sōu）：嘲诙，戏谑之语。隐廋，隐语。廋，隐匿。

〔30〕杜夔（kuí）左騏（diān）：杜夔，字公良，汉魏之际河南人，历经汉、三国魏，均为乐官，习音律，丝竹八音无所不能。左騏，三国魏宫廷乐工。《三国志·魏书·杜夔传》："文帝爱待玉，又尝令夔与左騏等于宾客之中吹笙鼓琴，夔有难色，由是帝意不悦。后因他事系夔，使騏等就学，夔自谓所习者雅，仕宦有本，意犹不满，遂黜免以卒。"

〔31〕师涓：春秋时卫国乐官。善音律，随卫灵公赴晋为晋平公鼓琴，被师旷斥为亡国之音。

〔32〕胜国：被灭亡的国家。

〔33〕伯温、用修、元美、徵仲诸家：伯温，即刘基（1311—1375），字伯温，元明间浙江青田（今属浙江）人，元统元年（1333）进士，后弃官隐居，元末以谋士身份从朱元璋征战，建国有功，封诚意伯，官至御史中丞、弘文馆学士，精通经史象纬之学，工诗文，明初文坛代表，有《郁离子》《覆瓿集》《犁眉公集》等。用修，即杨慎（1488—1559），字用修，号升庵，明代四川新都（今属四川成都）人，杨廷和子，正德六年（1511）状元，授翰林修撰，嘉靖年间贬至云南永昌卫（今云南保山），卒于卫所。其

人博览群书,著述甚富,所作诗词甚多,富赡绮丽,风格独立于明代文坛,有《升庵全集》。元美,即王世贞(1526—1590),字元美,自号凤洲、弇州山人,明代太仓(今属江苏苏州)人,嘉靖二十六年(1547)进士,累官南京刑部尚书,有文名,号召复古,与李攀龙同为"后七子"领袖,著有《弇州山人四部稿》《艺苑卮言》《觚不觚录》等。徵仲,即文徵明(1470—1559),初名璧,字徵明,以字行,更字徵仲,号衡山居士,明代长洲(今江苏苏州)人,正德末年以岁贡生授翰林待诏,善书画,诗文与徐祯卿、唐寅、祝允明并称"吴中四才子",有《甫田集》。

〔34〕里中两吴子、潘子:指同撰《词选》的吴本嵩、吴逢原、潘眉。里中,同乡。

〔35〕鸿都价贱:《后汉书·儒林传》序:"及董卓移都之际,吏民扰乱,自辟雍、东观、兰台、石室、宣明、鸿都诸藏典策文章,竞共剖散。"东汉末年董卓之乱导致官府藏书散乱。鸿都,汉代藏书之所。

〔36〕甲帐书亡:汉武帝所造的以天下珍宝为装饰的帐幕中的书籍已经散失。

〔37〕西晋之《阳秋》:此处指西晋的史书。《阳秋》,即《春秋》,晋时避简文帝母郑太后阿春讳,改称《阳秋》,后成为史书的通称。

〔38〕萧梁之文武:指南朝梁武帝萧衍、梁简文帝萧纲。二人皆善赋诗属文。

〔39〕巧历:精于历算的人。

〔40〕余分闰位:《汉书·王莽传》赞:"紫色蛙声,余分闰位。"批判王莽称帝并非正统,后即指称非正统。

〔41〕《凡将》:即《凡将篇》,汉代司马相如纂辑的字书。

〔42〕阙如不作:空缺不书。

〔43〕漆园马非马之谈:《庄子·齐物论》:"以指喻指之非指,不若以非指喻指之非指也;以马喻马之非马,不若以非马喻马之非马也。"漆园,指庄子,庄子曾任宋国蒙城(今安徽蒙城)漆园吏,故称。

〔44〕宣尼觚(gū)不觚之叹:《论语·雍也》:"子曰:'觚不觚,觚哉!觚哉!'"宣尼,西汉平帝元始元年(公元1年)追谥孔子为褒成宣尼公,故称。

【评析】

《词选》,由陈维崧与吴本嵩、吴逢原、潘眉合作编纂,约成书于清圣祖康熙十年(1671)后,因选"今人"(即清初词人)词作,又称《今词苑》。《词选序》作为该书提纲挈领的部分,表达了陈维崧作为阳羡词派领袖"推尊词体”的词论主张。词自宋元明以来一直被视作“小道”“诗余”,地位较低。清初,由于明清易代,政治局势复杂,词体成为文人表达自己隐秘曲折情感的重要方式。陈维崧将词赋之名家与经史、诗文名家对比,主张“为经为史,曰诗曰词,闭门造车,谅无异辙也”,摒斥以往的文体优劣论,将词体提高到与经史诗文并列的程度,从本体论上确定词体的地位。然后,陈维崧从思、气、变、通四个方面阐明词的创作实践要求,批判明代词人学习花间词派香艳卑弱的词风,以至于词坛衰落。鉴于此,陈维崧等编选《今词选》,目的是纠正词坛风气,促进词体中兴,使得这些具有指导意义的词作永久流传,做到“选词所以存词,其即所以存经存史也夫”。序文高屋建瓴地阐发了陈维崧的词论思想,为清词中兴推波助澜,开辟一条新路径。文章用典灵活繁富,对仗工整而句式多变,声律和谐,议论与抒情交融,是清初骈文的杰出代表。

沈德潜

沈德潜(1673—1769),字确士,号归愚,清代江苏长洲(今江苏苏州)人。乾隆元年(1736)试博学鸿词科不中,四年(1739)进士。授编修,官至内阁学士、礼部侍郎,入上书房行走,曾校《御制诗集》。卒赠太子太师,谥文悫。乾隆四十三年(1778),徐述夔《一柱楼诗集》文字狱案发,沈德潜受此案牵连,被追夺阶衔、罢祠、削封、仆碑。二十七岁时从叶燮学诗,诗法盛唐,主格调,重视诗教作用,编选《唐诗别裁集》《明诗别裁集》《国朝诗别裁集》《古诗源》,著有《竹啸轩诗钞》《归愚诗文钞》《说诗晬语》等传于世。《清史稿》有传。

国朝诗别裁集序[1]

国朝圣圣相承,皆文思天子[2]。以故九州内外[3],均沾德教,余事作诗人者,不啻越之镈、燕之函、秦之庐[4],夫人能为之也。

予辑国朝诗,共得九百九十一人,诗四千九十三首。较之钱牧斋《列朝诗选》、朱竹垞《明诗综》[5],只及十之二三,于数为少。及观唐殷璠《河岳英灵集》云"自贞观至开元,共得二十二人,诗二百三十四首[6]",高仲武《中兴间气集》云"自至德元年至大历末年,作者数千,选者二十六人[7]",以予所辑较之,又于数为多。然而不嫌其少者,以牧斋、竹垞所选,备一代之掌故[8],而予惟取诗品之高也;不嫌其多者,以殷璠、高仲武只操一律以绳众人[9],而予惟祈合乎温柔敦厚之旨,不拘一格也。

自问学殖疏浅[10],见闻狭隘,中间略作小传,远逊牧斋之详;略存诗话,远逊竹垞之雅。惟殷璠所云"权压梁、窦,终无所取"者[11],敢窃比焉；高仲武所云“苟悦权右，取媚薄俗”者[12]，庶几免焉。

书成，凡三十六卷，付诸剞劂，播诸艺林。或以为是而褒之，或以为非而斥之，或以为不烦褒斥而置之[13]，一听乎当世之辞人，予不得而知之矣。

【注释】

〔1〕选自清沈德潜《沈归愚诗文全集·归愚文钞》卷十一。国朝，即本朝，沈德潜为清朝人，故称。

〔2〕文思：才智与道德，古代专用以称颂帝王。《尚书·尧典》：“帝尧曰放勋，钦明文思安安。”马融注曰：“经纬天地谓之文，道德纯备谓之思。”

〔3〕九州：古代将中国分为九州，后泛指整个中国。

〔4〕越之镈（bó）、燕之函、秦之庐：《周礼·冬官·考工记》：“粤无镈，燕无函，秦无庐，胡无弓车。粤之无镈也，非无镈也，夫人而能为镈也；燕之无函也，非无函也，夫人而能为函也；秦之无庐也，非无庐也，夫人而能为庐也；胡之无弓车也，非无弓车也，夫人而能为弓车也。”原指越、燕、秦、胡四地没有设置专门制造这几种兵器的职位，不是因为没有人制造这几种兵器，而是人人都能制造。此处指沈德潜作诗并非具备什么特殊的才能，人人都能作诗罢了。

〔5〕钱牧斋《列朝诗选》、朱竹垞《明诗综》：钱谦益《列朝诗集》、朱彝尊《明诗综》，均明诗选本。《列朝诗集》八十一卷，收录明代诗人一千六百余家，《明诗综》一百卷，收录明代诗人三千四百余家。

〔6〕唐殷璠《河岳英灵集》：殷璠，唐代润州（今江苏镇江）人，唐玄宗天宝末年进士，隐居不仕，诗论家。《河岳英灵集》，殷璠编选唐诗集，收录唐玄宗开元二年（714）至天宝十二年（753）间诗作，反映盛唐诗面貌。因所收王维、王昌龄、储光羲等人均为山河大地上诞生的英俊人才，故以“河岳英灵”为题。

〔7〕高仲武《中兴间气集》：高仲武，唐代渤海人。《中兴间气集》，高仲武编选唐诗集，录唐肃宗至德初年至唐代宗大历末年间诗作，反映中唐诗坛风气，因此时为安史之乱后唐代短暂的“中兴”时期，故以之为题。

〔8〕掌故：故事，史实。

〔9〕只操一律以绳众人：律，诗的格律。绳，衡量。本句意为殷璠、高仲武各自

秉持一种明确的格调取向选录诗歌。

〔10〕学殖：原意为学业的进步，后泛指学业。殖，生长。

〔11〕惟殷璠所云“权压梁、窦，终无所取”者：殷璠《河岳英灵集》自序曰：“如名不副实，才不合道，纵权压梁、窦，终无取焉。”梁，即梁冀（？—159），字伯卓，东汉安定乌氏（今甘肃平凉）人，汉顺帝皇后、汉桓帝皇后之兄，初为黄门侍郎，顺帝时拜大将军，冲帝卒后立质帝，复立桓帝，称“跋扈将军”，权倾天下。窦，即窦宪（？—92），字伯度，东汉扶风平陵（今属陕西咸阳）人，窦融曾孙，其妹为汉章帝皇后，历任侍中、虎贲中郎将、车骑将军，率军大破北单于，登燕然山勒石记功，权震朝廷。

〔12〕高仲武所云“苟悦权右，取媚薄俗”者：高仲武《中兴间气集》自序曰：“古之作者，因事造端，敷弘体要，立义以全其制，因文以寄其心，著王政之兴衰，表国风之善否，岂其苟悦权右，取媚薄俗哉！”苟悦，苟且取悦。取媚，讨好、谄媚。薄俗，轻薄的风气。

〔13〕不烦：不纠结。

【评析】

《国朝诗别裁集》由沈德潜选辑，大致反映了清初至乾隆时期诗坛面貌，初刻于清高宗乾隆二十四年（1759），次年增删改订后重刻出版，为三十二卷。沈德潜进呈御览后，乾隆不满书中所选钱谦益等“贰臣”之诗，仍命删改重编为三十二卷，并将前两个版本的板片损毁。本序乃沈德潜于乾隆二十五年（1760）《国朝诗别裁集》第一次重刻出版时所撰，语言朴实，形式整饬，简明扼要地表达了沈德潜的编选意图，反映其诗学观念。作者从与明人选明诗、唐人选唐诗的著名选集作比较的方式出发，阐明自己的编选标准，即不求全，也不严守一种格调标准，而是要求精，“惟取诗品之高”，强调“合乎温柔敦厚之旨”的特点，蕴含了沈德潜主张恢复文学的政教功用、明确以温柔敦厚为标准的诗学批评理念，说明沈德潜的诗论具有鲜明的复古特征，即要求回归儒家传统诗学，这承续了明代“格调说”一派的观点。

说诗晬语序[1]

辛亥春[2],读书小白阳山之僧舍[3],尘氛退避,日在云光岚翠中,几上有山,不必开门见山也。寺僧有叩作诗指者,时适坐古松乱石间,闻鸣鸟弄晴[4],流泉赴壑,天风送谡谡声[5],似唱似答,谓僧曰:“此诗歌元声[6],尔我共得之乎!”僧相视而笑。既复乞疏源流升降之故,重却其请。每钟残灯灺候[7],有触即书。或准古贤,或抽心绪[8],时日既积,纸墨遂多。命曰“晬语”,拟之试儿晬盘[9],遇物杂陈,略无诠次也[10]。然俱落语言文字迹矣。归愚沈德潜题于听松阁。

【注释】

〔1〕选自清沈德潜《说诗晬语》。

〔2〕辛亥春: 清世宗雍正九年,公元1731年。

〔3〕小白阳山: 即伏龙山,位于浙江镇海。

〔4〕弄晴: 禽鸟在初晴时鸣叫、戏耍。

〔5〕谡(sù)谡: 刚劲的风声。

〔6〕元声: 基准声。指十二律中的黄钟,我国古代以黄钟之管为音律基准。

〔7〕钟残灯灺(xiè): 钟残,钟声完全停止。灯灺,灯烛将熄。

〔8〕抽: 抒发。

〔9〕试儿晬(zuì)盘: 试儿,指婴儿抓周。晬盘,亦指婴儿抓周。

〔10〕诠次: 选择和排序。

【评析】

《说诗晬语》二卷,沈德潜所撰诗话,自谓成书于清雍正九年(1731),论述先秦至明代诗歌的源流、功用、内容、形式、技巧等方面,其书并无完整体系,而是“有触即书”,但仍较为明确地体现了作者的诗论主张。本序重在叙述作者的写作缘由与创作过程,因“读书小白阳山之僧舍”,远离尘世,得以静心读书,又有僧人请教作诗方法,遂萌生编撰诗话的想法,不露痕迹地点明该书主要内容即“疏源流升降”,重在梳理诗歌的发展脉络,从中生发其诗论主张。序文以诗化的语言写就，如“时适坐古松乱石间，闻鸣鸟弄晴，流泉赴壑，天风送谡谡声，似唱似答”，将自然环境中鸟鸣、泉声、风声等各种声音拟人化，让读者仿佛身临其境，营造了一种闲适静谧的氛围。文字隽永雅致，含蓄蕴藉，引发无限联想。

郑 燮

郑燮(1693—1765),字克柔,号理庵,又号板桥、板桥道人、板桥居士、樗散人,清代江苏兴化(今属江苏泰州)人。乾隆元年(1736)进士,自称“康熙秀才、雍正举人、乾隆进士”。曾官山东范县、潍县知县,不久因赈灾忤大吏罢归。个性落拓不羁,好臧否人物。家贫,常以鬻书画为生。于诗词书画篆刻皆有所得,尤工画竹、兰,个人特色鲜明,以草书中竖长撇法画兰。书法又以隶书入行书,号“六分半书”,名列“扬州八怪”之一。生前曾自编文集,今存《板桥集》,为郑板桥卒后其后裔所题集名。《清史稿》有传。

后刻诗序〔1〕

古人以文章经世〔2〕,吾辈所为,风月花酒而已〔3〕。逐光景〔4〕,慕颜色,嗟困穷,伤老大〔5〕,虽刳形去皮〔6〕,搜精抉髓〔7〕,不过一骚坛词客尔,何与于社稷生民之计〔8〕、《三百篇》之旨哉!屡欲烧去,平生吟弄,不忍弃之。况一行作吏〔9〕,此事又束之高阁。姑更定前稿,复刻数十首于后,此后更不作矣。板桥又题。

板桥诗刻,止于此矣,死后如有托名翻板,将平日无聊应酬之作,改窜烂入〔10〕,吾必为厉鬼以击其脑!

【注释】

〔1〕选自清郑燮《板桥集·诗钞》。

〔2〕经世:治理国事。

〔3〕风月花酒:指文人风流闲逸之事。

〔4〕光景：风光，风景。

〔5〕伤老大：指年纪大。古乐府《长歌行》："少壮不努力，老大徒伤悲。"

〔6〕刳（kū）形去皮：指忘却形体和家国，任其自然。刳，剖开。《庄子·山木》："吾愿君刳形去皮，洒心去欲，而游于无人之野。"

〔7〕搜精抉（jué）髓：挖出精魄和骨髓。搜，掏、挖。抉，挖出。

〔8〕何与：何如，何干。

〔9〕一行作吏：意为一经做官。嵇康《与山巨源绝交书》："一行作吏，此事便废。"

〔10〕烂入：散乱添入。

【评析】

郑燮生前曾自编、刊刻诗文集，并撰写自序。此《后刻诗序》，乃其《诗钞》书前序，除此序外，另有《前刻诗序》。该序代表了他对于自己作品的态度和审美趣味，而且还以凌厉的态度，谩骂改编其诗集之人，希望能制止擅自改编的行为，维护自己的利益。郑燮虽个性狂放，但仍赞同诗歌的政教作用，首段自谦作诗"风月花酒而已"而"何与于社稷生民之计、《三百篇》之旨哉"，自以为不能与"温柔敦厚"之诗歌相比。"刳形去皮，搜精抉髓"使用夸张手法，感叹自己的作诗水平之有限，妙趣横生。第二段则疾言厉色，怒斥翻版之人："板桥诗刻，止于此矣，死后如有托名翻板，将平日无聊应酬之作，改窜烂入，吾必为厉鬼以击其脑！"运用口语化的语言，直白地表达自己的个性和要求。

词钞自序[1]

燮词不足存录。简亭楼夫子谓燮词好于诗[2]，且付梓人[3]，后来进益，不妨再更定[4]。嗟呼！燮何进也？燮年三十至四十，气盛而学勤，阅前作，辄欲焚去。至四十五六，便觉得前作好。至五十外，读一过[5]，便大得意。可知其心力日浅，学殖日退[6]，忘己丑而信前是，其无成断断矣。楼夫子是燮乡试房师[7]，得毋爱忘其丑乎？

陆种园先生讳震[8],邑中前辈。燮幼从之学词,故刊刻二首,以见一斑。

为文须千斟万酌,以求一是。再三更改,无伤也。然改而善者十之七,改而谬者亦十之三。乖隔晦拙[9],反走入荆棘丛中去。要不可以废改,是学人一片苦心也。燮作词四十年,屡改屡蹶者[10],不可胜数。今兹刻本,颇多仍旧,而此中之酸甜苦辣备尝而有获者亦多矣。世间为父师者,见其子弟之文疏松爽豁便喜,见其拗涩晦拙便忧[11]。吾愿少宽岁月以待之,必有屈曲达心[12]、沉着痛快之妙。天下岂有速成而能好者乎?

少年游冶学秦、柳[13],中年感慨学辛、苏[14],老年淡忘学刘、蒋[15],皆与时推移而不自知者。人亦何能逃气数也!

【注释】

〔1〕选自清郑燮《板桥集·词钞》。

〔2〕简亭楼夫子:楼简亭,生平不详,疑为郑燮友人。

〔3〕梓人:指刻书的匠人。

〔4〕更定:改订,修订。

〔5〕过:量词,遍。

〔6〕学殖:原指学问的积累增进,后泛指学业、学问。

〔7〕房师:明清乡、会试中式者对推荐本人试卷的同考官的尊称。

〔8〕陆种园先生讳震:陆震(1671—?),字仲远,号仲子,一号种园,江苏兴化人。工诗词及行、草书,郑燮曾从之学词。有《陆仲子遗稿》。

〔9〕乖隔:阻隔。这句是说文意晦涩。

〔10〕蹶:挫折,失败。

〔11〕拗涩晦拙:文章生硬难读,文意晦涩。

〔12〕屈曲:指事物的原委本末。达心:心地明白,对事情有透彻的认识。这句是说,事物的原委本末也必然能够清楚认知。

〔13〕游冶:出游寻乐。秦、柳:指宋代词人秦观和柳永。

〔14〕辛、苏：指宋代词人辛弃疾和苏轼。

〔15〕刘、蒋：指宋代词人刘过和蒋捷。

【评析】

郑燮有自订《词钞》一卷，共收词作七十七阕，本文即其所作自序。郑燮少时即学词，据其自述，一生所作应有数百阕，何以《词钞》仅录七十余阕？故而序文开篇即述“燮词不足存录”，足见此集编选精审。而郑燮师长的评价“词好于诗”则与其自我审视形成鲜明对比，衬出郑燮的至情至性。而其集中诸词创作也非一蹴而就，而是经历“千斟万酌，以求一是”的反复推敲和修改，故而在结集刊刻时，也多有作品保持原貌，“此中之酸甜苦辣备尝而有获者亦多矣”。序文末尾，郑燮简要讲述了人生不同时期学词的不同心境。清代词坛，或学南宋，或学北宋，流派之间难免门户之见，郑燮却能不受拘束、转益多师，并不以为奇，认为这是“与时推移而不自知”。本文具有强烈的作者个人特色，对自我的批评看似狂放、尖锐，实则是作者生平创作的经验之谈，颇有匠心独到之处。

集唐诗序〔1〕

集唐诗，则必读唐诗，而且多读唐诗。自李、杜、王、孟、高、岑而外〔2〕，极幽极冷之诗，一旦火热，使得翻阅于明窗净几之间，此亦天地间一大快事也。读唐诗，则必钻其穴，剖其精，抉其髓〔3〕，而后能集之。使我之心，即入乎唐人之心，而又使唐人之心，即为我之心。常觉千古之名流高士，俨聚一堂〔4〕，此又天地间一大快事也。集唐之难，不得参差错落，谬托于古，必须五七言律，字字对仗精工，而又流利通适。往往有六句七句，独欠一句，左对右对，皆不得妥，三月两月，搔首搔耳，而其句不成。及一触忽然得之，如获异宝，如释滞疾，此又天地间一大快事也。有时集句已成，颇自得意，而亦少有未安。良朋好友猝至，指之曰：某句未妥。则心病一挑，不能藏匿。而又有一友从旁曰：以某句对之，何如？顿觉天衣无缝，如铸成的，如树上结的，如圣叹之有斫山相资相助[5]，皆得并传于世，此又天地间一大快事也。唐君欣若[6]，自能诗，而又好集唐诗。集之久，而己诗俱废。盖以专一而得神奇者也。夫唐人之诗，旧诗也，读之千古长新，得君之集而更新，满纸皆陆离斑驳[7]。今人之诗，新诗也，但觉满纸皆陈饭土羹[8]。与为彼之作，正不如君之集也。问序于愚，愚何能序唐君之甘苦阅历，约略言之，非为唐君言之，为后之学诗学文者言之也。乾隆己卯[9]，板桥郑燮撰。

【注释】

〔1〕选自清唐棣《韡斋集唐诗四种》卷首。

〔2〕李、杜、王、孟、高、岑：指唐代诗人李白、杜甫、王维、孟浩然、高适、岑参。

〔3〕抉：挖出。

〔4〕俨：整齐、庄重。这句的意思是说齐聚一堂。

〔5〕圣叹：金圣叹（1608—1661），明清之际文学批评家。原名采，字若采，又字圣叹，明亡后更名人瑞。斫（zhuó）山：王瀚（约1606—？），字其仲，号斫山，别署香山如来国中人。王瀚为金圣叹好友，数十年相交甚笃，曾拿出三千金资助金圣叹。见清廖燕《金圣叹先生传》。

〔6〕唐君欣若：唐欣若，名棣。生平不详，疑为郑燮友人。

〔7〕陆离斑驳：形容色彩绚丽灿烂。此处指诗歌的丰富多变。

〔8〕陈饭土羹：陈旧、过时的食物。此处指诗歌的老套、陈腐。

〔9〕乾隆己卯：乾隆二十四年，即公元1759年。

【评析】

《集唐诗》为郑燮友人唐棣所作集唐人诗集，本文即郑燮为其所作的序文。集句诗是旧时较为特殊的创作形式，即诗人根据自己的立意，拼缀前人一家或数家的诗句，另成一首。集唐诗，即作集句诗时仅集唐诗诗句，在素材选择上又多出相应限制。序文从读唐诗写起，如何读诗得其真意，次述集句诗应以对仗精工、流利通适为上，并述及集句时的种种实际困难与创作者的复杂心态，由集唐诗创作之不易，凸显出集唐诗佳作之难得。相应地，唐棣则在集唐诗这件事上专门用功,已经流传数百年的经典诗句在他笔下再获新生,在郑燮心中,正可为后人所参看。本文夹叙夹议,在立论中再现阅读与创作的实际情境,语言生动、自然而颇具感染力,善作比喻,又能征引前人典故,如形容诗句契合时,“顿觉天衣无缝,如铸成的,如树上结的,如圣叹之有斫山相资相助”,表达真切而具有独特的趣味性。

赵　翼

赵翼(1727—1814),字云崧,一字耘松,号瓯北,阳湖(今江苏常州)人。乾隆十九年(1754)举人,二十六年(1761)进士,授翰林院编修,参与《通鉴辑览》修订。曾任镇安、广州知府,官至贵西兵备道。后辞官家居,从事著述,一度主讲扬州安定书院。晚年赐三品衔。为清中期著名学者,与钱大昕、王鸣盛并称三大史学家,又与诗人袁枚、蒋士铨齐名,为乾隆三大家。长于历史考据,多胪列相类史实,参互勘校。论诗重"性灵",反对"荣古虐今",主张推陈出新。著有《廿二史札记》《陔余丛考》《皇朝武功纪盛》《瓯北诗钞》《瓯北诗话》等。

廿二史札记小引〔1〕

闲居无事,翻书度日。而资性粗钝〔2〕,不能研究经学,惟历代史书,事显而义浅,便于浏览,爰取为日课〔3〕,有所得辄札记别纸,积久遂多。惟是家少藏书,不能繁征博采,以资参订。间有稗乘脞说与正史歧互者〔4〕,又不敢遽诧为得间之奇〔5〕。盖一代修史时,此等记载无不搜入史局〔6〕,其所弃而不取者,必有难以征信之处〔7〕,今或反据以驳正史之讹,不免贻讥有识〔8〕。是以此编多就正史纪、传、表、志中参互勘校〔9〕,其有抵牾处〔10〕,自见辄摘出,以俟博雅君子订正焉。至古今风会之递变〔11〕,政事之屡更,有关于治乱兴衰之故者,亦随所见附著之。自惟中岁归田〔12〕,遭时承平〔13〕,得优游林下,寝馈于文史以送老〔14〕,书生之幸多矣。或以比顾亭林《日知录》〔15〕,谓身虽不仕,而其言有可用者,则吾岂敢。阳湖赵翼谨识。乾隆六十年三月〔16〕。

【注释】

〔1〕选自清赵翼《廿二史札记》。

〔2〕资性：资质，天性。

〔3〕爰：于是。日课：每天的功课。

〔4〕稗乘脞说：野史、笔记等非正史记载。歧互：错杂，不一致。

〔5〕诧：惊讶，觉得奇怪。

〔6〕史局：即史馆，负责官修史书的官署名。北齐时设立，唐太宗时始由宰相兼领，以后沿为定制。

〔7〕征信：考核证实。

〔8〕贻讥：招致讥责。

〔9〕纪、传、表、志：均为古代纪传体史书中的不同体裁。纪，本纪，专记帝王的历史事迹及一代大事。传，列传，列叙一般历史人物事迹的传记。表，以表格形式简列世系、人物和史事。志，记载典章制度等。

〔10〕抵牾：抵触，矛盾。

〔11〕风会：时势，时政。

〔12〕中岁：中年。

〔13〕遭时：谓遇到好时势。承平：持续相承的太平盛世。

〔14〕寝馈：馈，进食。睡觉吃饭，谓时刻在其中。

〔15〕顾亭林：顾炎武（1613—1682），字宁人，号亭林，学者称亭林先生，昆山（今属江苏苏州）人。清初学者、文学家。《日知录》：顾炎武所著读书札记，共三十二卷，按经义、吏治、财赋、史地、兵事、艺术等分类编次，内容广博，考据精审。

〔16〕乾隆六十年三月：公元1795年4月。

【评析】

《廿二史札记》是赵翼所撰的读史札记，共三十六卷。书中考述的内容实际上涉及了廿四史，因其将新、旧唐书和新、旧五代史看成是分别反映同一时代的史书，不单立一目，故称廿二史。此书与钱大昕的《廿二史考异》、王鸣盛的《十七史商榷》并称为清代史学考证的三大名著，至今仍被学界推重。本文即赵翼为《廿二史札记》所撰的自序，短小精悍，但足以统领全书。序文先述写作缘起，继而谈及此书的写作过程与写作时的心理活动，虽未直言考证问题的困难,但仍可从中发见作者的明辨慎思与勤勉钻研。序文末段,作者又宕回一笔,自述归乡后是“优游林下,寝馈于文史以送老”,此正与开篇的“闲居无事,翻书度日”相合,至此,全文首尾相应,浑然一体。本文全文写作多用谦辞,自述为“资性粗钝”,也未将对具体问题的考订目为定论,而是“以俟博雅君子订正”,可见作者对史学的严谨态度。

段玉裁

段玉裁(1735—1815),字若膺,号茂堂,一作懋堂,晚年号砚北居士、长塘湖居士、侨吴老人,清代江苏金坛(今属江苏常州)人。乾隆二十五年(1760)举人,曾官玉屏知县、巫山知县,后因疾归,移居苏州。笃信经术,与王念孙俱师戴震,时有段、王两家之学。考校经学、地理等文献,善用"理校"法。尤精文字音韵训诂之学,分古韵为十七部。专治《说文》,与桂馥、朱骏声、王筠并称《说文》四大家。与钱大昕、邵晋涵、王念孙等诸多清代著名学者广泛交往,相与论学。有《说文解字注》《六书音均表》《经韵楼集》等书传世。《清史稿》有传。

潜研堂文集序[1]

古之以别集自见者[2],多矣,而多不传;传矣,而不能久;传且久矣,而或不著。其传而久、久而著者,数十家而已。其故何哉?盖学有纯驳浅深,而文又有工拙之不等也。古之神圣贤人,作为《六经》之文,垂万世之教,非有意于为文也,而文之工,侔于造化[3]。诸子百家,皆窃取一端以有言[4],而言之有用者固多,言之偏致为流弊者亦多矣。自辞章之学盛,士乃有志于文章,顾不知文所以明道[5],而徒求工于文,工之甚,适所以为拙也[6]。虽然有见于道矣,有见于经矣,谓不必求工于文,而率意言之,则又孔子所谓"言之无文,行之不远"者[7]。盖圣门言语、文学,必分二科,以是衡量古今,其能兼擅者鲜矣。

乃若少詹事晓徵先生[8],庶几无愧于古之能兼文学、言语者乎!先生始以辞章鸣一时,既乃研精经史,因文见道,于经文之舛误、经义之聚讼而难决者[9]，皆能剖析源流，凡文字、音韵、训诂之精微，地理之沿革，历代官制之体例，氏族之流派，古人姓字里居官爵事实年齿之纷繁，古今石刻画篆隶可订六书故实、可裨史传者，以及古九章算术，自汉迄今中西历法，无不了如指掌。至于累朝人物之贤奸、行事之是非疑似难明者，大典章制度，昔人不能明断其当否者，皆确有定见。盖先生致知格物之功，可谓深矣！

夫自古儒林能以一艺成名者罕，合众艺而精之，殆未之有也。若先生于儒者应有之艺，无弗习，无弗精，其学固一轨于正[10]，不参以老佛功利之言，其文尤非好为古文以自雄坛坫者比也[11]。中有所见，随意抒写，而皆经史之精液[12]。其理明，故语无鹘突[13]；其气和，故貌不矜张；其书味深，故条鬯而无好尽之失[14]，法古而无摹仿之痕，辨论而无叫嚣攘袂之习[15]。淳古澹泊[16]，非必求工，非必不求工，而知言者必以为工，俾学者可由是以渐通经史，以津逮唐、宋以来诸大家之文[17]，其传而能久、久而愈著者，固可必也。

玉裁侨居姑苏者十余年，先生方主讲紫阳书院[18]，幸得时时过从请益。而天不慭遗[19]，捐馆已三年矣[20]。所著书多刊行于世。生平于《元史》用功最深，惜全书手稿未定，文集尤士林所仰望。今同志梓成，瞿子镜涛请序于予[21]，追念畴昔，感伤宿草[22]，累欷言之[23]，愧无以发先生之蕴也[24]。集凡五十卷，分为十四类者，先生所手定也。

嘉庆十一年，岁次丙寅九月，金坛后学段玉裁拜撰。

【注释】

〔1〕选自清段玉裁《经韵楼集》卷八。

〔2〕自见：自我表白，显露自己。

〔3〕侔（móu）：等同。

〔4〕有言：发表言论。

〔5〕顾：却。

〔6〕适：是，则，即是。

〔7〕孔子所谓“言之无文，行之不远”：意为说话或写文章没有文采，就不会流传太远。《孔子家语·正论解》：“《志》有之：‘言以足志，文以足言。’不言，谁知其志？言之无文，行而不远。”

〔8〕少詹事晓徵先生：钱大昕（1728—1804），字晓徵，一字及之，号辛楣、竹汀居士，清代江苏嘉定（今属上海）人。乾隆十九年（1754）进士。历任少詹事、广东学政，回乡后历主钟山、娄东、紫阳书院讲席。精通经史，与纪昀并称“南钱北纪”，著有《廿二史考异》《十驾斋养新录》《潜研堂集》等。

〔9〕聚讼：众说纷纭而无定论。

〔10〕一轨于正：遵循纯正不杂的规范。

〔11〕自雄：自以为了不起。坛坫（diàn）：文人集会的场所，引申指文坛。

〔12〕精液：精华。

〔13〕鹘（hú）突：模糊，不明确。

〔14〕条鬯（chàng）：畅达。好尽：毫无保留地直言。

〔15〕攘袂（mèi）：捋起袖子。

〔16〕淳古：淳厚，古朴。

〔17〕津逮：通过一定的途径达到。

〔18〕紫阳书院：位于苏州府学内尊经阁后，即今苏州中学内。清康熙五十二年（1713）由江苏巡抚张伯行建。因尊奉朱熹而命名为紫阳书院。

〔19〕慭（yìn）遗：愿意留下，后用作哀悼老臣之辞。

〔20〕捐馆：死亡的婉辞。捐，舍弃。《战国策·赵策二》：“今奉阳君捐馆舍，大王乃今然后得与士民相亲，臣故敢献其愚，效愚忠。”

〔21〕瞿子镜涛：瞿中溶（1769—1842），幼名慰劬，字木夫、镜涛、安槎，号苌生、木居士、空空叟。钱大昕之婿。精于金石学，收藏宏富。与黄易、黄丕烈、顾广圻、孙星衍等人交善，著作有《古镜图录》《孔庙从祀弟子辨证》《汉魏蜀石经考异辨正》《说文地名考异》《古泉山馆彝器图录》等二十余种。

〔22〕宿草：隔年的草，此处借指人已故去多时。

〔23〕欷（xī）：叹息，抽泣。

〔24〕蕴：事理深奥之处。

【评析】

段玉裁与钱大昕过从甚密,论学交往十分频繁。序文分为三部分,内容层层递进,由议论而至抒情,用词典雅。第一部分阐明了段玉裁关于文学与经史关系的看法,认为好的文章应“非有意于为文”,且应当文以载道,不能一味追求辞采和形式的华丽,主张兼善“文学”与“言语”,即形式与内容并重。第二部分大力赞扬钱大昕之文,认为钱大昕的创作与第一部分所主张的文章与经史并重的观念完全吻合,“先生始以辞章鸣一时,既乃研精经史,因文见道”,能够用文章体现其在经史考订、训诂等领域的造诣,达到了“格物致知”的高深境界,含蓄蕴藉而意味深长。第三部分则讲述了作者与钱大昕深厚的友谊与作序缘由,段玉裁在钱大昕主讲紫阳书院时“时时过从请益”,多次登门问学,当钱大昕去世后,其婿求序于作者,作者便欣然答应,追忆从前的交往,颇为感伤。文章议论铿锵有力,抒情则隽永悠长,可见段玉裁对钱大昕之学问与文章了解之深切。

汪 中

汪中(1744—1794),原名秉中,字庸夫,后改名中,改字颂甫、容甫,江苏江都(今江苏扬州)人。清代文学家、史学家、经学家。乾隆四十二年(1777)贡生,后绝意仕进。少时丧父,家贫好学,迫于生计受佣书商门下,得以饱览经史百家之书。敢于标新立异,否定宋儒道统说,不以孟子为是,当世目为狂徒。工诗能文,尤以骈文最佳,感情强烈,语言锐利明快,描写生动,用典精当,卓然自成一家。无论叙事抒情,都能状难写之情,含不尽之意。杭世骏为其《哀盐船文》作序时曾借前人语,誉为"惊心动魄,一字千金"。著有《述学内外篇》《容甫先生遗诗》《广陵通典》《经义知新记》等。

墨子序〔1〕

《墨子》七十一篇,亡十八篇,今见五十三篇。明陆稳所叙刻〔2〕,视它本为完。其书多误字,文义昧晦不可读〔3〕。今以意粗为是正〔4〕,阙所不知,又采古书之涉于墨子者,别为《表微》一卷,而为之叙曰:

周太史尹佚〔5〕,实为文王所访。克商营洛,祝策迁鼎〔6〕,有劳于王室。成王听朝,与周、召、太公同为四辅〔7〕。数有论谏,身没而言立。东迁以后,鲁季文子〔8〕、惠伯〔9〕、晋荀偃〔10〕、叔向〔11〕、秦子桑〔12〕、后子及左丘明〔13〕,并见引重。《遗书》十二篇,刘向校书〔14〕,列诸墨六家之首。《说苑·政理篇》亦载其文〔15〕。庄周述墨家之学,而原其始曰:"不侈于后世,不靡于万物,不晖于数度,以绳墨自矫,而备世之急,古之道术有在于是者。"〔16〕可谓知言矣!

古之史官，实秉《礼经》，以成国典，其学皆有所受。鲁惠公请郊庙之礼于天子，桓王使史角往[17]，惠公止之，其后在于鲁，墨子学焉。其渊源所渐，固可考而知也。刘向以为出于清庙之守[18]。夫有事于庙者，非巫则史，史佚、史角皆其人也。史佚之书，至汉具存[19]。而夏之礼，在周已不足征[20]，则庄周、禽滑釐傅之禹者[21]，非也。

司马迁云："墨翟，宋大夫。或曰并孔子时，或曰在其后。"[22]今按《耕柱》《鲁问》二篇，墨子于鲁阳文子多所陈说。《楚语》："惠王以梁与鲁阳文子。"韦昭注："文子，平王之孙，司马子期之子。"其言实出《世本》[23]。故《贵义篇》："墨子南游于楚，见献惠王，献惠王以老辞。"献惠王之为惠王，犹顷襄王之为襄王。由是言之，墨子实与楚惠王同时，其仕宋当景公、昭公之世。其年于孔子差后，或犹及见孔子矣！《艺文志》以为在孔子后者，是也。《非攻中篇》言"知伯以好战亡"，事在春秋后二十七年；又言蔡亡，则为楚惠王四十二年。墨子盖当时及见其事。《非攻下篇》言"今天下好战之国齐、晋、楚、越"，又言"唐叔、吕尚，邦齐、晋，今与楚、越四分天下"。《节葬下篇》言："诸侯力征，南有楚、越之王，北有齐、晋之君。"明在句践称伯之后，秦献公未得志之前，全晋之时，三家未分[24]，齐未为陈氏也。《檀弓下》季康子之母死[25]，公输般请以机封[26]，此事不得其年。季康子之卒，在哀公二十七年[27]，楚惠王以哀公七年即位[29]，般固逮事惠王。《公输篇》："楚人与越人舟战于江，公输子自鲁南游楚，作钩强以备越[29]。"亦吴亡后，楚与越为邻国事。惠王在位五十七年，本书既载其以老辞墨子，则墨子亦寿考人与[30]？《亲士》《修身》二篇，其言淳实，与《曾子立事》相表里[31]，为七十子后学者所述。《经上》至《小取》六篇，当时谓之《墨经》。庄周称相里勤之弟子[32]，五侯之徒[33]，南方之墨者，苦获、已齿、邓陵子之属[34]，以坚白、异同之辨相訾[35]，以觭偶不仵之辞相应者也[36]。公孙龙为平原君客[37]，当赵惠文、孝成二王之世；惠施相魏[38]，当惠、襄二王之世，二子实始为是学。是时墨子之没久矣，其徒诵之，并非墨子。本书《所染篇》，亦见《吕氏春秋》，其言宋康染于唐鞅[39]、田不礼[40]。宋康之灭，在楚惠王卒后一百五十七年。墨子盖尝见染丝者而叹之，为墨之学者，增成其说耳。故本篇称禽子，《吕氏春秋》并称墨子。《亲士篇》错入道家言二条，与帇后不类[41]，今出而附之篇末。又言吴起之裂；起之裂以楚悼王二十一年[42]，亦非墨子之所知也。今定其书为内外二篇，又以其徒之所附著为杂篇，仿刘向校《晏子春秋》例，辄于篇末述所以进退之意，览者详之。

墨子之学，其自言者曰："国家昏乱，则语之《尚贤》《尚同》；国家贫，则语之《节用》《节葬》；国家喜音沉湎[43]，则语之《非乐》《非命》；国家淫僻无礼，则语之《尊天》《事鬼》；国家务夺侵陵[44]，则语之《兼爱》《非攻》。"此其救世亦多术矣。《备城门》以下，《临敌》《应变》纤悉周密，斯其所以为才士与！传曰：世之学老子者则绌儒学[45]，儒学亦绌老子。惟儒墨则亦然，儒之绌墨子者，孟氏、荀氏。荀之《礼论》《乐论》，为王者治定功成盛德之事，而墨之《节葬》《非乐》，所以救衰世之敝，其意相反而相成也。若夫兼爱，特墨之一端。然其所谓兼者，欲国家慎其封守[46]，而无虐其邻之人民畜产也。虽昔先王制为聘问、吊恤之礼，以睦诸侯之邦交者，岂有异哉？彼且以兼爱教天下之为人子者，使以孝其亲，而谓之无父，斯已枉矣！后之君子，日习孟子之说，而未睹墨子之本书，众口交攻，抑又甚焉，世莫不以其诬孔子为墨子罪[47]。虽然，自今日言之，孔子之尊，固生民以来所未有矣。自当日言之，则孔子鲁之大夫也，而墨子宋之大夫也，其位相埒[48]，其年又相近，其操术不同[49]，而立言务以求胜，虽欲平情核实[50]，其可得乎？是故墨子之诬孔子，犹孟子之诬墨子也，归于不相为谋而已矣。

吾读其书，惟以三年之丧为败男女之交，有悖于道。至其述尧舜，陈仁义，禁攻暴，止淫用，感王者之不作，而哀生人之长勤[51]，百世之下如见其心焉,《诗》所谓“凡民有丧,匍匐救之”之仁人也[52]!其在九流之中,惟儒足与之相抗,自余诸子皆非其比。历观周、汉之书,凡百余条,并孔墨、儒墨对举。杨朱之书[53],惟贵放逸,当时亦莫之宗,跻之于墨,诚非其伦。自墨子没,其学离而为三[54],徒属充满天下,吕不韦再称“钜子”[55],韩非谓之显学[56],至楚、汉之际而微,孝武之世,犹有传者,见于司马谈所述[57]。于后遂无闻焉。惜夫!以彼勤生薄死,而务急国家之事,后之从政者,固宜假正议以恶之哉!乾隆上章困敦涂月[58],选拔贡生江都汪中述。

【注释】

〔1〕选自清汪中《述学·内篇》卷三。

〔2〕陆稳:字汝成,号北川,归安人。嘉靖二十三年(1544)进士。

〔3〕昧晦:指文意晦涩不明。

〔4〕是正:订正,校正。

〔5〕周太史尹佚:即后文所述史佚。佚,一作逸。西周初年史官。

〔6〕克商营洛,祝策迁鼎:皆周代史事。克商,周武王灭商。营洛,即武王、周公相继经营洛邑为国都。祝策,周朝祭祀时由史官宣读的祝祷文告。迁鼎,即武王克商后迁九鼎于洛邑。

〔7〕四辅:史佚、周公、召公、太公,皆为西周初武王时大臣,并称四辅,又称四圣。周公,即姬旦,文王之子,武王之弟。召公,又作邵公,即姬奭,文王庶子。太公,又称太公望、姜太公,即吕尚。

〔8〕鲁季文子:季文子(?—前568),又称文子、季孙、季孙行父,春秋时鲁国重臣。

〔9〕惠伯:子服惠伯,又称子服椒、子服湫、孟椒,春秋时鲁国大夫。

〔10〕晋荀偃:荀偃(?—前554),又称中行献子、献子、中行伯、偃、中行偃、伯游,晋国名臣荀林父之孙,荀庚(中行宣子)之子。春秋时晋国将领。

〔11〕叔向:又称叔肸、杨肸、肸等,春秋时晋国大夫。

〔12〕秦子桑:公孙枝,字子桑,岐州(今陕西凤翔)人。春秋时秦国大夫。

〔13〕后子:名鍼,字伯车,春秋时秦桓公子,景公母弟。左丘明:春秋时鲁国

史官。

〔14〕刘向校书：刘向（约前77—前6），字子政，西汉时学者、文学家。汉成帝河平三年（前26），奉命校书。刘向死后，其子刘歆继续校书，最终完成校理群书大业。

〔15〕《说苑·政理篇》：《说苑》，原名《新苑》，二十卷。刘向撰。古代史事、传说和议论的类纂。《说苑》载墨子文，实在《反质》篇，而非《政理》篇。

〔16〕不侈于后世……于是者：语出《庄子·天下》。

〔17〕史角：周代史官，名角。史为官名。

〔18〕清庙之守：指代掌管祭祀的人员。清庙，即太庙，古代帝王的宗庙。《汉书·艺文志》："墨家者流，盖出于清庙之守。"

〔19〕史佚之书，至汉具存：《汉书·艺文志》："《尹佚》两篇。周臣，在成、康时也。"

〔20〕夏之礼，在周已不足征：《论语·八佾》："子曰：'夏礼，吾能言之，杞不足征也。'"

〔21〕庄周、禽滑釐傅之禹者：《庄子·天下》与《列子·杨朱》中将墨家的起源归于大禹。《列子·杨朱》中此论出自"禽子"之口，禽子，即禽滑釐，战国初魏国人，墨子弟子。傅，附会。

〔22〕墨翟……在其后：语出《史记·墨子荀卿列传》："墨翟，宋之大夫，善守御，为节用。或曰并孔子时，或曰在其后。"

〔23〕《世本》：书名。战国时史官所撰。记黄帝迄春秋时诸侯大夫的氏姓、世系、居（都）、作（制作）等。原书约在宋代散佚。清有数家辑本。

〔24〕全晋之时，三家未分：《史记·赵世家》："（敬侯）十一年，魏、韩、赵共灭晋，分其地。"赵敬侯十一年，即公元前376年。

〔25〕季康子：姓季孙，名肥（？—前468），春秋末年鲁国大夫。

〔26〕公输般请以机封：公输般请求用他设计的机械来下棺。公输般（前507—前444），又作公输班、公输盘，鲁国人，后人因此称鲁班，战国时的能工巧匠。

〔27〕哀公二十七年：公元前468年。

〔28〕哀公七年：公元前488年。

〔29〕楚人与……以备越：典出《墨子·鲁问》。钩强：钩拒，先秦水战兵器。身为竹木质长竿，首为铁制尖锋，旁有弯钩。

〔30〕寿考：寿数，寿命，此处指长寿。

〔31〕《曾子立事》：《大戴礼记》篇名。《墨子》的《亲士》《修身》两篇文意与《大戴礼记·曾子立事》相近。《大戴礼记·曾子立事》："曾子曰：'君子攻其恶，求其过，强其所不能，去私欲，从事于义，可谓学矣。'"

〔32〕相里勤：或称相里氏、相里子，战国时墨辩学派学者，后期墨家代表人物之一。与后文"南方之墨者"对应，是"北方"之墨者。

〔33〕五侯：或称五侯子，相里勤的弟子，战国时墨家学者。

〔34〕苦获、已齿：或为楚人，墨家学者。邓陵子：又称邓陵氏，后期墨家代表人物之一。

〔35〕相訾(zī)：互相诋毁。

〔36〕觭(jī)偶：奇偶，引申为抵牾不合。仵(wǔ)：对等，匹敌。

〔37〕公孙龙为平原君客：公孙龙(约前325—前250)，字子秉，战国时赵国人，曾为赵平原君食客。平原君(？—前251)，原名赵胜，赵武灵王之子，惠文王之弟，相传门下有食客三千人。

〔38〕惠施相魏：惠施(约前370—约前310)，又称惠子，战国名家代表。宋国人。曾任魏相，为魏制定法律，主张联合齐楚，受到魏惠王器重。

〔39〕宋康：宋康王，战国时宋国最后一位国君，名偃，以荒淫贪暴著称，在位四十七年，为齐、楚、魏三国所灭。唐鞅：战国时宋国大臣，宋康王时为相。

〔40〕田不礼：又称佃不礼，号安阳君，战国时赵国大臣。

〔41〕歬(qián)："前"的本字。

〔42〕楚悼王二十一年：公元前381年。

〔43〕喜音沉湎：纵情声色，沉溺享乐。

〔44〕务夺：抢夺，侵夺。侵陵：同"侵凌"，侵犯欺凌。

〔45〕绌(chù)：通"黜"，废除，贬退。

〔46〕封守：边防，封疆。

〔47〕诬孔子：《墨子》有《非儒》上、下篇，文中有不同孔子观点的论断，即所谓诬孔子之言。

〔48〕相埒：相等。

〔49〕操术：所执持的处世主张或工作方法。

〔50〕平情：公允而不偏于感情。

〔51〕生人：人民、民众。长勤：长期的艰难困苦。

〔52〕凡民有丧，匍匐救之：语出《诗经·邶风·谷风》，意为邻人有了灾难，即使爬着也去救援。

〔53〕杨朱之书：指杨朱的著作，已散佚，仅《列子·杨朱》保存其部分观点，或认为即本自杨朱之书。

〔54〕其学离而为三：《韩非子·显学》："自墨子之死也，有相里氏之墨，有相夫氏之墨，有邓陵氏之墨。"

〔55〕吕不韦再称"钜子"：《吕氏春秋·去私》："墨者有钜子腹䵍居秦。"

〔56〕韩非谓之显学：《韩非子·显学》："世之显学，儒、墨也。"

〔57〕司马谈所述：即《史记·太史公自序》载司马谈《论六家要旨》中有关墨家的论述。

〔58〕乾隆上章困敦涂月：乾隆四十五年十二月，即公元1781年1月。上章困敦，即干支纪年的庚子年。涂月，即夏历十二月。

【评析】

汪中曾对《墨子》一书进行全书校订，可惜其书不传，本文即汪中为其所作序文，因收入《述学》而得以保存。序文篇幅较长，可大致分为考据与论辩两部分，兼具学理性与文学性。序文首先考辨了墨子之学的渊源与传承轨迹，其中对墨子时代的考证极为精审。论辩部分先述墨学观点，将其定位为"救世之术"，后引入本文论说重点，即儒墨二家之争。此段论说非常精彩，文意与感情层层递进，对几成定论的前人观点一一驳说，又提出"是故墨子之诬孔子，犹孟子之诬墨子"，虽"归为不相为谋而已矣"，但于当时而言，亦可谓石破天惊，可见作者对墨子的歆慕之情，与敢于直言的气概。由此则转入对墨子与墨学的由衷赞誉，及对墨学不传的痛惜之情，而汪中校订《墨子》全书的起因也正暗含在此："以彼勤生薄死，而务急国家之事，后之从政者，固宜假正议以恶之哉！"

经旧苑吊马守贞文序[1]

岁在单阏[2],客居江宁城南[3]。出入经回光寺[4],其左有废圃焉。寒流清泚[5],秋菘满田[6]。室庐皆尽,惟古柏半生[7]。风烟掩抑,怪石数峰,支离草际[8],明南苑妓马守贞故居也[9]。

秦淮水逝,迹往名留。其色艺风情,故老遗闻,多能道者。余尝览其画迹,丛兰修竹,文弱不胜,秀气灵襟[10],纷披楮墨之外[11]。未尝不爱赏其才,怅吾生之不及见也。夫托身乐籍[12],少长风尘。人生实难,岂可责之以死。婉娈倚门之笑[13],绸缪鼓瑟之娱[14],谅非得已。在昔婕妤悼伤[15],文姬悲愤[16]。矧兹薄命[17],抑又下焉。嗟夫!天生此才,在于女子。百年千里,犹不可期,奈何钟美如斯而摧辱之至于斯极哉[18]。

余单家孤子[19],寸田尺宅,无以治生。老弱之命,悬于十指。一从操翰[20],数更府主。俯仰异趣,哀乐由人。如黄祖之腹中[21],在本初之弦上[22]。静言身世,与斯人其何异。祗以荣期二乐[23],幸而为男,差无床箦之辱耳[24]。江上之歌,怜以同病。秋风鸣鸟,闻者生哀。事有伤心,不嫌非偶。乃为辞曰。……

【注释】

〔1〕选自清汪中《述学·别录》。序后有辞,今不录。

〔2〕岁在单阏:乾隆癸卯,乾隆四十八年,公元1783年。单阏:十二支中卯的别称,用以纪年。

〔3〕江宁:即今南京。

〔4〕回光寺:南京寺庙名,始建于南朝梁天监年间。

〔5〕清泚(cǐ):清澈透明。

〔6〕菘:蔬菜名,即白菜。

〔7〕半生:谓没有完全死。

〔8〕支离:繁琐杂乱。

〔9〕南苑:即旧苑。苑,泛指园林。

〔10〕灵襟：胸怀。

〔11〕楮墨：纸和墨，也代指诗文书画。

〔12〕乐籍：古代对乐户编制的户籍。编入乐籍的乐户不属于良民，地位卑贱。

〔13〕婉娈：美好多姿的样子。倚门：旧时妇女倚门卖笑以待客至，故以倚门代指妓女接客。

〔14〕绸缪：形容缠绵不解的男女恋情。鼓瑟：亦指男女之间感情融洽。

〔15〕婕妤悼伤：婕妤，即班婕妤，西汉楼烦（今山西宁武附近）人。成帝初年，选入后宫，后失宠，作赋自悼，即《自悼赋》。见《汉书·外戚传》。

〔16〕文姬悲愤：文姬，即蔡琰，字文姬，又字昭姬，东汉陈留圉县（今河南开封）人。曾为匈奴人掳去，并为匈奴王生下二子，后由曹操赎回，曾作《悲愤诗》自叹身世。见《后汉书·列女传》。

〔17〕矧（shěn）兹薄命：《汉书·外戚传》载许皇后上书："妾薄命，端遇竟宁前。"矧，况且，何况。许皇后（？—前8），西汉昌邑山阳（今山东金乡西北）人。汉成帝皇后。

〔18〕钟美：即集美。钟，聚集。

〔19〕单家：寒门。孤子：幼而丧父。

〔20〕操翰：执笔为文。

〔21〕如黄祖之腹中：黄祖（？—208），东汉末人，曾官江夏太守，为人性情暴躁。《后汉书·祢衡传》："（祢）衡为（黄祖）作书记，轻重疏密，各得体宜。祖持其手曰：'处士，此正得祖意，如祖腹中之所欲言也。'"

〔22〕在本初之弦上：《文选·为袁绍檄豫州》李善注引《魏志》："（陈）琳避难冀州，袁本初使典文章，作此檄以告刘备，言曹公失德，不堪依附，宜归本初也。后绍败，琳归曹公。公曰：'卿昔为本初移书，但可罪状孤而已，恶恶止其身，何乃上及父祖邪？'琳谢罪曰：'矢在弦上，不可不发。'"此两句是说，自己作文章时也必须符合府主的意思。

〔23〕荣期二乐：荣期，荣启期。《列子·天瑞篇》："（荣启期）对曰：'……男尊女卑，吾得为男，此二乐也。'"

〔24〕床箦：床席。

【评析】

乾隆四十八年(1783),汪中客居江宁,曾到旧苑,凭吊明季名妓马守贞,并为其作《经旧苑吊马守贞文》,本文为吊文前的序文。作者到此处,先述眼前所见废园荒草,断壁残垣,才点明此地原为马守贞旧居,斯人已逝,自然园中荒芜,也就此奠定了全文凄清萧瑟的基调。但“迹往名留”,作者曾亲见马守贞画作,有“未尝不爱赏其才”之叹,又述及其遭受折辱的不幸身世,两相对比之下,作者指出,人生本已艰难,马守贞沦为妓女实是迫于无奈,“人生实难,岂可责之以死”,字句间包含着深切的同情之意。作者又进一步剖析,将自己的生平遭际与马守贞的不幸命运联系起来,指出“俯仰异趣,哀乐由人”的本质是相同的,自然能够“怜以同病”,深有引为同调之意。全文骈散相间,文辞优美动人,情景相融,对前代典故的化用随手拈来,可见作者才气。

王念孙

王念孙(1744—1832),字怀祖,号石臞,扬州高邮人。清乾隆四十年(1775)进士,改翰林院庶吉士,官工部主事、陕西道御史、吏科给事中、山东运河道。嘉庆四年(1799)上书弹劾和珅,大契圣心,由此擢直隶永定河道。十五年(1810)永定河水决堤,王念孙引咎辞官,退而以著述自娱。受业于戴震,于小学、经学尽得其传。精于音韵、文字、训诂、校雠等学,定古韵为二十一部,而训诂造诣最深,推崇因声求义、以假借求本字的方法,学术著作有《广雅疏证》《读书杂志》等,另有《王石臞先生遗文》《丁亥诗钞》传世。《清史稿》有传。

汪容甫述学叙[1]

《述学》者,亡友汪容甫中之所撰也[2]。余与容甫交垂四十年[3],以古学相砥砺。余为训诂、文字、声音之学,而容甫讨论经史,榷然疏发[4],挈其纲维[5]。余拙于文词,而容甫澹雅之才[6],跨越近代,每自愧所学不若容甫之大也。宦游京师,索居多感[7],娄欲南归[8],与故人讲习,志未及遂,而容甫以病殁矣。常忆容甫才卓识高,片言只字,皆当为世宝之,欲求其遗书而未果。岁在甲戌[9],其子喜孙应礼部试[10],以其父所撰《述学》已刻、未刻凡厶十厶篇[11],索叙于余。余曰:“此我之志也!”自元明已来,说经者多病凿空[12],而矫其失者又蹈株守之陋[13];为文者,虑袭欧、曾、王、苏之迹[14];而志乎古者,又貌为奇傀[15],而愈失其真。

今读《述学》内、外篇,可谓卓尔不群矣[16]。其有功经义者,则有若《释三九》《妇人无主答问》《女子许嫁而婿死从死及守志议》《居丧释服解义》《春秋述义》,使后之治经者,振烦祛惑而得其会通[17]。其表章经传及先儒者[18],则有若《〈周官〉征文》《〈左氏春秋〉释疑》《荀卿子通论》《贾谊新书叙》,使学者笃信古人而息其畔喭之习[19]。其他考证之文,皆确有依据,可以传之将来。至其为文,则合汉、魏、晋、宋作者,而铸成一家之言,渊雅醇茂[20],无意摩放[21],而神与之合,盖宋以后无此作手矣[22]!当世所最称颂者,《哀盐船文》《广陵对》《黄鹤楼铭》,而他篇亦皆称。此盖其贯穿于经史诸子之书,而流衍于豪素[23],揆厥所元[24],抑亦酝酿者厚矣[25]。若其为人,孝于亲,笃于朋友,疾恶如风,而乐道人善,盖出于天性使然。视世之习孰时务而依阿澳涊者何如也[26]?直谅多闻[27],古之益友,其容甫之谓欤!余因容甫之子之求,而辄述容甫之学,与其文之绝世,人之天性过人者,缀于卷末,以俟后之为儒林文苑传者,有所稽而采焉[28]。是为叙。

【注释】

〔1〕选自清王念孙《王石臞先生遗文》卷二。

〔2〕汪容甫中:汪中(1744—1794),字容甫,号颂父,清代江都(今江苏扬州)人。幼孤而家贫,乾隆四十二年(1777)拔贡,因母老不赴,靠做幕宾、卖文和教书生活,曾为毕沅幕宾,与王念孙、刘台拱为挚友。曾参与文宗阁、文澜阁《四库全书》校勘。扬州学派代表,著述繁富,有《述学》内外篇、《春秋述义》、《春秋后传》、《广陵通典》等。

〔3〕垂:将近、将及。

〔4〕榷(què)然疏发:榷然,明确,榷通“确”。疏,同“梳”,整理。发,阐发。

〔5〕纲维:纲领。

〔6〕澹雅:淡泊高雅。

〔7〕索居:孤独地生活。

〔8〕娄(lǚ):通“屡”,多次。

〔9〕岁在甲戌:即清仁宗嘉庆十九年,公元1814年。

〔10〕喜孙:汪喜孙(1786—1848),一名喜荀,字孟慈,清代江都人。汪中子。

嘉庆十二年(1807)举人,嘉庆十九年(1814)三试礼部不第,官至河南怀庆知府。通文字、声音、训诂之学,有《大戴礼记补》《且住庵诗文稿》等三十余种著作传世。

〔11〕厶十厶篇:意为若干篇,非实数。厶,同“某”。

〔12〕凿空:穿凿,凭空附会。

〔13〕株守:《韩非子·五蠹》:“宋人有耕者,田中有株,兔走触株,折颈而死;因释其耒而守株,冀复得兔,兔不可复得,而身为宋国笑。今欲以先王之政,治当世之民,皆守株之类也。”比喻拘泥旧学,不知变通。

〔14〕虑:大抵,大概。

〔15〕奇傀(guī):奇特,怪异。

〔16〕卓尔不群:超出常人。不群,不随俗流。

〔17〕振烦祛惑:振烦,弃除繁琐的笺释。祛惑,除去令人疑惑的解释。

〔18〕表章:同“表彰”。

〔19〕畔喭(yàn):混乱,粗率。喭,刚猛,粗俗。

〔20〕渊雅醇茂:渊雅,深远高雅。醇茂,醇厚丰茂。

〔21〕摩放:模拟,仿效。

〔22〕作手:作文的能手。

〔23〕流衍于豪素:流衍,充溢。豪素,笔和纸,借指诗文,豪通“毫”。此处意为汪中精通经史之学,其思想影响了写作。

〔24〕揆厥所元:揆,揣摩。元,本原。

〔25〕抑亦:也许。

〔26〕依阿(ē)淟(tiǎn)涊(niǎn):依阿,屈从依顺。淟涊,污浊、卑劣,此处指污浊的世俗。

〔27〕直谅多闻:为人正直诚信,博学多识。《论语·季氏》:“益者三友,……友直,友谅,友多闻。”

〔28〕稽:考核,调查。

【评析】

《述学》,汪中撰,内篇三卷,收录汪中的学术性文章,外篇一卷,主要为汪中所撰各类铭文。又补遗、别录各一卷。《述学》经历九次出版,版本情况复杂,本文为王念孙为嘉庆二十年(1815)汪喜孙编刻问礼堂四卷本所作序，此时汪中已经去世多年。王念孙此序颇多细节描写，先是追忆自己与汪中的来往情状，赞赏汪中的博学与文才，叹息于汪中之逝。并叙作序之由，乃汪中之子汪喜孙携父遗稿求之。然后列举《述学》内、外篇的篇目谈汪中的学术成就，彰显了王念孙对该书及汪中学术特征的深刻把握，以为其文章“渊雅醇茂”，学古而不泥古，以经史入文章，而文如其人也。王念孙与汪中同属扬州学派，在学术方面有密切交流，感情深厚，故此序在字里行间流露出对于汪中去世的遗憾和对于学界失去一位大家的不舍，令人回味无穷。

段若膺说文解字读叙[1]

《说文》之为书，以文字而兼声音训诂者也。凡许氏形声读若[2]，皆与古音相准[3]，或为古之正音[4]，或为古之合音[5]。方以类聚，物以群分，循而考之，各有条理。不得其远近分合之故，则或执今音以疑古音，或执古之正音以疑古之合音，而声音之学晦矣。《说文》之训，首列制字之本意，而亦不废假借[6]，凡言“一曰”[7]，及所引经，类多有之。盖以广异闻，备多识，而不限于一隅也。不明乎假借之指，则或据《说文》本字以改书传假借之字[8]，或据《说文》引经假借之字，以改经之本字，而训诂之学晦矣。吾友段氏若膺，于古音之条理，察之精，剖之密。尝为《六书音均表》[9]，立十七部以综核之[10]。因是为《说文解字读》一书，形声读若，一以十七部之远近分合求之，而声音之道大明。于许氏之说，正义借义，知其典要[11]，观其会通。而引经与今本异者，不以本字废借字，不以借字易本字，揆诸经义[12]，例以本书，有相合无相害也[13]，而训诂之道大明。训诂、声音明而小学明，小学明而经学明，盖千七百年来无此作矣，则若膺之书之为功也大矣！若夫辨点画之正俗[14]，察篆隶之繁省，沾沾自谓得之，而于形声读若转注假借之通训[15]，茫乎未之有闻，是知有文字而不知有声音训诂也。其视若膺之学，浅深相去为何如耶？余交若膺久，知若膺深，而又皆从事于小学，故敢举其荦荦大者[16]，以告缀学之士云[17]。

【注释】

〔1〕选自清王念孙《王石臞先生遗文》卷二。

〔2〕读若：我国古代经师注经用语，用音同或音近的字来比拟一个字的读音。

〔3〕相准：程度相当、接近。

〔4〕正音：传统音韵学术语，用以解释古韵通转，指字的本音，与假借音和转读音相区别。

〔5〕合音：两个字的音合成一个字的音，又称“急声”。

〔6〕假借：古代造字法“六书”之一，本无其字而依声托事。

〔7〕凡言“一曰”：段玉裁曰：“凡义有两歧者，出‘一曰’之例。”一曰，亦称“或曰”，另一种说法。

〔8〕书传：典籍，经典。

〔9〕《六书音均表》：段玉裁著，乾嘉学派研究汉语上古音韵学代表作之一。成书于清高宗乾隆四十年(1775)，阐述了段玉裁的古韵理论，分古韵为17部。今有经韵楼刻本。

〔10〕综核：聚总而考核。

〔11〕典要：不变的准则。

〔12〕揆：揣摩，度量。

〔13〕有相合无相害也：害，妨碍。本句意为符合法度。

〔14〕若夫辨点画之正俗：点画，文字的笔画。正俗，文字的正体和俗体。

〔15〕通训：普遍的准则。

〔16〕荦(luò)荦：卓绝显眼的样子。

〔17〕缀(zhuì)学：指从事编辑前人旧文之学问。

【评析】

段玉裁字若膺。王念孙与段玉裁同为戴震的杰出弟子代表，二人往来密切，此序即王念孙为段玉裁《说文解字注》所作序。据段玉裁自序，他先作成《说文解字读》五百四十卷，然后总结概括为《说文解字注》，王念孙此《段若膺说文解字读叙》即作于《说文解字读》成书后、《说文解字注》成书前。序文的主要内容为梳理段氏古音学成就，将段玉裁的声音、训诂之学与许慎一一对应论述，首言许氏《说文》声音、训诂之原则与传统，但后之学者不察，以至于声音、训诂之学“晦矣”。而后即谈到段玉裁继承许慎之音训传统，精研古音学，列举其古音学、训诂学成就，由此指明段玉裁《说文解字读》对于小学乃至经学研究的重要意义，条理分明，层次清晰。王念孙在文章最后转而写到自己与段玉裁的深厚交情，“余交若膺久，知若膺深，而又皆从事于小学，故敢举其荦荦大者，以告缀学之士云”，从情感的方面增强说服力。

洪亮吉

洪亮吉(1746—1809),初名莲,字华峰,又名礼吉,字君直,一字稚存,号北江,晚号更生居士,清代阳湖(今江苏常州)人。清代学者、文学家。乾隆五十五年(1790)榜眼,授翰林院编修,官至贵州学政。嘉庆四年(1799),以极论时弊获罪,戍伊犁,次年获赦,还乡居家著书而终。洪亮吉精研经史、音韵训诂及地理之学,尤精于疆域沿革。又长于诗文,骈文尤负时誉。诗文主张“另具手眼,自写性情”,重视“气格”。著作繁富,有《卷施阁诗文集》《更生斋诗文集》《北江诗话》等。

重刻吕子呻吟语序〔1〕

明儒吕叔简先生有《呻吟语》二卷〔2〕,乾隆丙辰之元〔3〕,桂林相国陈文恭公评节而刊之〔4〕。越五十年丙午〔5〕,渭南漕督蒋畤峰先生重刊以行世〔6〕,然流布者绝少〔7〕。今霁峰先生之莅吾郡也〔8〕,距重刊时又二十寒暑矣。先生以恺悌之政守烦剧之区〔9〕,偶值偏灾〔10〕,竭心赈恤〔11〕,遂得感召,天和雨旸〔12〕。时若暇日〔13〕,复取《呻吟语》一编,以为可以药世人身心性命间受病者,欲校刊以广其传〔14〕,而以叙属之亮吉〔15〕。

夫呻吟者,疾痛声也。必病伏于中,始声发于外,无以绝其病,即无以辍其声。因是,思居君相之位者,能救一世之病,始能绝一世之呻吟;下此,则有民社之责者〔16〕,能救万众之病,始能绝万众之呻吟。呻吟之声绝,而欢欣鼓舞之念斯起矣。今先生之校刊是书也,谓非欲绝呻吟之声,而跻一世于欢欣鼓舞之域乎〔17〕?语曰:“防患于未然。”又曰:“服药于未病之先。”吾愿世之受病浅及未始受病者,三复是编,身体而力行之。将见一世尽起沉疴[18],而斯民并登仁寿[19],此则不负先生救世之苦心矣。

【注释】

〔1〕选自清洪亮吉《更生斋集·更生斋文续集》卷一。

〔2〕吕叔简:即吕坤(1536—1618),字叔简,又字新吾,号抱独居士,河南宁陵(今属河南商丘)人。明朝文学家、思想家,与沈鲤、郭正域并誉称万历天下“三大贤”。

〔3〕乾隆丙辰之元:清乾隆元年,即公元1736年。

〔4〕陈文恭公:即陈宏谋(1696—1771),字汝咨,号榕门,广西临桂(今属广西桂林)人。乾隆时重臣,官至一品,谥文恭。有《吕子节录》四卷,即文中所述。

〔5〕越五十年丙午:乾隆五十一年,即公元1786年。

〔6〕蒋畤峰:即蒋兆奎(1729—1802),字聚五,陕西渭南人。历官至工部侍郎、山东巡抚。

〔7〕流布:流传,散布。

〔8〕莅:来,到。

〔9〕恺悌(tì):和乐平易。烦剧:事务繁重。

〔10〕偏灾:犹言大灾,指危害很大的灾害。

〔11〕赈恤:救济抚恤。

〔12〕雨旸(yáng):雨天和晴天。此处特指晴天。

〔13〕时若暇日:时若,四时和顺。暇日,空闲的日子。

〔14〕校刊:订正后雕版印刷。

〔15〕而以叙属之亮吉:叙,同“序”。属,同“嘱”,嘱咐、托付。

〔16〕民社:指人民和社稷。

〔17〕跻(jī):达到,使达到。

〔18〕沉疴:久治不愈之病。

〔19〕仁寿:谓有仁德而长寿。

【评析】

《呻吟语》是晚明学者吕坤所著语录体著作,也可视为其数年间所作的随笔合集。本文为清代嘉庆年间重刻《呻吟语》时，洪亮吉应邀为此书写的序言。作者先简要介绍此前《呻吟语》一书的刊刻流传情况，由此引出本次重新校勘刻印的起因。序文第二段转回《呻吟语》本身，并非对其内容与体例的简单介绍，而是就书题中的“呻吟”一词着笔，寥寥数笔间说明题名用意，同时揭示了原作者写作此书时的中心思想。此时宕开一笔，看似句意突转，实则回扣并拔高了本次校勘重刻的用意：“防患于未然。”序文最终以作序者的角度落笔，又一次回扣前文，以刊刻者个人的寄托收尾。本文文势层层递进，文意环环相扣，可谓文气通贯。语言简洁流畅，感情充溢，拳拳之心跃然纸上。

张惠言

张惠言(1761—1802),原名一鸣,字皋文,武进(今江苏常州)人。清代文学家、学者。嘉庆四年(1799)进士,选翰林院庶吉士,充实录馆纂修官,后为翰林院编修。早年治经学,专攻《周易》《仪礼》。好骈文。后在桐城派散文理论的影响下,治唐、宋古文,并欲融合骈文、散文之长而成一体,与同乡恽敬开创"阳湖派"。又有感于浙西词派题材狭窄而开创"常州词派",将儒家诗论引入词论之中,重视教化,提出"比兴寄托"的主张,强调作词要意在笔先,情感蕴藉,词调深沉,意旨隐晦,并力图从前人作品中发掘微言大义,但难免失于穿凿附会。其咏物写景词多有寄托,或借此喻彼,词风深婉沉挚。著有《茗柯文编》《茗柯词》,并编选有《词选》《七十家赋钞》。

词选序〔1〕

叙曰:词者,盖出于唐之诗人采乐府之音以制新律,因系其词〔2〕,故曰词。传曰:意内而言外谓之词〔3〕。其缘情造端〔4〕,兴于微言〔5〕,以相感动。极命风谣里巷男女哀乐〔6〕,以道贤人君子幽约怨悱不能自言之情〔7〕,低徊要眇以喻其致〔8〕。盖诗之比兴,变风之义〔9〕,骚人之歌〔10〕,则近之矣。然以其文小〔11〕,其声哀,放者为之或跌荡靡丽〔12〕,难以猖狂俳优〔13〕。然要其至者〔14〕,莫不恻隐盱愉〔15〕,感物而发,触类条鬯〔16〕,各有所归,非苟为雕琢曼辞而已〔17〕。自唐之词人李白为首,其后韦应物、王建、韩翃、白居易、刘禹锡、皇甫松、司空图、韩偓并有述造,而温庭筠最高,其言深美闳约〔18〕。五代之际,孟氏〔19〕、李氏君臣为谑〔20〕,竞作新调，词之杂流，由此起矣。至其工者，往往绝伦。亦如齐梁五言，依托魏晋，近古然也。宋之词家，号为极盛。然张先、苏轼、秦观、周邦彦、辛弃疾、姜夔、王沂孙、张炎，渊渊乎文有其质焉。其荡而不反〔21〕，傲而不理〔22〕，枝而不物〔23〕。柳永、黄庭坚、刘过、吴文英之伦，亦各引一端，以取重于当世。而前数子者，又不免有一时放浪通脱之言出于其间。后进弥以驰逐，不务原其指意〔24〕，破析乖剌〔25〕，坏乱而不可纪〔26〕。故自宋之亡而正声绝〔27〕，元之末而规距隳〔28〕。以至于今，四百余年，作者十数，谅其所是〔29〕，互有繁变，皆可谓安蔽乖方〔30〕，迷不知门户者也。今第录此篇〔31〕，都为二卷〔32〕。义有幽隐，并为指发〔33〕。几以塞其下流，导其渊源，无使风雅之士惩于鄙俗之音〔34〕，不敢与诗赋之流同类而风诵之也。嘉庆二年八月武进张惠言〔35〕。

【注释】

〔1〕选自清张惠言《词选》。

〔2〕系：联缀。

〔3〕意内而言外谓之词：《说文解字》："词，意内而言外也。"传，即训释经义，这里借指训释字义的经典著述《说文解字》，东汉许慎所作。

〔4〕造端：发始，这里指词的创作。

〔5〕兴：情感借物而发称"兴"。微言：隐微不显、委婉讽谏的言辞。

〔6〕极命：尽举其名。命，名。风谣：民间歌谣。里巷：指民间。

〔7〕幽约：隐约。怨悱（fěi）：怨恨郁结。

〔8〕低徊：徘徊流连，形容萦绕回荡。要眇（miǎo）：精深微妙。

〔9〕变风：《诗经·国风》中从《邶风》至《豳风》一百三十五篇称为"变风"。这一部分诗讽喻性较强，因相对"正风"言，故称"变风"。

〔10〕骚人：即诗人。屈原作《离骚》，后因称诗人为骚人。

〔11〕小：小道。《书谱》："扬雄谓诗赋小道，壮夫不为。"表示比起经传来，这是微不足道的东西。

〔12〕放者：放逸的人。跌荡靡丽：放浪浮华。

〔13〕俳(pái)优：古代演杂要滑稽戏的艺人，这里借作像这类人所说的谑言戏语。

〔14〕要：大抵。

〔15〕恻隐：对不幸表示同情。盱(xū)：忧愁。愉：欢乐。

〔16〕触类条鬯(chàng)：遇到各种现象都能畅达地表达出来。触类，遇事。条，分列，此处指表达。鬯，同“畅”。

〔17〕苟为：勉强作出。

〔18〕闳(hóng)约：谓内容丰富，言词简炼。

〔19〕孟氏：孟昶(919—965)，初名仁赞，字保元，邢州龙冈(今河北邢台)人。五代后蜀皇帝。善于作词，有《木兰花》等词传世。

〔20〕李氏：指五代南唐皇帝李璟、李煜父子，都是杰出的词人。李璟(916—961)，字伯玉，初名景通，改名瑶，后名璟，徐州(今属江苏)人；一说湖州(今属浙江)人。为南唐中主。李煜(937—978)，初名从嘉，字重光，号钟隐，南唐后主。

〔21〕荡而不反：放荡而不知返。

〔22〕傲而不理：狂傲而违理。

〔23〕枝而不物：散乱而不质实。枝，散。

〔24〕不务原其指意：不用心探寻了解他们本来的意图。务，力求达到。原，察究。指，同“旨”。

〔25〕破析乖剌：割裂违背，指歪曲前人的意图。

〔26〕纪：整理。

〔27〕正声：正风，雅正的诗篇。

〔28〕隳(huī)：毁坏，崩毁。

〔29〕谅其所是：自以为是。

〔30〕安蔽：安于所蔽。乖方：违背法度、失当。

〔31〕第：按照次序。

〔32〕都：总，聚集。

〔33〕指发：指点发明。

〔34〕惩于：有鉴于。

〔35〕嘉庆二年八月：公元1797年10月。

【评析】

《词选》,二卷,选唐宋两代词四十四家,共一百一十六首。张惠言编。本文即张惠言为《词选》所作的自序。序文回顾词体的起源与发展,精准简要地概述了唐五代至于宋元的词体发展流变,指明词的定义、创作范围与评价标准,并将词拔高到与诗赋等同的地位,认为词体亦有比兴寄托,讲究微言大义。序文简略地评论了唐宋两代代表作家,主张文辞与作者思想感情的结合,对宋以后的词作则持否定态度,认为"自宋之亡而正声绝,元之末而规距隳"。本文作为选集前作者自序,意在表明其选词宗旨,并明确其论词主张,立意高远,高屋建瓴,可见作者颇以扭转词坛风气、重振风雅为己任。后张惠言开创常州词派,本文也成为常州派词论的代表作,"意内言外"等观点颇具影响。张惠言又为阳湖文派的代表人物,本文亦体现出阳湖派重考据、尚骈俪的倾向,可谓"醇而能肆"。

焦　循

焦循(1763—1820),字里堂,一作理堂,晚号里堂老人,清代江苏甘泉(今江苏扬州)人。嘉庆六年(1801)举人,次年应礼部试不第。闭户读书著述,不入城市。于书无所不窥,邃于经史、历算、声音、训诂,尤精《易》学,有《雕菰楼易学》三种。阮元誉之"通儒",督学山东、浙江时,俱招之往游。其诗质而有味,一洗俗韵,明白晓畅。其文摹柳宗元,长于论辩说理。词宗五代,工小令,又精戏曲学。另著有《尚书补疏》《孟子正义》《雕菰楼集》《红薇翠竹词》《仲轩词》《雕菰楼词话》《剧说》《花部农谭》等。

石湖遗书序〔1〕

吾尝谓人之传,不传于人而传于己,己实有其不可朽者,天必不忍埋而匿之。非不埋而匿之也,埋之愈久而其出也愈光,匿之愈极而其显也愈盛。余幼年受业表兄秋帆范君〔2〕,范君尝谓其族中有石湖其人,隐君子也,不汲汲于名,故其遗书多不传,而子孙亦无人矣。后于里中遍访问之〔3〕,仅得诗三四首,文二三篇而已,而所传轶事亦无征信〔4〕,而莫可如何。丹徒王柳村谓余曰〔5〕,子向所称范石湖者,吾见其遗书,盖存于关南陈氏〔6〕。越数日,与柳村访陈氏。陈君素村因以遗稿十数帙示余,皆石湖手迹也。素村因谓余曰:石湖之婿苏实藏之;苏之后微,又存于苏之戚简氏,简氏,吾之戚也;简之后又微,故此稿归于吾。乃慨然畀余以归〔7〕。石湖本名恒美,字德一,后易名荃,即以其先世文穆公之号自号〔8〕,镌一印曰"今之石湖",其没也,即以题其墓。文穆之轩曰"盟鸥”,遂亦称盟鸥野老,自撰《盟鸥野老传》,序其本末甚详[9],如陆天随之作《甫里先生传》也[10]。余既次其本末于《北湖小志》[11],乃理其稿而编之,得《读史小识》一卷,《竹隐居随笔》二卷,《竹隐居诗集》五卷,《梅花十六咏》一卷,《论语诗》一卷,《文集》四卷,《春雨词》一卷,《秋吟》一卷,《秋花杂咏》一卷,《柳塘寤语》一卷,《今之石湖词》一卷,总之为《石湖遗书》。湖中范氏式微久矣[12]。石湖有二子颋、颉,皆贸易为商贾负贩[13],不读书,其后莫可稽考[14]。问诸其门生故人之家,鲜有知者。而是稿历百年之久,转徙数家,十犹存其七八,手迹宛然[15],谓非有鬼物呵护其间不可。康熙邑志载石湖名,寥寥数语,续修邑志者,竟删去之。故今郡邑书无石湖名,石湖之传亦微矣哉!然当时科第显奕[16],仕宦巍赫,片楮寸墨[17],十不存一,而石湖之书完善如此!余叹石湖之精气不可没,而尤流连忻慕于素村之为人[18]。石湖婿名节臣,节臣子名谦,亦能诗,有《雪堂集》,旧为雷塘人[19]。素村名嘉惠,好聚书,藏书十余万卷,所校释《焦氏易林》最精,石湖之书实赖之以存云。嘉庆戊辰元旦[20],江都焦循序。

【注释】

〔1〕选自清焦循《雕菰集》卷十六。

〔2〕秋帆范君:范徵麟,字彬文,号秋帆。焦循六岁起从范徵麟学习古文辞。

〔3〕里中:指同里的人。

〔4〕征信:考据证实。

〔5〕丹徒:地名,在今江苏镇江。王柳村:王豫(1768—1826),字应和,号柳村。辑有《国朝江苏诗征》一百八十三卷。

〔6〕关南:即城南。陈氏:即后文所述陈素村,名本礼,字嘉会,号素村。其人藏书丰富,长于考订,著述颇丰,尤以《屈辞精义》最为精审。

〔7〕慨然:慷慨地。畀:给与。

〔8〕先世文穆公:指范成大(1126—1193),字致能,号石湖居士,吴郡(今江苏苏州)人,卒谥文穆。宋代文学家、名臣。

〔9〕本末：事情从头到尾的经过，此处指生平经历。

〔10〕陆天随：即陆龟蒙（？—约 882），字鲁望，号江湖散人、甫里先生、天随子，苏州长洲（今江苏苏州）人。唐末文学家。《甫里先生传》：陆龟蒙仿陶渊明《五柳先生传》所撰自传体散文。

〔11〕《北湖小志》：地方志，六卷，焦循撰，是一本记述清代扬州城北北湖地区之地理水道、名胜古迹、人物风俗等的地方专志。

〔12〕式微：衰微，衰败。

〔13〕负贩：担货贩卖，指小商贩。

〔14〕稽考：查考，考核。

〔15〕宛然：真切貌，清晰貌。

〔16〕显奕：声名显赫。

〔17〕楮：纸。这句是指诗文作品。

〔18〕忻慕：高兴而仰慕。

〔19〕雷塘：地名，在江苏扬州城北。隋唐时为风景胜地。

〔20〕嘉庆戊辰元旦：嘉庆十三年元旦，即公元 1808 年 1 月 28 日。

【评析】

《石湖遗书》，又题《石湖集》，十二卷，范荃撰。范荃（1633—约 1705），字德一，号石湖，别号盟鸥野老，江苏扬州人。明遗民，入清后终身不仕，教书为生，弟子甚多，颇有著述。范荃去世后，其作品未能留存传世，焦循辗转访得其遗稿，分年编次，重新整理，遂成此集。本文即焦循为《石湖遗书》所作序文，详细记述了焦循访求范荃遗稿的过程，焦循少时便从表兄处听闻范荃文名，后多番访询其传世诗文未果，王豫处的相关消息可谓意外之喜，而陈本礼的慷慨相赠更是成人之美。序文简明扼要地记载了范荃其人生平与《石湖遗书》的整理情况，焦循另有《北湖小志》，较序文而言交代得更为翔实，或可参看。范荃身后，因其子嗣未能致力于学问之事，故而遗稿也未经整理，以至于方志中都删去了相关记载。好诗好文的流落境况与其存帙之完整无疑形成了鲜明对比，也难怪焦循会感叹，“非有鬼物呵护其间不可”。本文条理清晰，语言平实，却自有动人之处，从少时闻名念念不忘，到亲手校理编次《石湖遗书》，可谓娓娓道来。

书徐文长集后[1]

循三岁依嫡母谢孺人，至十六岁未暂离。乾隆乙巳[2]，嫡母以滞下病不起[3]，时余年二十有三。明年丙午，大饥[4]。又明年丁未，始糊口授徒于城中寿氏宅。甫之馆之夕[5]，梦嫡母自门外至，如幼时抚摩鞠育[6]，呼乳名曰："桥庆，被薄，吾忧尔寒！"急开目，无所见，一灯在几上尚明。迄今二十有七年，余年且五十有一矣。阅《文长集》所为《感梦祭嫡母文》，忆旧时梦，痛楚不能已，因而书之。

【注释】

〔1〕选自清焦循《雕菰集》卷十八。

〔2〕乾隆乙巳：乾隆五十年，即公元1785年。

〔3〕滞下：中医学病名，"痢疾"的古称。

〔4〕大饥：大荒年；严重的饥荒。

〔5〕甫：刚刚，才。馆：指塾师教书之处。这句是说，刚到书塾的那天晚上。

〔6〕抚摩：抚爱，照料。鞠育：抚养，养育。

【评析】

《徐文长集》，明代文学家徐渭撰，三十卷。本文是焦循为《徐文长集》所作跋文，实则为焦循在阅读过程中的偶记随感。本文仅从《感梦祭嫡母文》单篇生发开来，以读徐渭文为起因，回忆起青年时，为维持生计，只身离家到城中做塾师，在初到落脚处的当晚梦见了自己的母亲，醒来时却独身一人，桌上的灯尚未熄灭。而作此跋文时，距彼时又已二十七年。全文一百余字，全用白描手笔。因母亲病倒，作者心下难免挂念，才会在异地梦见母亲，而梦中的母亲却又担忧作者孤身在外，母亲的慈爱形象在寥寥几字的语言描写中便已生动立体，梦醒时的景象也仅以粗线条勾勒，却烘托出作者客居他处的寂寥，与梦中场景对比，更显凄清，文字感染力极强。虽是数十年前旧事，但作者落笔仍觉真切，正是动人之处所在。

湖庄图跋[1]

嘉庆八年,岁次癸亥[2],循以母疾不果出游[3],授徒于家,秋八月,汪君庆人访我于半九书塾[4]。先是,我母病喘咳,已而鼻衄[5],苦右体不良于动,至是疾愈。又前年,余生孙贵龄,是月二十六日值周岁,母欢甚,适汪君来,命循设榻留之[6]。于是相与日乘小舟泛于湖[7],东至开元寺港,高邮孙虞桥吏部先墓所在也[8];北至梁家巷,吊忠臣梁饮光之魂[9],其对岸丛柳中,阮招勇将军之珠湖草堂也[10];西至北观音寺,则杨都尉之诵芬庄在焉[11];南至沈山人家[12],饮于茅堂,放言高啸,寻郭隐君之墓石[13],抚而读之。汪君以为胜游不可不志[14],因作图如右。明年甲子,大水。今年乙丑,水倍于前,庄东之屋倒废过半,大风拔老树二十余株,书塾之垣悉委于浪[15]。吾母以横逆所加[16],心志郁郁,疾发,卧床百四十日不能起立。夏六月,孙贵龄殇,闰月,子廷琥、女弧矢大病几殆[17],迄今羸瘠[18]。夜三鼓,母呻方歇,灯灺将残[19],盖中秋之后二日也。回忆汪君之来,间越两岁,而号笑殊情[20],菀枯异境[21],悲从中来,怆然莫已!倘汪君重为湖上之游,对此颓垣,睹斯愁况,当亦有太息欷歔[22],低回今昔者矣。爰书图后[23],以述兹怀。

【注释】

〔1〕选自清焦循《雕菰集》卷十八。

〔2〕嘉庆八年,岁次癸亥:清仁宗嘉庆八年,即公元1803年。

〔3〕不果:不成,不能实现。

〔4〕汪君庆人:即汪荣怀,清代画家,字庆人,江苏仪征人。工诗,善画,精于山水。著有《白门纪游草》。半九书塾:焦循幼年读书地,乾隆三十三年(1768)至嘉庆十四年(1809)间,焦循在此处授徒讲学。

〔5〕衄(nǜ):同“衂”,即鼻出血。

〔6〕设榻:设置床榻,也借指款待敬重的宾客或知交。

〔7〕相与:偕同;一起。

〔8〕孙虞桥吏部：孙宗彝(1612—1683)，字孝则，号虞桥，别号眉休居士，江苏高邮人。清代文学家。顺治六年(1649)进士，官至吏部考功司郎中。著有《爱日堂文集》等。

〔9〕梁饮光：梁于涘(1595—1645)，字饮光，一字湛至，号谷庵，乾隆中赐谥节愍，江都(今江苏扬州)人。崇祯十六年(1643)进士，任万安知县。清军攻占南昌，率军民闭城固守，城破，从容自缢。著有《谷庵诗集》。

〔10〕阮招勇：阮玉堂(1695—1759)，字履庭，号琢庵，学者阮元祖父。康熙五十四年(1715)武进士，后授三等侍卫，湖北兴国营参将。著有《珠湖草堂诗集》。珠湖草堂：阮氏旧居，在今江苏扬州。为阮玉堂当年钓游之地，后由阮元改名万柳堂。

〔11〕杨都尉：即杨大壮，字贞吉，号竹庐，又号耕云。以世袭轻车都尉，官徽州营参将。精于历算。诵芬庄：杨氏故居，在今江苏扬州。

〔12〕沈山人：生平不详，疑为焦循友人。

〔13〕郭隐君：生平不详，疑为扬州乡贤。焦循集中另有《石坊》诗写郭隐君墓，诗云："石坊立墓前，树伐石孤立。痾痒任牛摩，粪污任鸟集。偶尔乘小舟，曲从小涧入。迤逦至墓前，向墓谨长揖。凝眸辨坊字，字上苔花涩。葵心郭隐君，不仕无官职。曾为乡饮宾，高风重邦邑。吾里俗故淳，耕读各安习。愿勿见异迁，野稊杂嘉粒。先民有遗德，光辉长熠熠。"疑即此文中"寻郭隐君之墓石"之地。

〔14〕胜游：快意的游览。

〔15〕垣：墙。

〔16〕横逆：横暴的行为，此处指洪水暴虐之事。

〔17〕几殆：形容病情危急，情况危险。

〔18〕羸瘠：瘦弱。

〔19〕灺(xiè)：没点完的蜡烛，泛指灯烛。

〔20〕号笑：哭号和欢笑。

〔21〕菀枯：荣枯，茂盛与枯萎。

〔22〕太息：叹气。欷歔：叹息声。

〔23〕爰：于是。

【评析】

焦循的友人汪荣怀曾为焦循绘《湖庄图》八帧，此文即焦循为这组画所写的序文。序文虽标题为组图作序，实则为回忆性质的散文，未着笔于对画面的描绘及对画家技艺的称赞，而将数年间的经历娓娓道来，行文平实，读来却难免悲感。嘉庆八年时，汪荣怀前去看望焦循，焦循的母亲病愈，孙儿满周岁，正是喜事临门的好时候，两人共同出游，汪荣怀为此作画纪念。但作者作此序文时，已是两年之后，两年间天灾屡发，家人患病，作者再阅此图，已是“号笑殊情，菀枯异境”，难免“悲从中来，怆然莫已！”今昔境况的对比不须文字多作烘托，不作渲染、不加夸张、看似平铺直叙的记录，却渗透着作者深切的感情。作者写到此处，由实而虚，设想“倘汪君重为湖上之游”，应也会叹息感叹，由一己之情推及他人之感，使文字的感染力更进一步加深。

阮 元

阮元(1764—1849),字伯元,号芸台、雷塘庵主,晚年号怡性老人,清代江苏仪征(今属江苏扬州)人。乾隆五十四年(1789)进士,曾任山东学政、浙江学政、浙江巡抚、湖广总督、两广总督等职,官至体仁阁大学士,谥文达。扬州学派代表。博学多闻,精通训诂、金石、数学、天文、地理诸学。奉敕编《石渠宝笈》,倡修《儒林传》《文苑传》。平生爱才好士,重视教育,在粤办学海堂,在浙创诂经精舍,造就甚众。主持文坛数十年,学者奉为泰斗。博学贯通,精穷经谊,余事为诗。著有《经籍籑诂》《积古斋钟鼎彝器款识》《揅经室集》《小沧浪笔谈》等。又主持刊刻《十三经注疏》,编纂《皇清经解》《文选楼丛书》《浙江通志》《广东通志》《两浙金石志》《山左金石志》《两浙輶轩录》《淮海英灵集》等。《清史稿》有传。

国朝汉学师承记序[1]

两汉经学所以当尊行者[2],为其去圣贤最近,而二氏之说尚未起也[3]。老庄之说,盛于两晋,然《道德》《庄》《列》本书具在,其义止于此而已,后人不能以己之文字饰而改之,是以晋以后鲜乐言之者。浮屠之书[4],语言文字非译不明,北朝渊博高明之学士,宋、齐聪颖特达之文人,以己之说傅会其意[5],以致后之学者绎之弥悦[6],改而必从,非释之乱儒,乃儒之乱释。魏收作《释老志》后[7],踪迹可见矣。吾固曰,两汉之学纯粹以精者,在二氏未起之前也。我朝儒学笃实,务为其难,务求其是,是以通儒硕学,束发研经,白首而不能究[8],岂如朝立一旨,暮即成宗者哉!

甘泉江君子屏[9],得师传于红豆惠氏[10],博闻强记,无所不通,心贯群经,折衷两汉[11]。元幼与君同里同学,窃闻论说三十余年。江君所纂《国朝汉学师承记》八卷,嘉庆二十三年居元广州节院时刻之[12]。读此可知汉世儒林家法之承授,国朝学者经学之渊源,大义微言,不乖不绝[13],而二氏之说不攻自破矣。元又尝思国朝诸儒说经之书甚多,以及文集说部,皆有可采,窃欲析缕分条,加以翦截,引系于群经各章句之下。譬如休宁戴氏解《尚书》"光被四表"为"横被"[14],则系之《尧典》;宝应刘氏解《论语》"哀而不伤"[15],即《诗》"惟以不永伤"之"伤",则系之《论语·八佾篇》,而互见《周南》。如此勒成一书,名曰《大清经解》[16]。徒以学力日荒,政事无暇,而能总此事,审是非,定去取者,海内学友惟江君暨顾君千里二三人[17]。他年各家所著之书,或不尽传,奥义单辞[18],沦替可惜[19],若之何哉!岁戊寅除夕[20],序于桂林行馆。

【注释】

〔1〕选自清阮元《揅经室集》一集卷十一。

〔2〕尊行:推崇流行。

〔3〕二氏之说:指佛教与道教学说。

〔4〕浮屠之书:即佛教经典。浮屠,梵语Buddha的音译,意为佛陀,亦指佛教。

〔5〕傅会:牵强附会。

〔6〕绎:陈述。

〔7〕魏收作《释老志》:《魏书·释老志》,魏收撰,分述佛道二教在中国的发展简史,以佛教为主。魏收(506—572),字伯起,小字佛助,北齐钜鹿下曲阳(今河北晋州)人,入北齐后授中书令兼著作郎,文宣帝天保二年(551)受命撰魏史,天保五年(554),成《魏书》一百三十卷。

〔8〕究:穷尽。

〔9〕甘泉江君子屏:江藩(1761—1831),字子屏,号郑堂、节甫,清代甘泉(今江苏扬州)人。乾隆、嘉庆间监生。拜余萧客、江声为师,惠栋再传弟子。性豪放,治经专研汉学,受阮元聘主持江苏淮安丽正书院。著有《周易述补》《国朝汉学师承

记》《国朝宋学渊源记》《国朝经师经义目录》《炳烛室杂文》等。

〔10〕红豆惠氏：惠栋(1697—1758)，字定宇，号松崖，人称小红豆先生，清代江苏吴县(今江苏苏州)人。惠士奇子，专宗汉儒学说，吴派经学奠基人，撰有《易汉学》《周易述》《易例》《九经古义》《明堂大道录》《后汉书补注》《太上感应篇注》《松崖文钞》等书。

〔11〕折衷：调和。

〔12〕节院：唐代节度使官衙的庭院。清代省级地方官员如总督、巡抚、学政之官署皆称节院。嘉庆二十二年(1817)，阮元任两广总督，驻广州。嘉庆二十三年，江藩到广州，入阮元幕。

〔13〕乖：违背。

〔14〕休宁戴氏：戴震(1724—1777)，字东原、慎修，号杲溪，清代安徽休宁(今属安徽黄山)人。乾隆二十七年(1762)举人，三十八年(1773)被召为《四库全书》纂修官。精通音韵、文字、历算诸学，皖派经学代表，有《考工记图》《孟子字义疏证》《原善》《戴东原集》，校《大戴礼记》《水经注》。戴震解“光被四表”，见戴氏文集。

〔15〕宝应刘氏：刘台拱(1751—1805)，字端临，清代江苏宝应(今属江苏扬州)人。乾隆三十五年(1770)举人，曾官丹徒县训导。吴派经学代表，天文地理、文字训诂无所不通，有《论语骈枝》《国语补校》《汉学拾遗》等书。刘台拱解“哀而不伤”，见氏著《论语骈枝》。

〔16〕《大清经解》：即《皇清经解》，共一千四百一十二卷，题阮元编刊，书未成而阮元移镇滇黔，由其学海堂弟子严杰续成，道光九年(1829)广东督粮道夏修恕刊就。因书版藏于广州学海堂，又称《学海堂经解》。

〔17〕顾君千里：顾广圻(1766—1835)，字千里，号涧蘋、思适居士，清代江苏元和(今江苏苏州)人。嘉庆间诸生，拜江声为师，又受惠栋之学，精通经学，尤精校雠，有《说文辨疑》《战国策札记》《淮南子校勘记》《思适斋集》等。

〔18〕单辞：极其简短的言词。

〔19〕沦替：衰落，废弃。

〔20〕岁戊寅除夕：清仁宗嘉庆二十三年，即公元1819年1月25日。

【评析】

《国朝汉学师承记》八卷，江藩撰，成书于清嘉庆十六年(1811)，刊刻于嘉庆二十三年(1818)。该书将经学分为汉学、宋学两派,而崇汉抑宋,引发了清代经学史上著名的汉宋之争。本序为阮元作,阮元与江藩均为扬州学派成员,嘉庆十八年(1813)阮元任漕运总督时邀江藩主讲淮安丽正书院,后入阮元幕,二人交从甚密,在学术上亦颇有交流。序文第一部分论述经学自两汉而至清代的发展源流,第二部分叙述江藩与作者的深厚友谊,以及作者对江藩学术的深入了解,以此为推荐《国朝汉学师承记》增强说服力。作者称赞该书叙汉学源流清晰,条分缕析,“大义微言,不乖不绝”。但在最后一部分中,阮元又从《国朝汉学师承记》发散,希望由江藩参与《皇清经解》之编纂,盖因江藩了解清代经学的发展源流。文章体现了作者深厚的学术修养,语言简洁有力,直接阐明经学贵在不受佛道之学影响的笃实纯粹,为清代经学提出明确的发展方向。

江苏诗征序[1]

嘉庆元年[2],余在浙督学[3],选辑国朝浙人之诗,曰《两浙輶轩录》刻之[4],又选辑国朝扬州府及南通州之诗曰《淮海英灵集》刻之,复欲辑江苏各府州之诗,劳劳政事[5],未能也。岁丙寅、丁卯间[6],伏处乡里,见翠屏洲王君柳村储积国朝人诗集甚多[7],而江苏尤备,柳村欲有所辑,名之曰“江苏诗征”,余乃岁资以纸笔钞胥[8],柳村遂益肆力征考,于各家小传诗话尤多采择。尝下榻拥书于焦山佛阁中[9],月色江声,与千百诗人精魄相荡,铁冶亭制府闻而异之[10],因题其阁曰“诗征阁”。柳村选诗谨守归愚《别裁》家法[11],虽各适诸家之才与派[12],而大旨衷于雅正,忠节孝义布衣逸士诗集未行于世者,所录尤多,可谓摅怀旧之蓄念[13],发潜德之幽光者矣。丙子岁辑成五千四百三十余家[14],勒为一百八十三卷,属余订之。余方驰驱豫、楚[15],心力不足,目力亦昏,不能如在浙时从事于此,束其稿入粤,同里江君郑堂藩、许君楚生珩、凌君晓楼曙皆在粤馆[16],爰属三君子删订校正之[17]。梓人告成[18],裒然巨集[19],庶几自酬夙愿,而柳村亦不虚致此力矣。

【注释】

〔1〕选自清阮元《揅经室集》二集卷八。

〔2〕嘉庆元年:公元1796年。

〔3〕余在浙督学:阮元时任浙江学政。

〔4〕辎(yóu)轩:本义为古代使臣乘坐的一种轻车,后用作使臣的代称。

〔5〕劳劳:辛劳,忙碌。

〔6〕丙寅:清嘉庆十一年(1806)。丁卯:嘉庆十二年(1807)。

〔7〕翠屏洲:长江中的一处沙洲,时属扬州瓜洲。后因江岸坍塌,沉入江中。王君柳村:王豫(1768—1826),字应和,号柳村,清代镇江丹徒人,后移籍江都(今扬州)。诸生,嗜诗,室名诗征阁,辑《江苏诗征》,又有《儒行录》《种竹轩诗文集》等。

〔8〕钞胥:专门从事文书誊写的小吏。

〔9〕拥书:持书。

〔10〕铁冶亭制府:铁保(1752—1824),董鄂氏,字冶亭,一字梅庵,清代满洲正黄旗人。乾隆三十七年(1772)进士,因嘉庆时官至两江总督,故称“制府”。工书法,有《梅庵诗钞》《惟清斋集》。

〔11〕归愚《别裁》:指沈德潜所辑《唐诗别裁》《明诗别裁》《国朝诗别裁》诸书。沈德潜号归愚。

〔12〕适:符合,适合。

〔13〕摅(shū):抒发。蓄念:蕴蓄已久的想法。

〔14〕丙子岁:嘉庆二十一年,公元1816年。

〔15〕余方驰驱豫、楚:嘉庆二十一年(1816)时,阮元调任河南巡抚,同年迁湖广总督。

〔16〕郑堂藩:即江藩,号郑堂。许君楚生珩:即许珩,字楚生,清代江苏仪征人。诸生,有《周礼注疏献疑》。凌君晓楼曙:即凌曙(1775—1829),字晓楼,清代江苏江都人,经学家,曾从阮元校书,治《公羊传》,有《春秋公羊礼疏》《公羊礼说》《公羊问答》等。

〔17〕爰:于是。

〔18〕梓人:指刻版工人,印刷的雕版称“梓”,故称。

〔19〕裒(póu)然：聚集的样子。

【评析】

《江苏诗征》一百八十三卷，王豫撰，成书于嘉庆二十一年(1816)，刊刻于道光元年(1821)，从编纂到刊刻成书的二十多年间，是王豫与阮元交往的主要时间段，此书之编刻也得到了阮元的鼎力相助。因此，阮元与《江苏诗征》关系密切，本文即阮元为该书所作序，主要讲述了该书的成书过程和自己给予的帮助。阮元在嘉庆初年已经开始着力搜集、编选、刊刻江苏、浙江诗人诗作的总集，所以看到王豫有意编选江苏诗人总集时，慨然解囊相助，支付了纸笔和抄手的费用，将其稿交付江藩、许珩、凌曙校正，并资助刻印。关于王豫的纂辑过程，作者则尽力描绘王豫全力搜求、严格编选的过程，并以"雅正"为选辑标准。而"月色江声，与千百诗人精魄相荡"一句，又展现出王豫沉迷于诗歌海洋中的惬意画面，将严谨的态度和闲适的心情相结合，勾勒出王豫潜心治学，而又飘然欲仙、超脱尘世的形象。

书梁昭明太子文选序后〔1〕

昭明所选，名之曰"文"。盖必文而后选也，非文则不选也。经也，子也，史也，皆不可专名之为文也，故《昭明文选序》后三段特明其不选之故。必沉思翰藻〔2〕，始名之为文，始以入选也。或曰：昭明必以沉思翰藻为文，于古有征乎〔3〕？曰：事当求其始。凡以言语著之简策，不必以文为本者〔4〕，皆经也，子也，史也。言必有文〔5〕，专名之曰文者，自孔子《易·文言》始。《传》曰："言之无文，行之不远。"故古人言贵有文。孔子《文言》实为万世文章之祖。此篇奇偶相生，音韵相和，如青白之成文〔6〕，如咸韶之合节〔7〕，非清言质说者比也〔8〕，非振笔纵书者比也，非佶屈涩语者比也〔9〕。是故昭明以为经也，子也，史也，非可专名之为文也，专名为文，必沉思翰藻而后可也。自齐、梁以后，溺于声律，彦和《雕龙》〔10〕，渐开四六之体。至唐，而四六更卑〔11〕。然文体不可谓之不卑，而文统不得谓之不正。自唐、宋韩、苏诸大家以奇偶相生之文为八代之衰而矫之，于是昭明所不选者，反皆为诸家所取，故其所著者，非经即子，非子即史，求其合于《昭明序》所谓文者，鲜矣；合于班孟坚《两都赋》序所谓文章者[12]，更鲜矣。其不合之处，盖分于奇、偶之间。经、子、史多奇而少偶，故唐、宋八家不尚偶；《文选》多偶而少奇，故昭明不尚奇。如必以比偶非文之古者而卑之[13]，则孔子自名其言曰“文”者，一篇之中，偶句凡四十有八，韵语凡三十有五，岂可以为非文之正体而卑之乎？况班孟坚《两都赋》序及诸汉文，其体皆奇偶相生者乎？《两都赋》序白麟神雀二比、言语公卿二比[14]，即开明人八比之先路。明人号唐、宋八家为古文者，为其别于《四书》文也，为其别于骈偶文也。然《四书》文之体皆以比偶成文，《明史·选举志》曰：“《四子书》命题。代古人语气体用排偶谓之八股。”不比不行，是明人终日在偶中而不自觉也。且洪武、永乐时《四书》文甚短[15]，两比四句，即宋四六之流派[16]。弘治、正德以后[17]，气机始畅[18]，篇幅始长，笔近八家[19]，便于摹取，是以茅坤等知其后而昧于前也[20]。是《四书》排偶之文，真乃上接唐、宋四六为一脉，为文之正统也。然则今人所作之古文，当名之为何？曰：凡说经讲学皆经派也，传志记事皆史派也，立意为宗皆子派也[21]，惟沉思翰藻乃可名之为文也。非文者尚不可名为文，况名之曰古文乎。或问曰：子之所言，偏执己见，谬托古籍，此篇书后自居何等？曰：言之无文，子派杂家而已。

【注释】

〔1〕选自清阮元《揅经室集》三集卷二。

〔2〕翰藻：文采，辞藻。

〔3〕征：征兆，迹象。

〔4〕以文为本：以文辞为基础。

〔5〕言必有文：作品必须文辞优美。

〔6〕青白之成文：青色和白色交织成为花纹。文，纹理、花纹。

〔7〕咸韶：尧乐《大咸》与舜乐《大韶》的并称，后泛指古乐。

〔8〕清言质说：清言，清雅的言论。质说，朴素的言论。

〔9〕涩语：生涩难懂的语言。

〔10〕彦和《雕龙》：即刘勰的《文心雕龙》，刘勰字彦和。

〔11〕更：反而。

〔12〕合于班孟坚《两都赋》序所谓文章者：符合班固所撰《两都赋》自序中对“文章”的定义：“或以抒下情而通讽喻，或以宣上德而尽忠孝，雍容揄扬，著于后嗣，抑亦《雅》《颂》之亚也。”

〔13〕比偶：排比、对偶。

〔14〕《两都赋》序白麟神雀二比、言语公卿二比：班固《两都赋》自序曰：“白麟、赤雁、芝房、宝鼎之歌，荐于郊庙；神雀、五凤、甘露、黄龙之瑞，以为年纪。故言语侍从之臣，若司马相如、虞丘寿王、东方朔、枚皋、王褒、刘向之属，朝夕论思，日月献纳；而公卿大臣御史大夫倪宽、太常孔臧、大中大夫董仲舒、宗正刘德、太子太傅萧望之等，时时间作。”

〔15〕洪武、永乐：洪武，明太祖朱元璋年号（1368—1398）。永乐，明成祖朱棣年号（1403—1424）。此处指明代初期的文学风尚。

〔16〕宋四六之流派：宋四六，指宋代骈文。骈文以四字、六字为对偶，故名“四六”。

〔17〕弘治、正德：弘治，明孝宗朱祐樘年号（1488—1505）。正德，明武宗朱厚照年号（1506—1521）。此处指明代中期的文学风尚。

〔18〕气机：指行文的气势。

〔19〕八家：即“唐宋八大家”，韩愈、柳宗元、欧阳修、苏洵、苏轼、苏辙、王安石、曾巩。

〔20〕是以茅坤等知其后而昧于前也：茅坤（1512—1601），字顺甫，号鹿门，明代湖州府归安（今浙江湖州）人，嘉靖十七年（1538）进士，推崇唐宋古文，明中后期“唐宋派”代表，编选《唐宋八大家文钞》。昧，违背。

〔21〕宗：根本，主旨。

【评析】

此文为阮元读《昭明文选》后所作，主要表达自己关于文学的看法，目的是与桐城派提倡古文的观念相抗衡,借孔子《文言》和《昭明文选》的权威性,创立骈文的文统。阮元在本文中对"文"的概念进行了界定,认为骈文方为"文",与经、史、子相区别。萧统在《昭明文选序》中倡导的文章必须"事出于沉思,义归乎翰藻",符合阮元的文学理念,因此他选择借《文选》对于文学的定义,进一步阐发自己的文学观。阮元自孔子《易·文言》为文章之祖说起,指出"言贵有文",注重"奇偶相生,音韵相和",实则即骈文。所以阮元转而梳理骈文发展源流,简要勾勒了骈文的"文学史",自齐梁声律说至于中唐,骈文一直居于文坛主流,经历唐宋古文运动后逐渐衰落,但实际上骈文仍是文章之正统。阮元此序骈散结合,语言典雅平和,娓娓道来,用典恰当而说理透彻,文采斐然,充分体现其文学批评理念。

里堂学算记序〔1〕

数为六艺之一〔2〕。而广其用,则天地之纲纪,群伦之统系也〔3〕。天与星辰之高远,非数无以效其灵〔4〕。地域之广轮〔5〕,非数无以步其极。世事之纠纷繁颐〔6〕,非数无以提其要。通天地人之道曰儒,孰谓儒者而可以不知数乎! 自汉所来,如许商、刘歆、郑康成、贾逵、何休、韦昭、杜预、虞喜、刘焯、刘炫之徒〔7〕,或步天路而有验于时〔8〕,或著算术而传之于后。凡在儒林类能为算后之学者,喜空谈而不务实学,薄艺事而不为〔9〕,其学始衰。降及明代,寖以益微〔10〕,间有一二士大夫留心此事,而言测圆者不知天元〔11〕,习回回法者不知最高〔12〕,谬误相仍,莫能是正,步算之道,或几乎息矣。我国家稽古右文〔13〕,昌明数学,圣祖仁皇帝御制《数理精蕴》〔14〕,高宗纯皇帝钦定《仪象考成》诸编〔15〕,研极理数〔16〕,综贯天人,鸿文宝典〔17〕,日月昭垂,固度越乎轩辕、隶首而上之〔18〕。以故海内为学之士,甄明度数〔19〕,洞晓几何者,后先辈出。专门名家则有若吴江王晓庵锡阐、淄川薛仪甫凤祚、宣城梅征君文鼎〔20〕。儒者兼长则有若吴县惠学士士奇、婺源江慎修永、休宁戴庶常震〔21〕。莫不各有撰述，流布人间。盖我朝算学之盛，实往古所未有也。江都焦君里堂[22]，与元同居北湖之滨[23]，少同游，长同学。里堂湛深经学[24]，长于《三礼》，而于推步数术[25]，尤独有心得。比辑其所著《加减乘除释》八卷[26]、《天元一释》二卷、《释弧》三卷、《释椭》一卷总而录之，名《里堂学算记》。书成，而属元序之。

元思天文算学，至今日而大备，而谈西学者辄诋古法为粗疏不足道，于是中西两家遂多异同之论。然元尝稽考算氏之遗文，泛览欧逻之述作[27]，而知夫中之与西，枝条虽分，而本干则一也。如地为圆体，则《曾子》十篇中已言之。七政各有本天[28]，与郄萌日月不附天体之说相合[29]。月食入于地景[30]，与张衡蔽于地之说不别[31]。熊三拔《简平仪说》寓浑于平[32]，而崔灵恩已立义以浑盖为一矣[33]。的谷四方行测创蒙气反光之差[34]，而姜岌已云地有游气蒙蒙四合矣[35]。然则中之与西，不同者其名，而同者其实。乃强生畛域[36]，安所习而毁所不见[37]，何其陋欤？里堂会通两家之长，不主一偏之见。于古法穿穴《十经》[38]，研求三数[39]，而折中乎刘氏徽之注《九章》[40]。西法随事立说，阐其隐秘，而日月五星之果有小轮与[41]？夫日月五星本天之果为椭圆与不？则存而不论。昔蔡中郎撰“十意”未竟[42]，上言欲思惟精意[43]，扶以文义，润以道术[44]，著成篇章。今里堂之说算，不屑屑举夫数而数之[45]，精意无不包，简而不遗，典而有则，所谓扶以文义，润以道术者，非邪？然则里堂是记，固将以为儒流之典要，备六艺之篇籍者也。元少略涉斯学，心钝不能入深，且以供职中外[46]，斯事遂废。今见里堂成此书，敬且乐焉。吾乡通天文算学者，国朝以来惟泰州陈编修厚耀最精[47]。今里堂之学，似有过之无不及也。

【注释】

〔1〕选自清阮元《揅经室集》三集卷五。

〔2〕六艺：古代贵族教育学生的六种科目。《周礼·地官·大司徒》："三曰六艺：礼、乐、射、御、书、数。"

〔3〕群伦：同类、同辈。

〔4〕效：验证，证明。

〔5〕广轮：广袤，此处指土地的面积，东西为广，南北为轮。

〔6〕繁颐：复杂，繁重。颐，语气助词。

〔7〕许商……之徒：均为两汉魏晋精通历法算数之学的学者。许商，字长伯，西汉长安（今陕西西安）人，官至大司农，师从周堪治《尚书》，长于算数，著《五行论历》《许商算术》。刘歆（？—23），字子骏，后更名秀，字颖叔，西汉末沛（今属江苏徐州）人，刘向子，博学通经，亦精历法术数，有《三统历》，算得圆周率为3.15466，后人称之"刘歆率"。郑康成，即郑玄（127—200），字康成，东汉北海高密（今属山东潍坊）人，博通群经，兼采古今文经学，自成一家，号称"郑学"，又精历数、图纬、算术，相关著述有《天文七政论》《周易乾凿度》《乾象历》等。贾逵（30—101），字景伯，东汉扶风平陵（今陕西咸阳）人，经学家，精通术数之学，以为《左传》与谶纬相合，参与修订《四分历》。何休（129—182），字邵公，东汉任城樊（今山东济宁）人，官终谏议大夫，《公羊》学名家，善历算，相关作品有《风角注训》《七分注训》。韦昭（204—273），字弘嗣，后因避讳改名曜，三国吴吴郡云阳（今江苏丹阳）人，曾官中书郎，奉命校定众书，注《论语》《孝经》《国语》，其中有不少与术数相关的内容。杜预（222—284），字元凯，西晋京兆杜陵（今陕西西安东南）人，司马昭妹夫，官至司隶校尉，封当阳县侯，著《春秋左传集解》，精通历法，奏《上元乾度历》《春秋长历》。虞喜（281—356），字仲宁，东晋会稽余姚（今浙江余姚）人，专心治经，兼通谶纬天文，发现"岁差"，作《安天论》。刘焯（544—610），字士元，隋代信都昌亭（今河北武邑）人，奉诏与刘炫等人考定洛阳石经，与刘炫并称"二刘"，专以著述为务，擅历法，撰《皇极历》《稽极》《历书》等。刘炫（约546—约613），字光伯，隋代河间景城（今河北献县东北）人，隋文帝开皇年间与诸术数家修天文律历，著《算术》。

〔8〕步天路而有验于时：步，推算、测量。天路，日月星辰等天体运行的规律，也指天道。验，证验。

〔9〕艺事：技艺，此处指中古以前的术数推算之技艺。

〔10〕寖（jìn）：同"浸"，渐渐。

〔11〕天元：古代九章算法的一种，即代数一元方程式，含有一个未知数，我国古

代常用以解决内切圆、旁切圆问题。

〔12〕习回回法者不知最高：回回法，即伊斯兰历，伊斯兰国家、穆斯林通用的历法。本句指研习回回历，而不知其“日行最高”（即远地点）的意义。阮元在《畴人传》中用以讽刺唐顺之。

〔13〕右文：崇尚文治。

〔14〕圣祖仁皇帝御制《数理精蕴》：《数理精蕴》，全书五十三卷，何国宗、梅瑴成等奉敕撰，清康熙六十一年(1722)成书。继承梅文鼎算法，总结了明末清初传入中国的西方数学成果。

〔15〕高宗纯皇帝钦定《仪象考成》：《仪象考成》，全书三十卷，卷首二卷，允禄、戴进贤等奉敕纂，有清乾隆二十一年(1756)武英殿刻本。该书更定、补充了旧星表。

〔16〕研极：研究穷尽。

〔17〕鸿文：巨著。

〔18〕固度越乎轩辕、隶首而上之：固，已经。度越，超越。轩辕，传说中黄帝的名字。隶首，黄帝史官，始作算数。

〔19〕甄明度数：甄明，通晓。度数，以度为单位计量的数目，度，中国古代天学、数学的计量单位。

〔20〕吴江王晓庵锡阐：王锡阐(1628—1682)，字寅旭，一字昭冥，号晓庵，清代江苏吴江（今属江苏苏州）人，通晓中西历学与数学，著《晓庵新法》以测日月食，又有《大统历法启蒙》。淄川薛仪甫凤祚：薛凤祚（？—1680），字仪甫，清代山东淄川（今属山东淄博）人，从魏文魁、法国穆尼阁学中西天文算学，著有《算学会通正集》《考验》《致用》等。宣城梅征君文鼎：梅文鼎(1633—1721)，字定九，号勿庵，长于中西数学、天文，其天文算学相关著作由梅瑴成汇编为《梅氏丛书辑要》。

〔21〕吴县惠学士士奇：惠士奇(1671—1741)，字天牧，一字仲儒，号半农居士，学者称“红豆先生”，清代江苏吴县（今江苏苏州）人，惠周惕子，康熙四十八年(1709)进士，官至翰林院侍读学士，通经术，于《易》象数尤有心得，天文历算专著则有《交食举隅》《琴笛理数考》。婺源江慎修永：江永(1681—1762)，字慎修，清代徽州婺源（今属江西上饶）人，诸生，专心《十三经注疏》，而尤精《三礼》，亦精天文、地理、音韵之学，算学专著汇编为《数学》八卷。休宁戴庶常震：戴震(1724—1777)，字东原，一字慎修，号杲溪，清代安徽休宁（今属安徽黄山）人，乾隆二十七

年(1762)举人,三十八年(1773)任《四库全书》纂修官,后赐同进士出身,音韵、文字、历算之学无所不精,作《勾股割圆记》《续天文略》诸书,又有《原象》《迎日推策记》等文。

〔22〕江都焦君里堂:焦循(1763—1820),字里堂,清代江苏甘泉(今江苏扬州)人。嘉庆六年(1801)举人。著名经学家,与江藩(字郑堂)并称"二堂",以戴震为师,著作繁富,有《易学三书》《孟子正义》《里堂学算记》《雕菰楼集》《邗记》《剧说》等。

〔23〕北湖:位于今扬州邗江区北郊。

〔24〕湛深:精通(某种学问)。

〔25〕推步:推算天象历法。

〔26〕比:及,等到。

〔27〕欧逻:利玛窦将Europe译作"欧逻巴",简称欧逻。

〔28〕七政各有本天:七政,中国古天文学术语,指日月与金、木、水、火、土五星。本天,固有的天象。

〔29〕郄(xì)萌:东汉天文学家,曾任秘书郎。宣夜说的主要代表人物。宣夜说认为天无具体形态,大地以上都是气体,日月、星辰都漂浮在气体之中。

〔30〕月食入于地景:景,"影"的古字,阴影。此句指月食是月亮被地球的阴影遮挡住了。

〔31〕张衡蔽于地之说:汉张衡《灵宪》论月食曰:"当日之冲,光常不合者,蔽于地也。是谓暗虚,在星星微,月过则食。"

〔32〕熊三拔《简平仪说》寓浑于平:熊三拔(1575—1620),原名Sabbathino de Ursis,意大利传教士,明神宗万历三十四年(1606)来华,随利玛窦学汉语,助徐光启等人译西方天文书籍,有《简平仪说》《泰西水法》《表度说》等西学著作。《简平仪说》中提出以地平线观测太阳运行规律,其理论基础为地球是运动的球形,即中国古代的"浑盖一体"说。

〔33〕崔灵恩已立义以浑盖为一:崔灵恩,南朝梁清河郡东武城(今河北故城,一说今山东德州)人。北魏太常博士,梁武帝天监十三年(514)入梁后累迁步兵校尉兼国子博士、桂州刺史。少遍习五经,著《三礼义宗》《左氏经传义》等书。《梁书·崔灵恩传》曰:"先是儒者论天,互执浑、盖二义,论盖不合于浑,论浑不合于盖。灵恩立义,以浑、盖为一焉。"浑,中国古代的浑天说,认为天与地是一个完整的球

体。盖，中国古代的盖天说，认为天是一个半球形，盖在方形的大地上，所谓“天圆地方”是也。

〔34〕的谷四方行测创蒙气反光之差：的谷，即第谷·布拉赫（Tycho Brahe，1546—1601），丹麦天文学家，主张地心说，建立了第谷宇宙体系，提出蒙气差理论。蒙气反光之差，即天文学中所说的“蒙气差”，指大气折射现象。蒙气，中国古代指包围在地球外面的大气。

〔35〕姜岌已云地有游气蒙蒙四合：姜岌，五胡十六国时后秦天水（今甘肃天水）人，天文学家，有《三纪甲子元历》《浑天论》，创以月食测定太阳位置的方法，阮元认为他是中国最早发现大气消光现象的天文家。地有游气蒙蒙四合，指大气折射消光现象，《隋书·天文志》引姜岌语云：“及其（指太阳）初出，地有游气，以厌日光，不眩人目，即日赤而大也。无游气则色白，大不甚矣。地气不及天，故一日之中，晨夕日色赤，而中时日色白。地气上升，蒙蒙四合，与天连者，虽中时亦赤矣。”游气，浮动的云气。蒙蒙，模糊不清的样子。

〔36〕畛（zhěn）域：界限，用以比喻成见。

〔37〕安所习而毁所不见：止于了解熟悉的学说，而诋毁自己不曾见过的观点。

〔38〕穿穴：钻研。《十经》：指《算经十书》，即《周髀算经》《九章算术》《海岛算经》《孙子算经》《张丘建算经》《五曹算经》《五经算术》《缉古算经》《夏侯阳算经》《数述记遗》。

〔39〕三数：中国古代数学中上、中、下三等进位法。

〔40〕刘氏徽之注《九章》：刘徽（约225—约295），三国末西晋初数学家，于魏元帝景元四年（263）注成《九章算术》。创造用割圆术计算圆周率的方法。

〔41〕日月五星之果有小轮：小轮，即“本轮”，是圆形的天体运行轨道，每个行星绕着本轮周边作匀速运动。与之相对的是“均轮”，每个本轮的圆心各自沿着均轮的周边作匀速运动，地球居于均轮的中心。西方“地心说”采用小轮体系解释天体运动。

〔42〕蔡中郎撰“十意”未竟：汉代蔡邕《后汉书》计划撰写十志，后因战乱流离未成书。蔡邕因拜左中郎将而称“蔡中郎”。

〔43〕思惟精意：思惟，思量、思考。精意，精深的意旨。

〔44〕润：修饰，润饰。

〔45〕屑屑：琐屑，繁琐。

〔46〕中外：朝廷内外，指中央和地方。

〔47〕泰州陈编修厚耀：陈厚耀（1648—1722），字泗源，号曙峰，江苏泰州人。清康熙四十五年（1706）进士，精通天文算法，因此受康熙召见，命与梅瑴成修书，书成授翰林院编修，故称“陈编修”。有《春秋长历》《春秋世族谱》传世，余皆不传。

【评析】

《里堂学算记》，焦循撰，收录其数学、天文学主要研究成果，会通古今中西，包括《加减乘除释》八卷、《天元一释》二卷、《释弧》三卷、《释轮》二卷、《释椭》一卷，共十六卷。焦循与阮元同为扬州学派学者代表，且焦循为阮元的族姐夫，既是亲戚，又是挚友，关系十分密切，因此阮元受托为焦循《里堂学算记》作序。本文分为两大部分，第一部分阐明数学为“天地之纲纪，群伦之统系”，并梳理了中国古代数学源流与成就，特别指出数学至清代始复兴，得到皇帝重视，涌现一批数学名家，而焦循即为其中之一，“于推步数术，尤独有心得”。因而引出第二部分，主要为阮元基于《里堂学算记》而产生的关于中西数学异同的思考，认为中西数学早有相合之处，而焦循《里堂学算记》正是综合中西，“精意无不包，简而不遗，典而有则”的理论性专著。该序广征博引，具有较强的学术性，可见阮元博览中西算学著作，对数学发展了然于心。

王引之

王引之(1766—1834),字伯申,号曼卿,扬州高邮人。王念孙子,王敬之兄。清嘉庆四年(1799)进士,道光年间官至工部尚书,卒谥文简。王引之传其父文字、训诂之学,与父并称“高邮二王”,其家学号称“高邮王氏之学”。扬州学派代表,曾奉命校正《康熙字典》,学术著作有《经义述闻》《经传释词》等,其他著作则有《王文简公文集》《王伯申文集补编》等。《清史稿》有传。

经义述闻序〔1〕

引之受性梼昧〔2〕,少从师读经,裁能绝句〔3〕,而不得其解。既乃溺于举子业,旦夕不辍,虽有经训,未及搜讨也〔4〕。年廿一〔5〕,应顺天乡试,不中式而归〔6〕。亟求《尔雅》《说文》《音学五书》读之〔7〕,乃知有所谓声音文字诂训者。越四年而复入都,以己所见质疑于大人前〔8〕。大人则喜曰:“乃今可以传吾学矣。”遂语以古韵廿一部之分合〔9〕,《说文》谐声之义例〔10〕,《尔雅》《方言》及汉代经师诂训之本原。大人曰:诂训之指,存乎声音。字之声同声近者,经传往往假借。学者以声求义〔11〕、破其假借之字而读以本字,则涣然冰释〔12〕;如其假借之字而强为之解,则诘𫐓为病矣〔13〕。故毛公《诗传》多易假借之字而训以本字〔14〕,已开改读之先。至康成笺《诗》注《礼》〔15〕,娄云某读为某〔16〕,而假借之例大明。后人或病康成破字者〔17〕,不知古字之多假借也。大人又曰:说经者期于得经意而已,前人传注不皆合于经,则择其合经者从之,其皆不合,则以己意逆经意〔18〕,而参之他经,证以成训,虽别为之说，亦无不可。必欲专守一家，无少出入，则何邵公之《墨守》[19]，见伐于康成者矣[20]。故大人之治经也，诸说并列，则求其是，字有假借，则改其读，盖孰于汉学之门户[21]，而不囿于汉学之藩篱者也[22]。引之过庭之日[23]，谨录所闻于大人者，以为圭臬[24]，日积月累，遂成卷帙。既又由大人之说触类推之，而见古人之诂训有后人所未能发明者，亦有必当补正者，其字之假借有必当改读者，不揆愚陋[25]，辄取一隅之见[26]，附于卷中，命曰《经义述闻》，以志义方之训[27]。凡所说《易》《书》《诗》《周官》《仪礼》《大小戴记》《春秋内外传》《公羊》《穀梁传》《尔雅》，皆依类编次。其所未竟，归之续编，亦欲当世大才通人纠而正之，以祛烦惑云尔。

【注释】

〔1〕选自清王引之《王文简公遗集》卷五。

〔2〕受性梼(táo)昧：受性，生性。梼昧，愚昧。

〔3〕裁：通“才”，仅仅。

〔4〕搜讨：深入研究探讨。

〔5〕年廿一：王引之二十一岁时，即清高宗乾隆五十一年，公元1786年。

〔6〕中式：指通过科举考试。

〔7〕《音学五书》：清代顾炎武所撰音韵学著作，从经典中考求古音、推定古韵，成功离析唐韵，分古韵为十部，奠定了清代古音学基础。

〔8〕大人：对父亲王念孙的敬称。

〔9〕古韵廿一部之分合：王念孙后期将古韵分为二十一部，体现于氏著《诗经群经楚辞韵谱》。

〔10〕谐声：即传统“六书”之形声，形符和声符结合的造字法。六书，指象形、指事、会意、形声、转注、假借。

〔11〕以声求义：王念孙于《广雅疏证》中提出的训诂重要理念和方法，认为词是音义结合的统一体，应从被释字的声音出发探究词义。

〔12〕涣然冰释：《老子》第十五章：“涣兮若冰之将释。”本义为冰冻遇热后迅速

消融，用以比喻疑虑很快消除。涣然，离散的样子。

〔13〕诘鞫（jū）：即诘屈，文义迂回难懂。

〔14〕毛公《诗传》：指毛亨、毛苌《毛诗故训传》，汉代古文《诗》经学代表作。

〔15〕康成笺《诗》注《礼》：指郑玄作《毛诗传笺》《三礼注》。郑玄字康成。

〔16〕娄（lǚ）：通“屡”，多次。

〔17〕后人或病康成破字者：病，指责。破字，古代训诂的方法之一，用本字改读假借字。

〔18〕逆：违背，不顺从。

〔19〕何邵公之《墨守》：何邵公，何休（129—182），字邵公，东汉任城樊（今山东兖州）人，官终谏议大夫，东汉著名经学家，精通《公羊》学。《墨守》，指何休所作《公羊墨守》，今佚，有辑本。

〔20〕见伐于康成：指郑玄不同意何休《公羊墨守》的观点，作《发墨守》批驳之。见《后汉书·郑玄传》。

〔21〕孰：同“熟”，精通，程度深。

〔22〕藩篱：原义为竹木编成的栅栏，此处引申指领域、范畴。

〔23〕过庭：指接受父亲的训导。《论语·季氏》：“鲤趋而过庭，曰：‘学《诗》乎？’对曰：‘未也。’‘不学《诗》，无以言。’鲤退而学《诗》。他日又独立，鲤趋而过庭，曰：‘学《礼》乎？’对曰：‘未也。’‘不学《礼》，无以立。’鲤退而学《礼》。”

〔24〕圭臬：原义指古代测日影、土地的标准性仪器，因以比喻典范、准则。

〔25〕揆：揣摩。

〔26〕一隅之见：片面的见解。隅，角落，引申为事物的部分或片面。

〔27〕义方：指父亲教导孩子应当遵守的规范和道理。《左传·隐公三年》：“石碏谏（于卫庄公）曰：‘臣闻爱子，教之以义方，弗纳于邪。’”

【评析】

《经义述闻》三十二卷，王引之撰，“高邮王氏四种”之一，文字、训诂、校勘专书。体例从王念孙《读书杂志》，为王念孙、王引之父子考订诸经传文字讹误、辨旧疏异同之札记，因经义训释多从其父王念孙说，故名“述闻”。本文为王引之自序，讲述了自己的求学经历和从父学声音、训诂之学的过程，进而说明《经义述闻》成书过程和主要内容。一是“谨录所闻于大人者”，记录父亲的研究结果；二是“既又由大人之说触类推之”,据父亲的训释进一步阐发自己的观点。语言平实,有条不紊地列举父亲重要的训诂学理念和方法,即“诸说并列,则求其是,字有假借,则改其读”,字里行间透露着对父亲的尊重和崇敬,明为作序,实则赞扬父亲的治学理念。

刘逢禄

刘逢禄(1776—1829),字申受,又字申甫,号思误居士,江苏武进(今江苏常州)人。嘉庆十九年(1814)进士,授翰林院庶吉士,任礼部主事。少时跟随外祖父庄存与、舅父庄述祖学习经学,尽得其传。为学务通大义,不专章句。对《易》《诗》《书》等都有阐述,尤重《春秋》,其学以何休为宗,重视公羊学义理的阐发,主张经世致用,试图以今文经学之“微言大义”救世。龚自珍、魏源都曾从其学习《公羊春秋》。亦能诗文。著有《左氏春秋考证》《论语述何》《尚书今古文集解》《刘礼部集》等。

公羊何氏释例序〔1〕

叙曰:昔孔子有言:“吾志在《春秋》。”〔2〕又曰:“知我者其惟《春秋》乎,罪我者其惟《春秋》乎!”〔3〕盖孟子所谓行天子之事,继王者之迹也。

传《春秋》者言人人殊,惟公羊氏五传〔4〕。当汉景时,乃与弟子胡毋子都等记于竹帛〔5〕。是时,大儒董生下帷〔6〕,三年讲明,而达其用,而学大兴,故其对武帝曰:“非六艺之科、孔子之术,皆绝之,弗使复进。”汉之吏治经术,彬彬乎近古者,董生治《春秋》倡之也。胡毋生虽著条例,而弟子遂者绝少,故其名不及董生,而其书之显亦不及《繁露》〔7〕。绵延迄于东汉之季,郑众〔8〕、贾逵之徒〔9〕,曲学阿世〔10〕,扇中垒之毒焰〔11〕,鼓图谶之妖氛〔12〕,几使羲辔重昏〔13〕、昆仑绝纽〔14〕。赖有任城何邵公氏〔15〕,修学卓识,审决白黑而定,寻董、胡之绪,补庄、颜之缺〔16〕,断陈元〔17〕、范升之讼〔18〕,针明、赤之疾〔19〕,研精覃思十有七年〔20〕,密若禽墨之守御〔21〕,义胜桓文之节制〔22〕,五经之师,罕能及之。

天不祐汉，晋戎乱德，儒风不振，异学争鸣。杜预[23]、范宁吹死灰期复然[24]，溉朽壤使树艺[25]。时无戴宏[26]，莫与辨惑。唐统中外，并立学官，自时厥后，陆淳[27]、啖助之流[28]，或以弃置师法，燕说郢书[29]，开无知之妄；或以和合传义，断根取节，生歧出之途。支窒错迕[30]，千喙一沸，而圣人之微言大义盖尽晦矣。

大清之有天下百年，开献书之路，招文学之士，以表章六经为首[31]。于是人耻乡壁虚造[32]，竞守汉师家法。若元和惠栋氏之于《易》[33]，歙金榜氏之于《礼》[34]，其善学者也。禄束发受经，善董生、何氏之书，若合符节，则尝以为学者莫不求知圣人，圣人之道备乎五经，而《春秋》者，五经之管钥也[35]。先汉师儒略皆亡阙，惟《诗》毛氏[36]、《礼》郑氏[37]、《易》虞氏有义例可说[38]，而拨乱反正莫近《春秋》，董、何之言受命如向。然则求观圣人之志、七十子之所传，舍是奚适焉？

故寻其条贯，正其统纪，为《释例》三十篇；又析其凝滞，强其守卫，为《笺》一卷、《答难》二卷；又博征诸史刑、礼之不中者为《礼议决狱》二卷；又推原左氏、穀梁氏之失，为《申何难郑》四卷。用冀持世之志，粗有折衷[39]。若乃经宜权变损益制作，则聪明圣知达天德之事，概乎其未之闻也已。嘉庆十年六月[40]，兰陵刘逢禄撰于东鲁讲舍。

【注释】

〔1〕选自清刘逢禄《春秋公羊经何氏释例》。

〔2〕吾志在《春秋》：语出《孝经钩命决》："孔子曰：'吾志在春秋，行在《孝经》。'"

〔3〕知我者其惟《春秋》乎，罪我者其惟《春秋》乎：语出《孟子·滕文公下》："世衰道微，邪说暴行有作，臣弑其君者有之，子弑其父者有之。孔子惧，作《春秋》。《春秋》，天子之事也。是故孔子曰：'知我者其惟《春秋》乎！罪我者其惟《春秋》乎！'"

〔4〕公羊氏五传：公羊氏在汉代以前的五世传授。徐彦《春秋公羊传疏》引戴

宏说:“子夏传与公羊高,高传与其子平,平传于其子地,地传于其子敢,敢传于其子寿。至汉景帝时,寿乃共弟子齐人胡毋子都著于竹帛。”

〔5〕胡毋子:胡毋生,姓胡毋,字子都,齐(郡治在今山东临淄)人。西汉儒生,以专治《公羊传》于汉初颇有声名。

〔6〕董生:董仲舒(前179—前104),广川(今河北景县)人。西汉哲学家,今文经学大师。自少年时专治《春秋公羊传》。景帝时为博士。下帷:放下室内悬挂的帷幕,指教书。

〔7〕《繁露》:《春秋繁露》,十七卷,八十二篇,董仲舒著。西汉今文经学的代表作。

〔8〕郑众(?—83):字仲师,河南开封人。东汉经学家。称“先郑”,以与郑玄相区别。习《左氏春秋》。

〔9〕贾逵(30—101):字景伯,扶风平陵(今陕西咸阳)人。东汉经学家、天文学家。贾谊九世孙。习《左氏春秋》,并曾上书说《左传》与谶纬相合。

〔10〕曲学阿世:歪曲自己的学术,以投世俗之好。

〔11〕中垒:指中垒校尉,职官名,汉武帝时设,东汉废。此处指刘向,因其曾任中垒校尉。刘向习《春秋穀梁传》,并以之建立“灾异学”。

〔12〕图谶:古代方士或儒生编造的关于帝王受命征验一类的书,多为隐语、预言。始于秦,盛于东汉。

〔13〕羲辔:指太阳,此处比喻公羊学。羲,即传说中为太阳驾车的羲和。辔,驭马所用缰绳。

〔14〕绝:断、断绝。纽:连系,也比喻事物的根本、关键。此句比喻学问纲纪的崩坏。

〔15〕任城何邵公氏:何休(129—182),字邵公,东汉任城樊(今山东济宁)人。经学家。所撰《春秋公羊传解诂》,是现存《公羊传》的最早注本,为今文经学的重要经籍。

〔16〕庄:即“严”,避汉明帝讳,指严彭祖。严彭祖,字公子,东海下邳(今属江苏徐州)人。西汉《春秋》严氏学的创始人,撰有《春秋公羊严氏记》,已佚。颜:颜安乐,字公孙,鲁薛城(今山东滕州)人。与严彭祖同从眭孟受《春秋公羊传》,有《春秋公羊颜氏记》,已佚。

〔17〕陈元:字长孙,苍梧广信(今广西梧州)人。东汉经学家。习《左氏春秋》。

曾就是否立《左传》博士与范升辩难十余次。

〔18〕范升（？—约66）：字辩卿，代郡（今河北蔚县东北）人。东汉经学家。力主今文经学，反对立《左氏春秋》于学官。

〔19〕明、赤之疾：明，指左丘明，春秋时鲁国史官，相传《春秋左氏传》即其所作。赤，指穀梁赤，鲁国人，战国时学者，相传受业于子夏，习《春秋》，其口述《春秋》即《春秋穀梁传》。

〔20〕研精覃（tán）思：指精心研究，深入思考。精，细密。覃，深入。

〔21〕禽墨：墨翟与其弟子禽滑釐的合称。

〔22〕桓文：春秋五霸中齐桓公和晋文公的合称。

〔23〕杜预（222—284）：字元凯，京兆杜陵（今陕西西安）人。西晋史学家、经学家。专治《左传》，认为《公羊》《穀梁》为诡辩之言。

〔24〕范宁（339—401）：字武子，顺阳（今属河南淅川）人。东晋经学家。抨击玄学，精于《穀梁》，有《春秋穀梁传集解》。

〔25〕溉朽壤使树艺：这句比喻试图振兴已经式微的学说，有贬抑色彩。朽壤，腐土。树艺，种植、栽培。

〔26〕戴宏：字元襄，刚（今山东宁阳东南）人。东汉经学家。著有《解疑论》一卷，阐述《公羊春秋》之学。

〔27〕陆淳（？—806）：字伯冲，后改名质，吴郡（今江苏苏州）人。唐代经学家。精通经学，以《春秋》为深，兼采"三传"以成一书，改变了以往"三传"各自为说的传统。

〔28〕啖助（724—770）：字叔佐，赵州（治今河北赵县）人。唐代经学家。长于《春秋》之学，考核《公羊传》《穀梁传》《左传》三传短长，并三家之说。

〔29〕燕说郢书：即郢书燕说，郢地人信中的误写，燕国人却为之作了解释，比喻牵强附会，曲解原意。燕，古诸侯国名。说，解释。郢，春秋战国时楚国的都城。书，信。

〔30〕支窒错迕（wǔ）：交杂错乱。

〔31〕表章：同"表彰"，显扬，表扬。

〔32〕乡壁虚造：对着墙壁，凭空造出来的。比喻无事实根据，凭空捏造。

〔33〕惠栋（1697—1758）：字定宇，号松崖，人称小红豆先生，江苏吴县（今江苏苏州）人。清代学者。勤于著述，尤精于《易》学，撰有《周易述》《易汉学》《九经

古义》《周易本义辨证》《新本郑氏周易》等多种著作。

〔34〕歙金榜氏：即金榜(1735—1801)，字蕊中、辅之，又字檠斋，号敬斋，歙县人。清代学者、文学家。于经学尤精三《礼》，著有《礼笺》一书。

〔35〕管钥：即锁钥，比喻事物的关键部分。

〔36〕《诗》毛氏：即西汉时毛诗，今本《诗经》即为毛诗。传为西汉毛亨、毛苌所传。毛亨，一说西汉鲁(今山东曲阜一带)人，一说河间(今河北献县)人。传为毛诗学开创者。毛苌，赵国(今河北邯郸)人，据说从毛亨受诗学，传授于世。

〔37〕《礼》郑氏：即东汉时郑玄作《礼记注》。郑玄(127—200)，字康成，北海高密(今属山东)人。东汉训诂学家，经学家。

〔38〕《易》虞氏：即三国时虞翻作《周易注》。虞翻(164—233)，字仲翔，会稽余姚(今属浙江)人。三国吴经学家。

〔39〕折衷：折中，取正，用为判断事物的准则。

〔40〕嘉庆十年六月：公元1805年7月。

【评析】

《春秋公羊何氏释例》，三十篇，十卷，刘逢禄撰。刘逢禄少承家学，潜心于何休《春秋公羊解诂》的研究，梳理其脉络，刊正其统纪，写成《春秋公羊何氏释例》十卷，又分析其疑难，作《笺》一卷、《答难》二卷，另有《礼议决狱》《申何难郑》等。本文即刘逢禄为《春秋公羊何氏释例》所作的自序。序文先引述孔子言论，指出《春秋》经在经学中的重要地位，又以公羊学的传授为叙述中心，对《春秋》学的历史作出简单的回顾，由西汉董仲舒而下，直至清儒学风大变，指出此时正应当恢复《春秋》学的传统。本文作者个人感情色彩极强，因治公羊之学，故而推崇董、何之学，贬抑《春秋左氏传》与《春秋穀梁传》，难免有言辞激烈之处。但其解说清晰，观点明确，文字质朴，学理性和思辨性强，集中体现了清代公羊学今文学派的观点，具有一定的纲领性质。

梅曾亮

梅曾亮(1786—1856),原名曾荫,字伯言,又字葛君,上元(今江苏南京)人。清代文学家。少喜骈文,后就读钟山书院,师从姚鼐,遂转攻古文,为桐城派重要传人,与管同、刘开、方东树并称“姚门四弟子”。道光二年(1822)进士,授知县不就,改户部郎中。在京二十余年,颇具文名。京师学古文者,如广西朱琦、龙启瑞、王拯,湖南曾国藩、孙鼎臣等,皆曾从其问学,颇有影响。道光二十九年(1849)辞归,主讲扬州书院。咸丰三年(1853),以太平军攻破南京,避居兴化,又移淮安,寄江南河道总督杨以增署为馆师。著有《柏枧山房集》。

阮小咸诗集序〔1〕

江宁郡城,其西北包十余山〔2〕,林壑深远〔3〕,而秦淮、清溪之水萦带其下〔4〕,其迹虽或存或湮,而清淑之气犹足以沾溉人物〔5〕。故士生其里,多跌宕自标异,或真朴无文饰,有六朝人余习,其衣冠言动〔6〕,与南城人风气固殊也。以余相知,若严君小秋〔7〕、汪君[illegible]楼〔8〕、车君秋舲〔9〕、陆君香[illegible]〔10〕、汪君平甫〔11〕、方君慎之及小咸〔12〕,所居相去率不过一二里〔13〕,而诸君皆多文酒之会〔14〕,时相与携榼访胜〔15〕,极乎山砠水涯〔16〕,欢吟醉呼,穷日夜,披林莽,逐星月而归,以为常。

小咸虽与诸君倡和相得〔17〕,而终岁授徒,于文酒之乐不多与也。及余自京师归,北城诸君凋逝殆尽〔18〕,慎之亦久客不能归。独君年已七十,尚授徒如故。余因自叹年未甚耄老〔19〕,而自里居后〔20〕,山城孤寺,往往多独游,少与偕者。见少年游从意气之盛〔21〕,追念昔时同辈,邈焉难求,而寂寞自守、得臻乎老寿如君者，为可幸也。乃未几，而君亦旋卒[22]。

君之子肇星，以诗稿属序。余读之，清婉恬适，如君其人，不以其不得志于有司也[23]，而有怨词，有矜气，真德人之音也[24]。昔与君及郧楼、香筠同肄业于尊经书院[25]，夜归，市户皆静闭，独吾三四人履声满街。读君诗，忽忽不觉为数十年事也。

咸丰二年九月序[26]。

【注释】

〔1〕选自清梅曾亮《柏枧山房全集·文集》卷七。

〔2〕西北包十余山：指石城山、冶城山、清凉山、鸡鸣山、四望山、马鞍山、卢龙山、幕府山、观音山等。

〔3〕林壑：山林涧谷，山林幽深之处。

〔4〕萦（yíng）带：形容河流环绕。

〔5〕清淑：清和。沾溉：比喻使人受益。

〔6〕衣冠：泛指衣着、穿戴。言动：即言行。

〔7〕严君小秋：严骏生，字小秋，清上元（今江苏南京）人。有《餐花吟馆词钞》。

〔8〕汪君郧楼：汪度，字郧楼，一字南庄，号白也，又号芳留，清上元人。有《玉山堂词》。

〔9〕车君秋舲：车持谦（1778—1842），字子尊，号秋舲，清上元人。

〔10〕陆君香筠：陆长发，字香筠，清上元人。丁酉（1837）副贡，曾任国子监典籍衔教谕。

〔11〕汪君平甫：汪钧，字平甫，诸生。有《筠心堂词钞》。

〔12〕方君慎之：方慎之，生平不详，疑为梅曾亮同乡友人。梅曾亮另有《与方慎之夜话寄示仲卿弟》诗，据诗意，梅氏在京城为官时，方慎之曾到访，二人夜话时多忆及故园景色。

〔13〕相去：相距，相差。

〔14〕文酒之会：即指前文所述交游和咏之事。文酒，谓饮酒赋诗。

〔15〕携榼（kē）访胜：携带美酒出游。榼，盛酒的器具。访胜，探访胜地美景。

〔16〕山砠（jū）水涯：石山和水滨，泛指荒僻的处所。

〔17〕倡和：以诗词相酬答。相得：彼此契合、投机。

〔18〕凋逝：死亡。

〔19〕耄老：老年，老年人。此处指年岁高。

〔20〕里居：古指官吏告老或引退回乡居住。

〔21〕游从：相随同游。

〔22〕旋卒：随即去世。

〔23〕不得志于有司：意为科举未考中。

〔24〕德人：有德的人，指德操高尚者。

〔25〕肄业：修习课业。

〔26〕咸丰二年九月：公元1852年10月中旬至11月中旬。

【评析】

《阮小咸诗集》，已佚。阮小咸，生卒年不详，亦无诗文传世。本文为梅曾亮为此集所作序文，阮小咸、梅曾亮两人原为少时旧友，阮小咸之子在父亲去世后为其刻印生平所作，便请父亲的旧友为其诗集作序。序文起笔自江宁西北诸山写起，看似无用絮语，实则以山水之灵反衬此处士人之性。少年士子意气相投，文酒唱和，或与阮小咸本人不甚相关，实则以耽于“文酒之会”的众人衬出阮小咸的“真朴无文饰”。然此时作者笔锋一转，由少年时回忆转入数十年后，旧友们已“凋零殆尽”，只有阮小咸还授徒如故，“寂寞自守、得臻乎老寿”。然好景不长，阮小咸也在不久后去世，作者受托作序，再读其诗，至此，其诗其人前后契合，行文看似兴之所至，却正见谋篇布局之功力。序文末段，写少年时夜归情景，就此收束全篇，却颇有言已尽而意无穷之感。“履声满街”这一细节极为传神，令人不禁也沉入作者的回忆之中，恍惚数十年弹指而过，正是此文妙处，耐人寻味。

复社人姓氏书后〔1〕

右《复社人姓氏》一卷〔2〕，朱氏彝尊得之而藏于曹氏寅者〔3〕。首顺天〔4〕，次应天〔5〕、浙江、江西、福建、湖广〔6〕、广东、河南、山东、山西、四川，至少者，广西一人，居其末。凡二千二百五十五人。其人其地，或辽远不相及。其名而可知者，又不能十之一。呜呼，滥已！

夫君子相游处讲说道艺，名高则党众，党众则品淆。盖必有人为吾取怨于天下，而激吾以不能庇同类之耻，故有争。争则所以求胜之术，或无异乎小人，而所营救者，又不必皆君子，而君子遂为世之诟病。《传》曰："因不失其亲，亦可宗也。"〔7〕岂不谅哉〔8〕！当党祸方急时〔9〕，娄东张氏走急〔10〕，卒京师，致书要人起复周延儒〔11〕，事乃解。夫延儒即不相，固无救于明之亡；而张氏之所以倾时相者〔12〕，有异乎其祸党人者耶？

余观《几社源流》一书〔13〕，言明季甚夥〔14〕，然颇疑过其实，范蔚宗传党锢也〔15〕，亦然。夫汉与明皆受祸于宦竖〔16〕，而东林与党锢偏受其名〔17〕。文人矜夸能震动奔走天下〔18〕，多浮语虚词，而有国者或欲出全力以胜之，其计左矣〔19〕。

然以一时之习尚，使后世谓士气不可伸，而名贤亦为之受垢，驯至清议不立〔20〕，廉耻道消，庸懦无耻之徒附正论以自便，则党人者，亦不能无后世之责也夫？

【注释】

〔1〕选自清梅曾亮《柏枧山房全集·文集》卷四。

〔2〕右：以上，前面。

〔3〕朱氏彝尊：朱彝尊（1629—1709），字锡鬯，号竹垞，又号金风亭长、小长芦钓鱼师，浙江秀水（今浙江嘉兴）人。曾参与纂修《明史》，藏书八万卷，室号曝书亭。学问博洽，精于考证金石，工诗文。著作有《曝书亭集》《经义考》等。曹氏寅：曹寅（1658—1712），字子清，号楝亭，又号荔轩、雪樵，汉军正白旗人。清康熙十年（1671）挑御前侍卫，外差苏州、江宁织造，兼巡视两淮盐务，官至通政使。好藏书，多得江南藏书家旧藏。能诗善文，有《楝亭集》。

〔4〕顺天：府名，治所在今北京市。

〔5〕应天：明代府名，治所在今江苏南京市。

〔6〕湖广：省名，相当于今湖北、湖南。

〔7〕因不失其亲，亦可宗也：语出《论语·学而》。意思是依靠关系亲近的人，也就可靠了。

〔8〕谅：信实。

〔9〕党祸：党派斗争的祸害。此处指明思宗崇祯年间(1628—1644)，复社成员与当朝权势的斗争。

〔10〕娄东：今江苏太仓。张氏：张溥(1602—1641)，字乾度、天如，江苏太仓人。崇祯四年(1631)进士，与张采等人继东林党而起，合并江南知识分子组织的若干文社，取“兴复绝学”之义，建立复社。

〔11〕要人：显贵而有权势的人。周延儒(1593—1644)：字玉绳，号挹斋，常州宜兴(今属江苏无锡)人。崇祯三年(1630)为宰相，因庸懦及家人在乡横行，崇祯六年遭排挤罢相。崇祯十四年，因宰相薛国观与兵部尚书杨嗣昌勾结，把持朝政，排斥异己，张溥等复社成员欲打击其势力，就疏通关节重新扶助周延儒为相。见《明史·周延儒传》

〔12〕时相：当时的宰相，指薛国观。

〔13〕《几社源流》：书名，已亡佚。几社，与复社同时的文人组织。由夏允彝、陈子龙等人发起，入社者多为师生子弟，以会文讲学为主。明亡，其主要人物曾坚持抗清，不屈而死。

〔14〕夥(huǒ)：多。

〔15〕范蔚宗：范晔(398—445)，字蔚宗，顺阳(今河南淅川)人。曾删取各家之作，著《后汉书》，中有《党锢列传》。党锢：东汉桓帝至灵帝时部分官僚士大夫和太学生联合反对宦官专权，以此被禁止仕宦或参与政治活动，时称“党锢”。

〔16〕宦竖：指宦官。竖，古时对人的蔑称、贱称。

〔17〕东林：指“东林党”，明万历年间成立，以江南士大夫为主的政治集团。因始于东林书院讲学，故称东林党。

〔18〕矜夸：自夸，炫耀长处。

〔19〕左：不适当，下策。

〔20〕驯：渐进，渐渐地。清议：对时政的议论。

【评析】

《复社人姓氏》,录复社成员计二千二百五十五人。作者不详,原书今已不传。本文是梅曾亮为《复社人姓氏》所作的书后跋文。本文首先简要介绍书籍内容,深叹复社成员之滥,又结合前朝史事论说党社争端,指出在党争中文人也并非尽行君子之事,或许名动天下却"多浮语虚词"。此处作者笔锋一转,提出若是因一时的风气而全面地压制文人言论,实在是治国下策,此举看似是以史为鉴未雨绸缪,实则会导致"清议不立,廉耻道消",这才要归责于结党之人。清代严禁结社,政治高压之下作者深有所感而难于直言,文末看似指责前代结党文人,实际"不能无后世之责"者却另有人在,此一层深意才是作者真正用意。本文行文逻辑性强,议论说理清晰,文意逐步推进,气势雄健,讽喻之处却又为委婉曲笔,实为时事所限,却正是作者苦心孤诣所在。

管异之文集书后[1]

曾亮少好为骈体文,异之曰[2]:"人有哀乐者,面也;今以玉冠之,虽美,失其面矣。此骈体之失也。"余曰:"诚有是,然《哀江南赋》《报杨遵彦书》[3],其意固不快耶[4]?而贱之也?"异之曰:"彼其意固有限,使有孟、荀、庄周、司马迁之意,来如云兴,聚如车屯[5],则虽百徐庾之词[6],不足以尽其一意。"余遂稍学为古文词。异之不尽谓善也,曰:"子之文病杂,一篇之中数体互见[7]。武其冠,儒其衣,非全人也。"余自信不如信异之深,得一言为数日忧喜。呜呼!今异之亡矣。吾得失不自知,人知之,不能为吾言之。异之亡,余虽于学日从事焉,茫乎不自知其可忧而可喜也,故益念异之不能忘。

异之卒于道光十一年[8],其明年,今巡抚安徽邓公刊其遗文[9],命曾亮为之序,乃书畴昔论文语于集后[10],以志吾悲,且以志良友之益我于不忘也。

【注释】

〔1〕选自清梅曾亮《柏枧山房全集·文集》卷五。

〔2〕异之：管同（1780—1831），字异之，江苏上元（今江苏南京）人。道光五年（1825）举人。早年与梅曾亮同受业于桐城派散文大师姚鼐。主要著作有《因寄轩文集》《孟子年谱》《七经纪闻》等。

〔3〕《哀江南赋》：骈文名篇。作者庾信（513—581），字子山，南阳新野（今属河南）人。本仕南朝梁，出使西魏时被扣留，梁亡后作赋哀悼，即《哀江南赋》。《报杨遵彦书》：骈文名篇。作者徐陵（507—583），字孝穆，东海郯（今山东郯城）人。本仕南朝梁，出使东魏时被扣留，遂致书北齐权臣杨愔，即《报杨遵彦书》。杨愔，字遵彦，时任北齐仆射，见此文后仍未准徐陵归国。

〔4〕固：岂。

〔5〕屯：聚集。

〔6〕徐庾之词：即前文所述两篇骈文。徐庾，徐陵、庾信两人并称。

〔7〕互见：都有，同时出现。

〔8〕道光十一年：公元1831年。

〔9〕邓公：邓廷桢（1775—1846），字嶰筠，江宁（今江苏南京）人。清嘉庆年间进士，道光六年（1826）起任安徽巡抚。

〔10〕畴昔：往昔，以前。

【评析】

《管异之文集》，初集十卷，二集六卷，补遗一卷，桐城派代表作家管同撰。本文即道光十三年邓廷桢刻印《管异之文集》时，梅曾亮为之所写序文。序文为友人文集作序，却由作者自身起笔，结构简明，以对话复述的形式追述管同与作者的旧事，并简要交代了序文的写作缘由。本文匠心独运，虽未正面述及管同的文学成就，却借由对自身经历的记叙，称述了管同的文学见解。作者于文中直言怀念亡友，如“异之亡，余虽于学日从事焉，茫乎不自知其可忧而可喜也”等句，可谓真情流露。虽无文辞藻绘，但读来真切感人，作者对管同的信任与怀念，又得以反衬出其人之睿智与见解之高妙，正可谓言在此而意及彼，而也无需再赘述集中作品如何精妙、管同文学成就是何地位，读者至此已得而知。

刘文淇

刘文淇(1789—1854),字孟瞻,清代仪征(今属江苏扬州)人。嘉庆二十四年(1819)优贡生,官候选训导。十四岁入梅花书院,师从洪桐。为学实事求是,尤长《左传》,于史地等造诣亦深。精研古籍,广搜贾逵、服虔、郑玄三家注疏及近儒补注,加以疏通证明,自成一家之言,辑成《春秋左氏传旧疏考正》,未成即逝,其子孙合为八卷,今存。又据《史记·秦楚之际月表》,考论项羽曾都江都;核其时势,推见割据之迹,作《楚汉·诸侯疆域志》三卷。据《左传》《吴越春秋》《水经注》等书,考证唐、宋以前扬州地势南高北下,且东西两岸未设堤防,与清代运河形势大不相同,作《扬州水道记》四卷。另著有《读书随笔》二十卷、《青溪旧屋集》十一卷等。

海陵文征后序[1]

萃一郡一邑之诗文以为集者[2],六朝以来已有之,而其书多不传。其传者:北宋孔延之《会稽掇英总集》[3],南宋董莽之《严陵集》[4]。然二集体例,凡有关于本郡者即录之,不尽土著之人。明程敏政《新安文献志》[5],其甲集六十卷,皆其郡先达诗文[6],故当时推为钜制[7]。至于萃一邑之诗文以为总集,其最著者,元汪泽民、张师愚所同编之《宛陵群英集》[8],然有诗而无文。明张应遴《海虞文苑》[9],诗赋杂文莫不悉载,然所辑者仅有明一代之文;即明一代之中,又略于远而详于近。论者谓时代既近,牵于乡曲之恩怨[10],不免有所滥收,凡辑一乡之文者,均不免此失。甚矣!编集之难也。

吾友泰州夏君退庵辑《海陵文征》正集二十卷[11],自张怀瓘至汤治昭共七十二人[12],凡为文四百六十篇,其搜采之勤,亦云至矣。而吾所叹服者,尤在于抉择之精且严也。邑中有侨寓数世,可称土著而籍贯仍隶他邑者,则列于附录之中而不入正集。东台自乾隆三十三年由泰州割出分置,今录东台人之文,断自乾隆戊子以前[13]。又集中所采辑者,大率有关于地方利病及阐扬忠孝之作[14],凡风云月露之辞[15],概从刊削。即墓志、行状[16]、传述,亦必人属名贤,事关伦纪[17],而后采入,读其凡例,可知其体例之善矣。退庵博学工诗,撰述甚富,《海陵文征》之外,又有《附录》十二卷、《诗征》十六卷、《泉谱》八卷、《笔记》十六卷,而其所最注意者,尤在于是编。样本甫写定[18],而退庵遽归道山[19]。喆嗣子猷嘉谟克成先志[20],节啬衣食[21],以赀付其从兄子戬嘉毂[22],来郡付梓[23],是皆佳子弟也。刻既成,属文淇为之序。

文淇与退庵交最久,而先母氏凌系出佥宪之后,佥宪为海陵乡贤。退庵凡例中谓凌佥宪《旧业堂集》关系桑梓[24],最为切要者也。挂名简末[25],有深幸焉。

【注释】

〔1〕选自清刘文淇《清溪旧屋文集》卷六。

〔2〕萃:聚集,汇集。

〔3〕《会稽掇英总集》:诗文总集,二十卷。宋孔延之编。收录汉代至北宋熙宁年间题咏会稽名胜山水的诗文。孔延之(1014—1074),字长源,临江新淦(今江西新干)人,孔子四十七代裔孙。庆历二年(1042)进士,著有文集二十卷,已佚。

〔4〕《严陵集》:诗文总集,九卷。宋董棻编。收录东晋至南宋初题咏严州(今浙江桐庐)以及严陵山的诗文。董棻,字令升,东平府(今山东东平)人。北宋宣和间官镇江府学教授。南宋绍兴间曾知严州。因而辑严州诗文。著有《闲燕常谈》《严州图经》。

〔5〕《新安文献志》:诗文总集,一百卷,附《先贤事略》二卷。明程敏政编。收录南朝齐、梁至明永乐年间有关新安地区作者所作诗文,及地域相关题咏诗文。程

敏政(1445—1499),字克勤,号篁墩,休宁(今属安徽黄山)人。成化二年(1466)进士,授编修,历左谕德、少詹事、翰林学士。著述甚丰,有《篁墩集》《宋遗民录》《宋纪受终考》等。

〔6〕先达:学问好、道德高尚的前辈。

〔7〕钜制:巨著。

〔8〕《宛陵群英集》:诗文总集,十二卷。元汪泽民、张师愚合编。收录宋、元两代宣城(古称宛陵)籍作者的诗作。汪泽民(1273—1355),字叔志,号堪老真逸,宣城(今属安徽)人。延祐五年(1318)进士,曾参与辽、金、宋诸史编撰,官至集贤直学士。有诗集《巢深》《燕山》《宛陵》三稿,均已散佚。张师愚,字仲渊,一字仲愚,宣城人。

〔9〕《海虞文苑》:诗文总集,二十四卷。明张应遴编。收录海虞(今江苏常熟)地区明代诗、赋、杂文。张应遴(?—1630),字选卿,一字又元,常熟支溪人。著有《虞山胜地纪略》《炎黄绪余》《悬壶衣钵》等。

〔10〕乡曲:同乡的人。

〔11〕夏君退庵:夏荃(1793—1842),字文若,号退庵,清泰州人。历官丰县、桃源训导。辑有《海陵文征》等书,著作有《退庵笔记》《退庵钱谱》等。

〔12〕张怀瓘:唐代书法家,约为唐玄宗开元至肃宗乾元年间人,海陵(今江苏泰州)人,历右率府兵曹参军、鄂州长史、翰林院供奉。工正、行、草书。汤治昭:字懋斋,号悔庵,清泰州人,岁贡生。

〔13〕乾隆戊子:乾隆三十三年,即公元1768年。

〔14〕利病:利弊、利害。

〔15〕风云月露之辞:指绮丽浮靡、吟风弄月的诗文。

〔16〕行状:文体名。专指记述死者世系、籍贯、生卒年月和生平概略的文章。也称状、行述。

〔17〕伦纪:伦常纲纪,即维系人伦关系的秩序和法律。

〔18〕甫:方才,刚刚。

〔19〕遽归道山:指去世。遽,遂、就。道山,神话传说中的仙山。

〔20〕喆嗣:哲嗣,对他人之子的敬称。子猷嘉谟:夏嘉谟,字子猷,清泰州人。夏荃之子。有《春星草堂集》,已佚。

〔21〕节啬(sè):节省,节俭。

〔22〕赀：同“资”，钱财。子戬嘉穀：夏嘉穀，字子戬，清泰州人。

〔23〕付梓：古时用木板印刷，在木板上刻字叫梓，因此把稿件交付刊印叫付梓。

〔24〕凌佥宪：凌儒（1518—1598），字真卿，号海楼，江苏泰州人。明嘉靖三十二年（1553）进士，授江西永丰县令，擢拔为河南道御史。官至都察院右佥都御史。《旧业堂集》：凌儒撰，十卷。

〔25〕简末：文牍、书简的末幅，为题跋落款的地方。

【评析】

《海陵文征》，夏荃所辑地方文集，正集二十卷，专录海陵（今江苏泰州）人之文，附录十二卷，共成三十二卷。夏荃另辑有《海陵诗征》十六卷，仅收海陵人之诗歌。本文即刘文淇为《海陵文征》所作序文。序文起笔先追溯地方性总集编选的发展过程，又一一评述流传至作者写作此文时的诸集，论其得失，条其源流，为读者建立起有关地方文集编选的整体认识，最终归结于编选的困难：“甚矣！编集之难也。”厘清地方文集编选的发展脉络后，便进入对《海陵文征》实际编选的陈述，述其编选范围、选篇标准、编撰体例，重在突出编者的“搜采之勤”与“抉择之精且严”。序文一并交代了此书的刻印过程与作者写作序文的缘由，述及好友夏荃的去世，虽仅数句平实之语，仍可窥见作者的怀念与遗憾之情。此文在学理上博采旁通，善于归纳；在具体文字表达上且叙且议，条理分明，是一篇内容完整丰富、合乎读者阅读需求的序文。

冯桂芬

冯桂芬(1809—1874),字林一,又字梦奈,号景亭,晚年自号邓尉山人,江苏吴县(今江苏苏州)人。道光二十年(1840)进士,授翰林院编修,充广西乡试正考官,太平天国期间有功,升为右中允。少好骈体文,中年后致力古文,反对桐城派的道统和文统,主张"称心而言"。入李鸿章幕府后兴趣渐广,开始致力于经世致用之学,注意研究西学,究心数学、舆地,关注盐铁、河漕诸政。主张"以中国之伦常名教为原本,辅以诸国富强之术",为洋务派"中学为体,西学为用"口号之滥觞。晚年曾先后主讲南京惜阴、上海敬业、苏州紫阳和正谊诸书院。著有《校邠庐抗议》《显志堂集》《说文解字段注考正》《弧矢算术细草图解》《梦柰诗稿》等。

校邠庐抗议自序〔1〕

三代圣人之法,后人多疑为疏阔〔2〕,疑为繁重,相率芟夷屏弃〔3〕,如弁髦敝屣〔4〕,而就其所谓近功小利者。世更代改,积今二千余年,而荡焉泯焉矣。一二儒者欲挟空言以争之〔5〕,而势恒不胜。迨经世变〔6〕,则三代圣人之法,往往不如是,夫而后恍然于圣人之所以为圣人也。试略举数事言之:以亿万人自养则有余,以一人养千百人则不足,观于今日,奉君则民力竭,养兵勇则国力又竭,而始知圣人兵农合一、车徒马牛甲兵出自民间之法之善也;取士何以始泽宫〔7〕?射御何以登六艺〔8〕?观于今日,文臣不知兵,武臣不晓事,而始知圣人文武不分之法之善也;什而取不及一,视古为少,倍蓰而当一〔9〕,视古转多,观于今日,浮收累民〔10〕,而始知圣人百亩而彻之法之善也[11]；土宜出于地而无穷[12]，远物限于地而难致，观于今日，运道阻，天庾空[13]，而始知圣人四百里粟、五百里米之法之善也[14]；食为民天，有食斯有民，水为谷母，治田先治水，观于今日，水利塞，稻田少，民受其饥，而始知圣人尽力沟洫之法之善也[15]；世之盛衰在吏治，治之隆污在人才[16]，观于今日，科目不得人，而始知圣人乡举里选之法之善也[17]；郅治必先亲睦[18]，百行莫先孝弟，观于今日，期功陌路[19]，而始知圣人宗以族得民之法之善也[20]；廉远堂高，笺疏有体，九重万里，呼吁谁闻？观于今日，谏诤设专官，民隐不上达，而始知圣人悬鞀建铎[21]、庶人传语之法之善也；权所属，则末秩亦将逞志[22]，用不赡，则中材不能无求[23]，观于今日，俸薄官贪，而始知圣人分田制禄之法之善也[24]；天下有亿万不齐之事端，古今无范围不过之法律，观于今日，则例猥琐[25]，案牍繁多，而始知圣人不铸刑书之法之善也[26]；开边拓土，石田不耕[27]，长驾远驭，鞭长莫及，观于今日，夷患不已，而始知圣人守在四夷之法之善也[28]；术业以不专而疏，心思以不用而锢，观于今日，器用苦窳[29]，借资夷裔，而始知圣人梓匠名官、仓庾世氏之法之善也[30]。此类尚多，更仆难数[31]，然则为治者，将旷然大变，一切复古乎？曰：不可。古今异时亦异势，《论语》称损益[32]，《礼》称不相沿袭[33]，又戒生今反古。古法有易复，有难复，有复之而善，有复之而不善。复之不善者，不必论，复之善而难复，即不得以其难而不复，况复之善而又易复，更无解于不复。去其不当复者，用其当复者，所有望于先圣，后圣之若合符节矣[34]。

桂芬读书十年，在外涉猎于艰难情伪者三十年。间有私议，不能无参以杂家，佐以私臆，甚至羼以夷说[35]。而要以不畔于三代圣人之法为宗旨，志此者有年。一官无言责，怀欲陈之而未有路；乃者乡居，偶一好事，辄中佥壬所忌[36]，固宜绝口不挂时政。重以衰病逡巡[37]，无用世之望，惧遂泯没，爰以避地暇日[38]，窃附罪言之义，笔之于书，凡为篇四十，旧作附者又二,用后汉赵壹传语,名之曰抗议[39],即位卑言高之意。明知有不能行者、有不可行者,夫不能行则非言者之过,而千虑一得,多言或中,又何至无一可行,存之以质同志云尔。

咸丰十一年秋九月[40],吴县冯桂芬识。

【注释】

〔1〕选自清冯桂芬《校邠庐抗议》。

〔2〕疏阔:粗略,不周密。

〔3〕芟夷:删除。

〔4〕弁髦:古代男子行冠礼,先加缁布冠,次加皮弁,后加爵弁,三加后,即弃缁布冠不用,并剃去垂髦,理发为髻。因以弁髦喻弃置无用之物。敝屣:破旧的鞋,亦比喻没有价值的东西。

〔5〕空言:谓只起褒贬作用而不见用于当世的言论主张。

〔6〕迨:等到。

〔7〕泽宫:古代习射取士之所。

〔8〕六艺:古代指礼(礼仪)、乐(音乐)、射(射箭)、御(驾车)、书(识字)、数(计算)等六种科目。

〔9〕倍蓰(xǐ):数倍。倍,一倍;蓰,五倍。

〔10〕浮收:额外征收。

〔11〕百亩而彻:周代的赋税法。规定凡耕种百亩,必须将百分之十的收入交给贵族或官府。

〔12〕土宜:土产。

〔13〕天庾:国家的仓廪。

〔14〕四百里粟、五百里米:虞夏时期的赋税法。离王城四百里处缴纳粟谷,离王城五百里处缴纳稻米。

〔15〕沟洫:水道,沟渠。此处指水利。

〔16〕隆污:比喻世道盛衰或政治兴替。

〔17〕乡举里选:始自周代的官吏选拔制度。在地方上考察、举荐人才。

〔18〕郅治:天下大治,清明太平。代指盛世。

〔19〕期功：古代丧服的名称，借指五服以内的宗亲。

〔20〕宗以族得民：指大宗以收族为任，通过宗族的关系将人们维系起来。

〔21〕悬鞀（táo）建铎：指听取臣民意见。鞀，同“鼗”（táo），长柄的摇鼓。铎，大铃，形如铙、钲而有舌。禹治国时，悬挂起钟、鼓、磬、铎，设置鞀，以供四方之人发表意见。见《淮南子·氾论训》。

〔22〕末秩：指低级官吏。

〔23〕中材：中等才能的人。

〔24〕分田制禄：给官员分配一定数量的田地，将所获的粮食作为俸禄。

〔25〕则例：成规，定例。清代指汇集《会典》的新例疑义等所编成的行政法典。

〔26〕不铸刑书：不公布法律的条文。郑国执政子产曾将郑国的法律条文铸在鼎上，向国民公示，史称“铸刑书”。叔向曾致信表示反对。

〔27〕石田：不能耕种的田。

〔28〕守在四夷：指四方少数民族为天子守卫边土。夷，指未开化的民族。四夷，对南蛮、北狄、东夷、西戎的合称。

〔29〕苦窳（yǔ）：粗糙、粗劣的器具。

〔30〕梓匠：两种木工。梓，梓人，木工。匠，匠人，主建筑。仓庾：贮藏粮食的仓库。有专门的职官管理梓人、匠人等手工业从事者，管理仓库者世代相袭。

〔31〕更仆：形容多，数不胜数。

〔32〕《论语》称损益：语出《论语·为政》：“殷因于夏礼，所损益可知也。”意为继承时有减也有增。

〔33〕《礼》称不相沿袭：语出《礼记·乐记》：“五帝殊时，不相沿乐；三王异世，不相袭礼。”意为不能完全沿袭。

〔34〕符节：古代朝廷传达命令、征调兵将等事务的凭证。用时双方各执一半，合之以验真假。

〔35〕羼（chàn）：掺杂。

〔36〕佥壬：奸人，小人。

〔37〕逡巡：有所顾虑而徘徊不前。

〔38〕爰：于是。

〔39〕抗议：语出《后汉书·赵壹传》：“高可敷玩坟典，起发圣意，下则抗论当世，消弭时灾。”

〔40〕咸丰十一年秋九月：公元1861年10月。

【评析】

《校邠庐抗议》，二卷，共四十篇，冯桂芬著。十九世纪末曾多次刻印，又有多篇附录，不同版本所收篇数不尽相同。是一部较早的，带有改良主义色彩的近代政论集。本文即冯桂芬为《校邠庐抗议》所作自序。序文先述写作意图，首段开篇立论，提出上古“三代圣人之法”，在晚清近代仍有可取之处，接下去从国用、赋税、农事、取士、宗族等多个角度一一举例论说，皆以先总说，后今古对比的句式表述，以当下时弊衬托“三代圣人之法”之善。但作者意图并非主张全盘复古，序文指出，应当在具体的实践中“去其不当复者，用其当复者”。序文末段则交代创作缘起，点名书名中“抗议”一词的位卑言高之意。本文说理脉络清晰，层层递进，展现出作者较强的思辨能力，字句朴实，渗透着作者以天下为己任的爱国热情。

徐 鼒

徐鼒(1810—1862),字彝舟,号亦才,书斋名未灰斋,又名敝帚斋,江苏六合人。道光二十五年(1845)进士,选授庶吉士,后任翰林院检讨。历任实录馆协修官、实录馆纂修官、国史馆协修官等职。后因镇压太平军有功,授福建福宁府(治今霞浦)知府。徐鼒自幼好学,初喜骈文,后乃钻研经史。与经学宿儒交往甚笃,积学日富,以汉儒为宗。留心经世之学,提倡务本贱银,重农抑商,通晓筹算度支之道。著有《读书杂释》《未灰斋文集》《未灰斋诗钞》《小腆纪年附考》《小腆纪传》等。

务本论自叙[1]

辛丑之夏[2],英夷犯广州,御史某请开矿助饷,议者或惜其说之不行。鼒以为国用之不足,非银少也,恃银以为用之弊也。拟上谏开矿封事,其略曰:今之筹国用者,在于重农桑而已矣。重农桑必先贵粟帛,贵粟帛必先禁淫侈,淫侈禁而后商贾之利微,商贾之利微而后耕织之人众,耕织之人众而后粟帛之所出多,粟帛之所出多而后银价贱,银价贱而后泉货之源通[3]。议者迂之。鼒惟丘甲刑书[4],规于叔响[5],井田世禄[6],非诸兰陵[7]。夫束修之往来[8],莫亲侨肸[9],洙泗之绍述[10],莫过孟荀。而犹分茅而设蕝也如是[11]。况鼒童土下士[12],而欲奋一人之舌,信天下之心,其亦傎矣[13]。顾以人之不信吾说,而吾遂无以自信,则是暖姝濡需之学[14],重以突梯挈楹之情[15]。《易传》曰:“中心疑者,其辞枝,失其守者,其辞屈。”[16]鼒窃恧焉[17]。因就前说,罄其辨[18],条其法,为《务本论》上下篇。盖以守弈者举棋之戒,且以备遒人木铎之徇焉〔19〕。

【注释】

〔1〕选自清徐鼒《未灰斋文集》卷三。

〔2〕辛丑：道光二十一年，公元1841年。此年六月英军对广州发起进攻。

〔3〕泉货：钱币，货币。

〔4〕丘甲：原意为春秋时鲁国按田亩征收的军赋，此处指兵役、征兵之事。刑书：刑法的条文。

〔5〕叔响：叔向，羊舌氏，名肸（xī），春秋时晋国大夫。主张维持旧制度，反对政治改革，曾写信指责子产铸刑书。

〔6〕井田：相传商周时期的一种土地制度。以方九百亩为一里，划为九区，形如"井"字，其中为公田，外八区为私田，八家均私百亩，同养公田。后泛指田地。世禄：古代贵族世代享受俸禄，也指世代受禄的制度。

〔7〕兰陵：即荀子。荀子晚年到楚地，受到春申君的礼遇，并被委任为兰陵令，最后死于楚。

〔8〕束修：礼物。

〔9〕侨肸：指春秋时郑国大夫公孙侨（子产）和晋大夫羊舌肸（叔向）。二人友善，并以才智见誉于当世。

〔10〕洙泗：本意指洙、泗二水。洙、泗之间，即孔子聚徒讲学之所。后世因以洙泗代称鲁国的文化和孔子的"教泽"。绍述：承继前人的事业。

〔11〕分茅：古代帝王用茅包土分封诸侯的仪式。蕝（jué）：古代朝会时表示位次的茅束。

〔12〕童土：本义为没有草木的土地，此处指出身差。下士：才德差的人。这句是作者的自谦之语。

〔13〕傎（diān）：倒乱失次。

〔14〕暖姝：自得、自满貌。濡需：偷懒，苟且偷安。

〔15〕突梯：圆滑貌。挈楹：即絜（jié）楹，比喻圆滑谄谀，善于揣度人之所好。

〔16〕中心疑者……其辞屈：语出《周易·系辞下》。其大意为：内心有所疑惧的人其言辞必定是散乱无章，失去操守的人言辞邪曲不正。

〔17〕恧（nǜ）：惭愧。

〔18〕罄：尽。

〔19〕遒(qiú)人：古代帝王派出去了解民情的使臣。木铎：以木为舌的大铃，铜质。古代宣布政教法令时，巡行振鸣以引起众人注意。徇：巡行。

【评析】

《务本论》，分上下编，共一卷，徐鼒撰，成于1849年，未单独刻印，收于徐鼒的《未灰斋文集》卷三。第一次鸦片战争后，徐鼒先于1841年写《拟上开矿封事》一文，后作《务本论》，针对当时的经济问题发表了自己的见解。本文即徐鼒为《务本论》所作的自序。序文先交代写作背景，及此前所作《拟上开矿封事》一文，陈述重农这一中心主张及其原理，又针对他人提出的质疑再次剖白心迹，阐明写作缘由。作者举叔向、荀子等历史人物为例，指出即使是一国重臣或是思想家，也无法阻止"分茅而设蕝"的结果，而作者自知人微言轻，无法"欲奋一人之舌，信天下之心"，而"顾以人之不信吾说，而吾遂无以自信"，写下《务本论》上下篇，"以备遒人木铎之徇"。本文议论与抒情相结合，多用旧典，既见作者的博学多识，又激荡着深切的情感，是近代思想家救世热忱的缩影。

王　韬

王韬(1828—1897),本名利宾,字兰卿、紫诠,号仲弢,又号弢园老人、天南遁叟等,江苏长洲(今江苏苏州)人。年十八,中秀才。既孤,家益贫,乃赴沪谋生。入英国教会所办墨海书馆,任编译达十三年。同治元年(1862),因与太平军联络遭清廷通缉,在英国驻沪领事的帮助下逃往香港。同治六年(1867),应英国传教士理雅各聘,前往英国译书,并游历法、俄等国。九年,返香港,为《华字日报》撰稿。十二年,香港诸同人集资创印书局,王韬总司其事。十三年,《循环日报》创刊,任主编,并撰写政论,开近代中国报章体文先河。光绪五年(1879),赴日游历,结识黄遵宪及日本诸文士。十年(1884),复返居上海。主持《申报》编务,主讲格致书院。王韬学贯中西,重经世致用,著译甚多。文胜于诗词及小说。鼓吹变法自强,文笔犀利,其文足以激起一世之人。著有《弢园文录外编》《弢园尺牍》《瀛壖杂志》《遁窟谰言》《淞隐漫录》等数十种。

地球图跋[1]

大地如球之说,始自有明。由利玛窦入中国[2],其说始创,顾为畴人家言者[3],未尝悉信之也。而其图遂流传世间,览者乃知中国九州之外,尚有九州,泰西诸国之名[4],稍稍有知之者。是则始事之功为不可没也。近时西学日盛,其图愈精,经纬纵横,勾稽度数[5],朱墨粲然。各国疆域,瓜区豆分[6],界画犂然[7],即一览间,而举五大洲已了然指诸掌。然而深山大川,殊方异域,民生其间者异俗,因土之宜,以别其性,其间情伪相感[8],利害相攻,强并弱,众暴寡,不知凡几[9],而莫能有以一之,不知一之者理而已矣。

综地球诸国而观之，虽有今昔盛衰大小之不同，而循环之理若合符节。天之理好生而恶杀，人之理厌故而喜新。泰西之教曰天主、曰耶稣，皆贵在优柔而渐渍之[10]，于是遂自近以及远，自西北而至东南，舟车之制，至极其精，而遂非洪波之所能限，大陵之所能阻。其教外则与吾儒相敌，而内则隐与吾道相消息也。西国人无不知有天主、耶稣，遂无不知有孔子。其传天主、耶稣之道于东南者，即自传孔子之道于西北也。将见不数百年，道同而理一，而地球之人遂可为一家。今世之览《地球图》者，当以是说语之，此之谓善观《地球图》者。

【注释】

〔1〕选自清王韬《弢园文录外编》卷十。

〔2〕利玛窦（Matteo Ricci，1552—1610）：明朝末年来中国的传教士，意大利人，曾任在华耶稣会士领袖。

〔3〕畴人：古代天文历算之学，有专人执掌，父子世代相传为业，称为“畴人”。亦指精通天文历算的学者。

〔4〕泰西：极西。旧泛指西方国家，一般指欧美各国。

〔5〕勾稽：同“钩稽”，查考审核。

〔6〕瓜区豆分：区分有序。

〔7〕界画犂然：界限分明。界画，亦作“界划”，即划分界线。犂然，亦作“犁然”，整饬、明确的样子。

〔8〕情伪：情况的虚实。

〔9〕凡几：共计多少。

〔10〕优柔：宽和温厚。渐渍：浸润。逐渐受到沾染或感化。

【评析】

地球图，又称“泰西地球图”，即欧洲人绘制的双半球式地球全图。早在明末清初，双半球式世界地图已在中国出现，而十九世纪中期中国遭遇西方侵略后，晚清地理学家再次认识到其价值，地球图也随之再度流行于世。本文是王韬在观看《地球图》后所写跋语。跋文先回顾地球图传入中国的历程,又指出,地球图虽能准确再现各国疆域与位置,却无法描绘具体的山川景色与风土习俗,由此过渡到说理环节。作者认为,各国虽盛衰大小不一,但发展的情理却大致相同,文化宗教的传播是相互的、渐进的,未来终将“道同而理一”。本文全篇紧扣主题,介绍地球图时句式整饬,描绘生动,议论时逻辑清晰,善用类比,语言浅近易懂,体现了特定时代先进改良思想家的世界观,并寄托了“而地球之人遂可为一家”的美好愿景。

淞隐漫录自序〔1〕

六合之大〔2〕,存而弗论,九州之外,置而不稽〔3〕,以耳目之所及为见闻,以形色之可征为纪载,宇宙斯隘而学问穷矣。昔者神禹铸鼎以象奸〔4〕,惜其文不传于今。或谓伯益之所录〔5〕,夷坚之所志〔6〕,所受之于禹者,即今《山海》一经是也〔7〕。然今西人足迹遍及穷荒,凡属圆颅方足,戴天而履地者,无所谓奇形怪状,如彼所云也,斯其说不足信也。麟凤龟龙,中国谓之四灵,而自西人言之,毛族中无所谓麟,羽族中无所谓凤,鳞族中无所谓龙,近日中国此三物亦不经见,岂古有而今无耶?古者宝龟为守国之器,今则蠢然一介族尔〔8〕,灵于何有?然则今之龟,亦非古之龟也明矣。好谈神仙鬼怪者,以为南有五通〔9〕,犹北地之有狐。夫天下岂有神仙哉?汉武一言,可以破的〔10〕。圣人以神道设教,不过为下愚人说法。明则有王法,幽则有鬼神,盖惕之以善恶赏罚之权,以寄其惩劝而已。况乎淫昏蛊惑如五通,听之令人发指,乃敢肆其伎俩于光天化日之下哉?斯真寰宇内一咄咄怪事。狐乃兽类,岂能幻作人形?自妄者造作怪异,狐狸窟中几若别有一世界。斯皆西人所悍然不信者,诚以虚言不如实践也。西国无之,而中国必以为有,人心风俗,以此可知矣。斯真如韩昌黎所云〔11〕,令人惟怪之欲闻,为可慨也。

西人穷其技巧,造器致用,测天之高,度地之远,辨山冈,区水土,舟车之行蹑电追风〔12〕,水火之力缒幽凿险〔13〕,信音之速瞬息千里,化学之精顷刻万变，几于神工鬼斧，不可思议，坐而言者可以起而行，利民生，裨国是[14]，乃是荦荦大者[15]。不此之务，而反索之于支离虚诞，杳渺不可究诘之境，岂独好奇之过哉？其志亦荒矣。

不佞少抱用世之志[16]，素不喜浮夸、蹈迂谬，一惟实事求是。愤帖括之无用[17]，年未弱冠，即弃而弗为。见世之所称为儒者，非虚骄狂放，即拘墟固陋[18]，自帖括之外，一无所知，而反嚣然自以为足。及出而涉世，则忮刻险狠[19]，阴贼乖戾，心胸深阻有如城府，求所谓旷朗坦白者，千百中不得一二。呜呼！不佞于是乎穷矣。又见夫世之拥高牙[20]，建大纛[21]，意气发扬，位置自高，几若斯世无足与之颉颃者[22]。及一旦临利害，遇事变，茫然无所措其手足，甚至身败名裂，贻笑后世。盖今之时，为势利龌龊、谄谈便辟之世界也固已久矣[23]，毋怪乎余以直遂径行穷，以坦率处世穷，以肝胆交友穷，以激越论事穷。困极则思通，郁极则思奋，终于不遇，则惟有入山必深，入林必密而已，诚壹哀痛憔悴婉笃芬芳悱恻之怀[24]，一寓之于书而已。求之于中国而不得，则求之于遐陬绝峤[25]、异域荒裔；求之于并世之人而不得[26]，则上溯之亘古以前，下极之千载以后；求之于同类同体之人而不得，则求之于鬼狐仙佛、草木鸟兽。

昔者屈原穷于左徒[27]，则寄其哀思于美人、香草[28]。庄周穷于漆园吏[29]，则以荒唐之词鸣[30]。东方曼倩穷于滑稽[31]，则《十洲》《洞冥》诸记出焉[32]。余向有《遁窟谰言》[33]，则以穷而遁于天南而作也。今也倦游知返，小住春申浦上[34]，小筑三椽[35]，聊庋图籍[36]，燕巢鷦寄[37]，藉蔽雨风。穷而将死，岂复有心于游戏之言哉？尊闻阁主人屡请示所作[38]，将以付之剞劂氏[39]，于是酒阑茗罢，炉畔灯唇，辄复伸纸命笔，追忆三十年来所见所闻，可惊可愕之事，聊记十一，或触前尘，或发旧恨，墨沈淋漓，时与泪痕狼藉相间。每脱稿即令小胥缮写别纸[40]，尊闻阁主见之辄拍案叫绝，延善于丹青者[41]，即书中意绘成图幅，出以问世，将陆续成书十有二卷，而名之曰《淞隐漫录》。呜呼！余自此去天南之遁窟，住淞北之寄庐，将或访冈西之故园〔42〕，而寻墙东之旧隐〔43〕，伏而不出，肆志林泉，请以斯书之命名为息壤矣〔44〕。世之见余此书者，即作信陵君醇酒妇人观可也〔45〕。

【注释】

〔1〕选自清王韬《淞隐漫录》。

〔2〕六合：天下，人世间。

〔3〕不稽：无可查考。

〔4〕神禹铸鼎以象奸：大禹铸造九鼎，描摹远方奇异之物，使子民对鬼神有所认知。见《左传·宣公三年》。神禹，大禹。

〔5〕伯益：又名伯翳，也称大费。相传为《山海经》最初的撰写人。

〔6〕夷坚之所志：《列子·汤问》："夷坚闻而志之。"夷坚，古时传说中的史官。因其所记多怪异，后世遂以为怪异的代称。

〔7〕《山海》：《山海经》，十八卷，作者与成书时代皆无定论。内容主要为民间传说中的地理知识，又多有异物和神奇灵怪记载。

〔8〕蠢然：笨拙迟钝的样子。介族：指有甲壳的虫类或水族。介，甲。

〔9〕五通：亦称"五圣"。旧时江南一带所奉之邪神，传说为兄弟五人。

〔10〕汉武一言，可以破的：汉武，汉武帝刘彻。刘彻登基之初，曾热衷于求仙，后听取进谏，遣散方士。《资治通鉴·汉纪》："于是悉罢诸方士候神人者。是后上每对群臣自叹：'向时愚惑，为方士所欺。天下岂有仙人，尽妖妄耳！'"破的，喻发言正中要害。

〔11〕韩昌黎所云：韩昌黎，即韩愈（768—824），自称郡望昌黎。《原道》："甚矣！人之好怪也！不求其端，不讯其末，惟怪之欲闻。"

〔12〕蹑电追风：追逐雷电和疾风，形容速度快。蹑，追。

〔13〕缒（zhuì）幽凿险：即"凿险缒幽"，意为开凿险境，到达幽处。形容"水火之力"的精深。

〔14〕裨：有益于。国是：国策、国家大事。

〔15〕荦荦大者：明显的、重大的方面。

〔16〕不佞：不才，自谦的自称。

〔17〕帖括：唐制，明经科以帖经试士。把经文贴去若干字，令应试者对答。后

考生因帖经难记，乃总括经文编成歌诀，便于记诵应时，称为帖括，后泛指科举应试文章。明清时亦用指八股文。

〔18〕拘墟：即拘虚。《庄子·秋水》："井蛙不可以语于海者，拘于虚也。"后因以比喻见闻狭隘。固陋：见闻浅陋。

〔19〕忮（zhì）刻险狠：褊狭刻薄，阴险狠厉。

〔20〕高牙：大而高扬的牙旗。

〔21〕大纛（dào）：军中或仪仗队的大旗。

〔22〕颉颃：谓不相上下，相抗衡。

〔23〕谄谈便辟：谄媚逢迎。

〔24〕诚壹：心志专一。婉笃：委婉真挚。

〔25〕遐陬（zōu）：边远一隅。绝峤：极高的山峰。

〔26〕并世：同时代。

〔27〕左徒：战国时楚国官名。屈原曾为楚怀王左徒。

〔28〕美人、香草：屈原在《离骚》中以美人和香草比喻君王和自己，寄托理想、怨愤和哀思。

〔29〕漆园：古地名。战国时庄周曾为蒙漆园吏。一说在今河南商丘市北，一说在今山东菏泽市北，一说在今安徽定远东。又或以为漆园非地名，庄周乃在蒙邑中为吏主督漆事，蒙在今商丘市北。

〔30〕荒唐之词：《庄子·天下》："以谬悠之说，荒唐之言，无端崖之辞，时恣纵而不傥，不以觭见之也。"因庄子文章想象奇幻丰富，常用比喻夸张和寓言故事论证问题，故称荒唐之词。

〔31〕东方曼倩穷于滑稽：东方曼倩，即东方朔（前154—前93），字曼倩，平原厌次（今山东惠民）人。常以滑稽怪异的动作言辞对汉武帝进行讽谏，然终不得重用。

〔32〕《十洲》：《海内十洲记》，一卷。旧题东方朔撰，实为六朝人托名所作的志怪小说。《洞冥》：《汉武洞冥记》，四卷。旧题汉郭宪撰，实为六朝人托名所作的志怪小说。记载数则东方朔与汉武帝传说。

〔33〕《遁窟谰言》：王韬避居香港时创作的文言短篇小说集。

〔34〕春申浦：黄浦江。在今上海市。又名春申江，简称申江。相传为春申君所凿，故名。

〔35〕椽：古代房屋间数的代称。

〔36〕庋（guǐ）：收藏，放置。

〔37〕燕巢鷦寄：寄居。《左传·襄公二十九年》："犹燕之巢于幕上。"《庄子·逍遥游》："鷦鹩巢于深林。"

〔38〕尊闻阁主人：美查（Ernest Major，约1830—1908），英国人，《申报》创办人，笔名为尊闻阁主人。

〔39〕剞劂氏：指刻板印书的经营人。

〔40〕小胥：钞胥。旧时专任誊写的小吏，或称被雇用的抄写者。

〔41〕延：邀请，请。

〔42〕冈西：东汉末年诸葛亮曾隐居襄阳城西二十里之卧龙冈。此处指隐居处。

〔43〕墙东：《后汉书·逸民传》："君公遭乱独不去，侩牛自隐。时人谓之论曰：'避世墙东王君公。'"后以墙东指代隐居之地。

〔44〕息壤：战国秦邑名。秦武王使甘茂约魏以伐韩，茂恐武王悔，与其于息壤盟约。后遂以息壤指信守盟约而不渝。

〔45〕信陵君醇酒妇人：信陵君，即战国魏公子无忌（？—前243），战国魏安釐王异母弟，封信陵君。曾率五国兵，大破秦军。秦使反间计，诬陷信陵君将自立为王。《史记·魏公子列传》："魏王日闻其毁，不能不信，后果使人代公子将。公子自知再以毁废，乃谢病不朝，与宾客为长夜饮，饮醇酒，多近妇女。日夜为乐饮者四岁，竟病酒而卒。"

【评析】

《淞隐漫录》，又名《后聊斋志异图说》，王韬所著文言笔记小说，十二卷。晚清多见模仿《聊斋志异》所作志怪小说，《淞隐漫录》为其中较为有名的一种，曾产生一定影响。本文为王韬为《淞隐漫录》所作自序。序文开篇远溯大禹铸鼎象奸之事，先述神怪志异古已有之，又以古今、中西之事作比，将人们对鬼神之事的兴趣归结于"人心风俗，以此可知矣"。行文至此，作者似乎对此类传说抱有较为强烈的否定态度，然则为何作此志异之书？序文继而针对当时国内的种种世态提出较为尖锐的批评，并自述心路历程，至此方得以领会作者的真正意图：在"势利龌龊、谄谈便辟"的世间，作者的种种困顿痛苦，无以寓怀，无处消解，不得不"求之于鬼狐仙佛、草木鸟兽"。

此书乃是作者抒情写怨的重要寄托,而非游戏之言。本文采取欲扬先抑的写作手法,无疑得以加深印象,有助于读者对作者思想的理解;又善用散句排比,使行文气势充沛,感情流露真切,笔调慷慨激昂。

浮生六记跋[1]

余妇兄杨醒逋明经[2],曾于冷摊上购得《浮生六记》残本[3],为吴门处士沈三白所作[4],而轶其名。其所谓六记者,《闺房记乐》《闲情记趣》《坎坷记愁》《浪游记快》《中山记历》《养生记道》。今仅存四卷,而阙末后两卷。然则处士游屐所至[5],远至琉球[6],可谓豪矣。笔墨之间,缠绵哀感,一往情深,于伉俪尤敦笃[7]。卜宅沧浪亭畔[8],颇擅山水林树之胜。每当茶熟香温,花开月上,夫妇开尊对饮,觅句联吟,其乐神仙中人不啻也[9]。曾几何时,一切皆幻,此记之所由作也。余少时读书里中曹氏畏人小筑[10],屡阅此书,辄生艳羡,尝跋其后云:

从来理有不能知,事有不必然,情有不容已。夫妇准以一生而或至或不至者,何哉?盖得美妇非数生修不能,而妇之有才、有色者,辄为造物所忌,非寡即夭。然才人与才妇旷古不一合,苟合矣,即寡夭焉何憾!正惟其寡夭焉,而情益深,不然即百年相守,亦奚裨乎[11]?呜呼!人生有不遇之感,兰杜有零落之悲[12],历来才色之妇,湮没终身,抑郁无聊,甚且失足堕行者不少矣,而得如所遇以夭者,抑亦难之。乃后之人凭吊,或嗟其命之不辰[13],或悼其寿之弗永[14],是不知造物者所以善全之意也。美妇得才人,虽死,贤于不死,彼庸庸者即使百年相守,而不必百年已泯然尽矣。造物所以忌之,正造物所以成之哉。

顾跋后未越一载,遽赋悼亡,若此语为之谶也。是书余惜未抄副本,旅粤以来,时忆及之。今闻醒逋已出付尊闻阁主人以活字板排印[15],特邮寄此跋,附于卷末,志所始也。

【注释】

〔1〕选自清王韬《弢园文录外编》卷十一。

〔2〕杨醒逋明经：杨引传(1824—1889)，原名延绪，字引传，以字行，号醒逋、苏补、老圃、松滨，室名独悟庵。吴县(今江苏苏州)人。主要活动在道光到光绪年间，著有《独悟庵丛抄》。明经，明清时对贡生的尊称。

〔3〕冷摊：不引人注意的小摊。

〔4〕沈三白：沈复(1763—1825)，字三白，清长洲(今江苏苏州)人。曾客重庆知府石韫玉幕下，后因经商游历四方，能文章，善绘画。有自传体散文《浮生六记》。

〔5〕游屐：出游时穿的木屐。亦代指游踪。

〔6〕琉球：古国名。在中国东南大海中，日本之西南，为群岛之国，即今琉球群岛。

〔7〕敦笃：深厚。

〔8〕卜宅：选择住地。

〔9〕不啻：无异于，如同。

〔10〕畏人小筑：王韬少时友人曹醴卿家书屋名。

〔11〕裨：补益，益处。

〔12〕兰杜：兰草和杜若，即指香草。

〔13〕不辰：不得其时。

〔14〕弗永：不能永久，不能长久。

〔15〕尊闻阁主人：美查(Ernest Major，约1830—1908)，英国人，《申报》创办人，笔名为尊闻阁主人。

【评析】

《浮生六记》，沈复所撰自传性散文笔记，原有六卷，现存前四卷。本文作者王韬是从他妻子的兄长杨醒逋，即杨引传处读到此书，而杨引传正是可考的《浮生六记》的发现者和初次刻印者，本文即为王韬读《浮生六记》后所作跋文。跋文可据内容分为三段：首段概括此书内容与作跋文的因由；次段是王韬读后的主要感想，他深深感慨于沈复与陈芸的爱情悲剧，认为才色兼具的女子看似“辄为造物所忌”，实则“正惟其寡夭焉，而情益深”，最终得出结论，“造物所以忌之，正造物所以成之”；末段则推及自身经历，交代《浮生六记》刻印之事。本文直抒胸臆,感情充沛,次段议论尤为真切,可见作者确是深深被此书打动;而末段显然作于数年后,书中所述与现实所历巧合般地对应,作者仅以一句"若此语为之谶也"带过,但却足以再次引领读者回溯其阅读体验,两段之间形成独特的张力,以此引发读者的强烈共情。

日本杂事诗序[1]

海外诸邦与我国通问最早者[2],莫如日本,秦、汉间方士恒谓海上有三神山[3],可望而不可即,而徐福竟得先至其境[4],宜乎后来接踵往者众矣,然卒不一闻也。隋、唐之际,彼国人士往来中土者,率学成艺精而后去。奇编异帙,不惜重价购求,我之所无,往往为彼之所有。明代通商以来,往者皆贾人子,硕望名流从未一至。彼中书籍,谈我国之土风俗尚、物产民情,山川之诡异[5],政事之沿革,有如烛照犀然[6]。而我中国文士所撰述,上至正史,下至稗官[7],往往语焉而不详,袭谬承讹,未衷诸实,窃叹好事者之难其人也。咸丰年间,日本定与美利坚国通商,泰西诸邦先后麇至[8]。不数年而日人崇尚西学,仿效西法,丕然一变其积习[9]。我中朝素为同文之国,且相距非遥,商贾之操贸迁术前往者实繁有徒[10]。卫商睦邻,宜简重臣[11],用以熟刺外情,宣扬国威。于是何子峨侍讲[12]、张鲁生太守实膺是任[13],而黄君公度参赞帷幄焉[14]。

公度岭南名下士也,今丰顺丁公尤器重之[15],亟欲延致幕府[16],而君时公车北上[17],以此相左。既副皇华之选[18],日本人士耳其名,仰之如泰山北斗,执贽求见者[19],户外屦满[20]。而君为之提倡风雅,于所呈诗文,率悉心指其疵谬所在[21],每一篇出,群奉为金科玉律。此日本开国以来所未有也。日本文教之开,已千有余年,而文章、学问之盛,于今为烈,又得公度以振兴之,此千载一时也。虽然,此特公度之余事耳。方今外交日广，时变日亟，几于玉帛、兵戎介乎两境，使臣持节万里之外，便宜行事，宜乎高下从心。而刚则失邻欢，柔则亵国体，斯谓折冲于樽俎之间〔22〕，战胜于坛坫之上者〔23〕，岂易言哉？今公度出其嘉猷硕画以佐两星使〔24〕，于遗大投艰之中而有雍容揖让之休〔25〕，其风度端凝，洵乎不可及也〔26〕。

又以政事之暇，问俗采风，著《日本杂事诗》二卷，都一百五十四首。叙述风土，纪载方言，错综事迹，感慨古今，或一诗但纪一事，或数事合为一诗，皆足以资考证。大抵意主纪事，不在修词，其间寓劝惩，明美刺，具存微旨，而采据浩博，搜辑详明，方诸古人，实未多让。如阮阅之知郴州〔27〕，曾极之宦金陵〔28〕，许尚之居华亭〔29〕，信孺之官南海〔30〕，皆以一方事实托诸咏吟。顾体例虽同，而意趣则异。此则扬子云之所未详〔31〕，周孝侯之所未纪〔32〕。奇搜《山海》以外，事系秦汉而还，仙岛神洲多编日记，殊方异俗咸入风谣。举凡胜迹之显湮，人事之变易，物类之美恶，岁时之送迎，亦并纤悉靡遗焉〔33〕，洵足为巨观矣。

余去岁闰三月以养疴余闲〔34〕，旅居江户，遂得识君于节署〔35〕。嗣后联诗别墅，画壁旗亭〔36〕，停车探忍冈之花〔37〕，泛舟捉墨川之月〔38〕，游屐追陪〔39〕，殆无虚日。君与余相交虽新，而相知有素，三日不见，则折简来招〔40〕。每酒酣耳热，谈天下事，长沙太息〔41〕，无此精详，同甫激昂〔42〕，逊兹沉痛，洵当今不易才也。余每参一议，君亦为首肯。逮余将行，出示此书，读未终篇，击节者再〔43〕。此必传之作也，亟宜早付手民〔44〕，俾斯世得以先睹为快。因请于公度，即以余处活字板排印。公度许之，遂携以归。旋闻是书已刻于京师译馆。洵乎有用之书，为众目所共睹也。排印既竟，即书其端，若作弁言〔45〕，则我岂敢。

【注释】

〔1〕选自清王韬《弢园文录外编》卷九。

〔2〕通问：互通音讯。

〔3〕三神山：传说东海中仙人所居之山，即蓬莱、方丈、瀛洲。

〔4〕徐福：即徐市，字君房，秦时方士。传闻东海有不死之药，秦始皇派遣徐福乘楼船，载童男女各三千人前往求取，去而不返。

〔5〕诡异：奇异。

〔6〕烛照犀然：即“犀燃烛照”，传说燃犀牛角可以使水中通明，真相毕现。比喻洞察事物清晰明了。

〔7〕稗官：本指小官，小说家出于稗官，后因称野史小说为稗官。

〔8〕泰西：犹极西。旧泛指西方国家，一般指欧美各国。麇（qún）至：群集而来。

〔9〕丕然：敬奉貌。

〔10〕贸迁：贩运，买卖。

〔11〕简：选择。

〔12〕何子峨侍讲：何如璋（1838—1891），字子峨，号璞山，广东大埔（今属广东梅州）人。1876年以侍读出任驻日副使。

〔13〕张鲁生太守：张斯佳，字鲁生，浙江萧山人。1876年以知府出任驻日副使。

〔14〕黄君公度：黄遵宪（1848—1905），字公度，别号人境庐主人，广东嘉应州（今广东梅州）人。光绪二年（1876）中举人，历充驻日本参赞、旧金山总领事、驻英参赞、新加坡总领事，戊戌变法期间署湖南按察使，助巡抚陈宝箴推行新政，戊戌政变后罢归。工诗，喜以新事物熔铸入诗，有“诗界革新导师”之称。

〔15〕丰顺丁公：丁日昌（1823—1882），字禹生，又字雨生，广东丰顺人。贡生。光绪元年（1875）任福建巡抚，主持福州船政局。六年（1880）会办南洋海防，节度水师，并充兼理各国事务大臣。

〔16〕幕府：古时军队主将的府署设在帐幕内，因称。后也称军政官僚的府署。

〔17〕公车北上：代指举人入京应考。公车，汉代以公家车马递送应征的人，后因以“公车”为举人应试的代称，借指应试的举子。

〔18〕皇华之选：指被选为使臣。典出《诗经·小雅·皇皇者华》，原诗写派遣使臣事，后因以“皇华”为赞颂奉命出使或出使者的典故。

〔19〕执贽：持礼物作为相见之礼。贽，古时初次求见尊长时所送的礼物，见面礼。

〔20〕户外屦(jù)满:指上门拜访者多,门外摆满了拜访者换下来的鞋。屦,即鞋。

〔21〕疵谬:差错,谬误。

〔22〕折冲:交涉,谈判。樽俎:盛酒和装肉的器具,代指宴席。

〔23〕坛坫:指谈判场所。

〔24〕嘉猷硕画:好的规划,宏大的谋划。星使:使臣的尊称。古时认为天节八星主使臣事,因称帝王的使者为星使。

〔25〕遗大投艰:指交给重大艰难的任务。休:即"修",指仪态。

〔26〕洵乎:实在是,确实是。

〔27〕阮阅之知郴州:阮阅,字闳休,自号散翁,亦号松菊道人,舒城(今属安徽)人。宋徽宗宣和间知郴州,有《郴江百咏》。

〔28〕曾极之宦金陵:曾极,字景建,临川(今属江西)人。约宋宁宗庆元末前后在世,有《金陵百咏》。

〔29〕许尚之居华亭:许尚,自号和光老人,嘉兴华亭(今上海松江)人。淳熙年间著有《华亭百咏》。

〔30〕信孺之官南海:信孺,即方信孺(1177—1223),字孚若,号好庵,自号紫帽山人,兴化军(今福建莆田)人。曾任番禺县尉,作《南海百咏》。

〔31〕扬子云:扬雄(前53—18),字子云,蜀郡成都(今属四川)人。有《方言》一书,采录黄河流域及长江流域绝大部分地区的方言。

〔32〕周孝侯:周处(约236—297),字子隐,义兴阳羡(今江苏宜兴)人。有《风土记》一书,记述地方风物。

〔33〕纤悉靡遗:精细详尽而无遗漏。

〔34〕去岁闰三月:即公元1879年4月下旬。

〔35〕节署:官署,官衙。此处指大使馆。

〔36〕画壁旗亭:即"旗亭画壁",指文人诗酒之会。用王昌龄、王之涣、高适三人典故。相传三人雪日饮酒旗亭,听歌女唱词中谁诗最多,每歌一曲,画壁为记。见薛用弱《集异记》。

〔37〕忍冈:日本地名。

〔38〕墨川:日本地名。

〔39〕游屐:游踪。

〔40〕折简：谓裁纸写信。

〔41〕长沙太息：长沙，指贾谊，西汉时，贾谊为长沙王太傅，故多以长沙代指。其《论政事疏》中多见“可为长太息者”。

〔42〕同甫：陈亮（1143—1194），字同甫，号龙川，曾以布衣之身连上五疏，即《中兴五论》。

〔43〕击节：赞赏。

〔44〕手民：排字或刻字的工人。

〔45〕弁言：前言，序文。因冠于篇卷的前面，故称弁言。

【评析】

《日本杂事诗》两卷，黄遵宪著，收录其任驻日本使馆参赞期间的诗作。本文是王韬为其所作序文。序文先自中日两国交往的渊源谈起，两国往来已久，但中国有关日本风物的书籍却“往往语焉而不详”，甚至多有讹误，实则直接指向序文的中心《日本杂事诗》，暗示其有补阙之功。又以日本与美国的交流等内容作一铺垫，此时才将话题引到作者黄遵宪本人，述及其使日期间的交流活动，从而谈及《日本杂事诗》的写作缘起，以及其“采据浩博，搜辑详明”的特点。此处作者广征博引，多用前人典故作比，衬托出《日本杂事诗》的重要价值。序文末段提及作者与黄遵宪的实际交往，既正面赞美黄遵宪其人其文，又述及活字排印未成便已听闻译馆刻印之事，再一次佐证，黄遵宪此书“洵乎有用之书，为众目所共睹也”。本文紧扣中心，结构紧凑，层层深入，记叙有详有略，句式骈散相间，是一篇内容丰富、感情充溢的序文。

华蘅芳

华蘅芳(1833—1902),字畹香,号若汀,江苏金匮(今江苏无锡)人。出身官宦门第,自幼酷爱数学。十四岁学习程大位《算法统宗》等书,“心窃喜之,日夕展玩,不数月而尽通其义”。后又熟读古今中外数学名著,悉心钻研。毕生致力于研究、著述、译书、授徒,淡泊名利,不求仕进。著有《学算笔谈》《算草丛存》《开方别术》《数根术解》《开方古义》《积较术》,合刻为《行素轩算稿》。主要译著有《代数术》《微积溯源》《三角数理》《决疑数学》等。

微积溯源序〔1〕

《微积溯源》八卷,前四卷为微分术,后四卷为积分术,乃算学中最深之事也。余既与西士傅兰雅译毕《代数术》二十五卷〔2〕,更思求其进境,故又与傅君译此书焉。先是咸丰年间,海宁李壬叔曾与西士伟烈亚力译出《代微积拾级》一书〔3〕,流播海内。余素与壬叔善,得读其书,粗明微积二术之梗概。所以又译此书者,盖欲补其所略也。书中代数之式甚繁,校算不易,则刘君省庵之力居多〔4〕。今刻工已竣矣,故序之曰:

吾以为古时之算法,惟有加减而已,其乘与除,乃因加减之不胜其繁,故更立二术,以使之简易也。开方之法,又所以济除法之穷者也〔5〕。盖算学中自有加减乘除开方五法,而一切浅近易明之数,无不可通者矣。惟人之心思智虑,日出不穷,往往以能人之所不能者为快,遇有窒碍难通之处〔6〕,辄思立法以济其穷,故有减其所不可减,而正负之名,不得不立矣;除其所不受除,而寄母通分之法,又不得不立矣。代数中种种记号之法,皆出于不得已而立者也。每立一法,必能使繁者为简,难者为易,迟者为速,疏者为密,而算学之境界,藉此得更进一层。如是屡进不已,而所立之法,于是乎日多矣。微分积分者,盖又因乘除开方之不胜其繁,且有窒碍难通之处,故更立此二术,使之简易而速,以得极密之数者也。试观圆径求周、真数求对数等事,虽无微分积分,亦未尝不可求,惟须乘除开方数十百次,其难有不可言喻者,不如用微积之法,理明而数捷也。然则谓加减乘除开方代数之外,更有二术焉,一曰微分,一曰积分可也。其积分术为微分之还原,犹之开平方为自乘之还原,除法为乘之还原,减法为加之还原也。然加与乘其原无不可还,而微分之原,有可还有不可还,是犹算式中有不可开之方耳,又何怪焉?如必曰加、减、乘、除、开方已足供吾之用矣,何必更究其精,是舍舟车之便利,而必欲负重远行也,其用功多而成功少,固不待智者而辨矣。同治十三年九月十八日序[7]。

【注释】

〔1〕选自清华蘅芳《行素轩文存》不分卷。

〔2〕傅兰雅:约翰·弗赖尔(John Fryer,1839—1928),近代在上海从事报刊活动的基督教传教士,翻译家。英国英格兰海德镇人。在华主持和翻译著作超过百部。在介绍西方科技、确定中国近代科技术语方面颇有成就。《代数术》:英国华里司(William Wallace,1768—1843)原著。二十五卷。主要介绍代数知识,还有少量三角与几何内容。

〔3〕海宁李壬叔:李善兰(1811—1882),本名李心兰,字竞芳,号秋纫,别号壬叔,浙江海宁人。我国近代杰出的数学家,也是我国翻译介绍西方近代数学的第一人。伟烈亚力:亚历山大·卫礼(Alexander Wylie,1815—1887),19世纪来华办报的基督教传教士。英国人。著名汉学家。曾应江南制造局翻译馆之聘从事科技翻译8年,另著有《满蒙语文典》《中国文献纪略》等书。《代微积拾级》:美国罗密士(Elias Loomis,1811—1889)原著。十八卷。内容包括平面解析几何、微分学、积分学,由易而难循序渐进,对此书的译介是第一次将高等数学介绍进中国。

〔4〕刘君省庵：刘彝程(约1837—约1920)，字省庵，江苏兴化人，清代数学家。著有《简易庵算稿》(又称《九章实义》)、《对数四问》、《割圆阐率》等。

〔5〕济：弥补。

〔6〕窒碍：不明了；疑难。

〔7〕同治十三年九月十八日：公元1874年10月27日。

【评析】

《微积溯源》八卷，英国华里司(1768—1843)原著，华蘅芳同英国傅兰雅合译。这是第二部被译成中文的系统性介绍微积分的著作。本文即华蘅芳为《微积溯源》所作序文。序文开头开门见山，直接点明《微积溯源》此书内容，“算学中最深之事也”，又简单说明译介本书的渊源，交代了翻译过程中的合作者与助力者，简明扼要，毫无拖泥带水之赘笔。序文主体则是作者本人对于数学的理解，由古时算法只有加减写起，写到《微积溯源》的主要内容微分与积分，其主要观点为：“算学之境界”的递进，是计算方法由基础浅近向精密复杂发展的过程，更是人类认知不断发展的过程。全文以浅近文言写成，却清晰、明确地解释了数学原理，逻辑严谨，层层递进，体现了数学家的求真精神，虽无一字抒情，却渗透作者的探索欲与求知的热情，是颇为特别的一篇序文。

薛福成

薛福成(1838—1894),字叔耘,号庸庵,江苏无锡人。同治间,以副贡生入曾国藩幕。后随李鸿章办外交。光绪五年(1879)作《筹洋刍议》,提出变法主张。1884年中法战争期间,任浙江宁绍台道,指挥抗击法国侵略军。1888年任湖南按察使。次年起出任驻英、法、意、比四国公使。任满归国,在上海病逝。赞赏曾国藩"以理学经济发为文章"之说,以师礼事之,学古文辞,为曾门四弟子之一。平生好为经世致用之学,文章渊懿精美,不徒为高论。后不规规于桐城矩矱,辞笔醇雅有法度。著作汇编为《庸庵全集》。

日本国志序〔1〕

东方诸国,足以自立、足以有为者,惟中国与日本而已。日本创国周秦之间,通使于汉,修贡于魏,而宾服于唐最久亦最亲〔2〕。当唐盛时,日本虽自帝其国,然事大之礼益虔〔3〕,喁喁向风〔4〕,常选子弟入学,观摩取法,用能沾濡中国前圣人之化〔5〕;人才文物,盖彬彬焉,与高丽、新罗、百济诸国殊矣〔6〕。唐季衰乱,日本聘使始绝,内变继作。驯至判为南北〔7〕,裂为群侯,豪俊麋沸云扰〔8〕,其迭起而执魁柄者〔9〕,则有平氏、源氏、北条氏、足利氏、织田氏、丰臣氏、德川氏〔10〕。七八百年之间,国主高拱于上〔11〕,强臣擅命于下〔12〕,凡所谓国政民风、邦制朝章〔13〕,往往与时变迁,纷纭糅杂,莫可究诘〔14〕。中国自元祖误用降将〔15〕,黩武丧师。有明中叶,内政不修,奸民冒倭人旗帜,群起为寇,遂使日本益藐视中国,颛颛独居东海中〔16〕,芒不知华夏广远。一二枭桀者流,辄欲冯陵我藩服〔17〕,

龁我疆圉[18]，憪然自大[19]，甚骜无道。中国拒之，亦务如坊制水，如垣御风，勿使稍有侵漏。由是两国虽同在一洲，情谊乖违[20]，音问隔绝。近世作者如松龛徐氏[21]、默深魏氏[22]，于西洋绝远之国，尚能志其崖略[23]，独于日本，考证阙如[24]，或稍述之，而惝恍疏阔[25]，竟不能稽其世系疆域，犹似古之所谓三神山者之可望不可至也[26]。

咸丰、同治以来，日本迫于外患，廓然更张[27]，废群侯，尊一主，斥霸府，联邦交，百务并修，气象一新，慕效西法，罔遗余力。虽其改正朔[28]，易服色，不免为天下讥笑；然富强之机，转移颇捷，循是不辍，当有可与西国争衡之势。其创制立法，亦颇炳焉可观。且与中国缔交遣使，睦谊渐敦，旧嫌尽释矣。自今以后，或因同壤而世为仇雠[29]，有吴越相倾之势；或因同盟而互为唇齿[30]，有吴蜀相援之形。时变递嬗[31]，迁流靡定[32]，惟势所适，未敢悬揣[33]。然使稽其制而阙焉弗详[34]，觇其政而瞢然罔省[35]，此究心时务闳览劬学之士所深耻也[36]。

嘉应黄遵宪公度，以著作才，屡佐东西洋使职。光绪初年，为出使日本参赞[37]，始创《日本国志》一书，未卒业，适他调；旋谢事[38]，闭门赓续成之[39]。采书至二百余种，费日力至八九年[40]，为类十二，为卷四十，都五十余万言。

岁甲午，余蒇英法使事[41]，将东归，公度邮致其稿巴黎，属为之序。且曰："方今研史例而又谙外国情势者，无逾先生，愿得一言以自壮。"余浏览一周，喟曰[42]：此奇作也，数百年来鲜有为之者。自古史才难而作志尤难，盖贯穿始末，鉴别去取，非可率尔为也。而况中东睽隔已久[43]，纂辑于通使方始之际乎？公度可谓闳览劬学之士矣。速竣剞劂[44]，以饷同志，不亦盛乎？他日者家置一编，验日本之兴衰，以卜公度之言之当否可也。光绪二十年春三月[45]，钦差大臣、出使英法义比四国、二品顶戴、都察院左副都御史薛福成序于巴黎使馆。

【注释】

〔1〕选自清黄遵宪《日本国志》。

〔2〕宾服：服从，归附。

〔3〕事大：指小国侍奉大国。

〔4〕喁（yóng）喁：仰望期待的样子。向风：仰慕，景仰。

〔5〕沾濡：本意为浸湿。此处指恩泽普及，潜移默化的影响。

〔6〕高丽：朝鲜半岛历史上的王朝（918—1392）。新罗：朝鲜半岛古国，公元前1世纪形成，935年为高丽所灭。百济：朝鲜半岛古国，公元前1世纪形成，公元660年被中国唐朝和新罗联军所灭。

〔7〕驯至：逐渐达到。判：分，分开。

〔8〕麋沸：沸腾纷乱貌。麋：通“糜”。云扰：像云一样的纷乱。这句是比喻时局动荡不安。

〔9〕魁柄：喻朝政大权。

〔10〕平氏、源氏、北条氏、足利氏、织田氏、丰臣氏、德川氏：日本幕府时期历任代表性掌权者的姓氏。

〔11〕高拱：两手相抱，高抬于胸前。安坐时的姿势，比喻安坐而不必有所作为。

〔12〕擅命：擅自发号施令，不受节制。

〔13〕朝章：朝廷的典章。

〔14〕究诘：追究查问，查考。

〔15〕元祖误用降将：元祖，元世祖忽必烈。忽必烈以宋降臣范文虎为将领，远征日本，未果，落败而归。见《元史·世祖本纪》。

〔16〕颛颛：愚昧无知貌。

〔17〕冯（píng）陵：进迫，侵陵。藩服：古代分王畿以外之地为九服，其封国区域离王畿最远的称“藩服”。后用以指藩国或藩臣。

〔18〕踦（yǐ）龁（hé）：毁坏；倾轧。疆圉：边界，边境。

〔19〕憪（xiàn）然：骄横貌。

〔20〕乖违：违背，背离。

〔21〕松龛徐氏：徐继畬（1795—1873），字健男，号松龛，山西五台人。编著《瀛环志略》十卷，对各国风土人情、舆地沿革及社会变迁均有论述，与《海国图志》同为近代较早介绍世界史地的书籍。又著有《退密斋诗文集》。

〔22〕默深魏氏：魏源(1794—1857)，字默深，又字墨生、汉士，晚年自号“菩萨戒弟子魏承贯”，湖南邵阳人。曾受林则徐嘱托，以《四洲志》为基础，另辑历代史志与明以来岛志等资料，编成《海国图志》。著述还有《古微堂集》《元史新编》《老子本义》《诗古微》《董子春秋发微》等十余种。

〔23〕崖略：大略、大概。

〔24〕阙如：因缺而不言，指空缺。

〔25〕惝恍：迷迷糊糊，不清楚。

〔26〕三神山：传说东海中仙人所居之山，即蓬莱、方丈、瀛洲。

〔27〕廓然：阻滞尽除貌。

〔28〕正朔：古代改朝换代时帝王新颁布的历法，后泛指历法。

〔29〕仇雠：仇人，仇敌。

〔30〕互为唇齿：比喻关系密切，互相依靠。

〔31〕递嬗：渐次变化，交替转换。

〔32〕迁流：变化，演变。

〔33〕悬揣：凭空猜想。

〔34〕稽：考察。

〔35〕觇(chān)：看，暗中查看。瞢然：懵懂，糊里糊涂的样子。

〔36〕闳览：见闻、阅览广博。劬学：勤奋学习。

〔37〕参赞：清代职官名，辅佐公使办理外交事务，有一、二、三等之别。

〔38〕谢事：辞职。

〔39〕赓续：继续。

〔40〕日力：时间。

〔41〕蒇(chǎn)：完成，解决。

〔42〕喈(jiè)：赞叹。

〔43〕睽隔：分离，乖隔。

〔44〕剞劂：雕版印书，此处指此书的刊印。

〔45〕光绪二十年春三月：公元 1894 年 4 月。

【评析】

《日本国志》四十卷，黄遵宪所撰典志体日本国史。光绪初年，黄遵宪随使日本,开始此书编撰,并最终于光绪十三年(1887)成书。本文为薛福成应邀为其所作序言。序文自“日本创国周秦之间”写起,回溯了汉唐以来历代的中日文化交流,以及两国如何各自走上不同的发展道路,至于“由是两国虽同在一洲,情谊乖违,音问隔绝”。而日本明治革新后,两国再度建交,但中国仍然缺乏有关日本的全面、深入的著作。作者写到此处方才完成铺垫,也足以令读者意识到《日本国志》此书的重要性,正是作者布局谋篇的妙处所在。序文之后便转向黄遵宪其人其书,前文所述资料之匮乏与《日本国志》的全面与深入形成对比,更显此书珍贵。本文笔力雄健,不加修饰,文势跌宕,张弛有度,是一篇述、议、评皆佳的序文。

缪荃孙

缪荃孙(1844—1919),字炎之,一字筱珊,亦作小山,晚号艺风老人,江苏江阴(今属江苏无锡)人。光绪二年(1876)进士,选翰林院庶吉士。历任京师学监、翰林院编修、国史馆总纂。曾主讲江阴南菁书院、山东济南泺源书院、江宁钟山书院、常州龙城书院等。曾赴日本考察学务,后创办江南图书馆、京师图书馆,协修《江苏通志》《江阴县志》。纂修《顺天府志》,历五年而成,可称名志。长于金石目录之学,兼工书法。作文沿用桐城义法。诗词不多作,亦工。著作有《艺风堂文集》《艺风堂续集》《艺风堂藏书记》等,又编有《续国朝碑传集》《常州词录》等,刻印丛书有《云自在龛丛书》《对雨楼丛书》《藕香零拾》等。

聚学轩丛书序〔1〕

钱竹汀先生云〔2〕,荟蕞古人之书并为一部〔3〕,而以己意名之者,始于左禹锡《百川学海》〔4〕,序题昭阳作噩〔5〕,而不署年号,而中收李之彦《东谷所见录》〔6〕,成于咸淳戊辰〔7〕。以是推之,昭阳作噩,当是咸淳癸酉矣〔8〕。今宗室伯希祭酒购得喻鼎孙《儒学警悟》〔9〕,刻于宋嘉定间,又前禹锡数十年,是真丛书之祖。然前人类刻,另立名目,元、明至国初,如《夷门广牍》〔10〕、《盐邑志林》〔11〕、《津逮秘书》之类〔12〕。至以丛书著称,则始于明万历间《格致丛书》〔13〕。案,明人以《说郛》板印行数十种〔14〕,多寡不一,名为《唐宋丛书》,亦在万历间。以斋阁名书,则始于国朝乾隆间《奇晋斋》〔15〕、《雅雨堂》〔16〕。其佳者如黄氏之《士礼居》〔17〕,秦氏之《石研斋》为最雅〔18〕。其巨者如伍氏之《粤雅堂》〔19〕,吾友章氏之《式训堂》

为最宜[20]。自有此丛刻,人谓收拾零星小种,俾不至于湮没[21],有功艺苑甚巨[22]。贵池刘子葱石[23],嗜古敏学,殚力搜讨,所蓄亡虑十数万卷。勼辑近儒著述[24],类皆为经史、金石之学者,刻成《聚学轩丛书》若干种,皆外间所希见。传昔贤之精神,开后学之矩矱[25]。其不至真伪不分,雅俗不辨,删削脱误,为卢抱经学士之所讥乎[26]。余从友人徐积余太守识葱石[27],气谊交孚[28],时相过从[29]。积余先刻《积学斋丛书》[30],余亦刻《云自在龛》两集[31],近又有《藕香零拾》之选[32]。风窗灯几,日事校雠,吾辈蠹鱼风味[33],亦是有真乐在也。

【注释】

〔1〕选自清缪荃孙《艺风堂文集》卷五。

〔2〕钱竹汀:钱大昕(1728—1804),字晓徵,号辛楣,一号竹汀,晚称潜研老人,江苏嘉定(今属上海)人。清代史学家、考据学家。著作有《潜研堂集》《廿二史考异》等。

〔3〕荟蕞:汇集琐碎的事物。

〔4〕左禹锡:左圭,字禹锡,别号古鄮山人,宋代浙江人。生平事迹失考。《百川学海》:丛书名,收书一百零一种,一百七十七卷。

〔5〕昭阳作噩:此处用太岁纪年,指干支纪年的癸酉年。

〔6〕李之彦:号东谷,永嘉(今属浙江温州)人。生平事迹失考。《东谷所见录》:即《东谷所见》,又称《东谷随笔》,一卷,共三十则。

〔7〕咸淳戊辰:宋咸淳四年,公元1268年。

〔8〕咸淳癸酉:咸淳九年,公元1273年。

〔9〕伯希祭酒:盛昱(1850—1899),字伯熙。清宗室,隶镶白旗。光绪二年(1876)进士第一,官至国子监祭酒。喻鼎孙:俞鼎孙,南宋建安(今福建建瓯)人。生平事迹失考,仅知曾为太学学官。《儒学警悟》:丛书名。共收书六种,今存四十一卷,是成书最早的丛书。

〔10〕《夷门广牍》:丛书名。收书一百零七种,共一百五十八卷。明周履靖辑。周履靖,字逸之,号梅颠道人,嘉兴(今属浙江)人。

〔11〕《盐邑志林》:丛书名。收书四十一种,共六十二卷。我国第一部郡邑丛

书。明樊维城撰。樊维城，字亢宗，黄冈（今属湖北）人。

〔12〕《津逮秘书》：丛书名。收书一百四十四种，七百五十二卷。分为十五集。明毛晋（1599—1659）编。毛晋，字子晋，号潜在，原名凤苞，字子久，常熟人。

〔13〕《格致丛书》：丛书名。现存一百六十八种，四百四十九卷。明胡文焕辑刊。胡文焕，字德甫，号全庵，钱塘（今浙江杭州）人。

〔14〕《说郛》：丛书名。原本收书一千种，共一百卷，原书已佚，今有重编本。收录古代笔记杂著。元陶宗仪（1316— ?）编。陶宗仪，字九成，号南村，黄岩（今属浙江台州）人。

〔15〕《奇晋斋》：《奇晋斋丛书》，收书十六种，共十九卷，所收为唐至明各家短篇杂著。清陆烜辑。陆烜，字子章，一字梅谷，号巢云子，浙江平湖人。约乾隆时人。

〔16〕《雅雨堂》：《雅雨堂丛书》，收书十三种，共一百三十八卷。清卢见曾（1690—1768）辑。卢见曾，字抱孙，号澹园，山东德州人。

〔17〕《士礼居》：《士礼居丛书》，收书十九种，共一百九十四卷。一部以版本、校雠为特色的丛书。清黄丕烈（1763—1825）辑。黄丕烈，字绍武，号荛圃，江苏吴县（今江苏苏州）人。

〔18〕《石研斋》：《石研斋四种》，收书四种，二十七卷。清秦恩复（1760—1843）辑。秦恩复，字近光，一字澹生，号敦夫，江都（今江苏扬州）人。

〔19〕《粤雅堂》：《粤雅堂丛书》，收书二百零八种，共一千二百八十九卷。分为三编，每编十集，每集种数不等。清伍崇曜（1810—1863）辑。伍崇曜，原名元薇，字良辅，号紫垣，商名绍荣，广东南海人。

〔20〕《式训堂》：《式训堂丛书》，收书四十一种，共一百六十四卷。分为三集。清章寿康（1850—1906）辑。章寿康，字硕卿，浙江会稽（今浙江绍兴）人。

〔21〕俾：使。

〔22〕艺苑：艺术和文学的领域。泛指文艺界。

〔23〕贵池刘子葱石：刘世珩（1875—1927），字聚卿，一字葱石，号檵庵，清安徽贵池人，侨居江宁。光绪举人。

〔24〕勼（jiū）辑：搜集辑录。勼，同“鸠”，聚集。

〔25〕矩矱：规矩、法度。

〔26〕卢抱经学士：卢文弨（1717—1795），字召弓（一作绍弓），号抱经、檠斋。清仁和（今浙江杭州）人。乾隆十七年（1752）一甲三名进士，授编修，官翰林院侍读

学士。校勘、注释书籍甚多,大都汇刻为《抱经堂丛书》。也能诗文。著有《抱经堂文集》及《钟山札记》《龙城札记》等。

〔27〕徐积余太守:徐乃昌(1862—1936),字积余,号遂庵,室名积余斋,安徽南陵人。

〔28〕气谊:义气情谊。交孚:即互相信任。

〔29〕过从:互相往来,交往。

〔30〕《积学斋丛书》:丛书名。收书二十六种,共六十一卷。徐乃昌辑。

〔31〕《云自在龛》:指《云自在龛丛书》。收书三十五种,共一百一十三卷,分为五集。缪荃孙辑。云自在龛亦为缪荃孙室名。

〔32〕《藕香零拾》:丛书名。收书三十九种,共一百零一卷。缪荃孙辑。

〔33〕蠹鱼:又名"衣鱼",古称"蟫",蛀蚀书籍衣服等物的小虫。

【评析】

《聚学轩丛书》,收书六十种,共二百五十一卷,分为五集。清刘世珩编。所收多为名学者著作,在近代所刻丛书中,堪称精择,且体例完善。本文是缪荃孙为《聚学轩丛书》所作的序文。序文对丛书编纂的源头进行了考辨,并概述丛书的发展历程,指出"丛书"之名的起源、以刻印者斋阁命名丛书的起源,列举出质量较好的丛书后,转入对《聚学轩丛书》及刊刻者的介绍,而作者对丛书价值的判断,对丛书编目的见解与主张皆暗含其中。缪荃孙自刻丛书便看重"零星小种",将丛书刻印视作文献保存与流传的重要途径,为《聚学轩丛书》作序亦是对丛书刻印事业的实际支持。本文学理性较强,行文质朴,但思路清晰,具有综论性质,其对于丛书源流的探讨看似信笔写来,但其中举例十余种丛书,可见作者的学问渊博及对文史掌故的熟悉,正是学者之文。

崔孺人文集书后[1]

岁癸酉[2],荃孙自邻水至合州[3],日行万山中,峮嶙岝崿[4],奇险俶诡[5]。忽得一境,平畴数十里[6],修竹美荫,流泉有声,小桥通人,中有茅舍，野卉着篱落间，红白点缀，遂留宿焉。是夜月轮初满，皎如明镜，四山沉沉入梦，倚枕假寐，忽闻鸟鸣，乍高乍下，流连往复，其声窈然以深[7]，潸然以感[8]，令人悲不自胜。诘朝问之[9]，土人曰，此杜鹃也，月夜则鸣，鸣则呕血。摘所栖之枝示余，果血痕斑斑，点滴未已也。伤哉，天地萧飒之气[10]，偶有偏中，愁苦哀怨，遂百倍于寻常。屈灵均之《离骚》[11]，刘更生之《封事》[12]，李令伯之《陈情表》[13]，千秋下读是文，不知是泪、是血，是笔、是墨，但觉凄然有感于中而不能终日。今读崔孺人之文集，愁苦哀怨，有非他人所能堪者，而血泪、笔墨，亦合而为一，其窈然以深，潸然以感，十年前之境界，恍忽如目前也，亦可悲已。

【注释】

〔1〕选自清缪荃孙《艺风堂文集》卷七。

〔2〕岁癸酉：同治十二年，公元1873年。

〔3〕邻水：县名，在今四川省东部。合州：州名，清末改县，今属重庆市下辖区。

〔4〕峮（qún）嶙（lín）：山相连貌。岞（zuò）崿（è）：山深险貌。

〔5〕俶（chù）诡：奇异。

〔6〕平畴：平坦的田野。

〔7〕窈然：深远貌，幽深貌。

〔8〕潸然：流泪的样子。

〔9〕诘朝：早晨。

〔10〕萧飒：萧条，凄凉。

〔11〕屈灵均：屈原（约前340—约前278），名平，字原。自云名正则，字灵均。《离骚》：屈原代表作，是其寄托忧愤之作。

〔12〕刘更生：刘向（约前77—前6），本名更生，字子政，沛（今江苏沛县）人。《封事》：《条灾异封事》，汉元帝即位时灾异频见，刘向因此上书此文。

〔13〕李令伯：李密（224—287），字令伯，一名虔，犍为武阳（今四川彭山）人。《陈情表》：西晋散文名篇，李密因祖母年老多病，无人照料，上此表辞官。

【评析】

《崔孺人文集》,已佚。崔孺人,生卒年不详,生平失考。孺人,明清时为七品官的母亲或妻子的封号,可知此书应是为女性创作。本文即缪荃孙读《崔孺人文集》后所作跋语。跋文并未直接切入对此集文学成就的评价,而是追述作者数年前旅途中留宿的经历,以跋文近半篇幅记叙杜鹃鸣声的悲切与感人,置读者于作者曾亲历的凄清情景中。以此发端,作者联想到《离骚》《陈情表》等历史上经典的、抒发悲愤之情的文学作品及个人阅读体验,于文末方述及《崔孺人文集》,真正的写作意图也浮出水面。前文种种闲笔铺垫,皆意在衬托此集愁苦哀怨、动人之处,相较于正面谈论文集内容与文学成就,本文写法可谓曲径通幽、柳暗花明,又兼文辞优美、感情真挚,给读者留下的深刻印象亦可想而知。

马建忠

马建忠(1845—1900),字眉叔,清镇江府丹徒县(今江苏镇江)人。年幼时因太平天国攻入江苏,随家徙居上海。入天主教耶稣会徐汇公学。第二次鸦片战争后,因愤外患日深,致力于研究西学。同治九年(1870),成为李鸿章幕僚,随办洋务。光绪二年(1876),留学法国并任清驻法公使馆翻译。光绪五年,获法学博士学位。回国后重入李鸿章幕,曾赴印度、朝鲜处理外交事务。二十一年,随李鸿章赴日本,谈判签订《马关条约》。庚子之乱期间,应李鸿章之召赴上海行辕,襄理机要。主张学习西方科学文化知识,发展对外贸易,兴办新式工商业。著有《适可斋纪言纪行》《马氏文通》等。

马氏文通序〔1〕

昔古圣开物成务〔2〕,废结绳而造书契〔3〕,于是文字兴焉。夫依类象形之谓文,形声相益之谓字,阅世递变而相沿,讹谬至不可殚极〔4〕。上古渺矣,汉承秦火,郑许辈起〔5〕,务究元本,而小学乃权舆焉〔6〕。自汉而降,小学旁分,各有专门。欧阳永叔曰〔7〕:“《尔雅》出于汉世〔8〕,正名物讲说资之,于是有训诂之学〔9〕;许慎作《说文》〔10〕,于是有偏旁之学〔11〕;篆隶古文,为体各异,于是有字书之学〔12〕;五声异律〔13〕,清浊相生〔14〕,而孙炎始作字音〔15〕,于是有音韵之学〔16〕。”吴敬甫分三家〔17〕,一曰体制,二曰训诂,三曰音韵。胡元瑞则谓小学一端〔18〕,门径十数,有博于文者、义者、音者、迹者、考者、评者,统类而要删之〔19〕,不外训诂、音韵、字书三者之学而已。

三者之学，至我朝始称大备。凡诂释之难，点画之细，音韵之微，靡不详稽旁证，求其至当。然其得失异同，匿庸与嗜奇者[20]，又往往互相主奴[21]，聚讼纷纭，莫衷一是。则以字形字声，阅世而不能不变，今欲于屡变之后以返求夫未变之先，难矣。盖所以证其未变之形与声者，第据此已变者耳。藉令沿源讨流，悉其元本所是正者，一字之疑、一音之讹、一画之误已耳。殊不知古先造字，点画音韵，千变万化，其赋以形而命以声者，原无不变之理；而所以形其形而声其声，以神其形声之用者，要有一成之律贯乎其中，历千古而无或少变。盖形与声之最易变者，就每字言之，而形声变而犹有不变者，就集字成句言之也。《易》曰："艮其辅，言有序。"[22]《诗》曰："出言有章。"[23]曰"有序"，曰"有章"，即此有形有声之字，施之于用，各得其宜，而著为文者也。《传》曰："物相杂，故曰文。"[24]《释名》谓"会集众采以成锦绣，会集众字以成词谊，如文绣然也"[25]。今字形字声之最易变者，则载籍极博，转使学者无所适从矣；而会集众字以成文，其道终不变者，则古无传焉。

士生今日而不读书为文章则已，士生今日而读书为文章，将发古人之所未发，而又与学者以易知易能，其道奚从哉？《学记》谓"比年入学，中年考校，一年视离经辨志"[26]。其《疏》云："离经，谓离析经理，使章句断绝也。"[27]《通雅》引作"离经辨句"[28]，谓"丽于《六经》，使时习之，先辨其句读也"[29]。徐邈音豆[30]。皇甫茂正云[31]："读书未知句度，下视服杜[32]。""度"即"读"，所谓句心也。然则古人小学，必先讲解经理、断绝句读也明矣。夫知所以断绝句读，必先知所以集字成句成读之义。刘氏《文心雕龙》云[33]："夫人之立言，因字而生句，积句而成章，积章而成篇。篇之彪炳[34]，章無疵也[35]；章之明靡[36]，句无玷也[37]；句之清英[38]，字不妄也[39]。振本而末从[40]，知一而万毕矣[41]。"顾振本知一之故，刘氏亦未有发明。

慨夫蒙子入塾[42]，首授以《四子书》[43]，听其终日伊吾[44]；及少长也,则为之师者,就书衍说。至于逐字之部分类别,与夫字与字相配成句之义,且同一字也,有弁于句首者[45],有殿于句尾者[46],以及句读先后参差之所以然,塾师固昧然也。而一二经师自命与攻乎古文词者,语之及此,罔不曰此在神而明之耳,未可以言传也。噫嚱!此岂非循其当然而不求其所以然之蔽也哉!后生学者,将何考艺而问道焉!

上稽经史[47],旁及诸子百家,下至志书小说[48],凡措字遣辞,苟可以述吾心中之意以示今而传后者,博引相参,要皆有一成不变之例[49]。愚故罔揣固陋[50],取《四书》、《三传》[51]、《史》、《汉》、韩文为历代文词升降之宗[52],兼及诸子、《语》、《策》[53],为之字栉句比[54],繁称博引,比例而同之[55],触类而长之[56],穷古今之简篇,字里行间,涣然冰释,皆有以得其会通,辑为一书,名曰《文通》。部分为四:首正名。天下事之可学者各自不同,而其承用之名,亦各有主义而不能相混。佛家之"根尘""法相"[57],法律家之"以""准""皆""各""及""其""即""若"[58],与夫军中之令,司官之式,皆各自为条例。以及屈平之"灵修"[59],庄周之"因是"[60],鬼谷之"捭阖"[61],苏张之"纵横"[62],所立之解均不可移置他书。若非预为诠解,标其立义之所在而为之界说,阅者必洸洋而不知其所谓[63],故以正名冠焉。次论实字。凡字有义理可解者,皆曰实字;即其字所有之义而类之,或主之,或宾之,或先焉,或后焉,皆随其义以定其句中之位,而措之乃各得其当。次论虚字。凡字无义理可解而惟用以助辞气之不足者曰虚字。刘彦和云[64]:"至于'夫''惟''盖''故'者,发端之首唱;'之''而''于''以'者,乃札句之旧体;'乎''哉''矣''也',亦送末之常科。"虚字所助,盖不外此三端,而以类别之者因是已。字类既判,而联字分疆庶有定准,故以论句读终焉。

虽然,学问之事,可授受者规矩方圆[65],其不可授受者心营意造[66]。然即其可授受者以深求夫不可授受者,而刘氏所论之文心[67],

苏辙氏所论之文气[68]，要不难一蹴贯通也。余特怪伊古以来，皆以文学有不可授受者在，并其可授受者而不一讲焉，发积十余年之勤求探讨以成此编；盖将探夫自有文字以来至今未宣之秘奥，启其缄縢[69]，导后人以先路。挂一漏万，知所不免。所望后起有同志者，悉心领悟，随时补正，以臻美备，则愚十余年力索之功庶不泯也已。

光绪二十四年三月十九日[70]，丹徒马建忠序。

【注释】

〔1〕选自清马建忠《马氏文通》。

〔2〕开物成务：通晓万物之理，按理办事，得到成功。《易·系辞上传》："夫《易》，开物成务，冒天下之道，如斯而已者也。"

〔3〕结绳：文字产生前的记事方法。书契：文字。《易·系辞下传》："上古结绳而治，后世圣人易之以书契。"

〔4〕殚极：穷尽。

〔5〕郑许：郑指东汉学者郑玄(127—200)，字康成；许指东汉学者许慎(约58—约147)，字叔重。

〔6〕小学：汉代称文字学为小学。因儿童入小学先学文字，故名。隋唐以后为文字学、音韵学、训诂学之总称。权舆：萌芽，兴起。

〔7〕欧阳永叔：欧阳修(1007—1072)，字永叔。引文见欧阳修《崇文总目叙释》。

〔8〕《尔雅》：我国最早解释词义的专著。由秦汉间学者缀辑周汉诸书旧文，递相增益而成，为考证词义和古代名物的重要资料。

〔9〕训诂：亦称"训故""诂训""故训"。解释古书的语义，偏重于解释词语的意义。用通俗的话来解释词义称"训"，用当代的话来解释古代词语，或用普遍通行的话来解释方言称"诂"。

〔10〕《说文》：《说文解字》的简称，东汉许慎撰，是中国第一部系统分析字形和考究字源的书。

〔11〕偏旁：旧称汉字中合体字的左方为"偏"，右方为"旁"。后来习惯上把合体字左右上下内外的部件统称为"偏旁"。偏旁之学，指许慎《说文解字》依据偏旁

建立部首,用部首对汉字进行分类并加以训释的方法。

〔12〕字书:以字为单位,解释汉字的形体、读音和意义的书,如《说文解字》《玉篇》等。

〔13〕五声:汉语字音的五种声调。即阴平、阳平、上、去、入。

〔14〕清浊:语音的清声与浊声。

〔15〕孙炎:三国魏学者,字叔然。撰有《尔雅音义》,用反切注音,反切从此盛行。

〔16〕音韵:汉字字音中声母、韵母、声调三要素的总称。

〔17〕吴敬甫:指吴元满,字敬甫,明代学者,撰有《六书总要》等。

〔18〕胡元瑞:指胡应麟(1551—1602),字元瑞,号少室山人,明代文学家、学者。

〔19〕统类而要删之:此指综合小学的门类并删定其最重要者。要删,撮要删定。

〔20〕匿庸与嗜奇:语出方以智《通雅》:"匿庸嗜奇,一袭一臆,两皆不免。"匿庸,喜欢平常之识。匿,通"暱"。嗜奇,爱好新奇之见。

〔21〕主奴:尊崇与贬抑。

〔22〕艮其辅,言有序:语出《易·艮卦》。辅:上牙床,此处指口。序:条例。引文的意思是:抑止其口不使妄语,发言就有条理。

〔23〕出言有章:语出《诗经·小雅·都人士》。指说话有章法条理。

〔24〕物相杂,故曰文:语出《易·系辞下传》。就具体爻位分析,六爻奇位为阳、耦位为阴,故初至上均阴阳位交错,遂呈文理。引文的意思是:阴物、阳物相互错杂,就叫作文理。

〔25〕《释名》:训诂书。东汉刘熙撰。或说始作于刘珍,完成于熙。体例仿《尔雅》,而专用声训,以音同、音近的字解释意义,推究事物所以命名的由来。引文见该书卷四《释言语》,意思是:文,汇集众多彩线织成花纹精美、色彩鲜艳的丝织品,汇集众多文字组成辞章诗文,就好像刺绣华美的丝织品或衣服那样。

〔26〕《学记》:即《礼记·学记》。离经:标点句读。引文的意思是:每年招收学生,隔一年要考察检验成绩,第一年就要考察他读经断句的能力并辨别他的学习志趣。

〔27〕《疏》:指唐孔颖达(574—648)《礼记疏》。离析:分析,辨析。章句:古书注释体例之一。汉代注家以分章析句来解说古书的意义,主要包括划分段落、分

析词义、串讲文句等。引文的意思是：离经，指分析经义，划分段落。

〔28〕《通雅》：书名。明方以智（1611—1671）撰。该书考证名物、象数、训诂、音声等，征引广博。引文见其卷三《释诂》。

〔29〕丽：古有"附着"和"通明"之义，方氏兼用以释"离经"，指专心于《六经》的表达。《六经》：指《易》《书》《诗》《礼》《乐》《春秋》六部儒家经典。引文的意思是：专心于《六经》的表达，使得时时温习，首先要分辨句读。

〔30〕徐邈（343—397）：东晋大臣。撰有《正五经音训》《五经同异评》等。音豆：徐邈认为东汉郑众注《周礼·天官·宫正》关于断句的注释用语"读……绝之"，其中的"读"字音为"豆"（见唐陆德明《经典释文》引）。

〔31〕皇甫茂正：指唐代皇甫卜，字持正。"茂"字误。

〔32〕服杜：《皇甫持正文集》卷四《答李生第二书》作"服郑"。服指东汉学者服虔，郑指东汉学者郑玄，《通雅》误"郑"为"杜"，马氏沿袭未改。

〔33〕刘氏：指刘勰（约465—约532），字彦和，南朝梁文学批评家。《文心雕龙》：刘勰所撰文学理论专著。引文见《章句》篇。

〔34〕彪炳：文采焕发。

〔35〕疵：毛病。

〔36〕明靡：鲜艳华丽。

〔37〕玷：玉的斑点。此处指瑕疵。

〔38〕清英：清新秀丽。

〔39〕妄：妄用，随便轻率。

〔40〕本：指字为句的根本，句为章的根本，章为篇的根本。

〔41〕知一而万毕：语本《庄子·天地》："记曰：'通于一而万事毕。'"

〔42〕蒙子：童蒙，无知的儿童。

〔43〕四子书：即《四书》。指《大学》《中庸》《论语》《孟子》四部儒家经典。

〔44〕伊吾：象声词，指读书声。

〔45〕弁：本指帽子，引申为放在前面。此指放在句首。

〔46〕殿：居后，在后。

〔47〕稽：考证，考核。

〔48〕志书小说：指志怪之书和小说。

〔49〕要：总是。

〔50〕罔揣固陋：不考虑自己的陈腐浅陋。

〔51〕《三传》：解释《春秋》的《左传》《公羊传》《穀梁传》三书合称。

〔52〕韩文：唐代文学家韩愈(768—824)的文章。

〔53〕《语》：指《国语》，传为春秋时左丘明著，以记西周末年和春秋时期周、鲁、齐、晋、郑、楚、吴、越诸国君臣的言论为主，可与《左传》相参证，故有“春秋外传”之称。《策》：指《战国策》，战国时游说之士的策谋和言论的汇编。初有《国策》《国事》《事语》《短长》《长书》《修书》等材料，西汉末刘向编订为三十三篇。

〔54〕栉：原指梳、篦等梳发用具，引申为排列。

〔55〕比例而同之：通过排比语例总结同一类型的规律。

〔56〕触类而长之：语本《周易·系辞上》：“引而伸之，触类而长之，天下之能事毕矣。”此指掌握某一类语法规律并拓展到其他地方。

〔57〕根尘：佛家称眼、耳、鼻、舌、身、意为六根，色、声、香、味、触、法为六尘。法相：诸法真实之相。

〔58〕以准皆各及其即若：以上均为法律术语。南宋王应麟《困学纪闻》卷十三《考史》载北宋范镇曰：“律之例有八：以、准、皆、各、其、及、即、若。若《春秋》之凡。”

〔59〕屈平(约前340—约前278)：战国楚诗人，名平，字原。灵修：《楚辞·离骚》中的一个重要名词：“指九天以为正兮，夫唯灵修之故也。”东汉王逸注：“灵，神也；修，远也。能神明远见者，君德也，故以谕君。”

〔60〕庄周：即庄子(约前369—约前286)。战国时哲学家、文学家。因是：《庄子·齐物论》中的一个概念：“因是因非，因非因是。是以圣人不由，而照之于天，亦因是也。”即认为是非是相对的，不是绝对的。

〔61〕鬼谷：即鬼谷子。相传战国时楚人，隐于鬼谷，因以自号。长于养性持身和纵横捭阖之术。《鬼谷子·捭阖》：“捭之者，开也，言也，阳也；阖之者，闭也，默也，阴也。”捭阖：犹开合。

〔62〕苏张：战国时纵横家苏秦(？—前284)、张仪(？—前309)的并称。纵横：“合纵连横”的简称，当时纵横家的一种行为。弱国联合进攻强国，称为“合纵”；随从强国去进攻其他弱国，称为“连横”。战国后期，秦最强大，“合纵”指齐、楚、燕、赵、韩、魏等国联合抗秦，“连横”指这些国家中的某几国跟从秦国进攻其他国家。一说南北为“纵”，六国地连南北，故六国联合抗秦谓之“合纵”；东西为“横”，

秦地偏西,六国居东,故六国服从秦国谓之“连横”。

〔63〕洸(guāng)洋:水无涯际貌。此谓迷失其中。

〔64〕刘彦和:即刘勰,字彦和。引文见《文心雕龙·章句》。

〔65〕规矩方圆:作文的规则法度。规矩:画和校正圆形、方形的两种工具,引申为规则。方圆:方形和圆形,比喻标准。

〔66〕心营意造:作者的匠心独运。语本章学诚《文史通义·内篇三·文理》:“是以学文之事,可授受者规矩方圆,其不可授受者心营意造。”

〔67〕文心:创作时的思维。刘勰《文心雕龙·序志》:“夫文心者,言为文之用心也。”

〔68〕苏辙(1039—1112):字子由,号颍滨遗老,北宋文学家。文气:苏辙《上枢密韩太尉书》提出为文养气的文学主张:“文者气之所形。然文不可以学而能,气可以养而致。”

〔69〕缄(jiān)縢(téng):本指绳索,引申为闭藏之物。

〔70〕光绪二十四年三月十九日:即公元1898年4月9日。

【评析】

马建忠兼通英、法、希腊、拉丁等多门外语,其所撰《马氏文通》一书,参考拉丁语法研究古代汉语结构规律,是中国第一部较为全面系统的语法著作。《文通序》首先对中国古代语言文字之学的发展和类别做了扼要概括,引用欧阳修、吴元满、胡应麟等学者的论断,将“小学”划分为“训诂、音韵、字书三者之学”。马建忠指出,汉字的字形字音古今多变,“欲于屡变之后以返求夫未变之先”则十分困难,读书求学者欲“讲解经理、断绝句读”,首先必须“知所以集字成句成读之义”,从而说明了《马氏文通》的撰述宗旨:通过研究古代汉语的语法规律,为读书者提供有助于“振本知一”的参考。《文通序》介绍了研究对象的取材范围,包括经史、诸子百家、志书小说等,足见撰者取材之广、用力之勤。马建忠还对将全书划分为正名、论实字、论虚字、论句读四部分的原因做了说明,条理清晰,结构谨严。本序是中国语言文字学史上的一篇重要文献,对于把握古代“小学”的发展脉络、理解《马氏文通》的著述意图均具有重要价值。